Richard Grosse Schrittfehler

Richard Grosse, in London geboren, studierte in Moskau Chemie und wurde 1983 zum Professor für Biochemie an der Akademie der Wissenschaften der DDR berufen. Nach Jahren der Grundlagenforschung gründete er 1994 mit zwei Partnern ein gendiagnostisches Labor in Berlin und wurde dessen Geschäftsführer. 2017 beendete er seine berufliche Tätigkeit. Er lebt in Berlin. Bei Bild und Heimat erschienen bereits die Major-Bircher-Krimis *Mordshochhaus* (2015) und *Russengold* (2017).

Richard Grosse

Schrittfehler

Ein Berlin-Krimi

Kommissar Birchers dritter Fall

Bild und Heimat

Von Richard Grosse liegen bei Bild und Heimat außerdem vor:

Mordshochhaus (2. Auflage 2020)
Russengold (2017)

ISBN 978-3-95958-266-7

1. Auflage

Umschlaggestaltung: fuxbux, Berlin
Umschlagabbildung: ullstein bild - ddrbildarchiv.de / Schönfeld;
SLUB / Deutsche Fotothek (Ärzte)
Druck und Bindung: CPI Moravia Books s. r. o.

Ein Verlagsverzeichnis schicken wir Ihnen gern:
BEBUG mbH / Verlag Bild und Heimat
Alexanderstr. 1
10178 Berlin
Tel. 030 / 206 109 – 0

www.bild-und-heimat.de

Für G.

Die Handlung ist frei erfunden. Jedweder Bezug der Romanfiguren zu realen Personen ist rein zufällig und nicht beabsichtigt.

EINS

Reisen gehörte nicht zu Birchers Leidenschaften. Im Ferienhaus war es ihm zu ungemütlich und man musste sich selbst versorgen, wie sollten Karola und er ihrer Leidenschaft nachgehen, abends zu kochen, wenn es nur einen Kochtopf und zwei stumpfe Messer gab; im Hotel störte ihn der Krach, zum Frühstück konnte er weder seine Zeitung lesen noch klassische Musik hören und die Gespräche am Nachbartisch waren ihm so lästig wie das Gedränge am Buffet. Seine Frau Karola sah das alles lockerer, fügte sich aber. Nun jedoch, da sie drei Jahre lang ihre freien Tage im Berliner Umland verbracht hatten, gelang es ihr, ein Machtwort zu sprechen.

»Du musst endlich mal raus in die Republik, Karl, lass uns in die Berge fahren, wo du als Kind wandern warst.«

Bircher wippte nachdenklich mit dem Kopf. Tatsächlich gefiel ihm der Gedanke, die Hauptstadt mitsamt Polizeipräsidium und Morduntersuchungskommission für zwei Wochen hinter sich zu lassen. In die alte Heimat Thüringen reisen, durch die herbstlichen Wälder streifen, wie in der Jugend Thüringer Klöße mit Schweinsbraten genießen, und ohne Telefon am Bett friedlich einschlafen.

»Lass mir zwei Tage, um darüber nachzudenken«, brummte er. Werde mich erstmal im Büro umsehen, ob was Neues anliegt, setzte er in Gedanken hinzu. Karolas Wunsch überraschte ihn nicht. Eigentlich hatte er schon im vergangenen Jahr damit gerechnet, dass sie ihn in den Urlaub drängeln würde, wie er es für sich formulierte. Die Fälle der vergangenen Jahre hatten wenig Zeit zum Träumen gelassen. Sie hat recht, beschloss er. Zeit abzuhauen. Auf in die Berge!

»Einverstanden. Ich habe gerade keinen Fall, also nichts wie weg«, verkündete er zwei Tage später am Abend nach dem ersten Glas Wein.

»Dann lass uns schnell verschwinden, bevor du gerufen wirst.«

»Eben, jedes Jahr kam was dazwischen, meistens ein Verbrecher. Fahren wir also ins betuliche Thüringen, da bin ich nicht zuständig, niemand kann mir den Urlaub unterbrechen, wenn im Gebirge ein Wanderer verstirbt.«

»Na, das fängt ja gut an, deine Vorstellung vom Urlaub«, sagte sie und knuffte ihn vergnügt in die Seite. Endlich mal weg aus Berlin, freute sie sich. Im Unterschied zu ihrem Mann war sie in Berlin aufgewachsen, eine Fahrt nach Thüringen erschien ihr wie eine Reise in ein anderes Land.

Sie begannen, sich einige Wanderstrecken auf dem Rennsteig auszusuchen. Als besondere Herausforderung nahmen sie sich den Aufstieg zum Großen Inselsberg vor.

»Du wirst mal was für dein Gewicht tun, damit dir die Ganoven nicht davonlaufen«, witzelte sie.

»Und du wirst das Rauchen einstellen, damit du und der Wald atmen können«, parierte Karl.

Drei Tage später, an einem freundlichen Septembertag im Jahr 1980, Bircher und seine Frau waren schon dabei, die Urlaubsgarderobe zusammenzustellen, wurde Major Bircher über einen Todesfall auf der kardiologischen Station der Klinik für Innere Medizin in Berlin informiert. An sich nicht seine Sache, wäre es nicht der dritte Patient gewesen, der innerhalb kurzer Zeit unter merkwürdigen Umständen aus dem Leben geschieden war. Die Akte wäre ebenso wie die der beiden Vorgänger auch nicht auf seinem Schreibtisch gelandet, stünden die Todesfälle nicht im Zusammenhang mit einer breit angelegten Studie zum Einsatz der Herzschrittmachertechnik in der Republik, *veranlasst von ganz oben*. Bircher schob die Akte missmutig zur Seite und seine Augen blinzelten nervös hinter den dicken Brillengläsern. Ihm schwante nichts Gutes, denn die Sache erinnerte ihn sofort an die früheren Vorfälle.

Er hatte vor einigen Wochen vom Tod zweier Patienten in derselben Klinik erfahren und der Akte entnommen, dass die Patienten zuvor mit einem Schrittmacher versorgt worden waren. Die Fälle ähnelten sich, das war Bircher und seinen Kollegen sofort aufgefallen: Der Eingriff verlief in beiden Fällen komplikationslos, die Schrittmacher arbeiteten fehlerfrei und die Patienten standen kurz vor der Entlassung, bevor sie die Frühschicht tot im Bett vorfand. Beide Patienten litten seit Jahren unter schweren kardiovaskulären Vorschäden. Die behandelnden Ärzte verwiesen achselzuckend auf das Restrisiko, bedingt durch die Krankengeschichte der Männer. Bircher und sein Stellvertreter, Oberleutnant Angler, hatten gezögert, Ermittlungen einzuleiten. Gegen wen hätten die sich richten sollen? Und schließlich war die Rede von einer der besten Kliniken der Republik, der vor wenigen Wochen die Verantwortung für die Einführung der Schrittmachertherapie übertragen worden war. Bircher vertraute letztendlich den Ärzten, die darauf bestanden, es sei alles mit rechten Dingen zugegangen, selbst ein Schrittmacher könne nicht alle Herzfunktionen übernehmen.

Er hielt es sowieso für ein technisches Wunderwerk, dass man durch künstlich gesetzte elektrische Impulse ein stotterndes Herz so regulieren konnte, dass es sich wie eine Pendeluhr verhielt, die sekundengenau zur vollen Stunde schlug. Das Aktenstudium erinnerte ihn leider auch daran, dass seit einiger Zeit sein eigenes Herz manchmal wie aus heiterem Himmel »stolperte«. Er nahm es nicht zu ernst und beließ es dabei, kräftig durchzuatmen, wie um neuen Schwung in seine Adern zu pumpen. Er konnte nicht wissen, dass ihn seine Frau einmal abends im Bad dabei beobachtet hatte, wie er zwei Finger auf seinen Puls presste und mit geschlossenen Augen die Schläge zählte. Einige Tage später hatte sie sich heimlich und ganz allgemein bei ihrem Nachbarn erkundigt, was ein unregelmäßiger Puls bedeute.

»Nichts Besonderes, wenn man so viel arbeitet wie der Karl. Extrasystolen können vorkommen. Gib ihm weniger Wein«, hatte der mit ärztlichem Langmut abgewiegelt.

Diesen Rat behielt sie für sich, denn ein Abendessen ohne eine Flasche Wein war für sie beide gleichermaßen unvorstellbar. Das Öffnen der Flasche glich einem Ritual, ähnlich dem Falten der Hände beim Gottesdienst. Seit dem ersten Tag ihrer Ehe wurde am Abendbrottisch der Tag ausgewertet, mit dem Wein als treuem Begleiter.

Als die Nachricht über den dritten Fall eintraf, kam es Bircher wie eine Eingebung vor, denn die Schrittmacher spukten immer mal wieder wie eine Ermahnung zur gesunden Lebensführung in seinem Kopf herum. Der letzte Patient hatte wie die zwei zuvor verstorbenen an der Studie teilgenommen. Wieder war es ein Mann, obwohl die Studie auch Frauen einschloss. Es fiel zudem auf, dass andere Patienten, die zur gleichen Zeit einen Schrittmacher erhalten hatten, ohne an der Studie teilzunehmen, beschwerdefrei entlassen worden waren. Zufall? Zu viele Zufälle, befand Bircher. In ihm leuchtete ein Warnlämpchen auf. Er nahm die Akte, las noch einmal die Namen der beteiligten Ärzte und rief sich den Namen der Station in Erinnerung. Ihm war plötzlich unbehaglich zumute, als müsste er sich einen Fehler eingestehen. Er dachte an Karola und die Wandersachen, die sie sich im Centrum-Warenhaus am Alex gekauft hatte, und war nahe dran, die Akte mit dem Vermerk »Oberleutnant Angler, zur Kontrolle« abzulegen. Warum muss man mir diese Angelegenheit ausgerechnet vor meinem Urlaub auf den Tisch legen? Er schwankte einige Sekunden, dann gewann die Neugierde die Oberhand.

Nachdem er die Akte nochmals sorgfältig gelesen hatte, rief er seinen Stellvertreter zu sich. Der ging davon aus, dass sich sein Chef in den Urlaub verabschieden würde. Angler stand kerzengerade im Raum, als wartete er auf einen Einsatzbefehl, und musterte misstrauisch den Schreibtisch. Er argwöhnte, dass er gleich den unbearbeiteten Schriftkram aufgebürdet bekommen würde. Bircher war zwar ein begnadeter Ermittler, aber ein säumiger Chef, wenn es um die Formulierung der Abschlussberichte ging. Sobald ein Fall gelöst und das Ergebnis protokolliert war, überließ er den Rest gern seinen Mitarbeitern. Bircher warf ihm einen fragenden Blick zu.

»Setz dich mal zu mir«, forderte er ihn auf.

Angler zog einen Stuhl zum Schreibtisch. Irgendwas stimmt nicht, stellte er fest. Sieht nicht nach Urlaub aus.

»Philipp, erinnerst du dich an die beiden Patienten, die nach einer angeblich harmlosen Operation verstarben? Ihnen wurde ein Herzschrittmacher eingesetzt. Das war vor gut drei Wochen, Anfang September. Man hatte uns informiert, mehr aus formalen Gründen, weil die Todesursache nicht völlig klar war. Am Abend waren die Männer noch quietschvergnügt und erfreuten sich an ihren rund laufenden Herzen, am Morgen fand sie die Frühschicht tot im Bett. Du warst auch mal in der Klinik.«

Bircher reichte Angler die Unterlagen und streckte sich, die Hände auf seinem ansehnlichen Bauch verschränkt, nachdenklich in seinem Schreibtischsessel aus. Oberleutnant Angler kräuselte die Stirn.

»Ich kann mich an einen hageren Stationsarzt erinnern, der auch die Operationen durchführte. Der kooperiert mit zwei junge Männern, einem Wissenschaftler und einem Informatiker.«

»Stimmt, ein EDV-Informatiker. Die arbeiten in einem sogenannten Interdisziplinären Forschungsprojekt zusammen. Es geht um den Einsatz der Herzschrittmacher vom Typ VVI.«

Angler warf seinem Chef einen erstaunten Blick zu.

»Aktenstudium.«

Angler wunderte sich immer mehr. Jetzt, kurz vor dem Urlaub, las der Chef sich in alte Fälle ein?

»Und wozu die EDV?«, nahm er den Gesprächsfaden auf.

»Hm, kann ich nicht genau sagen, wahrscheinlich, um die Patientendaten auszuwerten. Das hat uns damals nicht interessiert. Eben EDV.«

Angler nickte und stierte erneut auf den Aktenstapel.

»Und was hat das mit dem Berg auf deinem Schreibtisch zu tun?«, fragte er vorsichtig.

»Alles Fälle, die auf ihren Abschlussbericht warten.«

»Aber du bist doch nur für zwei Wochen im Urlaub«, wandte Angler erschrocken ein.

Bircher kniff die Augen zusammen und hob das Brillengestell leicht an, als hätte er seinen Mitarbeiter eine Weile nicht gesehen.

»Ich verschiebe den Urlaub. An der Sache ist was faul. Das ist nicht irgendein Krankenhaus, wo paar Kardiologen ältere Menschen mit Rhythmusstörungen behandeln und übers Jahr mal einer an Herzversagen verstirbt. Nein, wir müssen der Sache nachgehen, bevor noch ein Abgang gemeldet wird und wir uns Fahrlässigkeit vorwerfen müssen.«

»Also, Karl, ich habe noch nicht begriffen, an welcher Sache was faul sein soll? An den Schrittmachern?«, fragte Angler, dem das Unverständnis über diese Sache ins Gesicht geschrieben stand. Er begriff nicht, warum Bircher wegen zweier verstorbener Herzpatienten das Wandern mit der Ehefrau abblasen wollte. Wenn es um Mord ginge, klar, dann müsste er hierbleiben. Aber wegen eines stinknormalen Herzstillstandes auf einer kardiologischen Station? Wo sonst, wenn nicht dort, starb man am kranken Herzen?

»Auf der Station, wo geforscht und operiert wird, sterben mir zu viele. Jetzt bereits drei«, klärte ihn Bircher trocken auf.

»Es waren nur zwei Männer, und es gab keinen Hinweis auf eine Straftat.«

»Seit gestern sind es drei, für meinen Geschmack mindestens einer zu viel. Und alle waren vor der Nachtruhe ziemlich gut drauf. Am Morgen gab nur noch der Schrittmacher Lebenszeichen von sich.« Bircher reichte ihm die kurze Mitteilung der Klinikleitung. »Lies selbst.«

Er wuchtete sich aus seinem Sessel und ging zu einem der Fenster. Einige graue Wolken drohten den sonnigen Tag vorzeitig zu beenden und es schien, als würde jeden Augenblick der unvermeidliche Herbstregen die Stadt verdunkeln. Es wäre ein weiterer Septembertag, den man schnell hinter sich bringen wollte, am liebsten in einem hellen Wohnzimmer. Wenn es in Berlin im Herbst nieselte, dann häufig den ganzen Tag, abends glänzte der schwarze Asphalt wie frisch geteert, und im schräg fallenden Regen brach sich flimmernd das Laternenlicht. Bis heute früh hatten Bircher nur die Wettervorhersagen für Thüringen interessiert, weil ihn Karola drängte, sich passende Schuhe zu kaufen. Wenigstens blieb ihm nun die muffige Schuhabteilung mit dem lästigen

Anprobieren irgendwelcher Wanderstiefel erspart. Er hasste es, in Socken auf niedrigen Schemeln zu hocken, um auf die Verkäuferin mit dem nächsten Paar Schuhe zu warten. Bircher richtete seinen Blick über die Dächer der gegenüberliegenden Neubauten in Richtung Volkspark Friedrichshain, er nahm die Umrisse einiger Bäume wahr und dachte mit einem leichten Ziehen in der Brust an Karola. Das wird schwierig, wenn sie heute Abend von mir hört, dass all die schönen neuen Wanderklamotten erstmal im Schrank bleiben. Hm, was soll ich machen, ich kann ja nicht mit dem Verdacht durchs Gelände wandern, dass in Berlin ein Täter frei herumläuft. Er ließ seine Gedanken schweifen und rief sich die Unterhaltung mit seinem Chef ins Gedächtnis. Generalmajor Meier hatte ihn mit dem Hinweis, dass es sich schließlich um die bedeutendste Berliner Klinik handele, um einen persönlichen Besuch gebeten. »Lass dich mal dort sehen, man kann ja nie wissen, ob was dran ist, und dann ist Ruhe«, hatte er achselzuckend gesagt. Bircher hatte sich seinen Teil gedacht und beschlossen, bei dem Besuch seine Dienststellung zu verschweigen. Wenn sich bei den Patienten rumspricht, wer ich bin, na danke, von Herzkranken sollte man jede Aufregung fernhalten.

Als er damals den Klinikeingang passierte und einen langen Korridor betrat, überfiel ihn dann doch die Neugierde. Ist mein erster Besuch in der Universitätsklinik und ich betrete das Haus nicht als Patient, stellte er fest. Und vielleicht zeigt mir jemand so einen Schrittmacher, könnte ja eines Tages nützlich sein, dachte er, während er leicht schnaufend die Treppen hinauf zur kardiologischen Station stieg. Ob man wohl mit so einem elektrischen Aggregat im Herzen mühelos auf die vierte Etage rennt?, kam ihm ein nicht ganz abwegiger Gedanke. Wäre hilfreich im Präsidium, könnte ich mir den Paternoster sparen. Na ja, interessant sind diese Schrittmacher schon, vor allem, wenn sie plötzlich versagen. Zum Beispiel, wenn die Batterie vorzeitig den Geist aufgibt. Herztod infolge Stromausfalls, hatte er in sich hineingegrinst, als wäre ihm ein Filmtitel eingefallen. Klar, ein technischer Totalausfall, was sonst könnte die Leute im Schlaf hinwegraffen.

Herr Professor Sitte belehrte ihn auf dem Stationskorridor eines anderen: »Alle Patienten sind eines natürlichen Todes gestorben, alle wurden mit einem permanenten AV-Block dritten Grades eingeliefert, also höchstes Risiko, an einem Herzversagen zu sterben, mit oder ohne Schrittmacher.« Eine Fehlleistung seiner Ärzte sei ausgeschlossen. Sitte legte die Todesursache mit einer Selbstverständlichkeit fest, dass es Bircher vermied, das Thema weiter zu vertiefen. Über diesen AV-Block würde er sich später informieren. Auf seine vorsichtige Nachfrage hin, ob nicht bereits beim Einsetzen des Gerätes etwas hätte schieflaufen können, hatte der Chefarzt ungnädig abgewinkt: »Aber Herr Major, das ist ein Eingriff wie beim Zahnarzt, wenn der Ihnen eine Plombe ersetzt. Daran stirbt niemand.«

»Soso, und wieder dieselbe Station?«, riss ihn Angler aus seinen Erinnerungen, der immer noch rätselte, ob die Faktenlage den Urlaubsverzicht rechtfertigte oder ob es andere Gründe gab. Angler hatte sich über die Jahre ihrer Zusammenarbeit daran gewöhnen müssen, dass Bircher nicht sonderlich mitteilsam und gesprächig war, schon gar nicht, was sein Privatleben betraf. Angler hingegen musste man zurückhalten, damit er nicht bereits nach der Hälfte der Frage aufsprang und losstürmte, um nach der Antwort zu suchen. Vielleicht verstanden sie sich deshalb so gut, weil die manchmal ungestüme Art Anglers und die bedächtige Birchers sich vorteilhaft ergänzten. Bircher verlangte beweiskräftige Details, bevor er eine Entscheidung traf, und Angler sorgte dafür, dass sein Chef nicht lange warten musste. Akribisch waren beide, geduldiger war Bircher.

»Ja, wie ich schon sagte, die kardiologische Station. Du bist damals hingefahren, um dir die Krankenakten erklären zu lassen. Der Name des hageren Stationsarztes ist Wohlfahrt, kann man sich in diesem Zusammenhang gut merken.«

Angler zuckte mit den Schultern, als wäre der Besuch nicht der Rede wert gewesen. Tatsächlich glaubte er weder damals noch heute, einem Mordfall auf der Spur zu sein. Und nur für diese Art von Gewaltverbrechen waren sie zuständig.

»Ja, an den erinnere ich mich. Das war so ein verschlossener, kränklicher Typ. Der sah aus, als bräuchte er 'n bisschen Zuwendung. Glaubst du, dass die Fälle im Zusammenhang mit der klinischen Studie stehen könnten?«

»Kann ich nicht sagen, aber schon möglich. Würden die neuen Schrittmacher fehlerhaft arbeiten, könnte es den Hergang erklären. Dagegen spricht, dass Patienten, die nicht an der Studie teilnehmen, aber mit dem gleichen Typ Schrittmacher und der gleichen Batterie versorgt wurden, wohlauf sind. Das hat der Klinikdirektor in seinem damaligen Bericht hervorgehoben, wohl um sich von dem Vorwurf zu entlasten, sie hätten für ihre Untersuchung, die eine ziemlich große Patientengruppe umfasst, unausgereifte Modelle eingesetzt. Der kommt zu dem Schluss, dass es an der besonderen Symptomatik der Probanden liege. Es seien besonders schwere Fälle, die mit diesem Block.«

»Schrittmacher, Probanden, Symptomatik, Block«, murmelte Angler etwas ungläubig, einen flüchtigen Blick in die Akte werfend.

»Symptomatik, gemeint sind Patienten mit definierten Befunden, wie zum Beispiel AV-Block, einer Herzrhythmusstörung oder einem hohen Blutdruck«, dozierte Bircher, aus den Augenwinkeln Anglers Reaktion verfolgend.

Der schob die Akte zur Seite und hob die Augenbrauen, als glaubte er sich verhört zu haben. War ihm da etwas entgangen, seit wann beschäftigte den Chef die Medizin, wurde er etwa alt und sorgte sich um die Gesundheit? Doch das erschien ihm unwahrscheinlich. War jemand krank, winkte Bircher gewöhnlich mit einem seiner Lieblingszitate ab: »Es ist der Geist, der sich den Körper baut«, als fehlte bei Grippe nur die richtige Geisteshaltung. Nee, Karl ist der Kranke wurscht, an der Sache muss was anderes dran sein, beendete Angler seine Grübelei.

»Beschäftigen dich der Fall und die *Symptomatik* schon länger?«

»Wie kommst du denn darauf?«

»Dachte nur.«

»Philipp, Allgemeinbildung. Ist doch deine Stärke. Sollte dich interessieren, das Herz als Organ. Es gibt mehr zum Lesen als nur Akten oder die *Berliner Zeitung.*«

»Und welche Symptomatik brach unseren drei Patienten das Genick?«, versuchte Angler zu parieren.

Bircher verzog keine Miene, stattdessen erhob er sich, verschränkte die Arme auf dem Rücken und schritt langsam durch sein Arbeitszimmer, als zählte er die Schritte.

»Der Chefarzt sprach von einem ›AV-Block‹. Ich habe im medizinischen Wörterbuch nachgeschlagen. Umschreibt eine Herzrhythmusstörung. Über den AV-Block erfolgt die Kontrolle von elektrischen Impulsen, die den Herzschlag kontrollieren, und wenn die Impulse ausbleiben, kommt es zu Rhythmusstörungen. Den AV-Block kann man sich wohl wie einen Sender vorstellen, der Programmsignale ausstrahlt. Fallen die aus, dann empfängt der Fernseher keine Signale, schwarzer Bildschirm. Wenn also der Herzmuskel kein Signal erhält, weil der AV-Block defekt ist, dann hört das Herz auf zu schlagen und dem Patienten wird schwarz vor Augen. Die mit einem schwachen Block, also schwachen Sender, sind stark gefährdet. Die kriegen als Sender den Schrittmacher. Und unsere drei Patienten fallen in diese Kategorie. So etwa kann man es ausdrücken«, schloss Bircher und blieb in der Zimmermitte stehen, als prüfte er seine Erklärung.

Angler war wie zum Rapport aufgestanden und hörte mit halboffenem Mund zu. In der Regel war es Angler, der gern seine Überlegungen leicht dozierend vortrug, bis ihn Birchers Miene zum Schweigen anhielt. Das kam nicht häufig vor, dass Bircher so lange Monologe hielt, und dann auch noch über das Herz.

»Na ja, trotzdem, wenn ich die Stellungnahme des Klinikdirektors ernst nehme, und das muss man ja wohl, so ist der Schrittmacher nicht ausgefallen, und ich verstehe immer noch nicht, warum du dann deinen Urlaub opferst.«

»Ich verschiebe die Wanderung. Ist ohnehin mieses Wetter, da braucht man besonderes Schuhwerk. Zur Sache: Stell dir vor, in den nächsten Tagen würden sich weitere Patienten aus der Studiengruppe verabschieden. Was würde wohl der General befehlen, bei einem halben Dutzend Todesfälle in der Universitätsklinik der Hauptstadt, alle gestorben im Zusammenhang mit der Einführung eines neuen Herzschrittmachers aus eigener Produktion?«

»Dich zurückbeordern.«

»Eben, da bleib ich doch besser gleich hier.«

Angler sah ihn forschend an, als hörte er aus Birchers Worten eine Prognose heraus. Vielleicht hat der Chef einfach keine Lust, im Regen über den Rennsteig zu wandern, sich am Abend die Blasen zu kühlen und die Schuhe zu trocknen. Seines Wissens wurde Bircher noch nie bei einer der dienstüblichen Sportstunden gesehen, die Vorgesetzten nahmen es hin, schließlich hatte er immer alle Fälle mit dem Verstand gelöst.

»Moment mal, Karl. Du glaubst tatsächlich, dass da weitere folgen?«

»Keine Ahnung. Wir werden rauskriegen müssen, ob sich die drei Herzen von selbst verabschiedet haben.«

Angler pustete wie zum Abmarsch einmal kräftig durch. Bircher drehte eine letzte Zimmerrunde und setzte sich schließlich an seinen Schreibtisch. Angler hielt die Akte mit den drei Todesfällen unschlüssig in der Hand.

»Gib sie mir nochmal«, brummte Bircher und hob den rechten Arm. Angler legte ihm die Unterlagen in die Hand und Bircher begann zu blättern, als suchte er eine Textstelle.

»Hier«, murmelte er und drückte die Seiten auf der Schreibtischunterlage auseinander, »wird das Studienziel skizziert, auch die Beteiligten. Mir sind damals die zwei jungen Männer aufgefallen, die du auch erwähnt hast, der Biologe und der Rechentechniker von der EDV. Die sind seit Kindertagen engste Freunde, wohnen, glaube ich, wie Brüder zusammen und sind auch noch wie zufällig beide an dem Projekt beteiligt. Obwohl sie keine Ärzte sind. Hier stehen die Namen, der Biologe heißt Klaus Behrens und der Informatiker Frank Schuster. Schuster ist beim Rechenzentrum der Uni angestellt, Behrens an einem Institut der

Biologie in der Nähe des Tierparks Friedrichsfelde. Denen muss der Ausflug in die Kardiologie wie ein Abenteuerurlaub vorkommen. Der Oberarzt Wohlfahrt wirkte eher wie schlafwandelnd. Jedenfalls ein interessantes Grüppchen, dass sich da zusammengefunden hat.«

Angler wunderte sich leise. Er konnte immer noch nicht den Anfangsverdacht entdecken, der sie zum Handeln veranlassen müsste. Was geht uns die kardiologische Station an? Dort sterben nun mal Menschen eines natürlichen Todes. Sollen wir alle Kliniken aufsuchen, um die Sterbefälle zu zählen?

»Ja und, Karl, in welche Richtung sollen wir ermitteln?«

»Erstmal in keine.«

»Dann kannst du ja nach Thüringen fahren.«

Bircher warf ihm einen gequälten Blick zu. Angler verstand und hob abwehrend beide Hände.

»Lass man gut sein, Philipp. Mich interessieren die Schrittmacher, mal sehen, ob die nicht doch 'ne Panne hatten oder sich die Patientenherzen ganz von allein aus der Studie verabschiedeten.«

»Und hast du einen Verdacht?«

»Nein«, murmelte Bircher. »Aber dieser in sich gekehrte Doktor, in Kooperation mit den beiden Jungs, die wie ein Zwillingspaar daherkommen. Phänotypisch, versteht sich. Die machen alles zusammen, die sollten wir nochmal befragen«, sprach er wie für sich.

ZWEI

Frank Schuster und Klaus Behrens waren tatsächlich seit so vielen Jahren engste Freunde, dass sie gelegentlich in geselliger Runde flachsten, sie wären ein eineiiges Zwillingspaar mit zwei leiblichen Müttern. So ein Wunder geschehe nur in der DDR, behaupteten sie. Tatsächlich konnten sich die zwei jungen Männer nicht daran erinnern, jemals für mehr als ein paar Tage voneinander getrennt gewesen zu sein. Ihre Freundschaft erschien ihnen so selbstverständlich wie die verrinnende Zeit. Gemeinsam verbrachten sie ihre Abende und Wochenenden, gingen zusammen zu Feten, schleppten ab und zu zwei Mädchen ab, die sie zu einem nächtlichen Fondue einluden, verliebten sich auch mal zur gleichen Zeit, um dann als Quartett um die Blöcke zu ziehen, fuhren gemeinsam in den Urlaub, besprachen ihre beruflichen Pläne und teilten miteinander alle Sorgen. Wenn einer von ihnen feststellte, dass ihm das Mädchen des anderen nicht mehr gefiel, erfolgte über kurz oder lang die Trennung von beiden. Als wäre es den Freunden die Zeit nicht wert, sich wegen eines Mädchens in Diskussionen zu verlieren. Man bekam Frank und Klaus eben nur im Doppelpack, entweder beide oder keinen.

Fragte sie jemand, ob sie Brüder wären, grinsten sie mehrdeutig und wackelten schelmisch mit den Köpfen. Sie hatten beide am 22. April 1952 das Licht der Welt erblickt, Frank um neun Uhr, Klaus um zwölf Uhr, im Kreißsaal des Krankenhauses am Friedrichshain. Am Handgelenk hing ihr Bändchen mit den Namen Behrens und Schuster, die erschöpften Mütter schliefen. Als sie aufwachten, sagte man ihnen, dass sie einen Jungen geboren hätten, und die Mütter nannten der Schwester die Vornamen ihrer Söhne. Wie Zwillingsbrüder lagen sie schlafend nebeneinander in ihren Bettchen. Beide wogen um die 3500 Gramm, auffallend waren ihre vorgeschobenen Lippen, eine Schnute, die ihrem Gesicht etwas Herausforderndes verlieh. Klaus Behrens und Frank Schuster sahen sich verblüffend ähnlich, soweit man das behaupten kann, wenige Stunden nach der Geburt.

Am Abend desselben Tages standen ihre Väter unbeholfen vor einer verglasten Wand der Entbindungsstation, vor sich die Scheibe, dahinter ein leerer Raum, und warteten auf das Erscheinen ihrer Söhne. Es war jeweils ihr erstes Kind, angespannt richteten sie ihren Blick nach vorn. Sie wechselten einige Worte miteinander, um die Zeit zu überbrücken. Verlegen witzelten sie, dass es hier wie im Varieté zugehe, wo man auch darauf warte, dass jemand aus dem Vorhang tritt, um den nächsten Star vorzustellen. Schließlich öffnete sich eine Tür und zwei Krankenschwestern betraten den kleinen Raum, von dem sie die Fensterfront trennte. Jede trug ein kleines Bündel im Arm, aus dem ein Köpfchen und zwei Ärmchen ragten. Wie auf Kommando streckten die Schwestern den staunenden Vätern ihre wertvolle Fracht entgegen, als wollten sie ihnen ein Geschenk überreichen. Die Männer starrten auf die kleinen Wesen, winkten kurz und nickten mehrmals wie zur Freude über das Geschenk. Sie sahen sich kurz an, als käme ihnen gleichzeitig die Frage in den Sinn, welches Baby eigentlich zu wem gehörte. Die erfahrenen Geburtshelferinnen traten einen Schritt nach vorn und deuteten auf ein Bändchen am Handgelenk der Kinder. Daraufhin wechselten Herr Behrens und Herr Schuster ihre Positionen. Jetzt standen sie ihren Söhnen Klaus und Frank direkt gegenüber. Die Schwestern strahlten sie ein letztes Mal an und verabschiedeten sich mit einer Mundbewegung, die man als ein »Macht's dann mal gut« lesen konnte. Die Väter waren sich auf Anhieb sympathisch und beschlossen, anschließend in der Nähe ein Bier zu trinken. Aus einem wurden mehrere und dem Abend folgten weitere. Sie wurden zwar nie enge Freunde, aber gute Bekannte. Die Familien wohnten nicht weit voneinander und besuchten sich anfangs gelegentlich. Sie achteten darauf, dass sich die Kinder sahen, und schafften es, beide im selben Kindergarten unterzubringen. Auch die Einschulung erlebten die Söhne Seite an Seite, sich bereits wie zwei Brüder fühlend. Es schien, als hätten sich die Väter an dem Tag, als ihnen die Jungen wie ein Siegerpokal entgegengehalten wurden, geschworen, sie zusammen aufwachsen zu sehen. Es blieben ihre einzigen Kinder.

Franks Eltern ließen sich später scheiden, als die Kinder kurz vor dem Abitur standen. Frank hielt engen Kontakt zu seiner Mutter, nicht jedoch zum Vater, dem er das Scheitern ihres Familienlebens anlastete. Er war der Meinung, dass seines Vaters Lethargie und Gleichgültigkeit dazu führten, dass die Familie zerfiel. »Du hättest dich mehr um Mama als um deine Verkehrsbetriebe kümmern sollen«, sagte Frank zum Abschied.

Obwohl sich Herr Behrens und Herr Schuster im Verlauf der Jahre aus den Augen verloren, verband sie die Freundschaft ihrer Söhne wie ein unsichtbares Band. Während Frank sich an seine Mutter hielt, zog es Klaus zu seinem Vater, den er wie einen Heiligen vergötterte. Als Klaus achtzehn Jahre alt war, starb Frau Behrens an Krebs und Klaus' Bindung zum Vater wurde noch enger. Die beiden lebten einträchtig zusammen in ihrer Neubauwohnung am Alexanderplatz, und für den Vater war tatsächlich sein Sohn der einzige wahre Freund.

Das war nun achtundzwanzig Jahre her, seit man Klaus und Frank vor die Scheibe gehalten hatte, und aus ihnen waren junge Männer geworden, die sorglos in den Tag hinein lebten. Beide waren hochgewachsen, mit klar geschnittenen Gesichtszügen und einem offenen Blick, der Neugierde und Lebensfreude verriet. Man spürte zwischen ihnen eine Vertrautheit, wie man sie bei Menschen findet, die sich offenbar seit Ewigkeiten kennen. Die frischen Gesichter prägten volle geschwungene Lippen, und die gleiche kleine Kerbe im Kinn verstärkte den Eindruck, auf ein zupackendes Brüderpaar zu treffen.

Klaus war der unruhigere der beiden, und wenn man sich mit ihm in Gesellschaft befand, schien es manchmal, als müsste er jeden Augenblick zu einem wichtigen Termin aufbrechen. Eine unstillbare Neugierde trieb ihn um, gepaart mit einer gewissen Unstetigkeit, wie man sie gelegentlich bei Menschen antrifft, denen es an Geduld fehlt. Seine blonden Haare waren immer kurz geschoren, so dass die dicht anliegenden Ohren frei blieben, seine gerade Nase unter der glatten Stirn passte sich der ovalen Gesichtsform an. In seinen Zügen lag zwar noch die Harmonie der unbeschwerten Jugend, aber sobald ihn etwas quälte, gruben sich feine Falten in die Mundwinkel und deuteten an, dass er den ernsten Seiten des Lebens begegnet war. Eine Mischung aus Trotz und Angriffslust lag dann in seinem Blick und zeugte von starkem Willen. Er sprach überraschend leise, mit einer besänftigenden Stimme, wie jemand, der einen Streit schlichtet. Seine Stimme zähmte das unruhige Temperament. Während er etwas erläuterte, musterte er aus grauen Augen sorgfältig die Zuhörer. Er funktionierte wie ein vollgeladener Akku, aus dem die Energie gut geregelt abfloss. Ursprünglich wollte Klaus Medizin studieren. Das Fach kam seinem Interesse an allem Rätselhaften entgegen. Besonders zogen ihn psychologische Fragestellungen an, die er für geheimnisvoller hielt als Krankheiten, die mit der Apparatemedizin erfasst werden konnten. Eine Grippe oder einen Knochenbruch zu diagnostizieren, empfand er als langweilig, man maß das Fieber und schluckte Aspirin, oder fertigte eine Röntgenaufnahme an und legte einen Gips an. Da blieb nichts Rätselhaftes. Liebeskummer, Leid oder Neid waren nicht so leicht zu behandeln. Die Ursachen, die den einen ins Unglück reiten, während andere sie wie einen Wespenstich abtun, hätte er gern erforscht. Das Abiturzeugnis reichte leider nicht, zudem zählte er nicht als »Arbeiterkind«, ein Umstand, der ihn quasi an der Warteschlage vorbei nach vorn gebracht hätte. So wurde er an der biologischen Fakultät immatrikuliert. Während des Studiums hospitierte er in einigen klinischen Laboren, um sich sein Gefühl für die Medizin zu bewahren. Nach der Diplomprüfung bewarb er sich am Institut für Wirkstoffforschung in Berlin. Er wurde zu einem Gespräch eingeladen, und als er abends seinem Vater von dem Verlauf berichtete und ihm sagte, dass er sich nicht sicher sei, ob er die Stelle bekäme, nickte der schweigend und prostete ihm zu. Einige Tage später erhielt Klaus einen Arbeitsvertrag als wissenschaftlicher Assistent. Sein Forschungsgebiet beinhaltete anfänglich die Entwicklung neuer Psychopharmaka. Klaus war von der Arbeit begeistert, erinnerte sie ihn doch an seinen Studienwunsch und bahnte ihm den Zugang zu den Patienten.

»Ich kann über die Wirkung meiner Medikamente eine in der Seele verborgene Unwucht aufdecken und korrigieren«, schwärmte er seinem Vater vor.

Der Vater war ziemlich erstaunt und konnte es sich nicht verkneifen anzumerken, dass ihm gerade die Wünschelrute einfiel. Klaus winkte ab und sprach von der Zusammenarbeit seiner Abteilung mit dem Arzneimittelkombinat GERMED in Dresden und dem Weltniveau, das es zu erreichen galt. Augenblicklich glätteten sich die Unmutsfalten seines Vaters. Also doch was Handfestes, ein volkswirtschaftlich bedeutendes Projekt, schloss er für sich.

Frank lauschte zwar ergriffen, als Klaus ihm von neuen chemischen Leitstrukturen vorschwärmte, die als »Pillen materialisiert« den Patienten Ängste, Niedergeschlagenheit oder Depressionen nehmen würden, bemerkte aber ironisch, dass der Normalbürger in der Republik doch kaum Angst vor etwas haben müsse, einen neuen Engpass oder eine Autopanne mal ausgenommen. Klaus schüttelte nachsichtig den Kopf und klärte ihn darüber auf, dass bestimmte Formen der Trauer, Angst, Verzweiflung oder Depression nicht mit der Realität zu erklären seien. Das Leben könne noch so schön sein, alles bereithalten, was man sich wünschte, sorgenfrei erscheinen und planbar wie das Auftauchen des Mondes am Nachthimmel, und doch fielen Menschen plötzlich in ein dunkles Loch.

»Und aus dem holst du sie also mit einer Tablette wieder raus«, schlussfolgerte Frank skeptisch.

Die Wirkungsweise von Antidepressiva interessierte ihn so wenig wie das Leben der Fledermäuse. Er wollte nicht glauben, dass es in der DDR Bürger gab, deren Schicksal von den Leitstrukturen irgendwelcher Substanzen abhing. Klaus nickte und ergänzte, dass selbst in Ländern, wo es buchstäblich alles zu kaufen gebe und die Leute sogar ins Ausland zum Jagen reisten, Menschen an Depressionen erkrankten. Das Ganze komme aus der

Tiefe der Seele, sagte er, und tippte Frank auf die breite Brust. Metaphysik, befand der Ingenieur in Frank.

Er war der praktischere von beiden und hatte trotz Einser-Abitur nur ein dreijähriges Studium an der Ingenieurschule für Maschinenbau und Elektrotechnik in Berlin-Lichtenberg absolviert, um danach in einem Berliner Werkzeugmaschinenwerk Fräsmaschinen zu konstruieren. Doch das Fräsen interessierte ihn wenig, er zweifelte daran, dass die Maschinen, die er entwerfen sollte, je gebaut würden, auch ging ihm der Lärm in der Werkshalle gewaltig auf den Keks und sein Chef schien sich nur auf den Feierabend zu freuen. So sah er sich bald nach einer neuen Stelle um. In der Republik war die Bedeutung der Mikroelektronik beschlossen worden, alle redeten von Robotron, EDV und Rechenzentren. Frank beschloss, dem Zug der Zeit zu folgen. Er belegte einen EDV-Kurs und erlernte einige Programmiersprachen. Zu Hause entwarf er Matrizen zur datentechnischen Erfassung von Körperteilen und sann mit Klaus darüber nach, ob man mit FORTRAN die perfekte Frau programmieren könne.

1979 bewarb er sich am Rechenzentrum der Humboldt Universität. Er hatte Glück und wurde als Operator eingestellt. Nun war er an der Front des Fortschritts und fütterte den Großrechner Robotron 300 mit Lochbandrollen und Magnetbandkassetten. Die Arbeit entsprach seinem Charakter und seiner Gefühlswelt. Man kann alles programmieren, war sein Credo. Egal, ob die Daten aus der Wirtschaft, Technik, Medizin oder Naturwissenschaft stammen, ein gutes Rechenprogramm trennt sozusagen die Spreu vom Weizen. Es sagt einem, was womit im Zusammenhang steht, und deckt Denkfehler auf. Im Leben sei es nicht viel anders, behauptete er gern. Laufe etwas schief oder gar aus dem Ruder, so habe sich eben in unser Handeln ein Programmierfehler eingeschlichen, und dann müsse man die Befehle ändern, die Daten ergänzen oder korrigieren, oder einige Postulate überprüfen.

»Werden Menschen richtig programmiert, so irren sie sich nicht«, scherzte er.

Unerwartet begrub GERMED das Projekt und die Hoffnungen von Klaus, in das Innerste des Menschen vorzudringen. Frank atmete auf, als er erfuhr, dass Klaus stattdessen an einer klinischen Studie zur Testung einheimischer Herzschrittmacher mitarbeiten sollte. Das war etwas Handgreifliches und entsprach seinen Vorstellungen von Wissenschaft.

»Phantastisch, das wird sicher durch die Uni unterstützt, ist ja quasi praxiswirksam«, kommentierte er die Nachricht. »Wir könnten etwas zusammen machen. Algorithmen für die Anwendung dieser Antriebe entwickeln, messen, auswerten, vergleichen, optimieren. Ich kann dir auch noch helfen, die Patienten auszuwählen, denen du den Rhythmus vorgibst!«

Neben Klaus wirkte Frank wie ein Souffleur, der es gewohnt war, unbemerkt seiner Tätigkeit nachzugehen. Er redete wenig, und wenn, dann langsam, fast stockend, als suchte er nach Worten. Er wirkte zurückhaltend und kühl, war aber in seinem Wesen weder abgehoben noch arrogant. Er war von Natur aus ein vorsichtiger Mensch, der nicht zum Übermut neigte. Immer schön sachte, war eine seiner Floskeln, wenn Klaus ihn mit neuen Plänen in Beschlag nahm. Kannte man ihn nicht, kostete es eine gewisse Überwindung, sich ihm zu nähern. Unbewusst fürchtete man, zurückgewiesen zu werden oder sich zu blamieren. Dabei trug er immer ein einladendes Lächeln im Gesicht. Es schien ihm wie ein leichtes Schielen in die Wiege gelegt worden zu sein. Aber da es so gut wie nie aus seinen Zügen wich, verlor es nach einigen Augenblicken seine Anziehungskraft. Klaus glaubte, dass Franks Lächeln jede Frage nach seinem Gemütszustand abwehren sollte. Es war sozusagen die vorweggenommene Antwort auf die Frage »Wie geht es dir?«. Frank trug seine braunen Haare nicht kurz, wie Klaus, sondern bis über die Ohren. Vielleicht sollten sie ihn vor lauten Geräuschen schützen. Er war auch etwas fülliger, besonders im Gesicht, und seine Nase war weit weniger auffällig als die seines Freundes, nur der Mund und das Kinn, die stachen wie bei Klaus hervor. Frank wirkte für sein Alter sehr beherrscht, er wäre auch als der ältere Bruder von Klaus durchgegangen.

Der Vater von Klaus, Genosse Friedrich Behrens, war im Ministerium für Gesundheitswesen als Sektorenleiter für die technische Ausstattung von Krankenhäusern zuständig. Da gab es keinen allzu großen Spielraum, um schöpferisch tätig zu werden, geschweige denn eigene Vorstellungen über eine moderne Klinik umzusetzen. Jede Veränderung birgt das Risiko des Scheiterns in sich, war eine seiner Lebensweisheiten. Eines Morgens fand er sich allein in der Wohnung wieder. Verständnislos blickte er um sich und lauschte in die Stille. Nachdem seine Mutter verstorben war, pflegte Klaus zu sagen: »Unsere Familie war erst ein musikalisches Trio, in dem jeder eine Solopartie spielte. Danach spielten wir als Duo weiter.« Klaus wurde das alles bestimmende Thema in Behrens' Leben. Um ihn kreisten seine Gedanken, er wurde sozusagen sein wichtigstes Aufbauwerk. Dirk Behrens war nicht nur alleinerziehender Vater, sondern auch engster Freund und in alle Sorgen, Wünsche oder Pläne des Filius eingeweiht. Was Herrn Behrens an Gestaltungsspielraum im Beruf fehlte, fand er im Leben seines Sohnes. Klaus wiederum befand sich in der komfortablen Situation, im Vater und Frank, seinem Bruder im Geist, zwei treue Gefährten an seiner Seite zu wissen. Zufrieden schmunzelnd verglich er die beiden mit Rettungssanitätern, die sich in ständiger Bereitschaft befanden. Fiele einer aus, stünde der andere bereit. Klaus' Vater wäre nie auf den Gedanken gekommen, dass es für Klaus eine Person gäbe, die wichtiger als er sein könnte.

Klaus und Frank hatten vor zwei Jahren eine große, aber heruntergekommene Wohnung in der Oderberger Straße ergattert, nachdem sie dem Wohnungsamt versprochen hatten, sie instand zu setzen. Sie lag in einer Gegend, die von keinem Wohnungsbauprogramm erfasst wurde, unweit der Schönhauser Allee und der U-Bahn-Station. Keine zwei Minuten von ihrer Wohnung entfernt stand die Mauer, hinter der sich der Westen verbarg. Die Zusage durch das Wohnungsamt hatte ein Hinweis der Humboldt-Universität erleichtert, wonach Frank zukünftig im Schichtbetrieb des Rechenzentrums tätig sein würde. Doch als sich Frank beim Wohnungsamt meldete und ansetzte, der

Sachbearbeiterin seine Tätigkeit zu erläutern, winkte diese ab. »Ich bin informiert«, beschied sie ihm mit kühlem Blick. Er rief seine Mutter an und erzählte ihr von seinem Besuch. »Ja, mein Sohn, wenn jemand darauf hinweist, dass seine Kinder *Kaderreserve* sind, haben die gewissermaßen ein Ass im Ärmel«, sagte sie nur. Es dauerte nicht lange, bis bei Frank der Groschen fiel und er begriff, dass es Klaus' Vater war, der *darauf hingewiesen* haben musste.

Das Leben der zwei Freunde begann sich im Juni 1980 zu verändern, als sie ihre erste berufliche Bewährungsprobe zu bestehen hatten. Die groß angelegte klinische Studie zur Herzschrittmachertherapie war durch das Ministerium für Gesundheitswesen veranlasst worden. Republikweit waren vierundachtzig Kliniken beteiligt. Die Patienten wurden in einem zentralen Register in der Klinik für Innere Medizin erfasst. Es liefen anamnestische Daten von Hunderten Patienten ein und der Auftrag lautete, sie systematisch aufzuarbeiten. Selbst Ergebnisse der seit Jahren in der DDR durchgeführten Volksröntgenreihenuntersuchung (VRRU) sollten einbezogen werden. Das rief zwar bei einigen Ärzten Zweifel hervor, da sie Röntgenaufnahmen bisher nur zur Abklärung von Lungenkrankheiten abgefordert hatten, doch der leitende Bezirksarzt Dr. Tämpel aus Potsdam hatte nachdrücklich darauf verwiesen, dass bei acht bis zehn Prozent der DDR-Bevölkerung, die in der VRRU erfasst würden, röntgenpathologische Befunde erhoben würden, die auf eine Herzerkrankung hinwiesen. Das waren immerhin 1,2 bis 1,3 Millionen Bürger. Gesundheitspolitisch hochbrisant, befand das Ministerium, und gab den Weg frei.

Die Verantwortlichen in der Regierung hatten festgelegt, dass jeder Bürger gleich welchen Alters einen Anspruch auf einen Schrittmacher haben sollte. Das unterschied ihre Bürger von denen in den Bruderländern Polen oder Ungarn, dort musste man sich nämlich ab dem sechzigsten Lebensjahr allein auf sein Herz verlassen, einen Schrittmacher gab es nur bis neunundfünfzig.

Es passte gut in die Planung, dass ein neues Modell, bezeichnet mit dem Kürzel LCP 202–VVI, aus dem VEB Transformatoren- und Röntgenwerk »Hermann Matern« in Dresden zur Auslieferung in die Bezirkskrankenhäuser bereitstand. Und interdisziplinäre Forschung war auch gefragt, weil Forschungsergebnisse schneller praxiswirksam werden sollten. Vor diesem Hintergrund fanden Klaus und Frank in dem Projekt ihren Platz. Klaus hatte die Auswertung klinisch-biochemischer Parameter zu verantworten, Frank als Informatiker einen Algorithmus zur Stratifizierung der Patienten zu entwickeln, um ihr Herzkreislaufrisiko zu klassifizieren. Den klinischen Teil vertrat der Kardiologe Dr. Peter Wohlfahrt, der auch die Implantation der Schrittmacher vornahm. Zusammen bildeten sie das medizinisch-naturwissenschaftliche Rückgrat des Projekts. Als sie sich das erste Mal zu einer Besprechung trafen, war besonders Klaus etwas irritiert von der kühlen Art Wohlfahrts, der nur das Notwendigste sagte und den Anschein erweckte, als würde er im Stillen die Minuten abzählen, die er für die Sitzung eingeplant hatte. Der Unterschied zum extrovertierten Klaus hätte nicht größer sein können. Frank gefiel die Art des Arztes, mit der Zeit sorgsam umzugehen, sich nicht mit Allgemeinplätzen abzugeben und seine Meinung in klare Sätze zu kleiden.

»Der Peter ist ja ein ganz ruhiger Typ«, bemerkte er eines Abends. »Ganz wie ich«, fügte er grinsend hinzu. Das stimmte nicht ganz, denn Dr. Wohlfahrt kam noch zurückhaltender rüber als Frank. Und eine gewisse Melancholie ging von ihm aus, eine Stimmungslage, die Frank fremd war. Der Doktor erweckte mitunter den Eindruck, als würde er irgendwelchen verlorenen Zeiten nachtrauern. Wohlfahrt war spindeldürr und etwa so groß wie Frank, der aber neben ihm wie ein Schwergewicht aussah. Als die beiden ihren Kollegen das erste Mal sahen, dachte Klaus, er wäre gerade von einer längeren Krankheit genesen. Dabei war er gesund und ausdauernd wie ein Marathonläufer.

»Validierung biochemischer Parameter während des Einsatzes des Herzschrittmachers TuR LCP 202-VVI bei Hochrisikopatienten« – dieses Thema hatten Klaus Behrens und Peter Wohlfahrt ihren Chefs als Titel ihres Projekts vorgeschlagen. Einige Wochen später, die Studie war durch die Leitungsgremien abgesegnet worden, lud Peter zu diesem Anlass seine beiden Kollegen zu sich nach Hause ein.

»Meine Frau würde sich freuen, euch kennenzulernen«, kündigte er an.

So fing alles an, an einem heißen Sommerabend im Juli 1980, als Frank und Klaus die Hand von Peters Frau schüttelten und sich ihre Herzschläge fast gleichzeitig beschleunigten, als hätte sie Renate Wohlfahrt synchronisiert.

Die Wohlfahrts bewohnten eine Dreizimmerwohnung in einem hübschen Neubau mit freiem Blick über den Volkspark Friedrichshain. Bis zum Alexanderplatz waren es keine zehn Minuten zu Fuß, und überquerte man die Straße vor ihrem Haus, stand man nach wenigen Schritten vor dem Märchenbrunnen, hinter dem verschlungene Wege durch den Park führten, unterbrochen durch Kinderspielplätze, vorbei an einem Café am künstlich angelegten Teich mit gemächlich treibenden Enten und den Gebäuden des Krankenhauses »Friedrichshain«, das sich in unmittelbarer Nachbarschaft befand. Im Sommer schlurften einige Patienten in Bademänteln über die Kieswege zum Bierkiosk.

Frau Wohlfahrt öffnete ihnen und im ersten Augenblick glaubten Frank und Klaus, sich in der Adresse geirrt zu haben. Diese Frau konnte unmöglich zu Herrn Dr. Peter Wohlfahrt gehören, dem unscheinbaren Mann, den nur der Kittel von seinen Patienten unterschied. Aber es war ihr Kollege Peter, der mit leicht hochgezogenen Schultern still hinter dieser umwerfend schönen Frau stand, als würde er darauf warten, vorgelassen zu werden. Neugierig musterte sie erst Klaus und anschließend Frank, als vergliche sie die beiden mit ihren Erwartungen.

»Das ist Renate, meine Frau«, sagte Peter leise über ihre Schulter, als müsste er alle Zweifel ausräumen. Seine Stimme klang, als wollte er niemand erschrecken.

»Und ich bin der Klaus, und das ist Frank«, erwiderte Klaus und streckte seinen Arm aus.

Er drückte ihre schmale kühle Hand und sie schenkte ihm ein flüchtiges Lächeln. Dann wandte sie sich Frank zu.

»Dann sind Sie es, der meinem Mann verrät, wem er das Herz instand zu setzen hat«, sagte sie, während ihre Augen über ihn glitten.

Frank stand wie ein Zinnsoldat neben Klaus, sein Lächeln wirkte etwas gequält und eine leichte Röte überzog sein Gesicht. Er hob die Schultern und winkelte den Arm an. Sie ergriff seine Hand, und als ihre zarten Finger wie zufällig seinen Handballen streiften, glaubte er einen kleinen Stromstoß zu spüren. Ihre Hände lösten sich und er trat unwillkürlich einen Schritt zurück in den Treppenflur. Er konnte seine Augen nicht von ihr wenden. Sie war einen Kopf kleiner als Peter, schlank, von mädchenhafter Statur, ein Minirock gab den Blick auf makellose Beine frei. Die oberen Knöpfe ihrer blauen Bluse waren lässig geöffnet und Frank ahnte, dass es bei dieser Frau an nichts fehlte. Aus ihren dunklen mandelförmigen Augen blitzten Neugierde und Mut. Ihr schmales Gesicht zierte ein kleiner Mund, wie ein neugieriges Mädchen, das gespannt einen Besuch erwartete, schob sie ihre sanften Lippen nach vorn, als sie die Jungen aus den Augenwinkeln musterte. Klaus und Frank spürten, dass sie ihren Willen durchzusetzen wusste. Die dunklen Haare waren kurz geschnitten, sie bedeckten kaum die Ohren und ließen ihre Stirn frei, die wie feines Porzellan glänzte. In ihren Zügen versteckte sich ein Hauch von Sinnlichkeit, als wäre sie gerade aus einem schönen Traum erwacht. Wie ist Peter zu dieser Braut gekommen, war Franks erster klarer Gedanke. Er schielte zu Klaus hinüber, der mit halboffenem Mund neben ihm stand und offensichtlich demselben Rätsel nachspürte.

»Na ja, wir arbeiten zusammen, ich bin Informatiker und werte Patientenakten aus«, besann sich Frank auf eine Antwort, bemüht, ihrem forschenden Blick standzuhalten.

Sie nickte verständnisvoll und drehte ihren Kopf zu Klaus.

»Dann sind Sie also mit dem wissenschaftlichen Teil dieser Herzstudie befasst«, fuhr sie wie eine Versammlungsleiterin fort, die den nächsten Redner ankündigt.

Klaus nickte verlegen, als hätte man ihn bei einem falschen Gedankengang ertappt.

»Ich bin Biologe und arbeite die Blutproben von den Patienten auf, die Peter operiert«, umschrieb er leise seine Rolle und legte einen Finger auf seine Kinnkerbe.

»Oh. Davon müssen Sie mir später mehr erzählen. Peter spricht nicht viel über seine Arbeit, aber los, nun gehen wir mal endlich rein«, sagte sie und hakte sich schelmisch lächelnd bei ihrem Mann ein, der nachsichtig die Augenbrauen hob.

»Folgen Sie mir bitte, Frank und Klaus«, rief sie vergnügt über die Schulter.

Mit erstaunlich weiten Schritten marschierte sie mit Peter an der Seite durch den Korridor zum Wohnzimmer, dessen Tür weit offen stand. Klaus folgte ihnen mit gesenktem Kopf, seine Augen hafteten auf den hellen Kniekehlen der Gastgeberin, bis sie sich vor dem Esstisch postierte. Frank machte zwei Schritte, drehte sich dann um und schloss die Haustür.

Frau Wohlfahrt stand neben ihrem Gatten und strahlte den Besuch an, eine Hand ruhte auf ihrer Hüfte, ein Bein hatte sie leicht nach vorn geschoben, die Fußsohle war nach außen gerichtet wie bei einer Balletttänzerin, die sich zu einer Pirouette anschickt. Klaus und Frank warfen fast gleichzeitig einen verstohlenen Blick auf die Gastgeberin. Peter schielte einmal kurz zur Küche und wandte sich dann mit etwas leiernder Stimme an seine Gäste.

»Schön, dass ihr hier seid. Nun gehen wir erstmal zum Du über. Renate, das sind Frank und Klaus, wie du bereits weißt. Renate ist nicht vom Fach, stellt euch also darauf ein, ausgefragt zu werden. Und jetzt hole ich das Essen«, bemerkte er wie selbstverständlich und setzte sich in Bewegung, die verdutzten Blicke seiner Besucher im Rücken.

»Was machst du beruflich, Renate?«, platzte Klaus heraus.

»Ich bin gelernte Kosmetikerin, arbeite jetzt im Kosmetik-Kombinat Berlin. Leite dort eine Abteilung«, fügte sie hinzu.

»Oh, sehr interessant. Wo ist das?«, fragte Klaus, in Gedanken immer noch dem Rätsel nachgehend, wie Peter zu dieser Perle gekommen war.

»Mein Betrieb befindet sich in der Chausseestraße.« Sie sagte das wie nebenbei und in einem Ton, der wenig Interesse an der Vertiefung dieses Themas verriet.

Peter hatte einige Schüsseln und zwei Flaschen Rotwein in die Durchreiche gestellt, wobei er wie ein besorgter Koch einen letzten Blick auf seine Gäste warf, bevor er die Küche verließ und sich zu ihnen gesellte. Er stellte das Essen vorsichtig auf die schneeweiße Tischdecke, rückte noch einige Teller zurecht, richtete sich aufatmend auf und postierte sich wie ein Kellner neben seinem Stuhl. Renate stand mit gefalteten Händen am Tisch und erinnerte Klaus an ein Mädchen, das auf eine Einladung zum Tanz wartet. Frank stand am Fenster und war noch mit dem Ausblick auf den Friedrichshain beschäftigt. Renate setzte ein strahlendes Lächeln auf und bat mit einer eleganten Armbewegung zu Tisch, wobei sich ihre eng geschnittene Bluse verschob. Sie setzte sich als erste und legte ihre zarten Hände neben das Besteck. Klaus folgte wie hypnotisiert ihren Bewegungen und dem Sitz der Bluse. Er biss sich auf die Lippen und wandte den Kopf ab, kam aber nicht umhin, sie weiter aus den Augenwinkeln zu betrachten. Eine gewisse laszive Lässigkeit ging von ihr aus, wie sie mit halboffenem Mund vor den dampfenden Schüsseln saß. Klaus stockte der Atem.

»Wo soll ich sitzen, Renate?«, fragte Klaus und lauschte seiner Stimme, als fürchtete er, sie könne seine Gefühle verraten.

Frank drehte sich vom Fenster weg und sah sich neugierig um.

»Frank, genug geträumt, komm her zu meiner linken. Und Klaus zu meiner rechten Seite«, rief Renate in den Raum.

Sie schob sich leicht aus dem Sitz und breitete ihre Arme aus – wie Flügel, dachte Klaus, so weiß und makellos erschienen sie ihm. Franks Augen erhaschten einen Streifen nackten Bauch und für eine Sekunde kam es ihm so vor, als wölbte er sich ihm entgegen. Klaus setzte sich augenblicklich zu ihr, als fürchtete er um den freien Platz. Wie zwei Bräutigame, die um ihre Hand anhielten, flankierten Klaus und Frank Renate Wohlfahrt.

»Also, heute gibt's was Schlichtes, aber sehr Feines. Peter hat Schnitzel Wiener Art und Kartoffeln zubereitet, als Beilage einen Gurkensalat«, stellte Renate das Menü ihres Gatten vor und wies mit der Hand auf ihn.

Ein nachsichtiges Lächeln erhellte sein Gesicht, als würde er das Lob eines Gastes entgegennehmen.

»Wir hatten nicht so viel Zeit heute«, bemerkte Renate, ihrem Mann einen verständnisvollen Blick zuwerfend.

»Wir hätten auch an einem anderen Tag kommen können«, nahm Frank den Hinweis auf.

»Nein, alles prima. Ich hatte nur Nachtschicht und dann musste ich noch einen Tag dranhängen, weil eine Kollegin erkrankt war«, wiegelte Peter ab.

»Du kochst gerne?«, fragte Klaus, wie um eine Unterredung in Gang zu bringen.

»Ja, schon, für mich ist es wie Erholung, eine schöne Ablenkung«, antwortete Peter.

Frank nickte verblüfft und strich sich die Haare aus der Stirn. Peter Wohlfahrt saß kerzengerade auf seinem Stuhl, zwar etwas blass und mit dunklen Schatten unter den Augen, aber offensichtlich recht zufrieden. »Klaus' und Franks Gegenwart vertreibt jeden Trübsinn«, hatte er vorher gegenüber seiner Frau bemerkt. Sie hatte mit den Achseln gezuckt, als wäre das nicht wirklich ihre Sorge. Peter griff nach der Weinflasche und hielt sie fragend in die Höhe. Renate tippte lächelnd auf ihr Glas, woraufhin er langsam einschenkte. Klaus' und Franks Blicke folgten der wortlosen Zeremonie.

»Ein schöner Rotwein, trinkt ihr doch?«, fragte Peter, noch mit der Flasche über Renates Glas.

Die beiden nickten brav und Klaus beobachtete, wie Renate mit drei Fingern ihrer rechten Hand das Glas festhielt, während ihre linke nach wie vor auf dem schneeweißen Tischtuch ruhte, über dem ihre lackierten Fingernägel wie frische Kirschen leuchteten. Als alle Gläser gefüllt waren, sprach Renate schmunzelnd in die Runde:

»Auf unsere Gäste und unseren Spitzenkoch, Prost!«

Das Schnitzel war zart, aber nicht zu dünn, um seinen Geschmack voll zu entfalten. Den Gurkensalat hatte Peter mit Smetana verfeinert und die Kartoffeln mit Petersilie bestreut. Es war still am Tisch, man hörte nur das Klappern der Bestecke und ein sanftes Schnalzen aus zufriedenen Mündern. Peter schaute fragend in die Runde.

»Schmeckt prima«, murmelte Klaus, seine schmale Nase näherte sich genießerisch dem Tellerrand.

»Finde ich auch«, bestätigte Frank prompt.

Renate warf einen lobenden Blick auf ihren Mann.

»Das ist von der Kugel, das Beste vom Schwein«, bemerkte Peter.

»Kugel?«, fragten Klaus und Frank unisono.

»So nennt man das Schulterstück, wenn man's als Ganzes kauft. Gibt's nur beim Fleischer.«

»Fleischer?«, wunderte sich Klaus, der nur seine Kaufhalle kannte.

»Rose, ein Privater am Nordbahnhof«, sagte Peter kurz, für den das Thema damit erledigt war.

Klaus und Frank warfen während des Essens immer wieder einen verstohlenen Blick auf Renate, die abwechselnd beide mit einem stillen Lächeln bedachte. Frank bildete sich ein, in ihm würden Fieberwellen aufsteigen. Der letzte Bissen war kaum runtergeschluckt, da erhob sich Renate.

»Kommt, wir setzen uns auf die Couch, jetzt will ich hören, was ihr mit diesen Herzschrittmachern zu tun habt.«

Klaus hätte gern noch etwas vom Gurkensalat genommen, aber Renate war bereits unterwegs, ebenso Frank, der ihr mit glänzenden Augen folgte. Das Wohnzimmer war für einen Neubau ziemlich geräumig, zwischen Esstisch und Sofaecke blieben

Klaus genug Meter, um Renate nachzuschauen, wie sie mit festen Schritten den Raum durchquerte. Irgendwie erinnerte sie ihn auf einmal an eine Dompteuse, die ein Löwenrudel in Schach hält. Er sah Peter fragend an.

»Geh nur, Klaus, ich räume dann noch auf. Macht's euch bequem«, ermunterte ihn Peter.

»Klaus, komm zu uns. Peter ist noch in der Küche. Ihr könnt euch ja oft genug mit ihm unterhalten«, winkte sie Klaus zu sich. »Morgen habe ich Küchendienst«, bemerkte sie beiläufig.

Renates rot markierter Zeigefinger hob sich vor ihre blitzenden Mandelaugen, als würde sie zum Gehorsam ermahnen. Peter drehte den Kopf halb zurück ins Zimmer und murmelte:

»So ist es, heute bin ich dran.«

Die zwei dunkelroten Sofas standen über Eck, so dass man entweder zum Friedrichshain oder zum Esstisch sah. Frank hatte die Aussicht in die Natur gewählt, schräg gegenüber saß Renate. Mit einer lässigen Handbewegung dirigierte sie Klaus an die Seite Franks. Zwischen ihnen stand ein flacher Couchtisch, auf dem einige ältere Zeitungen, Fachzeitschriften, ein Notizblock und ein Kugelschreiber lagen. In der Ecke, eingeklemmt zwischen den Sofas, stand der Fernseher. Man konnte im Liegen fernsehen.

»So habe ich euch beide gut im Blick, wie bei einem Verhör«, spöttelte Renate, über dem Tisch aufmerksam ihre Gäste musternd.

Die jungen Männer mussten sich etwas zur Seite drehen, um ihr in die Augen zu blicken. Das erwies sich als zunehmend schwierig, denn mit der Zahl der geleerten Weingläser stieg die Versuchung, einen Blick auf ihre schönen Beine zu werfen, die wie glänzende Marmorsäulen anmuteten.

»Was macht ein Informatiker auf der Herzstation?«, begann sie mit Frank.

Er hüstelte und nestelte verlegen an seiner Armbanduhr aus Ruhla, die ihm sein Vater zum Abschluss seines Ingenieurstudiums geschenkt hatte. Wurde es brenzlig oder galt es ein Gefühl zu unterdrücken, tastete er nach dem kleinen geriffelten Aufziehrädchen.

»Ich programmiere Anweisungen für den Rechner. Dazu gehört die Auswertung medizinischer Daten.«

Frank stockte und sah zweifelnd zu Renate hinüber, bemüht, ihr in die Augen zu sehen. Sie rutschte etwas nach vorn, als wollte sie ihn besser verstehen. Frank blinzelte wie geblendet und drehte sich zu Klaus.

»Sag du was zu dem Projekt«, bat er.

»Moment noch, Frank«, hakte sie nach. »Ich war ja noch nie in einem Rechenzentrum, wie muss ich mir das vorstellen, wenn du so ein Programm in den Rechner schickst? Sind das Zahlenreihen, die du abtippen musst?«

Frank griente und schüttelte nachsichtig den Kopf.

»Nee, Zahlen, das war ganz am Anfang. Jetzt benutzt man maschinenlesbare Programmiersprachen, die aus Befehlen bestehen. Wir setzen FORTRAN-77 ein«, referierte er.

»Oh«, entfuhr es Renate bewundernd.

Sie lehnte sich zurück und sah ihm forschend in die Augen, als würde sie ihn sich bei der Arbeit vorstellen.

»Nichts Besonderes, kann jeder erlernen«, meinte Frank, der sich nicht sicher war, ob sie ihn ein wenig auf den Arm nahm.

»Beschreibe Renate mal an einem Beispiel, was ein Programm alles kann«, sprang ihm Klaus zur Seite, dem ihre Übungen zur Programmierung der perfekten Frau eigefallen waren.

Frank kräuselte die Stirn. Irritiert bemerkte er ihre ausgebreiteten Arme, die auf der Rückenlehne ruhten, wodurch sich die knappe Bluse gefährlich spannte. Renate sah ihn interessiert an. Er räusperte sich und senkte die Augen.

»Darf ich?«, fragte er und zeigte auf den Kugelschreiber.

»Nur zu, willst du mir eine Rechenaufgabe stellen?«

»Keine Sorge. Kann ich den Block haben?«

»Ja. Da steht nichts Besonderes drin. Peter schreibt sich irgendwelche Erledigungen auf, die ihm abends beim Fernsehen einfallen«, sagte sie.

Sie zog ihre Arme vom Sofa und rutschte nach vorn, dabei beide Hände auf ihre Oberschenkel pressend, um den Rocksaum festzuhalten. Frank riss eine Seite heraus und begann einige Zahlen, Buchstaben und Satzfetzen untereinander zu schreiben.

»Setz dich mal zu mir, damit ich dir folgen kann«, bat sie und klopfte mit der rechten Hand aufs Sofa.

Frank sah auf und nickte brav. Klaus hüstelte und runzelte leicht die Stirn. Frank setzte sich zu ihr und atmete ihr leichtes Parfüm ein. Er hielt eine Sekunde lang den Atem an, als würde er es in sich bewahren wollen.

»Rechnest du jetzt Renates Horoskop aus?«, versuchte Klaus zu scherzen.

Er fühlte ein Unwohlsein in sich aufsteigen, ähnlich der Missstimmung, wenn man von einem gemeinsamen Spiel ausgeschlossen wird. Er sprang plötzlich auf, überlegte kurz und stellte sich hinter Frank, um der Versuchung zu widerstehen, auf Renate hinabzuschielen. Renate sah inzwischen auf den Zettel, den ihr Frank zugeschoben hatte. Er erinnerte sie an ein Telegramm, sie neigte ratlos den Kopf und stupste Frank in die Seite.

»Willst du mich auf den Arm nehmen?«

Nur zu gerne, dachte Frank und öffnete sein glänzendes Gesicht wie zu einer frohen Botschaft.

»Würde ich nicht wagen. Das ist ein kleines Computerprogramm. Der Rechner kann damit dein Idealgewicht errechnen.«

»Na toll«, meldete sich Klaus von hinten.

Renate rutschte eine Idee näher zu Frank hin, der mit glühenden Wangen seinen Zettel festhielt. Eigentlich gefällt mir der Klaus genauso gut wie sein verschrobener Freund aus dem Rechenzentrum, hatte sie beim Schnitzel konstatiert. Klaus scheint in dem Gespann Tempo und Richtung vorzugeben. Ein Draufgänger, aber mit guten Manieren und ausgeprägten Emotionen, vermutete sie nach einem taxierendem Seitenblick. Kommt mir irgendwie kindlicher als sein Freund vor. Der kommt sicher langsamer auf Touren, ist dafür wahrscheinlich ausdauernder. Es machte jedenfalls Spaß mit den beiden in der Sofaecke.

»Nun lüfte mal das Geheimnis über meine Pfunde«, sagte sie vergnügt und lehnte sich entspannt zurück.

Klaus in ihrem Rücken kam es so vor, als würde sie gleich zu ihm hinaufblinzeln.

»Hier stehen untereinander die Befehle für den Rechner«, begann Frank leise zu sprechen.

»REAL gewicht, grösse. Diff

WRITE (*, 100) ›Geben Sie Ihr Gewicht in Kilogramm ein:‹

READ (*,*) gewicht

WRITE (*, 100) ›… und Ihre Größe in Metern:‹

READ (*.*) grösse

Diff = gewicht – 90.* (grösse-1.)

WRITE (*,*) ›Ihre Abweichung vom Idealgewicht beträgt, diff,*, Kilogramm‹.«

Frank verstummte, als er Renates Atem spürte, er glaubte für einen Augenblick, sie wäre an seiner Seite eingeschlummert. Peter tauchte aus der Küche auf und sah zu ihnen hinüber. Sie gaben ein merkwürdiges Bild ab, wie Verschwörer, die einen Plan aushecken. Renate bemerkte ihn und richtete sich auf.

»Peter, guck mal, der Frank errechnet gerade meine Idealmaße!«

Peter gesellte sich mit langsamen Schritten zu ihnen. Er ließ sich auf das leere Sofa fallen und gähnte herzhaft.

»Was machst du, Frank?«

»Nichts Besonderes, deine Frau bat mich, ihr meine Arbeit zu erklären. Da habe ich ein einfaches Rechnerprogramm aufgeschrieben. Reiner Jux, mir fiel nichts Besseres ein.«

»Zeig doch mal«, bat Peter mit müder Stimme und schob einen Arm nach vorn, ohne sich aufzurichten.

Frank schob seinen Zettel über den Tisch. Renate spitzte die Lippen, als würde sie gleich ein Liedchen anstimmen.

»Ich will das aber auch verstehen«, protestierte sie wie ein trotziges Mädchen und schüttelte mit gespielter Entrüstung den Kopf.

»Ich bin noch nicht fertig«, sagte Frank ruhig. »Wir müssten jetzt das Gewicht und die Größe eintragen, nehmen wir mal an, 75 Kilogramm.«

»Nee, also mal langsam, ich bin doch nicht dick«, unterbrach sie ihn.

»Natürlich nicht«, sagte Frank und kam nicht umhin, seinen Blick über ihre Taille wandern zu lassen. »Ist ja nur ein Beispiel. Also 75 Kilo bei einer Größe von 175 Zentimetern, der Rechner würde für diesen Fall eine Abweichung vom Idealgewicht in Höhe von siebeneinhalb Kilogramm errechnen.«

Renate sah auf Frank, als hätte er soeben einen Zaubertrick vorgeführt. Peter kämpfte gegen die Müdigkeit an und nickte wie selbstverständlich.

»Renate, nun verstehst du, was wir tun: Frank kriegt die Patientendaten, lädt das Programm, und schon spuckt der Robotronrechner die Patienten aus, die ich unters Messer nehmen soll«, erklärte er wie im Halbschlaf.

Klaus lachte etwas zu laut auf, sah hinüber zu Peter, der halb im Sofa lag, und beschloss kurzerhand, sich neben Renate zu setzen. Sie schmunzelte versonnen, als sie die beiden Freunde an ihrer Seite spürte.

Nach der dritten Flasche Rotwein wollte sie wissen, ob sie sich schon mal wegen eines Mädchens gestritten hätten, worauf sich Frank und Klaus verwundert ansahen. Nein, kommt nicht vor, sagten ihre Blicke. Frank griente etwas breiter:

»Doch, einmal, als ich die perfekte Frau programmiert habe, aber Klaus dann ihre Adresse verloren hat.«

Amüsiert stellte Renate fest, dass es bei den beiden nicht nur in der Forschung munter zuging.

»Na, unsere Adresse werdet ihr wohl behalten können«, bemerkte sie wie nebenbei, worauf sich die beiden verlegen angrinsten.

»Peter, haben wir noch etwas zu trinken?«, schreckte sie ihren Mann aus seinem Dämmerzustand auf.

»Ja, natürlich. Noch einen Roten?«, fragte er träge.

»Peter, lass mal, ist schon spät und du hattest einen langen Tag«, wiegelte Frank ab und stand auf.

Renate zog einen Schmollmund, rutschte aber sofort vom

Sofa. Klaus nickte beifällig und folgte ihr. Er hatte die letzten zwei Stunden wie angenagelt neben Renate gesessen, ihm war leicht schwindelig und sein Kreuz schmerzte vom aufrechten Sitzen. Seine Eindrücke waren so verschwommen wie sein vom Rotwein verschleierter Blick. Aus der Frau wird man nicht schlau, fand er. Alle bewegten sich zum Ausgang. Peter stand an der Tür, eine Hand auf der Klinke, als hielte er sich an ihr fest.

»Schön, dass ihr uns besucht habt«, murmelte er, als hätten sie ihm einen Dienst erwiesen.

Frank und Klaus nickten und streckten ihm gleichzeitig die Hand entgegen, übersahen aber Renate, die sich zwischen sie schob.

»Erst ich, dann euer Kollege«, sagte sie mit dunkler Stimme.

Die beiden ließen die Arme fallen und sahen sich unentschlossen an. Renate streckte Klaus die Wange entgegen, der die Andeutung eines Kusses wagte.

»Nun dein Busenfreund«, lächelte sie Frank sanft an und hielt ihm die andere Gesichtshälfte hin.

Er errötete und fühlte ihre Haut auf seinen Lippen. Peter verabschiedete seine Besucher mit einem lässigen Klaps auf die Schulter.

Sie standen vor dem Haus der Wohlfahrts und kamen nicht umhin, an der Fassade emporzuschauen, als fühlten sie Renates Blicke im Rücken. Schweigend liefen sie die Friedenstraße entlang, neben sich die Häuserreihe, auf der anderen Straßenseite den dunklen Park. Klaus blieb plötzlich stehen und starrte vor sich auf den Bürgersteig.

»Wusstest du, dass sich Peter so eine Kirsche geangelt hat?«, fragte er zögernd.

Frank stand neben ihm und sah geradeaus, als würde er sich etwas ins Gedächtnis zurückrufen. Sein eingemeißeltes Lächeln war während des Abends einem sanft verträumten Gesichtsausdruck gewichen, als folgte er einer bezaubernden Theateraufführung. Jetzt sah er plötzlich müde und unzufrieden aus. Ein Unbehagen stieg in ihm auf, das er so nicht kannte und sich nicht erklären konnte. Sie standen unbeweglich unter dem gleißenden Licht einer Laterne, das sie wie auf einer Bühne ausleuchtete. Zwei Männer, die sich plötzlich misstrauten. Es war noch warm und die Luft sehr klar. Frank warf einen stummen Blick auf seinen Freund. Hatten sie sich etwa zum ersten Mal in dieselbe Frau verliebt? Wortlos erreichten sie die U-Bahn am Alexanderplatz, gleich darauf saßen sie im leeren Abteil. Die Bahn verließ den Tunnel und sie schwebten über der Schönhauser Allee. Fast auf einer Ebene mit der ersten Etage der Häuserreihen glitt der Zug über die Hochgleise. Aus ihrem Abteil sahen sie in die Wohnzimmer. Es glich einer Geisterfahrt, wenn man das Gesicht an das Fenster presste. Die U-Bahn hielt an der Dimitroffstraße und sie verließen schweigend das Abteil. Sie stiegen die Stufen hinab auf die Schönhauser Allee, immer noch schweigsam, und gingen bis zur Kastanienallee vor, bogen stumm nach rechts ab und standen kurz darauf vor ihrem Haus in der Oderberger Straße. Es war im wahrsten Sinne des Wortes eine düstere Gegend, von den Fassaden bröckelte der Putz, die Straße war nur spärlich beleuchtet, es gab einige wenige Läden, um sich mit dem Notwendigsten zu versorgen. In diese Straße kam nur, wer einen Schlüssel für eine der renovierungsbedürftigen Wohnungen besaß oder das Hallenbad aufsuchen wollte. Es hatte zwei Weltkriege überdauert. Die Kinder der umliegenden Schulen kamen zum Schwimmunterricht und die Anwohner ohne eigenes Bad zum Duschen.

Ihre Wohnung lag zwar zum Hinterhof, war dafür aber ruhig und geräumig. Sie teilten sich drei Zimmer und das Bad, sogar eine Dusche war vorhanden. Jeder hatte sein eigenes Zimmer, eines bezeichneten sie als ihren Salon, da standen der Fernseher und der Plattenspieler. Sie hatten vier alte Sessel und ein schmales Sofa beim Gebrauchtwarenhändler aufgetrieben und alles neu beziehen lassen. Die Möbel waren der Lichtpunkt ihrer Wohnung, tiefrot war die Polsterung und jeder Besucher dachte sofort an einen Kinosaal. Klaus' Vater hatte etwas beigesteuert. Kam er sie besuchen, und das tat er mit der Regelmäßigkeit eines Büroangestellten, so schritt er aufrechten Ganges schnurstracks in das

Wohnzimmer und warf einen prüfenden Blick auf die Sofagarnitur. Das Zimmer seines Sohnes betrat er nie.

»Wollen wir noch ein Bier trinken?«, fragte Klaus, als sie unentschlossen in ihrer winzigen Küche standen.

Frank schüttelte langsam den Kopf und ließ sich auf den Küchenstuhl fallen. Er fühlte sich völlig zerschlagen, so als hätte er die Nacht durchgearbeitet.

»Komm, halbes Glas, auf die schöne Gattin unseres Herzspezialisten«, sagte Klaus etwas gekünstelt.

»Meinetwegen, auf Peters Glück«, murmelte Frank mit gesenktem Kopf und wunderte sich über seine Worte. Was geht mich sein Glück an, dachte er.

»Ehrlich gesagt, Peters Frau gefällt mir ziemlich gut«, wagte sich Klaus aus der Deckung, behutsam darauf bedacht, nicht ihren Vornamen auszusprechen.

Seine Stimme war gepresst, als müsste er eine innere Spannung unterdrücken. Frank sah kurz auf, als übermittelte man ihm eine schlechte Nachricht. Er stand langsam auf, stellte sich vor das Küchenfenster und blickte in den nachtschwarzen Hinterhof. Die grauen Mauern ähnelten matt erleuchtetem Asphalt. Klaus blickte benommen in sein Glas. Ihm schien, als würde er Renate durch den Bierschaum sehen und ihr Parfüm riechen.

»Ich bin verknallt oder besoffen«, murmelte er.

Hoffentlich nur besoffen, dachte Frank, die Lippen zu einem Strich gepresst.

»Wir sollten sie vergessen, Frank, das bringt doch nur Unruhe«, versuchte Klaus einen halbherzigen Rückzug. Statt zu antworten, verließ Frank wortlos die Küche.

Am späten Nachmittag des folgenden Tages saß Klaus grübelnd in seinem Arbeitszimmer und suchte im Telefonbuch die Nummer des VEB Kosmetik-Kombinat Berlin. Gegen siebzehn Uhr meldete die Sekretärin Frau Wohlfahrt, da sei ein Doktor aus der Akademie in der Leitung. Renate Wohlfahrt verdrehte die Augen. Das konnte ja nur ein Chemiker auf der Suche nach einer Kooperation sein. Seit einiger Zeit wimmelte es von Forderungen nach Praxiswirksamkeit der Forschung, wie ein Zauberspruch ging die Losung nach *Überführung von Forschungsergebnissen in die Praxis* umher, selbst die Produktion von Seifen und alkoholfreier Gurkenreinigungsmilch sollte wissenschaftlich durchdrungen werden. Lustlos nahm sie das Gespräch entgegen.

»Wohlfahrt am Apparat.«

»Hallo, hier ist Klaus Behrens«, meldete sich eine angenehm ruhige Stimme.

»Oh, der Biologe«, rief sie überrascht in den Hörer und bog die Schultern zurück. »Gut nach Hause gekommen?«

»Ich wollte mich nochmal für den schönen Abend bedanken, auch bei Peter, dem tollen Koch«, sagte Klaus artig.

Renate lächelte und prüfte ihre rotlackierten Fingernägel.

»Und wie geht's deinem Busenfreund, hat's ihm auch gefallen?« Die Frage klang wie eine kleine Provokation.

»Denke schon«, antwortete Klaus kurz angebunden.

»Und hast du heute schon was entdeckt, rufst du aus deinem Labor an?«, fragte Renate.

Klaus überlegte, ob es sie wirklich interessierte oder es nur ein höflicher Ansatz war, um das Gespräch in Gang zu halten. Er runzelte nachdenklich die Stirn und entschied sich intuitiv für eine sachliche Antwort, um nicht gleich abzublitzen.

»Ja, ich bin im Institut. Arbeite am Studienprotokoll …«

»Was für ein Protokoll?«, unterbrach ihn Renate, als wäre ihr etwas Wichtiges entgangen.

»Ein Arbeitsanleitung zur Bestimmung klinisch relevanter Marker.«

Er legte eine Pause ein, unsicher, ob Renate zuhören würde. Aber sie lauschte andächtig seiner Stimme und stellte sich sein offenes Gesicht mit dem schönen Kinn und den geschwungenen Lippen unter der schmalen Nase vor. Er hätte ihr auch etwas aus dem Biologielehrbuch vorlesen können.

»Bin noch in der Leitung«, rief sie. »Und was verraten dir deine Marker über Peters Patienten?«

Sie klemmte den Hörer zwischen Schulter und Kinn und zog einen kleinen Spiegel aus der Schublade. Bin mal gespannt, wann er zum Thema kommt, sagte sie ihrem Spiegelbild.

»Ich will dich nicht mit meinem Kram langweilen«, wiegelte Klaus ab, besorgt, Zeit zu verlieren.

»Nee, erzähl mal weiter, letztes Mal ging es ja mehr um die Technik.«

Sie unterhielten sich untereinander wie in einer Chiffriersprache, die den wahren Inhalt verbirgt.

»Es geht ja um herzkranke Patienten, die sind in der Regel infarktgefährdet. Ein Herzinfarkt kündigt sich meistens nicht an, na ja, bis auf die Schmerzen in der Brust.«

Renate legte unwillkürlich ihre Hand aufs Herz.

»Aber es wäre ein großer Fortschritt, wenn man im Blut von Risikopatienten Stoffe nachweisen könnte, die den Infarkt vorhersagen. Solche Verbindungen interessieren uns.«

»Ja, das versteh sogar ich!«, rief Renate. »Man gibt beim Arzt eine Blutprobe ab und erfährt einen Tag später, ob Gefahr droht. Aber was dann, hören die etwa auf zu rauchen und zu trinken?«

Renate lehnte sich zurück und wartete auf seine Stimme.

»Schön wäre es ja, könnte man das erreichen, aber immerhin kriegen sie eine Prognose«, sagte Klaus, als würde er einen berechtigten Zwischenruf kommentieren.

»Damit sie wissen, wie lange sie noch rauchen und trinken können«, sagte Renate trocken.

Klaus lachte erleichtert auf, das Thema schien erschöpft. Für einen Augenblick schwiegen beide.

»Es stört dich hoffentlich nicht, dass ich in der Arbeitszeit anrufe?«, vernahm sie seine dunkle Stimme, nun deutlich leiser.

Wann denn sonst, dachte Renate, und erinnerte sich daran, wie er sich neben sie gesetzt hatte, nachdem Frank die andere Seite eingenommen hatte.

»Nein, das ist kein Problem. Übrigens, hast du was zu schreiben in der Hand? Ich gebe dir mal meine Durchwahlnummer. Für das nächste Mal.«

Klaus stockte der Atem.

»Ja, gerne.«

Er schlug sein Notizheft auf und notierte die Nummer unter dem Datum: 9. Juli.

Frank war seit dem Morgen damit beschäftigt gewesen, Magnetbänder, Lochkarten und Lochbänder für den Rechnereinsatz vorzubereiten. Täglich trafen neue Datensätze mit Patientendaten ein, die in die Herzschrittmacherstudie einflossen. Selbst die Bezirksärzte für Lungenkrankheiten mussten jetzt die bei ihnen auflaufenden Routinebefunde der Röntgenreihenuntersuchungen an die Klinik für Innere Medizin schicken, von dort wurden sie an Frank weitergeleitet. Ende Juli wollte er seinen Partnern einen Algorithmus zur Klassifizierung von Risikopatienten vorstellen. Die letzten Wochen hatte er damit verbracht, Zehntausende klinischer Daten für den Rechner aufzubereiten. Er kam nicht umhin, sich mit Schweregraden von Herzerkrankungen zu beschäftigen, und kam aus dem Staunen nicht heraus, als er sich über die Hierarchie der Gefährdungen informierte. Mit stiller Ehrfurcht erfuhr er etwas von einem permanenten AV-Block III. Grades, dem symptomatischen Sinusknotensyndrom, Herzinsuffizienz und anderen schwer aussprechbaren Wortungetümen. Die ganze Materie war Frank so fern wie das Sonnensystem. Arthritis, Bluthochdruck oder Gicht waren ihm schon mal untergekommen, nun ahnte er, welche Gefahren im Herzen schlummerten und was einem blühte, sollten sie ausbrechen. Ihm wurde bewusst, dass es bei dem Projekt um ein großes Ziel ging: Die Sterblichkeit in der DDR-Bevölkerung sollte gesenkt werden, die Bürger sollten den Sozialismus länger erleben. Aber im Grunde genommen interessierte ihn nicht allzu sehr, was er seinem Rechner einspeiste. Er hätte mit demselben Eifer auch die mittlere Schuhgröße der DDR-Bevölkerung ausgerechnet, wenn man es von ihm verlangt hätte. Hauptsache, sein Rechenprogramm funktionierte und lieferte fehlerfrei das gewünschte Ergebnis, dann fühlte er sich wie bei einer Siegerehrung.

Frank hob den Kopf und lauschte. Im Hintergrund nahm er merkwürdige Geräusche wahr. Er stand auf, sah in den Korridor und schlenderte langsam in Richtung des Lärms. Sie arbeiteten noch mit dem Großrechner Robotron 300, der Ende der sechziger Jahre in der DDR hergestellt wurde und nicht gerade geräuschlos lief. Die Tür zum Rechnerraum war wie immer verschlossen, aber die eingelassene Glasscheibe gewährte einen Blick auf die Datenverarbeitungsanlage. Er linste durch das Fenster und sein Lächeln wurde noch breiter als gewöhnlich. Kaum war der Chef in den Feierabend entschwunden, machte sich das Kollektiv oft selbstständig, heute wieder einmal auf Rollschuhen. Irgendwann einmal war jemand auf die Idee gekommen, dass man die ungenutzten Freiflächen zwischen Rechner, Paralleldrucker und Regalen als Sportfläche nutzen könnte. Eines Tages hatte es eine Panne gegeben, da hatte das beliebte Zweier-Verfolgungsrennen den Rechner lahmgelegt, seitdem war man vorsichtiger geworden und fuhr ruhige Runden. Frank wartete noch eine Runde, um die sich auseinanderschiebenden Beine der Frauen ein weiteres Mal zu betrachten, und ging dann zurück in sein Zimmer.

Sein Paralleldrucker stanzte in furiosem Stakkato Zahlenkombinationen, die sich als Papierschlangen im Auffangkorb stapelten. Wahnsinn, dachte er, vielleicht kann ich aus den Daten die Lebenserwartung der Leute abschätzen. Dann rufe ich sie an: »Hallo, Sie leben nur noch drei Jahre, schonen Sie sich nicht, lohnt nicht mehr.«

Seit dem Morgen lag das aufgeschlagene Telefonbuch wie eine Mahnung vor ihm. Ja, sagte er sich, jetzt kann ich noch anrufen, in einer halben Stunde wird's zu spät sein. Er notierte sich die Nummer, klappte das Telefonbuch zu und schob es wie eine lästige Akte zur Seite. Er zog das Telefon an sich und gab langsam die Nummern ein. Die Scheibe drehte sich und mit ihr etwas in seinem Schädel. Sie wird mich abwimmeln, ich Blödmann, warum mache ich das. Das Tuten an seinem Ohr erinnerte ihn daran, gleich reden zu müssen. Sollte ich nicht besser auflegen?, dachte er aufgeregt, aber da meldete sich bereits Renate. Er hatte Glück, das Sekretariat war nicht besetzt und so landete sein Anruf direkt bei ihr.

»Wohlfahrt am Apparat.«

Er kniff die Augen zusammen, als hätte er sich verhört. Ihre Stimme hatte er ganz anders in Erinnerung. An sein Ohr drang ein kühler Ton, der ihn an eine Sekretärin erinnerte, die kurz vor Feierabend ein letztes Gespräch entgegennehmen muss.

»Ja, ich bin's, Frank, äh, störe ich?«, stammelte Frank in den Hörer.

»Oh. Welche Überraschung! Der Mann mit den Vorhersagen. Wie geht's dir?«

»Na, so ganz gut«, stammelte Frank und überlegte, welche Vorhersagen ihre mandelförmigen Augen im Blick hatten.

»Und, hast du dem Peter die ersten Herzpatienten ans Messer geliefert?«

Sie sprach jetzt wieder mit dem spöttischen Unterton wie an dem Abend auf dem Sofa, als sie sich munter die Gewichtstabelle erklären ließ.

»Wir machen Fortschritte, kann bald losgehen.«

Es hörte sich an, als würde er seinem Chef einen Produktionsstart ankündigen.

»Was kann losgehen und wer ist *wir*? Doch du und dein Rechner, nicht?«

Frank lauschte ihrer Stimme hinterher und blies leicht die Backen auf. Plaudert sie unbeschwert daher oder sagt sie mir etwas durch die Blume? Er atmete tief durch.

»Ich rufe dich doch nicht an, um dir von meinen Rechnerprogrammen zu erzählen«, entschloss er sich zu einem zaghaften Vorstoß.

Er legte eine Pause ein, aber sie schwieg und wartete auf das Satzende. Sie saß schmunzelnd auf ihrem kunstledernen Bürosessel und spitzte die Lippen wie zum flüchtigen Begrüßungskuss. Ja, Frank, du musst schon selber sagen, was du möchtest, dachte sie. Hast doch sicher ein Programm im Kopf.

»Ich will mich erstmal für den Abend bedanken, auch für das Essen«, setzte er erneut an.

Da kann er sich bei Peter bedanken, sagte sich Renate und schickte ein leichtes »Hm« durch die Leitung.

»Vielleicht können wir uns revanchieren?«

Renate klatschte im Stillen Beifall: Auf die Idee war sein Freund nicht gekommen.

»Gern, wo wollen wir uns denn treffen?«

Erneut stockte Frank der Atem: Das *wir* klang, als würde sie ihn und sich meinen. Kann nicht sein, wies er sich zurecht.

»Nun, ihr könnt ja mal zu uns kommen. Zum Abendessen?«

Renate sah das eingerahmte Kornfeld vor sich an der Wand und irgendetwas versetzte sie in leichte Schwingungen. Fast so, als würden im warmen Sommerwind einige Halme ihre Haut streifen.

»Natürlich komme ich«, rief sie vergnügt.

Frank fiel sofort auf, dass sie in die Ich-Form gewechselt hatte. Da hat sie sich wohl versprochen, schlussfolgerte er.

»Wollen wir einen Tag vereinbaren? Wann klappt es bei euch?«, fragte Frank, mit Bedacht den Plural wählend.

»Lass uns morgen nochmal telefonieren. Wahrscheinlich an einem Freitag oder Sonnabend, ja?«

Seit seinem bestandenen Einstellungsgespräch als Informatiker hatten ihm die Wangen nie wieder so geglüht. Wie um etwas abzustreifen, schüttelte er die Schultern und verabschiedete sich betont lässig:

»Klar doch, Renate, ich rede auch noch mit Klaus. Dann also bis morgen. Um dieselbe Zeit?«

»Mach das. Schönen Abend, euch beiden.«

Er hörte ein wenig dem durchgehenden Tuten zu. Ich muss aufpassen, schwor er sich. Sie ist verheiratet, mit meinem Kollegen, lass die Finger von der Braut. Aber er sprach zu sich wie zu einem anderen Menschen. Er saß eine Weile ratlos vor dem Telefon, bis ihm einfiel, was er tun wollte. Er wählte die Nummer seiner Mutter, diesmal mit ruhigem Herzschlag.

»Hallo Mama«, meldete er sich betont forsch.

»Frank, du? Ist was passiert?«

Es kam nicht oft vor, dass er sie während der Arbeit anrief, eigentlich nur, wenn er etwas auf dem Herzen hatte oder krank war. Krank war er so gut wie nie.

»Nein, wollte nur mal Guten Tag sagen, nichts weiter.«

»Hm, und Klaus, auch alles bestens?«, fragte sie und schnitt versehentlich ein unpassendes Thema an.

Frank zögerte und rieb sich die Stirn. Sie sah ihren Sohn vor sich, wie er auf dem Stuhl saß und nachdenklich die Backen aufblies.

»Kannst du dir vorstellen, wir haben beide, Klaus und ich, dieselbe Frau kennengelernt. Haben uns beide, na ja, du weißt schon …«, druckste er herum.

»Ja, und was bedeutet *kennengelernt*«, hakte seine lebenstüchtige Mutter nach.

Sie war es gewohnt, Fragen nicht im Raum stehen zu lassen, dazu war keine Zeit in ihrem Kindergarten. Kinder wollen immer und sofort eine Antwort.

»Wir haben uns ein bisschen verknallt, beide in dieselbe Frau, scheint es«, wurde er etwas deutlicher.

»Hm, kommt vor. Wen bevorzugt das Mädchen?«

Frank schluckte zweimal und krauste die Stirn. Die Frage war ihm noch gar nicht in den Sinn gekommen.

»Keine Ahnung, wir haben sie nur einmal getroffen.«

»Ihr beide? Wo? Beim Tanzen?«

»Nein, bei ihr zu Hause, wir wurden beide zum Essen eingeladen.«

Einen Moment war Schweigen am Telefon, offenbar versuchte Franks Mutter, sich einen Reim auf das Gesagte zu machen. Zwei Jungen werden von einem Mädchen nach Hause eingeladen?

»Wie bitte, dieses Mädchen lädt euch beide einfach mal so zu sich ins Wohnzimmer ein?«

Frank biss sich auf die Lippen und überlegte fieberhaft, wie er das Gespräch beenden könnte. Hätte ich doch nur nicht davon angefangen, ich Idiot. Er bedauerte seinen Anruf, aber nun ließ seine Mutter nicht mehr los, etwas Unausgesprochenes lag in seinen Worten, sie war plötzlich beunruhigt, als könnte ihm etwas zustoßen.

»Bis du noch da?«, fragte sie.

»Es ist so, dass Renate, so heißt sie, verheiratet ist und wir, also Peter, ihr Mann, und Klaus und ich zusammenarbeiten, an dem wissenschaftlichen Projekt, von dem ich dir erzählt habe.«

Er hielt den Atem an, und bevor er die letzten Worte gesprochen hatte, war ihm klar, wie die Antwort ausfallen würde.

»Frank, lass besser die Finger davon. Das bringt nur Unheil, man weiß doch, wie das endet, ein Techtelmechtel mit einer verheirateten Frau. Die entscheidet sich zum Schluss gegen dich, für ihre Familie.«

»Sie hat keine Familie.«

»Aber einen Mann, einen Doktor«, sagte sie, als wäre der Titel ebenso wichtig.

»Na und?«, murmelte Frank mürrisch.

»Sie sucht vielleicht 'ne Abwechslung, Frank, und ihr seid frei und ungebunden.«

Und seid schicke Jungen, fügte sie für sich hinzu. Frank schwieg und sah vor seinen Augen Renates Knie neben sich auf dem Sofa.

»Hörst du mir noch zu?«, fragte sie sanft.

»Ja doch, Mama.«

»Also, wenn du mich fragst, so würde ich mich von der verheirateten Frau eines Kollegen fernhalten«, entschloss sie sich zu einem letzten Kommentar.

»Ja, Mama«, stimmte er ihr halbherzig zu.

Er wollte das Telefonat schnell beenden. Ihr Rat schmerzte ihn, weil sie offensichtlich nicht verstanden hatte, dass seine Gefühle zum ersten Mal in seinem Leben Purzelbaum schlugen. Es war kein Techtelmechtel, er war verliebt in Renate, er fühlte sie wie seinen Herzschlag, aber das konnte seine Mutter nicht wissen. Er verabschiedete sich hastig unter dem Vorwand, von einem Kollegen gerufen zu werden, sie rief noch besorgt: »Pass auf dich auf!«, aber er hörte schon nicht mehr hin.

»Bis bald, Mama«, sagte er leise und drückte den Hörer in die Gabel.

Er irrte, wenn er glaubte, seine Mutter hätte ihn nicht verstanden. Seine Tonlage hatte sie aufhorchen lassen. Er hatte so geklungen, als würde er neben sich stehen, und ungewöhnlich ratlos, wie von einem Erlebnis überwältigt. Oh, dachte sie, hoffentlich geht das gut aus.

Klaus war erschrocken und begeistert, als Frank beim Abendessen von seinem Telefonat berichtete. Er konnte sich nicht entschließen, seinen eigenen Vorstoß zu erwähnen. Eine dunkle Vorahnung warnte ihn davor, sich mit Renate zu verabreden. Könnte er dann noch unbeschwert mit Peter zusammenarbeiten? Und schließlich hieß es, das Herzschrittmacherprojekt gemeinsam fortzuführen. Ohne Wohlfahrt lief da nichts, aber ihm schwante, dass von nun an Renate zwischen ihnen stand.

Am Donnerstag um siebzehn Uhr rief Frank Renate an. Er schlug den Freitag der kommenden Woche vor, den 18. Juli.

»Moment mal«, bat sie ihn.

Er lauschte in die Leitung, vernahm aber nur ein Knistern wie aus einem Kamin. Vielleicht ruft sie über eine andere Leitung Peter an, dachte er.

»Da bin ich wieder«, meldete sie sich gleich darauf aufgeräumt.

»Höre dich«, murmelte Frank wie aus einer Gefechtslage.

»Am nächsten Freitag passt es.«

Er glaubte zu hören, dass sie sich auf ihrem Stuhl bewegte. Rasch setzte er nach:

»Gut, dann halten wir doch den Achtzehnten fest.«

»Oh, dieser Freitag«, zwitscherte sie nach einer kleinen Pause, »ist ja mein Hochzeitstag.«

Nach einer erneuten Pause des Nachdenkens wiederholte sie: »Achtzehnter Juli Neunzehnhundertfünfundsiebzig.«

Bei Frank kam es so an, als hätte sie der Schreibtischkalender an den Termin erinnert. In Gedanken lief die Zahlenfolge durch seinen Kopf. Er schluckte bei dem Gedanken an ihre Hochzeit.

»Feiern wir zusammen. Welche Uhrzeit und Adresse?« Renate sprach jetzt wie eine Person, die es gewohnt ist, Anweisungen zu geben.

Frank war in Gedanken noch ganz bei ihrem Hochzeitstermin, der ihm so merkwürdig wie die Uhrzeit seiner Geburt erschien. Er besann sich und wiederholte mechanisch:

»Uhrzeit. Ist acht in Ordnung?«

»Klar.«

»Oderberger Straße vierundvierzig.«

»Am achtzehnten.«

»Sehr schön, tschüss dann.«

»Freu mich auch.«

Sie legte sofort auf, während er auf sein Telefon stierte, als hätte es ihm soeben ein großes Geheimnis anvertraut. Er griff nach seinem Kugelschreiber und notierte in seinen Schreibtischkalender: 18.7.1980. Er starrte auf die sieben Ziffern wie auf einen Code, der ein Geheimnis verbirgt.

Am Freitag der nächsten Woche standen Frank und Klaus wie zwei Kellner, die auf ihre Gäste warten, in der Küche, um einen letzten Blick auf den gedeckten Tisch zu werfen. Nachdem sie Peter mit seinen Kochkünsten überrascht hatte, fühlten sie sich herausgefordert. Die Revanche sollte gelingen, obwohl ihre Gedanken weniger um Peter und das Essen als um Renate kreisten. Sie sprachen ihren Namen nicht aus, doch sah sich jeder der beiden ihr gegenübersitzen. Für die Küche war Klaus verantwortlich. Er hatte, wie in ähnlichen Situationen zuvor, seinen Vater konsultiert, der natürlich wissen wollte, um wie viele Gäste es sich handeln würde. Klaus druckste herum, eigentlich hatte er nicht vor, seinem Vater zu beichten, dass er drauf und dran war, sich in eine verheiratete Frau zu verlieben. Ein Kollege und seine Frau kämen vorbei, wich er aus. Irgendetwas an der Stimmlage seines Sohnes ließ den Vater aufhorchen. Er hörte ja immer genau zu, wohl weil er befürchtete, etwas zu übersehen, was seinem Sohn auf die Füße fallen könnte. Er verkniff sich weitere Fragen, stattdessen empfahl er Kartoffelbällchen, die würde die Frau mögen, und Kasslerbraten, da könne man nichts falsch machen. Er erklärte ihm die Kartoffelbällchen:

»Kartoffeln weichkochen, dann zu Brei quetschen, das Ganze mit Salz, Pfeffer, Muskat, einem Ei und Mehl vermischen, auf dem Blech in geriebenen Semmeln zu Bällchen rollen. Dann ab in heißes Öl, schön aufpassen, dass sie innen durch sind. Also mit 'nem Zahnstocher prüfen.«

Es war ein schwülwarmer Juliabend und im Hinterhof bewegte sich kein Lüftchen. Durch das offene Küchenfenster sah man leichtbekleidete Menschen, die sich ab und an aus ihren Fenstern hinausbeugten, als suchten sie eine Abkühlung, nur um sich gleich darauf hastig zurückzuziehen, denn im Innenhof herrschte die Schwüle eines Gewächshauses.

Frank versuchte seit Stunden, die Ursachen seines Gefühlsrausches zu ergründen. Bin ich verliebt oder unterliege ich einer Sinnestäuschung, es wäre ja nicht das erste Mal, dass ich mich täusche, fragte er sich. Sie hat mich wie eine geheimnisvolle Verheißung in ihren Bann gezogen, und Klaus gleich mit, stellte er verblüfft fest. Jetzt werden wir gleich vor ihr stehen wie zwei Kerle, die um ihre Hand anhalten. Er kam sich vor, als wäre ihm ein Programmierfehler unterlaufen.

»Lass uns mal die Wohnungstür öffnen, vielleicht kriegen wir ein bisschen Durchzug«, unterbrach Klaus die Stille und setzte sich langsam in Bewegung.

Das kurzärmelige weiße Oberhemd klebte ihm am Rücken und er wollte gerade ins Bad abdrehen, da schrillte die Türklingel. Frank trat zu Klaus in den Korridor und einen Augenblick lang sah es aus, als wären sie sich nicht einig, wer Renate einlassen sollte. Frank ließ ihm mit einem gequälten Gesichtsausdruck den Vortritt. In seinem Rücken stehend musterte er die Wohnungstür wie ein Hindernis, das es zu überwindend galt.

»Dann wollen wir mal«, sagte Klaus, als würde er zum Angriff blasen.

Er blinzelte Frank nochmal zu, der mit einem gequälten Lächeln an der Wand lehnte, und riss die Tür auf. Vor ihm stand Renate und strahlte ihn mit einem triumphierenden Lächeln an, als wäre ihr eine besondere Überraschung gelungen. Klaus' Lächeln gefror zu einem blöden Grinsen, hinter ihm reckte Frank den Hals und traute seinen Augen nicht.

Neben Renate stand breitbeinig ein unbekannter Mann. Er war etwa so groß wie Renate, allerdings doppelt so breit. Er hatte die Hände vor seinem Bauch gefaltet, wie es Leute tun, die gelassen einer Vorstellung folgen. Sein volles Gesicht verriet Willenskraft, die grauen Augen waren leicht zusammengekniffen und glitten an Klaus hinab. Der Mann war deutlich älter als sie, seine Gesichtszüge zeugten von Lebenserfahrung und einem ausgeprägten Selbstbewusstsein. Ohne die Lippen zu öffnen, rang er sich ein sparsames Begrüßungslächeln ab. Ich hoffe, ich störe nicht, schien es anzudeuten. Frank hatte sich gefangen und ging mit geneigtem Kopf auf Renate zu, die gerade Klaus die rechte Wange hinhielt.

»Schön, euch zu sehen!«, rief sie in sein glühendes Ohr, als wäre er der erste in einer Schlange von Leuten, die ihr ein Küsschen schenken dürfen.

An Klaus vorbei sah sie Frank an, der sein übliches Lächeln im Gesicht trug und in Gedanken bei dem unbekannten Mann war. Woher kommt der denn? Ist das vielleicht ihr älterer Bruder? Wo ist Peter? Wie Programmbefehle reihten sich die Fragen in seinem Schädel aneinander. Renate schob Klaus sanft zur Seite und streckte Frank wie zur Tanzaufforderung beide Arme entgegen. Sie neigte leicht den Kopf zur Seite. Unbeholfen beugte sich Frank hinab und seine Lippen streiften flüchtig ihre Haut. Ihm stieg das Blut in den Kopf und er fürchtete, ins Taumeln zu geraten. Sie trug eine offene schneeweiße Bluse und einen schwarzen engen Rock, der knapp die Kategorie Mini verfehlte. Irgendwie erinnerte sie Frank an ein Mädchen auf seiner Einschulungsfeier vor zweiundzwanzig Jahren. Renate lief flink in die Wohnung, während Klaus und Frank wie angewurzelt im Korridor standen und ihrem Rock hinterhersahen.

»Ich bin der Lothar Bäsler!«, riss sie eine hohe Baritonstimme aus der Lethargie.

Zu dem Mann hätte eher ein sonorer Tonfall gepasst, wie er korpulenten Männern, die sich gemächlich durchs Leben bewegen, eigen ist. Stattdessen meldete sich der Mann wie ein Feldwebel zu Wort.

»Abend, ich bin Klaus und das ist Frank, wir arbeiten mit Renates Mann zusammen«, sagte Klaus, als erklärte er seine Anwesenheit und erwartete Ähnliches von dem Gast.

»Alles bekannt, ich kenne dich und Frank aus Peters Berichten«, schnarrte Bäsler und ging wie selbstverständlich zum Du über. »Ich arbeite in derselben Klinik wie Peter, eine Etage über ihm, in der Chirurgie. Privat sind wir auf einer Ebene, ich bin nämlich Wohlfahrts Nachbar. So, dann zeigt uns mal euer Reich«, trompetete er, seinen Blick in die Wohnung gewandt.

Frank und Klaus warfen sich einen besorgten Blick zu.

»Und Peter, kommt der nach?«, fragte Klaus.

»Nee, der hat Nachtschicht.«

Die Auskunft klang so beiläufig wie die Bemerkung über eine Zugverspätung.

»Ach, ausgerechnet heute«, entfuhr es Frank, der sich an Peters Hochzeitstag erinnerte.

Lothar Bäsler marschierte in die Küche, sein Bäuchlein straffte das Oberhemd, den Kopf hielt er aufrecht, als ob er nach etwas Ausschau hielt. Renate inspizierte als erstes die Wohnung, im Schlepptau folgten wie zwei Reiseleiter Klaus und Frank.

»Was gibt's denn heute Schönes zum Abendbrot?«, rief Lothar aus der Küche, ganz so, als käme er regelmäßig zum Essen vorbei.

Renate zog die Augenbrauen hoch, begleitet von einer zurechtweisenden Armbewegung.

»Das ist euer Wohnzimmer, und was kommt dahinten?«, fragte sie und streckte ihren nackten Arm aus.

»Ein kleiner Korridor und unsere Schlafzimmer.«

Sie hatten fast gleichzeitig geantwortet. Renate kniff leicht die Augen zusammen und deutete mit einem seitlichen Kopfnicken an, dass sie die ganze Wohnung interessierte.

»Hat jeder seins?«

»Ja. Willst du die auch sehen?«, wunderte sich Klaus, der sich nicht daran erinnern konnte, wann er dort zum letzten Mal aufgeräumt hatte.

Im Hintergrund dröhnte erneut Lothars Bariton:

»Nicht schlecht für zwei Junggesellen, drei Zimmer, Dusche und Küche. Kriegen eigentlich nur Nationalpreisträger oder Chefärzte!«

Oder Kinder von Staatsfunktionären, setzte Frank für sich hinzu. Bäsler gesellte sich zu ihnen und betrachtete eingehend die roten Sessel.

»Das war eine Ausbauwohnung. Wir mussten so gut wie alles instand setzen, Bad, Wasserleitungen, Elektrik, Malern«, rechtfertigte sich Frank.

»Schon gut, gönne ich euch doch, die Bude. Und du als Ingenieur verstehst ja was vom Handwerk.«

Lothar gab sich ganz jovial. Er trat näher und gab Frank einen Klaps auf die Schulter. Der zuckte leicht zusammen. Er bemerkte, dass Lothar über ihn unterrichtet war. Von wem wohl? Doch von Renate?

»Na los, nun zeigt uns noch den Rest«, sagte Renate in Richtung Schlafzimmer.

Klaus setzte sich in Bewegung, Frank zögerte und beschloss, ihm die Führung zu überlassen. In seinem Schlafzimmer befanden sich ein breites Bett und ein Tisch, den er zum Arbeiten benutzte. Das konnte sie seinetwegen sehen.

»Ich gehe in die Küche«, verlautete Lothar. »Schlafzimmer von Männern sind langweilig. Komm, Frank.«

»Willst du ein Bier?«, fragte Frank, der nervös auf die Rückkehr Renates wartete, während Lothar sich den Innenhof ansah.

»Ja, gern«, rief er über die Schulter.

»Auf welcher Station arbeitest du?«, fragte er pflichtschuldig.

Er hätte sich auch nach dem morgigen Wetter erkundigen können. Frank ahnte nicht, dass Lothar die Eigenart besaß, jedes Gespräch an sich zu reißen, sobald man ihm ein Stichwort gab.

»Ich bin Oberarzt auf der Chirurgie, operiere alles, was mir unter das Messer kommt. Am häufigsten Krebs, Magen, Darm, Bauspeicheldrüse, Kehlkopf und so weiter. Während des Studiums bin ich 'ne Weile Rettungsdienst gefahren, auch noch als Assistenzarzt …«

»Lothar, lass den Frank in Ruhe, er hat Feierabend«, unterbrach ihn Renate, die ihre Besichtigung beendet hatte.

»Ja, weißt du, Renatchen, der Frank hat sich doch erkundigt, was ich so treibe, von früh bis abends, und …«

»Lothar, mein Guter, heute wollen wir nicht über Krankheiten reden. Komm, setz dich hierher«, schnitt sie ihm erneut charmant das Wort ab.

Dabei fasste sie ihn wie ein störrisches Kind unter und führte ihn an den Tisch. Lothar brummte etwas in sich hinein und ließ sich auf den erstbesten Stuhl sinken.

»Nein, Lothar, bitte den anderen Stuhl. Und ich setze mich hierher, wenn's recht ist«, befahl lächelnd Renate.

Nun saß er ihr nicht gegenüber, sondern an der Stirnseite des rechteckigen Tisches. Sobald seine Hände Messer und Gabel hielten, wurde deutlich, dass der massige Körper, in dem man auch einen Waldarbeiter hätte vermuten können, einem Arzt gehörte. Er führte Messer und Gabel wie ein OP-Besteck.

»Und der Frank sitzt dann da, und der Klaus dort«, fuhr sie mit erhobenem Zeigefinger fort, als wäre sie hier zu Hause.

»Wer hat nochmal gekocht?«, fragte sie.

»Ich, nach einem Rezept meines Vaters.«

»Na, Klaus, dann kann ja nichts schiefgehen.«

Klaus biss sich leicht auf die Lippen und nahm an der anderen Stirnseite Platz. Frank saß nun Renate direkt gegenüber. Es wurde ein entspannter Abend, obwohl Lothar wie aufgezogen redete. Renate lobte mit einem anerkennenden Blick auf Klaus die Kartoffelbällchen, während Frank mit gesenktem Kopf seinen Teller leerte.

Bäsler funktionierte wie ein Spielautomat, der mit jedem Münzeinwurf ein neues Stück abspielte. Den Männern war es nur recht, konnten sie sich doch in Gedanken Renate widmen. Frank sah ihr von Zeit zu Zeit in die Augen, sie erwiderte seine Blicke, ohne zu verraten, welche Gedanken sich hinter ihrer schönen Stirn verbargen. Klaus konnte sie nur von der Seite betrachten, es kostete ihn einige Anstrengung, sich dem Wunsch zu widersetzen, sich zu ihr zu drehen. Manchmal warfen sich Klaus und Frank einen verstohlenen Blick zu, als versuchten sie, die Gedanken des anderen zu erraten. Jedes Mal, wenn sie Frank ein sanftes Lächeln schenkte, glaubte er, seine Herzschläge würden Bäslers Bariton übertönen.

»Sag mal, Lothar, kannst du auch einen Schrittmacher ins Herz verpflanzen?«

Renates Frage kam so unerwartet und leise, als würde sich ein Kind nach einer Krankheit erkundigen.

»Renate, ich bitte dich: Ich entferne Tumore, verlege oder repariere Organe, schließe Wunden und lege Nähte. Na klar kann ich das, wenn ich's mir einmal angesehen habe.«

»Und umgekehrt, kann Peter ein Organ verlegen?«

Lothar stieß ein triumphierendes Lachen aus.

»Nee, kann er natürlich nicht so ohne weiteres. Ich kann aber auch nicht am Herzen operieren«, fügte er wie zum Schutz seines Kollegen hinzu. »Die Chirurgie ist kein Zehnkampf, wo man sich die Wettbewerbe mal so einfach antrainieren kann.«

»Lothar, mich interessiert nur, ob es gefährlich ist, einen Draht ins Herz zu schieben und sein halbes Leben lang mit einem Metallblock rumzulaufen.«

Ihre Stimme klang jetzt wie bei dem Telefonat, als Frank sie kurz vor Dienstschluss anrief. Als würde sie Klaus und Frank eine verschlüsselte Botschaft schicken, setzte sie fröhlich hinzu:

»Peter spricht nie mit mir über seine Arbeit. Leider. Er ist dann immer zu kaputt, wenn ich etwas von ihm erfahren will.«

»Ich glaube, dass die Technik so weit entwickelt ist, dass man da nichts befürchten muss. Die Elektroden sind wohl importiert und die Batterie im Herzschrittmacher kommt aus Pirna von der Fahrzeugelektronik, die sind Weltspitze.«

»Batterie«, seufzte sie, »hoffentlich nicht die vom Trabbi.«

Die Männer lachten und trampelten mit den Füßen, Frank und Klaus starrten sie aus verliebten Augen an. Frank verspürte eine Schwingung in der Herzgegend, als säße dort eine Elektrode. Klaus hatte versehentlich die Arme ausgefahren und Renates Hand gestreift. Er zuckte wie vom Blitz getroffen zurück, Renate tat, als hätte sie nichts gemerkt und sah munter in die Runde.

»Frank, wie würde denn eine Elektrode in mein Herz kommen?«, dehnte sie das Thema weiter aus und beugte sich leicht nach vorn, mit erhobenen Brauen Frank in Augenschein nehmend.

Ihr Blusenausschnitt kam ihm gefährlich nahe und seine Lippen öffneten sich erstaunt.

»Na, was ist, Frank, als Ingenieur verlegst du doch Leitungen«, sagte sie im Brustton der Überzeugung und strahlte ihn unbekümmert an, während er irritiert auf seinem Stuhl umherrutschte.

»Das ist eine Frage an den Arzt, Renate, nicht an den Informatiker«, brachte sich Lothar in Erinnerung.

»Na ja, wir wollen hier ja kein Seminar abhalten«, wiegelte Renate ab und legte wie eine umsichtige Erzieherin kurz ihre Hand auf seinen Arm.

Lothar fühlte sich in seinem Element und lehnte sich über seinen Teller in Richtung Renate. Er tippte mit dem rechten Zeigefinger zuerst auf ihren Halsansatz, um ihn dann langsam in Richtung Blusenausschnitt zu bewegen, als markierte er eine Linie für den chirurgischen Eingriff. Renate schnappte sich seine Hand und drückte sie energisch auf die Tischplatte. Frank und Klaus hatte der Atem gestockt.

»Ich liege nicht auf deinem OP-Tisch«, ermahnte ihn Renate sanft. »Sag's in drei Sätzen.«

Lothar schluckte einmal und sah leicht pikiert auf sein übrig gelassenes Kartoffelbällchen.

»Man setzt hier am Hals einen leichten Schnitt, so dass man die Elektrode und den Draht in die Vene, die zum Herzmuskel führt, einfädeln kann. Musst du dir vorstellen, wie wenn du im Hosenbund einen neuen Gummi einziehst.«

»Und wo versteckst du den Schrittmacher?«, unterbrach ihn Renate.

»Hier«, antwortete er und wollte sie erneut an den Hals fassen, besann sich aber rechtzeitig und tippte auf sein Schlüsselbein.

Renate zuckte nur mit den Achseln, als wäre das Thema für sie beendet, und drehte sich zu Klaus.

»Sag mal, verändert etwa der Schrittmacher das Blutbild?«

Lothar prustete los und Frank verzog den Mund bis an die Ohren. Wie frisch Verliebte strahlten sie Renate an.

»Hm, das sicher nicht«, nahm Klaus nach einem kritischen Augenaufschlag in Richtung Frank wieder das Wort. »Aber viele Patienten hatten vor ihrem Schrittmacher einen Bluthochdruck, Rhythmusstörungen, Bradykardie und andere Auffälligkeiten. Mich interessiert, ob infolge der Schrittmachertherapie irgendwelche Verbindungen im Blut auftauchen, die den Heilungsprozess charakterisieren. Wenn's die gäbe, könnte man sie vielleicht als Marker einsetzen.«

Klaus verschob seinen Oberkörper, um ihr ins Gesicht sehen zu können. Sie hob den Kopf und sprach leise wie zu sich selbst:

»Du willst dir also die Patienten vor und nach der Schrittmachertherapie ansehen und rauskriegen, warum es geklappt hat, beziehungsweise, ob bei einigen, wo sich nichts tut, was im Blut fehlt. So als würde ich rauskriegen wollen, warum meine Gurkenmilch manchen Frauen hilft, anderen leider nicht. Vielleicht haben die einen auch was im Blut, das meine Kosmetika brauchen, um zu wirken.«

»Hm, könnte man so sagen«, murmelte Klaus, der ergriffen den merkwürdigen Vergleich mit der Gurkenmilch in sich aufnahm.

Renate unterdrückte ein Gähnen und rieb sich wie zum Zeichen des Aufbruchs die Oberschenkel, entschied sich dann doch noch etwas zu bleiben, und die Unterhaltungen plätscherten noch einige Minuten dahin.

»Nun ist's aber Zeit zu gehen«, verkündete sie schließlich, sprang vom Tisch auf, schubste Lothar sanft an die Schulter und bewegte sich zügig zum Ausgang.

An der Haustür reichte sie den Jungen routiniert ihre Wange und rief ihnen vom Treppenabsatz zu:

»Bis bald, dann wieder bei mir.«

Klaus und Frank standen unbeholfen vor ihrer Wohnung, Renates letzten Satz auf eine versteckte Botschaft hin untersuchend.

Das Treffen mit Lothar Bäsler und Renate lag einige Zeit zurück. Seitdem hatte sich das Leben der Busenfreunde so umgekrempelt, dass ihnen ihr Leben wie eines vor Renate Wohlfahrts Erscheinen und eines danach vorkam. Renate war die Quelle eines unüberbrückbaren Konflikts geworden: Keiner wollte auf sie verzichten, eher würde jeder der beiden ihre Freundschaft aufs Spiel setzen. So geschah es, dass sie sich eines Abends die Hand reichten, kurz auf die Schulter klopften und wie vor einer längeren Reise Abschied voneinander nahmen. Frank hatte sich seit einigen Wochen intensiv um eine eigene Wohnung bemüht. Die Universität verfügte über ein Wohnungskontingent, das ihm die Zuweisung einer Einzimmerneubauwohnung unweit des Ostbahnhofs bescherte.

»Das kann ich einfach nicht ablehnen«, rechtfertigte er seinen Auszug, sich Renates Besuche ausmalend.

Klaus hatte sich in den vergangenen Wochen stark verändert. Er war unkonzentriert, und wenn er seinen Vater besuchte, musste der einige Fragen wiederholen, ohne eine befriedigende Antwort zu erhalten. Klaus saß zwar neben ihm, war aber in Gedanken woanders. Manchmal sah er ins Leere, als suchte er nach einer Erinnerung. Einmal öffneten sich seine Lippen leicht, wie um einen Rat bittend. Es waren kurze Momente einer kindlichen Hilflosigkeit, die sein Vater von ihm nicht kannte. Er hegte keine Zweifel, dass sich sein Sohn verliebt hatte, und es schmerzte ihn, nicht eingeweiht zu werden.

Auch Frank war ein anderer geworden. Er war nie sehr mitteilungsfreudig gewesen, galt schon immer als mundfaul. Er sprach, wenn er dazu aufgefordert wurde, und dann in knappen Worten. Nun aber beschränkte sich sein Anteil an einer Konversation auf ein leises Brummen oder Murren. Wenn man ihn bedrängte, gab er Nichtssagendes von sich. Selbst das gleichmütige Lächeln war erloschen. Er hatte an Gewicht verloren und wirkte irgendwie männlicher, als hätte er ein paar Lebensjahre übersprungen. Und es war nicht zu übersehen, dass ihn ein gewaltiges Problem begleitete. Die Kollegen im Rechenzentrum tippten auf Liebe.

DREI

Bircher saß mit übergeschlagenen Beinen, die Hände wie beim Fernsehen auf seinem Bäuchlein gefaltet, auf dem Besucherstuhl von Oberarzt Dr. Peter Wohlfahrt. Die Schwester hatte ihn gebeten, einen Moment zu warten. Der Raum war schlicht eingerichtet, ein leerer Schreibtisch, drei Stühle, eine Liege, keine Bilder an der Wand, keine privaten Fotos, die Atmosphäre eines Durchgangszimmers. Einzig ein Landschaftskalender mit im Wind wehenden Kornfeldern, die Bircher an van Gogh erinnerten, deuteten an, dass sich hier jemand aufhielt. Wir sind noch im September, dachte Bircher, und eigentlich wäre ich jetzt im Urlaub, stattdessen sitze ich in der Klinik. Was soll's, wenn Angler recht hat und die drei Patienten auf natürliche Weise das Jenseits gesegnet haben, dann erfahre ich wenigstens etwas über Herzerkrankungen. Bin jetzt in den Fünfzigern, kann nicht schaden.

»Guten Abend«, meldete sich hinter seinem Rücken eine leise Stimme.

Bircher drehte sich überrascht um, er hatte nicht bemerkt, dass jemand ins Zimmer trat.

»Guten Abend, ich nehme an, Sie sind Doktor Wohlfahrt.«

»Ja.«

Dem Arzt hing sein weißer Kittel am Körper wie ein übergeworfenes Laken. Aus der Tasche baumelte ein Stethoskop, in der Brusttasche klemmte eine Batterie von Kugelschreibern. Er setzte sich hinter seinen leeren Schreibtisch und sah müde an Bircher vorbei zur Tür, als befürchtete er das Auftauchen eines weiteren ungebetenen Gastes.

»Sie wissen, warum ich Sie sprechen möchte?«

»Nicht so genau, ich muss auch gleich wieder auf die Station«, brummte Wohlfahrt unwirsch.

»Tut mir leid, Herr Doktor, dass ich Sie zu dieser Zeit aufsuche. Mir wurde gesagt, Sie hätten heute Nachtdienst und würden für mich Zeit haben.«

Bircher deutete mit Bedacht sein Verständnis für Wohlfahrts

ungnädigen Empfang an. Soll er mal mein Mitgefühl spüren, vielleicht taut er dann auf. Bircher musterte ihn sorgfältig, als wäre er der Arzt, der die Diagnose stellte. Der sieht weiß Gott nicht wie jemand aus, der jeden Morgen vergnügt aus den Federn springt, war sein erster Eindruck. Den hat Angler treffend beschrieben, als er meinte, dass Wohlfahrt einem seiner Kranken ähnelt, dem die Angst um den kommenden Tag den Schlaf raubt. Dunkle Augenringe und eingefallene Wangen, aus denen die Knochen wie kleine Hörner ragten, gaben Wohlfahrts Gesicht einen gequälten Ausdruck. Nur die blinzelnden Augen verrieten, dass er bei der Sache war. Der sagt nichts, nach dem er nicht gefragt wird, schlussfolgerte Bircher und legte sich auf eine mittelharte Gesprächsführung fest.

»Ich werde Sie nicht lange aufhalten. In Ihrer Klinik sind in diesem Jahr drei Patienten verstorben. Wir sehen einen Zusammenhang mit dem Einsatz der Schrittmacher. Soweit ich informiert bin, werden im Rahmen der Studie zu den Herzschrittmachern, die Sie durchführen, auch neue Elektroden oder Batterien getestet.«

»Elektroden«, bestätigte Wohlfahrt mit matter Stimme.

»Gut, also Elektroden. Wir wurden von den Herstellern darüber informiert, dass ein plötzlicher Ausfall der Elektroden oder der Batterien eigentlich ausgeschlossen werden kann.«

Bircher legte eine Pause ein und zog ein Notizbuch aus seinem Sakko, in dem er blätterte. Ihm waren die Namen der Kollegen entfallen, mit denen Wohlfahrt kooperierte. Der jedoch nahm an, dass ihm Bircher die Stellungnahme des Industriepartners vorlesen würde, und winkte ab. Kenne ich alles, sagte seine Geste.

»Die Batterien können schon ausfallen, wie jede Batterie in einer Taschenlampe, die irgendwann leer ist. Die müssen dann nach einem festgelegten Zeitschema ausgewechselt werden, was in den von Ihnen angesprochenen Fällen nicht nötig war, weil die neu waren«, klärte ihn Wohlfahrt in leicht leierndem Ton auf.

»Aha, verstehe. Und die Elektroden?«

»Die Elektroden werden auch in anderen Häusern eingesetzt

und kommen aus dem Westen. Ich habe noch nie gehört, dass ein Patient verstarb, weil die Elektrode versagte. Theoretisch denkbar wäre eine sogenannte Elektroden-Dislokation«, sagte Wohlfahrt mit einem skeptischen Blick auf Bircher, »wenn die frisch implantierte Elektrodenspitze den Kontakt zur Herzwand verliert. Die Schrittmacherimpulse erreichten dann nicht den Herzmuskel, sondern würden im umgebenden Blut verpuffen. Hätten wir auf dem EKG-Monitor erkennen können, falls ein solches Szenario eingetroffen wäre. Da war aber nichts dergleichen zu sehen«, beendete er abrupt seine wie im Selbstgespräch vorgetragenen Gedanken.

»Sie persönlich führen die Operationen durch?«

Wohlfahrt zeigte zum ersten Mal so etwas wie eine Gefühlsregung, indem sich sein Mund einmal kurz zu einem ironischen Lächeln öffnete.

»Ja, wer sonst.«

»Sie schließen also jede Panne, wenn ich das mal so ausdrücken darf, aus. Was gaben Sie dann als Todesursache an?«

»Das steht in den Unterlagen.«

Bircher beugte sich nach vorn und kniff die Augen zusammen.

»Ich bin hier, um Ihre Aussage aufzunehmen, nicht um Krankenakten zu studieren, Herr Wohlfahrt.«

Wohlfahrt lümmelte sich in seinen abgenutzten Bürosessel und bedachte Bircher mit einem Blick, als müsste er ihm einen harmlosen Befund erklären.

»Verstehe«, sagte er kühl.

»Na dann mal los, ich möchte Sie nicht durch Ihre Nachtschicht begleiten.«

Arrogante Zeitgenossen gehörten zu den Spezies, die Bircher nicht mochte. Schon gar nicht, wenn Sie seine Zeit raubten. Er straffte sich, fixierte Wohlfahrt mit einem warnenden Blick und stützte beide Arme auf die Oberschenkel. Grundsätzlich bevorzugte Bircher eine unaufgeregte Vorgehensweise, die seiner gemächlichen Art entgegenkam. Wer ihn nicht kannte, hielt ihn zumeist für einen Angestellten eines Ministeriums, vielleicht für Versorgung oder Landwirtschaft. Er kam ja tatsächlich vom Lande, seine Eltern bewirtschafteten nebenbei einen Bauernhof und er war früher einmal Biologielehrer gewesen, bevor er zum Kriminalisten ausgebildet wurde. Das lag zwar lange zurück, aber Bircher haftete mitunter jene Behäbigkeit an, wie man sie im dörflichen Leben antrifft. Wohlfahrt schob sich aus dem Sessel.

»Darf ich mich hinstellen? Habe den ganzen Tag operiert, das geht ins Kreuz.«

Bircher wollte schon sagen, meinetwegen können Sie auch im Liegen reden, wenn's nur bald losgeht. Beide erhoben sich und standen sich wie zwei Duellanten gegenüber. Wohlfahrt umkurvte seinen Gast und sprach in den Raum:

»Die Patienten, es sind drei Männer, alle über die sechzig, gehörten der Hochrisikogruppe an.«

»Hochrisikogruppe, können Sie das einem Laien erklären?«, unterbrach ihn Bircher unwirsch.

»Bei den Patienten liegt eine besonders gravierende Herzrhythmusstörung vor, ein AV-Block dritten Grades. Die elektrischen Signale erreichen im schlimmsten Fall gar nicht mehr die Herzkammer. Infolgedessen sinkt die Herzfrequenz dramatisch. Sie merken es am Puls, der setzt aus oder schlägt extrem langsam, weniger als fünfzig Schläge. Die Patienten müssen dann sofort reanimiert werden, um eine normale Herzfrequenz sicherzustellen. Sie erhalten einen Herzschrittmacher, weil der die Funktion des elektrischen Impulsgebers übernimmt. Er sorgt für siebzig Herzschläge pro Minute.«

Wohlfahrt hatte so leise gesprochen, dass sich Bircher direkt neben ihn stellen musste. Ihm war, als röche er ein Desinfektionsmittel, und er trat einen Schritt zurück.

»Hm. Wie lange lagen die bei Ihnen mit dem Schrittmacher?«

»Alle zwei bis drei Tage. Unser letzter Verstorbener hätte am Morgen nach Hause gehen sollen. Er ist also in der Nacht vor seiner Entlassung verstorben.«

Die Feststellung klang merkwürdig teilnahmslos, wie die Verlesung einer Todesanzeige aus der Tageszeitung.

»Und die zwei anderen, sind die auch nachts abgegangen?«, nahm Bircher den Tonfall auf.

»Alle in der Nacht.«

»Von wem und wie wurde der Tod bemerkt? Ging da jemand in den Nachtstunden kontrollieren oder hat die Frühschicht den Tod festgestellt?«

»Die Schwester macht ihre Rundgänge. Einen zentralen Monitor zur Aufzeichnung der Elektrokardiogramme gibt es nur im Schwesternzimmer auf der Intensivstation, nicht auf der allgemeinen Kardiologie. Bei uns hängt der Monitor am Bettpfosten, der kann die EKGs nicht speichern. Man geht zur Kontrolle ans Bett, bei bestimmten Patienten etwas häufiger.«

»Welche sind die bestimmten Patienten?«

»Zum Beispiel die mit einem AV-Block dritten Grades oder einer Bradykardie, also mit sehr niedrigem Puls, der auch unter Belastung nicht ansteigt«, klärte ihn Wohlfahrt auf.

»Bradykardie«, murmelte Bircher, wie um sich den Begriff einzuprägen.

»Ja, wie gesagt, ein Herzschlag deutlich unter sechzig Schlägen pro Minute, beim erwachsenen Menschen.«

»Na, wieder etwas dazugelernt, Herr Doktor«, bedankte sich Bircher, die Frage nach dem Vorhofflimmern runterschluckend. »Eine Krankenschwester hat also während ihres Rundganges in der Nacht bemerkt, dass etwas nicht stimmt mit dem Patienten?«

»In der Regel kontrollieren die Nachtschwestern zu festgelegten Zeiten während der Nacht die EKGs am Bett. Im letzten Fall machte sie der Bettnachbar bei einem Kontrollgang am frühen Morgen gleich darauf aufmerksam, dass sich sein Zimmergenosse merkwürdig still verhielt. Sie rief mich.«

»Sie geben uns dann bitte die Namen der Schwestern und der Ärzte, die in den drei Nächten Dienst hatten.«

»In allen drei Fällen hatte ich Dienst«, antwortete kaum hörbar Wohlfahrt.

»Wo befanden Sie sich?«

»Hier, auf der Liege. Die Schwester weckte mich.«

»So. Und Sie haben dann sofort die Männer untersucht und nichts Auffälliges feststellen können.«

»So ist es«, murmelte Wohlfahrt leise und begab sich zurück auf seinen Schreibtischstuhl.

Bircher blieb stehen und dachte für einen Moment über das Gehörte nach. Er gab sich einen Ruck, entschlossen, zum Ende zu kommen.

»Sie haben mir noch nicht verraten, wie Ihre Diagnose lautet. Herzstillstand durch Stromausfall? Bradykardie trotz Schrittmacher? Fremdeinwirkung? Batteriedefekt oder Versagen der Elektroden?«

Beim letzten Wort drückte Wohlfahrt das Kreuz durch und warf Bircher einen misstrauischen Blick zu.

»Sie glauben doch nicht, dass jemand nachts in die Klinik geschlichen kam, um … Ja, was eigentlich hätte diese Person denn tun können? Die Schrittmacherelektroden und die Batterie hängen doch nicht am Bettgestell.«

»Werden die Batterien irgendwie geprüft, bevor sie dem Patienten eingesetzt werden?«

Wohlfahrt froren die Gesichtszüge ein. Er sah Bircher vorwurfsvoll an, so als hätte der ihm eine unverschämte Frage gestellt. Er dachte offenbar nicht daran, auf diese Frage einzugehen.

»Und?«, schob Bircher nach.

»Die Schrittmacher werden programmiert, bevor wir sie verpflanzen. Das geht nur, wenn vorher eine Batterie drin ist.«

»Verstehe, das erfolgt also außerhalb des Körpers. Und, haben Sie nun eine medizinische Erklärung für die Todesfälle auf Ihrer Station?«

Wohlfahrts Gesicht nahm wieder Farbe an und er faltete mit einem Seufzer die Arme über der Brust. Dämliche Fragen, signalisierte seine Körpersprache.

»Sie verstehen offenbar nicht, dass bei ungeklärten Todesursachen alle Möglichkeiten überprüft werden müssen. Ich leite die Morduntersuchungskommission. Also, Ihre Diagnose, Herr Doktor Wohlfahrt?«

Auf einmal war es so still im Raum, dass man den Atem des anderen zu hören glaubte. Wohlfahrts Lippen waren ein schmaler Strich. Es war schwer abzuschätzen, ob seine Empörung gespielt oder vorgetäuscht war. Er unternahm keine Anstalten, auf Birchers Frage einzugehen. Der ließ es dabei bewenden. Sein kalter Blick verriet, was er vom Schweigen des Arztes hielt.

»Nun, dann gehe ich davon aus, dass wir die Ermittlungen fortführen werden. Zur nächsten Frage, die Sie sicher beantworten können: Wie gestaltet sich die Zusammenarbeit zwischen Ihnen, Frank Schuster und Klaus Behrens? Wer macht was, kommen die in Ihre Klinik, haben sie Zugang zu den Patienten, treffen Sie sich regelmäßig mit denen? Ich höre.«

Bircher saß jetzt wieder Wohlfahrt gegenüber. Hinter den dicken Brillengläsern waren seine aufmerksamen Augen starr auf den Arzt gerichtet und gaben ihm den Ernst der Lage zu verstehen. Wohlfahrt entspannte sich ein wenig. Diese Fragen erschienen ihm unverfänglich. Er richtete sich auf und entlockte seinen Zügen den Hauch eines freundlichen Lächelns. In der vergangenen halben Stunde hatte seine Mimik zwischen Besorgnis, Empörung, Gleichmut und unterdrückter Wut gewechselt. In ruhigem Ton, als referierte er über ein medizinisches Thema, erzählte Wohlfahrt von der Studie, die die drei Männer zusammengebracht hatte. Dass Frank die klinischen Daten der zentralen Schrittmacherdatei analysierte, Klaus in den Blutproben nach auffälligen klinischen Markern suchte, und wie er selbst das Ganze aus ärztlicher Sicht begleitete, sie auch einmal mit in den OP-Saal genommen hatte, und dass die Sache erfolgreich zu werden schien. Alles bestens, signalisierte er Bircher, der ihn reden ließ, obwohl ihm das alles aus den Akten bekannt war.

Während Wohlfahrt sprach, vervollständigte Bircher sein Bild von ihm. Ein Mann mit pedantischen Zügen, der sich seinem Beruf voll hingab. Wahrscheinlich ein Mensch, der im privaten Leben Konflikte mied und sich rasch verschloss, wenn's kritisch wurde. Ein Einzelgänger, ganz ohne Frage. Eine bedrückende Stimmung ging von ihm aus, den Mann umgab eine Trauer, als würde ihm etwas auf der Seele liegen. Wohlfahrts Profil passt nicht gerade in mein Berufsbild eines Chirurgen, stellte Bircher verwundert fest. Oder der Beruf passt nicht zu dem Mann. Na ja, jetzt beende ich das Gespräch. Als könnte Wohlfahrt Gedanken lesen, hatte er sich mittlerweile neben die Tür gestellt und wartete mit reglosen Augen darauf, dass sich Bircher verabschiedete.

»Verkehren Sie mit Schuster und Behrens auch privat?«, fragte Bircher wie beiläufig, sein Notizbüchlein verstauend.

Wohlfahrt stutzte, als vermutete er eine Falle.

»Hm, schon, aber nicht intensiv. Die beiden waren einmal bei uns zum Essen. Ja, und meine Frau, die hat die beiden auch mal besucht.«

»Wie, allein?«

»Nein, natürlich nicht. Unser Freund und Nachbar, Doktor Bäsler, hat sie begleitet. Mir hatte man kurzfristig einen Nachtdienst aufgebrummt.« Wohlfahrt war plötzlich in einen legeren Tonfall verfallen.

»Doktor Bäsler, arbeitet der auch hier?«

»Über mir, in der Chirurgie, als Oberarzt.«

»Vorname?«

»Lothar.«

»Bei welchem ihrer Kollegen waren Ihre Frau und Doktor Bäsler?«

»Äh, bei beiden, die wohnen zusammen.«

»Aha«, sagte Bircher trocken, zog das Notizheft wieder heraus und notierte sich etwas.

»Wohnten. Ich glaube, Frank ist vor 'ner Weile ausgezogen«, ergänzte Wohlfahrt gelangweilt.

»Und Ihre Frau, ist sie auch in der Medizin unterwegs?«, fragte Bircher im Plauderton, über den Besuch Frau Wohlfahrts bei den beiden Junggesellen nachsinnend.

»Nein.« Wohlfahrts Stimme klang ablehnend.

»Und?«, half Bircher nach.

»Meine Frau ist als Abteilungsleiterin im Kosmetik-Kombinat beschäftigt und beaufsichtigt die Entwicklung neuer Produktlinien«, beschrieb Wohlfahrt leicht gestelzt die Tätigkeit der Gattin.

»Sicher interessant«, ließ Bircher vernehmen, der noch nie in seinem Leben ein Rasierwasser benutzt hatte. »Behrens und Schuster, können die hier auf der Station ein und aus gehen, weil sie mit Ihnen an dem Projekt zusammenarbeiten?«

Wohlfahrts Gesicht verschloss sich erneut. Er schien die Frage als einen Angriff auf seine Berufsehre aufzufassen.

»Hier geht niemand ein und aus ohne meine Erlaubnis. Wir sind doch kein Bahnhofsgebäude, Herr Bircher. Aber natürlich treffen wir uns hier ab und zu, und Klaus Behrens muss auch die Blutproben abholen, um sie in sein Labor am Institut für Wirkstoffforschung zu bringen.«

»Gut, kommen wir vorerst zum Schluss. Ich brauche dann noch Kopien der Krankenakten von den drei verstorbenen Patienten. Könnten Sie das bitte veranlassen?«

»Wie? Die gehören doch unter das Gebot der ärztlichen Schweigepflicht«, protestierte Wohlfahrt.

»In meinem Beruf ist man per Befehl zur Verschwiegenheit verpflichtet, Herr Doktor.« Bircher sah ihn schräg an und unterdrückte ein Gähnen.

»Muss mal sehen, wer noch hier ist«, murmelte Wohlfahrt.

Bircher stemmte sich aus seinem Stuhl, ächzte leicht, als er den Rücken streckte, und kontrollierte die Uhrzeit. Schaff ich gerade noch zum Abendessen, stellte er zufrieden fest. Er überflog in Gedanken das Gehörte und zuckte etwas ratlos mit den Schultern. Nichts Greifbares, resümierte er. Paar Hinweise auf Ungereimtheiten. Wie kann es denn sein, dass drei erfolgreich Operierte – immer Männer im besten Alter – einfach so wie Hundertjährige im Schlaf von uns gehen? Allen ging es gut, ihre Herzen schlugen wieder normal, im Siebziger-Rhythmus, wie Wohlfahrt sagte. Der kann mir nicht erklären, warum die alle aufhörten zu atmen. Oder verheimlicht er mir was? Ich werde mich wohl mit Schrittmachern beschäftigen müssen. Der Gedanke beunruhigte ihn wie ein Arztbesuch. Nee, das überlasse ich Rainer Schmidter, legte er fest. Der kann sogar einen Trabbi reparieren. Und Philipp nimmt sich die Forscher vor. Da geht's dann rasch zur Sache. Oberleutnant Angler konnte den Leuten mächtig auf den Leib rücken, wenn er in Fahrt geriet.

»Hier sind die Kopien«, riss ihn Wohlfahrt aus seinen Gedanken, der unbemerkt das Zimmer betreten hatte. Wie vom Himmel gefallen taucht der neben einem auf, wunderte sich Bircher.

»Danke Ihnen. Eine letzte Bitte: Können Sie mir ein Krankenzimmer zeigen?«

Wohlfahrt bedachte ihn mit einem misstrauischen Blick, zögerte kurz und nickte dann. Wortlos drehte er sich zur Tür.

»Dann gehe ich mal voran.«

»Gibt es nur diese eine Station in der Klinik?«, fragte Bircher, der sich beeilte, Wohlfahrt zu folgen.

»Wir haben noch eine zweite, die zur Inneren gehört.«

»Liegen dort auch Schrittmacherpatienten?«

»Ja, aber weniger«, antwortete Wohlfahrt kühl und warf Bircher einen prüfenden Blick zu.

Sie schritten einen langen weißen Korridor entlang, an dessen Seiten die Krankenzimmer lagen. Wohlfahrt blieb einige Male stehen, öffnete eine Tür, sah sich im Zimmer um und nickte den Patienten zu. Offenbar suchte er den passenden Raum, vielleicht wollte er Bircher einen bestimmten Patienten zeigen.

»Hier können wir mal reinsehen«, sagte er und winkte Bircher, ihm zu folgen.

Es war ein Vierbettzimmer, aber nur von zwei Patienten belegt. Sieht gar nicht so schlimm aus, fand Bircher, der etwas ungelenk vor den Betten stand. Er hatte erwartet, dass das Zimmer vollgestopft wäre mit medizinischen Geräten. Stattdessen sah er Blumen auf den Nachttischen und helle Gardinen am Fenster. Er stellte sich ein Zimmer im FDGB-Heim vor, das musste ähnlich aussehen.

»Guten Abend«, begrüßte Wohlfahrt den Mann, der sich halb aus dem Kissen stemmte. »Bleiben Sie ruhig liegen, Herr Buchholz, wie geht's Ihnen? Alles normal?«, fragte er und legte wie zur

Beruhigung seine Hand auf die Schulter des Patienten, der auf seinen Ellenbogen gestützt verwundert die beiden Männer ansah.

»Ja, ja, Herr Doktor, fühle mich sehr gut, alles gut …«, stotterte der Mann, der nicht begriff, was man von ihm um diese Zeit wollte. Eigentlich passierte nach der Abendvisite nichts mehr, und die hatte gerade stattgefunden.

»Kein Grund zur Aufregung, mein Kollege möchte nur einmal eines der Zimmer sehen, in denen unsere Schrittmacherpatienten liegen«, erklärte Wohlfahrt die Situation mit einer kleinen Notlüge und drückte den Mann sanft in sein Kissen.

»Ach so«, flüsterte der Patient.

»Wenn ich schon hier bin, lassen Sie mich mal Ihr Herz abhören«, sagte Wohlfahrt und zog sein Stethoskop aus der Kitteltasche. Bircher trat einen Schritt zurück und senkte die Mundwinkel. Der Patient lüftete brav die Bettdecke, öffnete seine Pyjamajacke, und Wohlfahrt beugte sich zu ihm.

»Offensichtlich gute Stimulation, regelmäßiger Herzschlag, Herr Buchholz«, sprach er zu seinem Patienten wie zu einem gelehrigen Schüler. »Alles bestens, haben Sie eine schöne Nacht. Übermorgen gehen Sie nach Hause, Herr Buchholz«, verabschiedete sich Wohlfahrt und bedachte ihn mit einem wohlwollenden Klaps auf die Schulter.

Das wünsche ich ihm von Herzen, setzte Bircher für sich hinzu. Wieder auf dem Korridor, wandte er sich an Wohlfahrt.

»Gute Stimulation bedeutet, dass die Elektroden einwandfrei funktionieren?«, vergewisserte er sich noch einmal vorsichtig.

»In Kombination mit den Batterien«, fügte Wohlfahrt hinzu.

Bircher verkniff sich weitere Fragen und sie verabschiedeten sich mit einem förmlichen Handschlag auf dem Korridor. Bircher stieg die Treppen hinab und nahm sich vor, seinen Freund und Kollegen Professor Wolfgang Tetsche, Gerichtsmediziner an der Charité, über die Tücken einer Schrittmachertherapie auszufragen. Bei dem kann ich mich nach all den Jahren nicht mehr blamieren, grinste er in sich hinein.

Klaus' Vater besaß an einem der Berliner Seen eine kleine Datscha, nur einige Busstationen vom S-Bahnhof Erkner entfernt. Verließ man den S-Bahnhof, musste man den Bus nach Kagel nehmen, der nur alle zwei Stunden verkehrte. Es dauerte knappe zwanzig Minuten und man erreichte Grünheide, einen kleinen Ort am Peetzsee, der für seine *Milchbar* bekannt war, die sich im Kulturhaus befand. Hier versammelten sich in den Sommerferien die Dorfschönen, Einheimische, Datschenbesitzer und Urlauber, um sich aus der Musikbox mit Schlagermelodien beschallen zu lassen. Auf hohen, mit Kunstleder gepolsterten Hockern saß man am Tresen, auf den trichterförmige Lampen unterschiedlicher Farbe im Chic der sechziger Jahre buntes Licht warfen. Die vordere Wandverkleidung wies eine konkave Form auf, am Tresen sitzend stieß man sich nicht die Knie. An dem sich verengenden Aufbau befand sich eine tiefe Ablage für Handtaschen oder Schirme. Auf dem Hocker lümmelnd, konnte man entspannt das Publikum betrachten. Der *Milchbar* war eine geräumige Terrasse vorgelagert, längs zur einzigen gepflasterten Straße des Ortes, die von der Busstation quer durch den Ort bis zur Kanalbrücke führte und den Peetzsee vom Werlsee trennte. Die Terrasse war der Lieblingsort von Klaus und Frank, weil man die Straße, den Bürgersteig und das gegenüberliegende *Hotel am Peetzsee* im Blick hatte. Zum Hotel gehörte eine geräumige, verglaste Veranda, eigentlich ein Ballsaal, an der Stirnseite befand sich eine kleine Bühne, auf der am Wochenende aus der Hauptstadt angereiste Bands groß aufspielten. Die *Milchbar* war der Ort, wo man das Abendprogramm plante und an dem es mit etwas Glück seinen Anfang nahm.

Von der Terrasse bis zur Laube war es für Frank und Klaus eine knappe halbe Stunde Fußweg. Gleich hinter dem Ortsausgang Grünheide zweigte ein Trampelpfad ab, der sich in einem weiten Bogen durch dichten Laubwald schlängelte, bis er nach zwei Kilometern am See endete. Dann waren es noch wenige Schritte entlang der Uferböschung, bevor zwischen Wald und Wasser die winzige Siedlung aus drei einfachen Holzlauben auftauchte. Jede Datsche war mit einem Zimmer, einer winzigen Kochnische und einer Dusche ausgestattet. Zu jedem Häuschen gehörte ein winziger Garten, gerade groß genug, um einen Tisch und vier Stühle aufzustellen. Alle Lauben waren zum Wasser hin ausgerichtet, man lief ein paar Schritte den kleinen Hang hinunter und schon war man im See, den die Berliner Laubenpieper als eine Verlängerung ihres Grundstücks betrachteten. Wenn Frank und Klaus morgens zum Ufer liefen, um sich im gleißenden Licht der Morgensonne ins Wasser zu werfen, jauchzten sie wie Kinder in ihrem Planschbecken. Manchmal, nach einem erfolgreichen Dorffest, schwammen sie zu viert nackt im stillen See.

Etwa zur selben Zeit, als sich Bircher von Doktor Wohlfahrt verabschiedete, saß Frau Renate Wohlfahrt neben Frank Schuster im Trabbi und freute sich auf die Stunden mit ihrem Liebhaber. Frank hatte sich überwinden müssen, seinen Vater anzurufen, den er eigentlich kaum um Rat fragte. Aber in diesem Fall ging es nicht anders, er wollte unbedingt diesen Ausflug und überwand seine Skrupel. Franks Vater hatte ihm nach einigem Zögern das neue Auto mit dem Hinweis überlassen, die Gänge nicht so auszufahren. Sie knatterten auf der B1 in Richtung Autobahnauffahrt Vogelsdorf. Frank glaubte Renate eine Abwechslung bieten zu müssen, nachdem sie sich einige Male in seiner Wohnung getroffen hatten, und hatte sie zu einem abendlichen Stelldichein im brandenburgischen Altbuchhorst eingeladen. Mitten in der Woche würde er Klaus nicht antreffen, falls der überhaupt noch dorthin fuhr. Der Schlüssel lag unter einem Blumenkübel, das hatten sie früher einmal vereinbart. So war man sicher, nicht vor verschlossener Tür zu stehen, wenn es darauf ankam …

Es war ein ungewöhnlich milder Herbstabend, Renate hatte das Fenster etwas heruntergekurbelt und ließ sich vom Fahrtwind die Haare föhnen. Ihre linke Hand ruhte auf Franks rechtem Oberschenkel, die Augen halb geschlossen, döste sie vor sich hin. Sie spürte seine Muskeln, wenn er bremste. Die B1 führte hinter Biesdorf schnurgerade nach Osten, Frank konnte sich jetzt entspannen, denn um diese Zeit flaute der Verkehr merklich ab.

Die Revolverschaltung vibrierte leicht, er fuhr mit Bedacht. Er war sich bewusst, dass es sehr heikel werden könnte, würden sie auffallen, etwa durch eine Verkehrskontrolle.

Niemand wusste von ihrer Beziehung. Sie hatte noch im August begonnen, kurz nachdem Frank ausgezogen war. Die Kraft und Ruhe, die von ihm ausgingen, sein Gleichmut, mit dem er Hindernisse aus dem Weg zu räumen schien, und sein Lächeln, das ihm wie ein Wesensmerkmal in den Zügen lag, zogen Renate Wohlfahrt an. Sie erinnerte sich gern daran, wie er ihr am ersten Abend etwas unbeholfen sein Programm zum Idealgewicht erläutert hatte, während ihr zumute gewesen war, als säße sie neben einem Magier. Frank hatte sie tatsächlich verzaubert. Er hatte alles, was sie an Peter vermisste, er war der Gegenentwurf zu ihm. Am Anfang war da noch Klaus gewesen, der Junge mit dem Gemüt eines ungestümen Kindes, der sie auf andere Art anzog. Dem konnte es nicht schnell genug gehen, der konnte seinen Tatendrang kaum drosseln. Dem würden irgendwann einmal die Gefühle den Verstand rauben, spannend, aber gefährlich. Solche Männer konnten im Ernstfall die Dinge nicht für sich behalten. Sie hatte auch ihn in ihr Herz geschlossen, aber er befand sich sozusagen unter Verschluss. Leidenschaft empfand sie für Frank, Klaus gehörte ihre Sympathie und herzliche Zuneigung. Eigentlich, fand sie manchmal, könnte ich mit beiden unter einem Dach zusammenleben.

Sie warf Frank einen zärtlichen Blick zu und zog ihre Hand von seinem Bein. Sie hatten die Stadt verlassen und näherten sich der Galopprennbahn in Hoppegarten. Renates Gedanken kehrten noch einmal zu Klaus zurück. Ihr waren die *Offenbach-Stuben* eingefallen. Klaus hatte vor einigen Wochen inständig darum gebeten, sie zum Essen einladen zu dürfen. Du Scherzkeks, hatte sie ihn in Gedanken geneckt, als würde es dir nur ums Essen und Geplauder gehen. Na ja, die Neugierde hatte gesiegt und sie hatte zugesagt. Peter hatte an dem Tag wieder einmal Nachtdienst. Sie wunderte sich ein wenig, als Klaus die *Offenbach-Stuben* vorschlug. Donnerwetter, legt der sich ins Zeug, war ihre erste Reaktion. Das war ein nobler Ort, bekannt für die Kellner »vom anderen Ufer«, sehr gutes Essen und prominentes Publikum. Renate wurde kurz abgelenkt, weil sie einige Pferde auf der Koppel bemerkte, nach denen sie sich umsah. Dabei berührten ihre Haare Franks Wange, sein Gesicht strahlte vor Glück. Schöne Räume haben die dort, nahm sie ihre Erinnerungen an Klaus wieder auf. Dunkelgrüne Holzpaneele, gestreifte Tapeten wie in alten französischen Filmen, Vorhänge mit goldschimmernden Kordeln. Der Kellner hieß Hansi, am Nachbartisch saßen irgendwelche wichtigen Leute, wahrscheinlich Westbesuch, und aßen Schnecken. Ja, es war ein schöner Abend, aber Klaus' Hoffnungen erfüllte sie nicht. Sie schreckte aus ihren Erinnerungen auf, weil sie die Autobahn erreicht hatten und Frank entgegen aller Hinweise seines Vaters das Gaspedal durchdrückte, worauf der Trabbi wie ein geschundener Gaul aufheulte.

»Pass auf, dass die Pappe nicht schmilzt«, rief Renate und presste wieder ihre Hand auf Franks Oberschenkel.

»Wir sind gleich da«, vermeldete er.

»Fahr langsamer und erzähl mir was von dem Ort! Altbuchhorst, nie gehört.«

»Also«, begann er zögernd, darauf bedacht, sich nicht zu verquatschen. »Die *Gaststätte am Möllensee* hat 'ne prima Küche, deren unbestrittene Chefin Else Fleischer ist. Ihr Mann steht wie angekettet von früh bis abends am Zapfhahn.« Frank sprach jetzt wie ein Reiseführer, der im Bus die Gegend erklärt. »Am Restaurant ist eine große Veranda angebaut, die ist zur Seeseite verglast. Hoffentlich ergattern wir dort einen Tisch.«

Renate leckte sich die Lippen und versuchte wie zur Musik ihren Oberkörper zu schwenken.

»Von der Veranda sieht man die Schiffe der Weißen Flotte, die kommen aus Treptow und legen vor der Gaststätte an.«

»Oh, wie idyllisch«, antwortete Renate, die mittlerweile Frank fast auf dem Schoß saß.

»Und ob«, pflichtete ihr Frank bei. »Und ich sage dir, wenn das Schiffshorn zweimal bläst, dann beugt sich die Else mit ihrer perfekten Dauerwelle durch die Küchenluke und linst in den Gastraum, als würde sie die Portionen durchzählen.«

Interessant, was mein Frank so alles bemerkt, dachte sich Renate, die an seiner Schulter lehnte.

»Dann ist da noch eine Kegelbahn, wenn die Kugeln rollen, hört sich das von draußen wie Kanonendonner an.«

»Na, das brauche ich nicht«, bemerkte Renate mit einem Blick auf ihre zierlichen Hände.

Die Dämmerung war angebrochen, das schräge Licht der letzten Abendsonne erzeugte bizarre Schatten im Wald, der sich zu beiden Seiten ausbreitete. Man erkannte noch die goldene Laubfärbung der stolz in den Himmel ragenden Buchen, das sanfte Grün der Fichten und die gezackten Blätter mächtiger Kastanien. Die Landschaft begab sich allmählich zur Nachtruhe. Frank fuhr jetzt langsamer, als wollte er die Stimmung festhalten. Eben noch auf der Betonpiste, befanden sie sich auf einmal inmitten der Natur, nur die schmale Landstraße erinnerte sie daran, woher sie kamen und wohin sie wollten. Würden wir jetzt anhalten und aussteigen, wenige Schritte in den nachtschwarzen geheimnisvollen Wald wagen, wären wir ganz auf uns allein gestellt, dachte Renate und schob sich noch eine Handbreit näher an Frank.

»Gruselig«, flüsterte sie.

Frank warf einen flüchtigen Blick nach links in die geheimnisvolle Nacht. Er erinnerte sich plötzlich an alte Zeiten, wie Klaus und er nach einigen Bieren darüber philosophierten, was wohl geheimnisvoller wäre, die Liebe oder die Natur, und warum allein die Natur ewig währte. Wie um sich von der Erinnerung zu befreien, schüttelte er leicht den Kopf.

»Alles in Ordnung?«, fragte Renate zärtlich.

»Ja. Manchmal tritt Wild auf die Straße, hier muss man langsam fahren.«

»Verstehe, das würde die Plaste nicht überstehen.«

»Wir vielleicht ebenso wenig. Da vorn siehst du die Lichter von Grünheide, dann sind es noch zwei Kilometer.«

»Und da hält der Dampfer aus Berlin?«

»Hm, Weiße Flotte, kommt aus Treptow. Bist du mal mitgefahren?«

»Allerdings.« Ihre Stimme klang auf einmal ganz anders, wie bei einer schmerzlichen Erinnerung.

»Ist was?«, fragte Frank besorgt.

»Ach, nur so eine Erinnerung. Wir hatten vor zwei Jahren einen Betriebsausflug auf so einem Dampfer. Wie üblich, ging es hoch her, kennst du ja. Ich bin dann hoch aufs Deck und da hat mich so ein Kerl angemacht, ziemlich dreist. Der war nicht aus meinem Betrieb. Egal, ist ja nichts weiter gewesen, dieser alte Sack …«, zischte sie und schmiegte sich gleich darauf an Franks Schulter.

»Kennst du seinen Namen?«

»Fred Wegner oder Wagner, weiß nicht genau. Peter kannte den von irgendwoher.«

Frank drückte wie zum Trost kurz seine rechte Hand auf ihr Knie.

Die Straße machte einen letzten Bogen, bevor sie den Ort erreichten. Keine zwei Minuten später bogen sie auf die Altbuchhorster Straße ein und der Trabbi holperte über das Kopfsteinpflaster, bis sie links vor sich den Parkplatz der *Gaststätte am Möllensee* erreichten. Frank stürmte die drei Eingangsstufen hoch, betrat die verglaste Veranda und steuerte einen freien Fensterplatz an. Die Kellnerin sah ihm missbilligend hinterher und öffnete bereits den Mund, verkniff sich jedoch eine Bemerkung, als ihr Renate mit einem freundlichen »Schön hier bei Ihnen!« zuvorkam. Sie trug ein luftiges weißes Kleid, ihr dunkelblaues Jäckchen hatte sie sich lässig über die Schultern gelegt. Mit dem Gang einer Frau, die es gewohnt ist, die Blicke auf sich zu ziehen, schritt sie durch den Gastraum. Frank stand wie ein frisch verliebter Bräutigam am Tisch und breitete stolz beide Arme aus.

Als sie den letzten Schluck Weißwein zu sich genommen hatten, beugte sich Renate weit über den Tisch.

»Sind wir hier in einem Hotel?«

Frank zog die Stirn in Falten und zögerte mit der Antwort.

»Müssen wir zurück?«, fragte sie mit Flüsterstimme, immer noch in gleicher Haltung.

»Ich kann ja mal fragen, die haben hier tatsächlich auch Gästezimmer.«

Bemüht um eine weltmännische Haltung, schlenderte er zur Theke. Herr Fleischer sah ihm an, was er auf dem Herzen hatte.

»Ich habe mal 'ne Frage«, tastete sich Frank vor.

»Schießen Sie los«, konterte der Chef jovial.

»Vermieten Sie auch Zimmer?«

Fleischer löste seinen rechten Arm vom Bierhahn, drehte sich zu einem Schlüsselbrett und erklärte mit einer Handbewegung:

»Heute alles belegt, Schulung. Tut mir leid. Vielleicht nächstes Mal.«

Frank sah enttäuscht auf das leere Schlüsselbrett und ging zurück zum Tisch. Fleischer begleitete ihn mit einem mitfühlenden Lächeln. Die Kellnerin brachte die Rechnung, und während Frank die Positionen überflog, betrachtete Renate mit halbgeöffnetem Mund die Lichter des auslaufenden Dampfers, die sich auf der Wasseroberfläche spiegelten. Sie hörte wie nebenbei, dass sich Frank in seinem ruhigen Ton an die Kellnerin wandte:

»Sie haben sich verrechnet. Es muss neunzehn siebenundachtzig heißen, nicht zwanzig siebenundachtzig.«

Der Kellnerin stand eine Mischung aus Erstaunen und Empörung auf dem Gesicht geschrieben. Renate sah, dass Franks Lächeln schmaler wurde.

»Die Rouladen je drei fünfundsiebzig, plus zwei Bier je einundfünfzig Pfennig und die Flasche Trakia, zu elf fünfunddreißig. Macht neunzehn siebenundachtzig.«

Renate verharrte in stiller Bewunderung. Die Kellnerin korrigierte mit einem schnippischen »Kann ja mal passieren« ihre Rechnung und wünschte »Noch 'nen schönen Abend«.

»Wollen wir zurückfahren oder noch etwas bleiben?«, fragte Frank, als befänden sie sich auf irgendeiner Party.

Renate spitzte die Lippen und bewegte wie zur Entspannung ihre Hüften.

»Ich könnte dir noch die Datscha zeigen, wo Klaus und ich manchmal sind.«

»Oh, ein weiteres Geheimnis, das ihr beide teilt. Ist es denn weit?«, fragte sie neugierig.

Kurz nach Mitternacht verließen sie das Häuschen am See und begaben sich auf den Rückweg nach Berlin. Renate hatte den Sitz leicht nach hinten geklappt und träumte in halb liegender Position mit offenen Augen. Ihre linke Hand fasste wie haltsuchend Franks Arm. Sie schwiegen erschöpft.

»Merkt Peter nichts?«, fragte Frank auf einmal ohne jeden Übergang.

Die Frage rüttelte Renate aus ihrer Schlafposition. Sie zog augenblicklich ihre Hand zurück und sah ihn forschend an.

»Und wenn, was würde es ändern?«

»Er könnte dich verlassen.«

»Nie. Er hat nur mich, na ja, und seine Patienten.«

»Die scheinen ihn bereits zu verlassen.«

Renate warf ihm einen aufmerksamen Blick zu.

»Meinst du, dass er nicht ganz bei der Sache ist? Doch nicht etwa unseretwegen?«

»Was weiß ich.«

Renate schwieg und sah nach vorn, als fürchtete sie ein Hindernis.

»Gib uns etwas Zeit, Frank.«

VIER

Bircher saß am Frühstückstisch und dachte vergnügt an den vergangenen Abend und an die herrlichen Buletten, die Karola seit Ewigkeiten wieder einmal zubereitet hatte. Das ist der Ersatz für die Thüringer Bratwürste an der Wanderstrecke, hatte sie ihm zugeprostet. Karola hatte die Absage des Urlaubs erstaunlich gelassen hingenommen, als sie den Grund erfuhr. Stichwort Herzschrittmacher, das ließ sie aufhorchen und an das kurze Gespräch mit dem Nachbarn über »Pulsstottern« denken. Karl hatte ihr versprochen, sie, soweit möglich, über die Ermittlungen auf dem Laufenden zu halten.

»Wenn du jeden Abend so gut kochst wie gestern, passe ich bald nicht mehr in die Uniform«, warnte er sie.

»Du hast noch nie ans Abnehmen gedacht, wenn wir am Tisch saßen«, schmollte sie.

»Und du nicht daran, das Rauchen einzustellen.«

»Karlchen«, murmelte sie erschrocken, »wohin soll das führen, wenn wir alles ändern?«

»In ein langes Leben«, rief er.

In diesem Moment schrillte das Telefon. Karola nahm den Hörer ab und verzog das Gesicht. Sie winkte ihn heran.

»Ende der Morgenandacht«, flüsterte sie.

Bircher hörte mit unbewegter Miene zu und ordnete an, die Leiche in die Gerichtsmedizin zu bringen. Professor Tetsches Meinung sei gefragt. Er stand am Telefon und warf einen kritischen Blick auf seinen Taillenumfang. Er sah zu Karola hinüber, die den Tisch abräumte, und strich sich mit der freien Hand über den Bauch.

»Also, bestell Schmidter und Angler für neun zur Lagebesprechung ein, Manuela«, schloss er und drückte nachdenklich den Hörer auf die Gabel.

»Gibt's was Besonderes?«, fragte Karola neugierig.

»Ein toter Herzpatient.«

»Schon wieder? Du entwickelst dich zum Herzspezialisten.«

»In gewisser Hinsicht. Ist schon der vierte Patient, bei dem der Herzschlag wie aus heiterem Himmel ausfällt.«

»Herzstillstand ist ja wohl die häufigste Todesursache.«

»Liest meine kleine Professorin jetzt im Museum auch die Sterbestatistiken?«

»Karlchen, sag mir doch schnell, worum es bei dem vierten geht, bevor sie dich ins Krankenhaus fahren.«

»Wissen wir nicht. Dort sterben wie am Fließband Patienten, nachdem sie mit einem Herzschrittmacher therapiert werden. Der kommt aus eigener Produktion und wird in einer klinischen Studie eingesetzt. Jetzt muss ich mich fertig machen.«

»Na ja, ein Grund, oder sollte ich sagen, ein Toter mehr, der die Absage des Urlaubs erklärt«, bemerkte sie mit einem ironischen Unterton.

»Was bedeuten eigentlich die Skizzen, sind die von dir?«, fragte er, auf den Couchtisch weisend, wo mehrere schwarzweiße Zeichnungen lagen. Sie stellten sehr detailliert unterschiedliche Körperpartien dar, Hals, Schulter, Kopf, versehen mit Längenmaßen. Er sah im Vorbeigehen zwei Striche, die den Abstand zwischen der Mitte der Nase bis unter das Kinn markierten.

»Das sind Kopien aus dem Skizzenbuch von Leonardo da Vinci«, bemerkte Karola beiläufig, die gern mehr von dem neuen Fall erfahren hätte.

»Aha. Nimmst du neuerdings Anatomieunterricht? Könnte auch mir zugutekommen«, spöttelte Bircher, sich den Mantel überstreifend.

»Sieh hier«, sie griff nach einem Blatt. »Die Strecke vom Ende einer Schulter zur anderen ist so weit wie von oberhalb der Brust bis zum Nabel, und dieser Bereich ist viermal enthalten …«

»Mein liebes Weib, auf mich wartet eine tote Brust und ich werde prüfen, ob der Schrittmacher die Proportionen verändert hat, und dir heute Abend berichten.«

Sie zog einen Schmollmund:

»Du nimmst nur die Toten ernst.«

»Die auch dich interessieren, meine neugierige Restauratorin.«

Er lachte und hob zum Gruß die Hand, bevor hinter ihm die Tür ins Schloss fiel.

In Birchers Büro hatten sich Schmidter und Angler auf die Minute genau um Punkt neun eingefunden. Obgleich ihr Chef von Natur aus umgänglich war, hasste er Unpünktlichkeit. Wer sich verspätete, musste mit einem Rüffel rechnen.

Birchers Mitarbeiter waren guter Dinge, weil sie sich auf den neuen Fall freuten. Seit der Aufklärung einer Todesserie unter Studenten, die sich mit dem Schmuggel sowjetischer Eheringe bereichert hatten, waren drei Jahre ohne spektakuläre Fälle vergangen. Es war Zeit für eine neue Herausforderung, da erging es ihnen nicht anders als einer erfolgreichen Mannschaft auf der Suche nach ebenbürtigen Gegnern.

Major Bircher kam ohne Umschweife zur Sache. Er erinnerte an die ersten Fälle, derentwegen er seinen Urlaub verschoben hatte, und berichtete, dass sie nun einen weiteren Toten zu beklagen hätten, wieder ausgerechnet in der wichtigsten Klinik der Hauptstadt, wieder auf der Station von Doktor Wohlfahrt. Er schilderte die Umstände und den Personenkreis und unterrichtete die beiden über seinen Besuch in der Klinik. In den langen Jahren seiner Tätigkeit hatte Bircher eine Art siebten Sinn entwickelt. Er war unbestechlich in seinen Ermittlungen, penibel wie ein Buchhalter in der Auswertung aller Fakten und hartnäckig wie ein Wissenschaftler bei der Verfolgung seiner Ziele. Und doch, bei aller Nüchternheit, vertraute er manchmal seiner Intuition mehr als den Akten. So war es auch dieses Mal, obwohl sie noch ganz am Anfang der Ermittlungen standen. Es waren ihm zu viele scheinbare Zufälle im Spiel.

»Genosse Schmidter, Sie kommen frisch aus dem Urlaub. Sie übernehmen bitte die Befragung der Spezialisten aus der Industrie. Wäre ja die einfachste Erklärung für den Herzstillstand, wenn die Schrittmacher fehlerhaft wären. Allerdings hatte der Doktor das bei meinem Besuch als Ursache ausgeschlossen. Na ja, Schmidter, Sie sind der technisch versierteste unter uns. Machen Sie sich vertraut, kriegen Sie raus, ob die Dinger wirklich todsicher sind oder ob die so mir nichts dir nichts doch mal ausfallen können. Der Oberarzt, wie gesagt, glaubt nicht daran. Du«, wandte er sich an seinen Stellvertreter Angler, »befragst Behrens und Schuster. Die sind nicht im direkten Patientenkontakt, aber mitverantwortlich für die Planung und Durchführung der Studie. Ich treffe mich noch heute mit dem Direktor der Klinik, Professor Wilfried Sitte. Im Kern sehe ich unsere erste Aufgabe darin, Fremdverschulden auszuschließen, also Schaden von der Klinik abzuwenden. Das Besondere an dem Fall, falls es denn einer wird, ist, dass hier überhaupt kein Motiv erkennbar ist, keine Tatwaffe, keine Spuren und schon gar kein Verdächtigter. Da sind Männer gestorben, die auf den ersten Blick zueinander in keinerlei Beziehung stehen. Allerdings sind sie alle Teilnehmer einer Studie, die das Ziel verfolgt, ihr Leben zu verlängern. Das Gegenteil davon ist eingetreten. Es liegt also nahe, dass wir uns mit dieser Studie beschäftigen. Die Umstände sind schon merkwürdig.«

In diesem Moment schrillte das Telefon. Bircher neigte den Kopf, wie um abzuwarten, aber es klingelte hartnäckig weiter. Er stemmte sich aus dem Stuhl und ging zu seinem Schreibtisch.

»Was ist denn, Manuela?«

»Karl, General Meier will dich sprechen.«

»Stell bitte durch.«

Angler und Schmidter erhoben sich fragend, aber Bircher hielt sie mit einer Handbewegung zurück.

»Bircher am Apparat«, meldete er sich, seinen Mitarbeitern den Rücken zuwendend.

»Grüße dich, Karl«, vernahm er die sonore Stimme des Polizeivizepräsidenten. »Ich habe hier einen Anruf aus dem Ministerium für Gesundheitswesen erhalten. Der Genosse heißt Behrens, Abteilungsleiter. Sagt dir der Name etwas?«

Bircher zog die Augenbrauen hoch und kniff die Augen zusammen.

»Allerdings, es könnte sein Sohn sein, dessen Name im Zusammenhang mit einer bestimmten Sache gefallen ist.«

»Und was hat der Sohn damit zu tun?«

Womit?, wäre es um ein Haar Bircher entfahren, der sich rechtzeitig beherrschte. Warum ruft mich in diesem frühen Stadium unserer Arbeit Meier an? Wegen eines Abteilungsleiters, dessen Sohn Blutproben untersucht? Bircher räusperte sich und entschied, den Ball flach zu halten. Andernfalls muss ich jede Woche zum Rapport antreten. Das Verhältnis zwischen Bircher und Meier war sehr gut, eher wie das zweier Kollegen, die ihre Liebe zur Kriminalistik verband. Meier schätzte Birchers Aufklärungsquote, Bircher Meiers Rückendeckung in schwierigen Situationen.

»Merkwürdig, dass der Vater, wenn er's denn ist, sich an dich wendet. Es liegt nichts Konkretes gegen einen Klaus Behrens vor«, sagte Bircher und wartete auf Meiers Reaktion.

»Klar ist es der Sohn«, trat Meier prompt in die Falle.

Bircher schob die Brille hoch. Na also, dann hat der Papa wohl Grund zur Sorge und Meier spielt den Unwissenden, um mich aus der Reserve zu locken. Bircher seufzte leise, er hatte es plötzlich eilig. Hinter ihm grienten seine Mitarbeiter verlegen, die ihren Chef kannten. Gleich würde er bestimmt einen Termin vortäuschen.

»Wir haben vier Tote auf der Kardiologie zu beklagen, was mittlerweile mysteriös erscheint. Und der Sohn ist Mitglied einer interdisziplinären Arbeitsgruppe, die sich mit dem Einsatz von Herzschrittmachern beschäftigt.«

Bircher nickte sich zu, als wäre damit alles gesagt. Er vernahm Meiers sonore Stimme.

»Du hast offenbar einen Verdacht, der bis in das Ministerium gedrungen ist. Behrens will nämlich rausgehört haben, dass du in alle Richtungen ermittelst. Der wollte von mir wissen, ob auch ein gewisser Frank Schuster befragt wurde.«

Bircher sah Meiers asketisches Gesicht mit dem Scharfschützenblick vor sich.

»Wir müssen alle befragen. Die Todesursachen liegen, wie gesagt, im Dunkeln. Wir stehen wirklich noch ganz am Anfang.«

Bircher drehte sich zu seinen Kollegen und deutete mit einer Kopfbewegung an, dass sie gleich mit ihrer Beratung fortfahren würden.

»Gut, Karl. Hoffen wir das Beste. Wäre angenehm, wenn die Wellen nicht zu hoch schlagen würden. Mach's dann mal gut und halt mich auf dem Laufenden.«

Bircher legte langsam den Hörer auf und sortierte seine Gedanken. Warum schaltet sich der Vater ein, obwohl sein Sohn weder befragt noch aufgefallen ist? Warum erwähnt er ohne erkennbaren Grund Schuster? Was hat es mit den Wellen auf sich? Denkt Meier an die Morde im Haus des Kindes am Strausberger Platz, als uns der halbe Staatsapparat auf den Fersen stand? Jetzt beschäftigen wir uns zunächst mal nur mit herzkranken Bürgern. Bircher beschlich erneut das Gefühl, sich in kleinen Schritten einem großen Fall zu nähern.

»Zurück zu uns«, nahm er das Gespräch mit seinen Mitarbeitern wieder auf. »Du«, wandte er sich an Angler, »solltest dir von dem Schuster aus dem Rechenzentrum genau erklären lassen, nach welchen Kriterien er die Patientendaten analysiert. Also, lassen sich aus seinen Ergebnissen irgendwelche Anhaltspunkte ableiten, die im Zusammenhang mit den Verstorbenen stehen könnten? Mit wem hat der Mann noch Kontakte, außerhalb seiner Dienststelle? Gleiches trifft für Klaus Behrens zu. Befragt die Stationsschwestern, ob Fremde gesehen wurden, und ob über die Besucher Buch geführt wird. Geht zusammen die Personalakten der verstorbenen Patienten durch, ob die irgendwas untereinander verbindet, ob sie gemeinsame Bekannte haben und so weiter. Fragen?«, schnitt sich Bircher selbst das Wort ab, als wenn er schon zu viel geredet hätte.

Schmidter sah zu Angler hinüber, der mit den Fingern der rechten Hand die Tischplatte wie ein Klavier bearbeitete. Er trug wie so oft einen dunklen Rollkragenpullover und passende Hosen, die ihn noch schlanker machten. Man hätte ihn auch für einen Sportler halten können. Schmidter war zwar auch hochaufgeschossen, aber schmaler, fast dünn und hielt sich auch nicht so kerzengerade wie der forsche Angler. Seine Körperhaltung passte sich seiner vorsichtigen abtastenden Vorgehensweise an.

»Hm, ein bisschen wie die Nadel im Heuhaufen suchen«, brummte Angler.

Bircher zuckte die Achseln und sah Schmidter an. Der wiegte nachdenklich den Kopf.

»Also, auf geht's«, verabschiedete er seine Mitarbeiter. Im selben Moment klopfte es an der Tür und Manuela schob ihren Rotschopf ins Zimmer.

»Was gibt's denn?«, fragte Bircher etwas unwirsch.

»Ein Fax, gerade von Professor Tetsche gekommen«, sagte sie und hielt ihm ein Blatt Papier hin.

Angler sprang auf und nahm es wortlos entgegen. Sie spitzte etwas schnippisch den Mund und schloss die Tür hinter sich.

Angler reichte Bircher den Bericht, der ihn überflog, bereits zur Seite legen wollte, es sich dann aber anders überlegte und ihn nochmals langsam von Beginn an durchlas.

»Professor Tetsche schreibt, dass der Patient in der Nacht verstorben ist, wahrscheinlich irgendwann zwischen elf und zwei Uhr in der Früh. Allerdings betont er, dass in Fällen, wo der Leichnam unverletzt in seinem Bett liegt, die Bestimmung des exakten Todeszeitpunkts fehlerbehaftet sein kann. Die Nachtschwester sagt aus, dass sie gegen drei Uhr im Zimmer war. Sie weckte Doktor Wohlfahrt, der den Tod feststellte. Tetsche kann keine Anzeichen eines gewaltsamen Todes erkennen. Wie auch immer, mysteriös«, murmelte Bircher.

Die letzten Worte klangen, als sträubte sich irgendetwas in ihm, an einen natürlichen Tod zu glauben. Schon gar nicht in einer Serie von vier Todesfällen. Zu viele Zufälle waren ihm schon immer ein Grauen. Wenn wir an Zufälle glauben, können wir gleich einpacken, pflegte er zu sagen. Angler und Schmidter starrten auf das Papier, das Bircher wie einen Fremdkörper vor sich hielt.

»Was ist daran mysteriös? Herzversagen, Arzt stellt den Tod fest«, sinnierte Angler und wiegte bedächtig den Kopf.

Bircher schenkte ihm einen langen verwunderten Blick.

»Nun ja«, knurrte er schließlich, »wenn die Schwester den vermeintlichen Tod des Patienten um drei Uhr erkannte, wovon man ausgehen kann, denn einen waagerechten Strich auf dem Monitor kann man nicht übersehen, dann läge unser Professor mit seiner Todesangabe etwas daneben. Tetsches Bericht liest sich doch so, als wäre der Patient deutlich früher tot gewesen.«

»Wenn der Mann um zwölf starb, während die Schwester schlief, und sie erst um halb drei wieder aufwachte, dann hätte sie den Tod nicht früher feststellen können, weil das EKG nicht aufgezeichnet werden kann. Sie schwört, dass bei ihrem letzten Kontrollgang kurz vor Mitternacht alles in Ordnung gewesen sei, so steht es in dem Bericht der Klinikleitung«, referierte Angler.

»Es bleibt also nur der Schluss, dass in dem Fall der genaue Todeszeitpunkt schwer feststellbar ist.«

Bircher sprach es wie ein Schlusswort und komplimentierte seine Kollegen mit einem angedeuteten Winken der rechten Hand hinaus.

Manuela Riescher hatte mit dem Sekretariat des Chefarztes der Klinik für Innere Medizin, Herrn Professor Wilfried Sitte, einen Termin um fünfzehn Uhr vereinbart. Major Bircher wolle sich gern mit dem Chefarzt über einige »Begleitumstände« zu »Vorkommnissen« auf der kardiologischen Station unterhalten, hatte sie erklärt.

Im Unterschied zu ihrem ersten Treffen, das am Rande einer Visite auf der Station stattgefunden hatte, begrüßte Professor Sitte Bircher im Sekretariat und führte ihn wortlos in sein geräumiges Dienstzimmer, das an den Salon einer Villa erinnerte. Das Erkerzimmer, beherrscht durch hohe Fenster, die bis zur Decke reichten, erzeugte einen häuslichen Eindruck. Man hatte einen freien Blick auf das parkähnliche Klinikgelände, das im trüben Herbstlicht andeutete, was den Besucher im Frühling erwarten würde, wenn die Bäume ihr grünes Kleid wieder anlegten. Ein leichter Nieselregen hatte eingesetzt und erinnerte Bircher plötzlich an die Wochenenden auf dem Bauernhof seiner Eltern, wenn am Morgen der Regen auf die hohen Eichen vor seinem Fenster fiel und er im Bett liegend dem eintönigen Rauschen lauschte, das ihn zurück in den Schlaf entführte. Er lächelte schwach und drehte sich langsam um die eigene Achse. Sein Blick blieb an zwei farbenfrohen Aquarellen hängen. Professor Sitte bemerkte sein Interesse.

»Von Goltsche. Ich mag diese Leichtigkeit in seinen Darstellungen, alles in frohen Farben schwebend, schöne Aquarelle. Erinnert mich ein wenig an die Impressionisten.«

Bircher nahm die Sätze auf, um sie abends Karola wiederzugeben. Der kleine ovale Besprechungstisch aus Eiche, an den ihn Sitte bat, war eher aus einem der hauptstädtischen Läden von Hellerau oder Zeulenroda als aus dem Einrichtungshaus am Alexanderplatz. Ebenso die massiven dunklen Bücherregale mit dem passenden Schreibtisch. Wird eine interessante Unterhaltung, vermutete Bircher. Sitte hatte Kaffee vorbereitet, und bevor er ihnen eingoss, hätte Bircher zu gern die Untertasse gewendet, um den Stempel zu sehen. Wird doch wohl nicht Meißner Porzellan sein, dachte er ungläubig, bemüht, sich seine Neugierde nicht anmerken zu lassen.

Sitte war ein hochgewachsener, zur Korpulenz neigender Mittfünfziger, ein Mann mit Spannung im Körper, ausgestattet mit einer natürlichen Autorität. Sein volles Gesicht verlor zu keiner Sekunde ihres Gesprächs die Konzentration, eigene Gefühlsregungen blieben dem Besucher wie hinter einer Maske verborgen. Er wirkte so, wie man sich einen Arzt vorstellt, empathisch, interessiert, distanziert. Einige Male in ihrem Gespräch jedoch, wenn ihn etwas zu amüsieren schien, lüftete sich die Maske des Klinikers, dann huschte ein Lächeln über sein Gesicht und zeigte die verborgene schelmische Seite seines Wesens. Der Sitte, der ihm heute gegenübersaß, erinnerte wenig an den distanzierten, kurz angebunden Chefarzt, der ihm bei ihrem ersten Aufeinandertreffen am Treppenaufgang zu verstehen gab, dass er das Gespräch für vergeudete Zeit hielt.

Bircher gestand sich ein, dass ihm der Arzt nicht unsympathisch war, kein Wunder, für hintergründigen Humor war er zugänglich. Er hatte sich über ihn informiert, unbestritten genoss der Professor in seinen Fachkreisen einen exzellenten Ruf, umso angenehmer empfand Bircher seine zurückhaltende Art.

Nachdem er die Gründe vorgetragen hatte, die ihn veranlassten, vorläufige Ermittlungen aufzunehmen, öffnete Sitte wie zur Durchlüftung ein wenig das Fenster. Bircher bemerkte, die Erklärungen von Oberarzt Wohlfahrt reichten nicht aus, um die Todesfälle zu den Klinikakten zu legen, worauf sich Sitte vorsichtig räusperte.

»Vielleicht können Sie mir die Bedenken nehmen, dass nicht der Zufall, sondern ein systematisches Versagen, sei es technischer oder menschlicher Natur, die Ereignisse erklärt. Solange wir die Zweifel nicht ausräumen können, haben wir ein Problem. Herzschrittmacher hin, Schrittmacher her, vier ungeklärte Todesfälle sind kein Ruhmesblatt für eine Klinik.«

Sitte nickte verständnisvoll und nippte an seinem Kaffee.

»Herr Bircher, gestatten Sie, dass ich zu Beginn etwas aushole: Jede spontane Kontraktion des Herzens wird durch einen elektrischen Impuls ausgelöst.«

Bircher seufzte unmerklich, ihm fiel der Vortrag Wohlfahrts ein. Sitte, wachsam wie ein Jäger, bemerkte die Reaktion.

»Kann ich mir die Erläuterungen sparen?«

»Nein, im Gegenteil. Doktor Wohlfahrt hat mir zwar einiges erzählt, aber ich bin weit davon entfernt, das Herz zu verstehen.«

Sitte warf ihm einen fragenden Blick zu.

»Der Impulsgeber, also das natürliche herzeigene Organ, das den Herzmuskel stimuliert, sitzt in der rechten Herzvorkammer, auch als Vorhöfe bezeichnet, und überträgt von dort seine Impulse in einer bestimmten Frequenz auf die Herzkammern. Können Sie sich wie ganz leichte Stromschläge vorstellen.«

»Hm, die kenne ich«, pflichtete ihm Bircher bei.

Sitte neigte zustimmend den Kopf.

»Also, setzt plötzlich unser Impulsgeber aus oder arbeitet unregelmäßig, verliert der Herzmuskel – im übertragenem Sinn – seine Spannung, fühlt sich wie leblos an. Es können einzelne Aussetzer sein, oder auch anhaltende, die einen Herzstillstand auslösen, auf den sekundenschnell die Bewusstlosigkeit folgt. Der Blutkreislauf im Gehirn ist dann unterbrochen, was zum Tod führt.«

Bircher nickte wie ein Schüler und versuchte sich die Fakten einzuprägen. Sitte wartete einen Moment, als würde er ihm Zeit zum Nachdenken geben.

»Nun, wenn die Impulsübertragung anhaltend unterbrochen ist, sprechen wir von einem AV-Block dritten Grades.«

»Ja, davon habe ich gehört«, meldete sich Bircher zu Wort, der sich an das Gespräch mit Wohlfahrt erinnerte.

Sitte nickte gnädig und fuhr fort: »Es gibt Vorstadien, die sich als Schwindel, Pulsverlangsamung oder Pulsaussetzer ankündigen. Die sind im EKG als Rhythmusstörungen zu erkennen. Klare Indikation für den Einsatz eines Schrittmachers.«

Bircher hörte aufmerksam zu, den letzten Satz wie einen Befehl beim Morgenappell in sich aufnehmend. Sein Blick war auf das Kaffeegeschirr geheftet. Sitte sah ihn mit seinem verständnisvollen Arztgesicht fragend an. Bircher fiel sein Pulsstottern ein. Er nickte zweimal.

»Nun, um die Herzkontraktion auszulösen, sind nur sehr kleine elektrische Impulse nötig und die verspürt man nicht. Eine winzige Elektrode mit einer hochflexiblen Drahtwendel an der Spitze leitet Impulse in die rechte Herzkammer.«

»Wie ein UKW-Sender, kann ich so weit gut nachvollziehen«, meldete Bircher sein Verständnis an.

Sitte wackelte halbherzig mit dem Kopf.

»Ich will Sie nicht mit weiteren Details quälen, nur so viel: Bei keinem der Patienten wurden bei der abendlichen Routineüberwachung Unregelmäßigkeiten festgestellt. Summa summarum, nächtlicher Tod durch natürliches Herzversagen. Und, nicht vergessen: Bei der Epikrise unserer Patienten musste man mit allem rechnen.«

Der Kommentar zum Ableben seiner Patienten klang in Birchers Ohren sehr lakonisch. Na ja, dachte er leicht irritiert, der erlebt hier täglich, was mir nur alle Wochen oder Monate widerfährt. Vermutlich will er andeuten, dass man sich auch ohne jede Erklärung aus dem Leben verabschieden kann. Herzstillstand ohne Ansage. Immerhin wurde den Patienten dank moderner Technik eine faire Chance geboten, ihre Lebenserwartung zu verlängern, die sie leider, aus welchen Gründen auch immer, nicht nutzten. So hört sich das an. Bircher schob nachdenklich die Brille hoch und rieb sich die Nasenwurzel. Er blies wie nach einem schweren Gedankengang einen leichten Schwall Luft in Richtung Kaffeeservice.

»Hm. Herr Professor, sehr interessant. Sie meinen, die vier sind einfach so von uns gegangen?«

Es war mehr eine Frage als eine Zusammenfassung. Professor Sitte betrachtete ihn aufmerksam, als wäre er ein Patient, der seiner Behandlung misstraute.

»Ich bin mir nicht sicher, ob wir es hier tatsächlich mit einem der vielen Zufälle zu tun haben, die das Leben bereithält und die es sogar beenden können. Ableben infolge eines mystischen Flimmerns der Kammern, eines technischen oder physischen Aussetzers oder … Es klingt ein bisschen so, als wäre jeder Ihrer Patienten auf einem unbeschrankten Bahnübergang bei Grün von einem Zug erwischt worden. Wahnsinniger Zufall.«

Bircher hielt inne, als horchte er seinen Sätzen nach, und fuhr dann in gewohnt bedächtiger Art fort:

»Immer nachts, immer Männer aus dem Studienkollektiv, immer Wohlfahrts Station, kurzes Zeitintervall zwischen den Fällen. Ich glaube eher nicht an einen Streich der Natur oder einen Zufall.«

»Bedenken Sie: Alle mit AV-Block dritten Grades«, ergänzte Sitte.

Seine glatte Stirn legte sich in Falten und ein Schimmer ärgerlichen Erstaunens flog über sein freundliches Gesicht. Er lehnte sich zurück und seine Lippen zuckten ganz leicht. Er beginnt, meine Zweifel ernst zu nehmen, stellte Bircher fest, rutschte in eine bequemere Sitzhaltung und verschränkte wie zur Entspannung die Hände. Sitte sann eine Minute über irgendetwas nach, bevor er Bircher ein weiteres nachsichtiges Lächeln gönnte.

»Zunächst mal, wenn Sie den Herzschrittmachern nicht vertrauen, kann ich nur nochmal betonen: Bei keinem der Hunderten von Patienten, die ich betreut habe, ist jemals einer ausgefallen. Sind die einmal programmiert und implantiert, laufen die wie ein Uhrwerk. Nur wenn die Batterie erschöpft ist, dann wird ein Schrittmacher mal ausgetauscht. Und selbst für den unwahrscheinlichen Fall einer Fehlfunktion wäre der Zwischenfall auf dem Monitor quasi *live* zu verfolgen.«

»Da es keine zentrale Aufzeichnung der Elektrokardiogramme im Wachraum gibt, müsste die Schwester am Bettpfosten stehen, um den Zwischenfall *live* miterleben zu können«, merkte Bircher trocken an.

»Die meisten Patienten kommen zu Doktor Wohlfahrt auf die allgemeine Kardiologie ohne besondere Komplikationen. Die schlafen friedlich. Die müssen nicht stündlich überwacht werden.«

»Da liegt man also weitgehend ungestört. Wer es darauf anlegt, kann sie nachts unbemerkt besuchen«, fasste Bircher den Sachverhalt für sich zusammen. »Lagen eigentlich die verstorbenen vier Patienten in Mehrbettzimmern?«

Sitte stand auf und holte sich die Krankenakten vom Schreibtisch. Er blätterte ruhig Seite für Seite um und legte sie schließlich zur Seite.

»Zwei Patienten befanden sich in einem Vierbettzimmer, sie waren aber zu zweit. Für zwei ist eine Einzelbelegung ausgewiesen.«

Birchers Blick ruhte auf den Krankenakten, als versteckten sie vor ihm ein Geheimnis. Er hob langsam seinen Blick zu Sitte, der mit geneigtem Kopf auf weitere Fragen wartete.

»Die Auswahl der Patienten erfolgt nach einem Algorithmus, den der Herr Schuster auf der Grundlage der Patientendaten entwickelt. So weit richtig?«

»Algorithmus hört sich wie ein kompliziertes Rechenprogramm an. Ich dachte, dass es sich eher um eine rechnergestützte Datenanalyse handelt, also eine statistische Auswertung von Parametern, um Risikogruppen zu bilden.«

»Meinetwegen Statistik, mein Kollege befragt dazu Herrn Schuster. In jedem Fall kriegen Sie zum Schluss eine Liste mit Patientennamen, die operiert werden sollen.«

»Ja, die eine Indikation für eine Schrittmachertherapie vorweisen«, sagte Sitte gleichmütig und klimperte mit zwei Fingern auf dem Aktendeckel. »Wer und wann operiert wird, entscheidet Doktor Wohlfahrt.«

»Er hat mir die Kopien der Krankenakten gegeben.«

»Herr Bircher, das fällt unter ärztliche Schweigepflicht«, ermahnte er ihn, wobei er einen Zeigefinger leicht anhob.

»Weiß ich. Meinetwegen können Sie gleich noch die Namen schwärzen oder anonymisieren.«

Sitte sah ihn an, als hätte er sich verhört.

»Wie soll ich das verstehen? Patientenakten ohne Patientennamen?« Er rümpfte die Nase wie nach einem schlechten Scherz.

»Die Namen kann man durch Kürzel ersetzen. Ich lasse meine Spezialisten prüfen, ob sich hinter den Kürzeln noch irgendetwas verbirgt, etwas außerhalb der Krankengeschichte.«

Bircher war der Gedanke gerade zufällig gekommen und überraschte ihn selbst. Er sah Sitte freundlich an. Sie blickten sich in die Augen, als versuchten sie jeder die Gedanken des anderen zu lesen.

»Also, verstehe ich Sie richtig«, ergriff Sitte leise das Wort, als hätte ihm ein Patient gerade etwas anvertraut, »dass Sie nicht ausschließen, dass die vier Patienten ein Geheimnis verbindet.«

Er hielt inne und schloss für einen Moment wie ein Magier die Augen.

»Herr Bircher, wenn es so etwas gäbe, dann könnte das ja bedeuten, dass die vier sterben mussten, um ihr Geheimnis mit ins Grab zu nehmen, oh …«, unterbrach sich Sitte, als erschreckte ihn seine eigene Phantasie.

Gleichzeitig glomm ein listiges Lächeln in seinen Augen. Der Mann findet Gefallen an meinem Beruf, sagte sich Bircher.

»Und jemand muss das Geheimnis kennen, und diese Person lebt unter uns und hat Hand angelegt«, vollendete Bircher die Hypothese, wobei er sich ächzend vom Stuhl erhob.

»Für mich ist unvorstellbar, wie das hätte erfolgen können«, murmelte Sitte geistesabwesend.

»Sie meinen, wie jemand Hand angelegt hat? Vielleicht kommt Ihnen noch eine Idee.«

Bircher war aufgestanden und Sitte folgte ihm. Sie standen sich gegenüber und Bircher streckte ihm verhalten lächelnd die Hand hin. Sie verabschiedeten sich mit einem kräftigen Handschlag, als hätten sie gerade eine Abmachung besiegelt.

Bircher hatte den Professor auf Hypothesen gestoßen, die nie zuvor in seine Gedankenwelt eingedrungen waren. Er begann mit langsamen Schritten sein Zimmer zu durchmessen, sachte den Kopf wiegend, und dachte an Bircher wie an einen Kollegen, der ihm einen komplizierten Krankenfall überlassen hat.

Philipp Anglers Lieblingsfach in der Oberschule war Mathematik gewesen, und als er vor dem Pförtner der Humboldt-Universität stand, fühlte er sich wie vor dem Beginn der Mathestunde. Jetzt kann ich mal mit Gleichgesinnten reden, dachte er und streckte den Rücken. Angler hatte sich als Mitarbeiter des Polizeipräsidiums angemeldet, der mit einem Mitarbeiter über die Planaufgabe »Schrittmachertechnik« reden wolle. Seine Erfahrung riet ihm, nicht gleich mit dem Ausweis der Morduntersuchungskommission durch die Tür zu marschieren, denn dann würden die Befragten immer nur an das Schlimmste denken und den Mund nicht aufkriegen. Der Schuster soll einfach mal erzählen, wie er für das Krankenhaus die klinischen Daten aufarbeitet, vielleicht verbindet die vier Patienten nicht nur ihr Tod im Krankenbett. Eine leichte Übung, stellte Angler zufrieden fest, und bei der Gelegenheit kann ich mir endlich mal ein Rechenzentrum ansehen.

Frank hatte der Anruf auf dem falschen Fuß erwischt. Er

war in statistischen Auswertungen versunken, um Wohlfahrts Schnapsidee in eine Programmiersprache zu übertragen. Wohlfahrt hatte ihm Ende August – Renate und er hatten gerade ihre Liebschaft begonnen – mit ausdrucksloser Miene eine drei Seiten lange Liste ausgehändigt. Spaltenweise reihten sich Begriffe untereinander, jeder einzelne mit einer Ziffer zwischen eins und fünf versehen.

»Das sind Risikograde einzelner Symptome, die bei einer Schrittmachertherapie zu berücksichtigen wären«, hatte er Frank erklärt. »Die Zahl 3 hinter Hypertonie, zum Beispiel, impliziert ein relativ hohes Risiko. Weitere Symptome können das Bild für eine Schrittmacherimplantation abrunden. Ich verfolge nämlich die Idee, eine Art Clusteranalyse durchzuführen. Also, natürlich nicht ich, sondern du«, hatte er sich korrigiert. »Ein Cluster würde nicht nur klinische Parameter mit der Indikation ›Bluthochdruck‹ enthalten, sondern grundsätzlich alle, die ein Risiko befördern können, wie zum Beispiel Gewicht, Cholesterinspiegel, Alkohol und so weiter. Die Daten werden dann entsprechend ihrer Häufigkeit ausgewertet. Du machst also eine statistische Wichtung.«

Frank hatte ihm erstaunt zugehört und sich gefragt, ob Wohlfahrt noch mehrere solcher schrägen Ideen auf Lager hätte. Der operiert jeden Tag, wie kommt der denn auf statistische Analysen?

»Entschuldige bitte«, unterbrach er ihn, »aber verstehe ich dich richtig, dass du Krankheiten neu definieren willst?«

»So ungefähr, nicht unbedingt neu, aber besser, schärfer. Also, wenn du unter hundert Patienten und Zehntausenden von Daten in einem Hypertoniecluster nur zweimal Haarfarbe ›Rot‹ findest, fliegt ›Rot‹ aus dem Cluster«, grinste Peter. »Oder wenn auffällig viele geschiedene Patienten in einem Infarktcluster wären, sollten die Kardiologen zukünftig jeden Patienten nach seinem Ehestand befragen.«

Frank hatte ihn ratlos angesehen und überlegt, ob Peter noch ganz bei Trost war oder ihn Tag und Nacht im Rechenzentrum festnageln wollte. Doch schließlich hatte er seinem Drängen nachgegeben und sich mit Mathematikern der Uni ausgetauscht. Die fanden die Idee gar nicht so abwegig und halfen ihm seitdem.

Jemand klopfte energisch an die Tür. Frank sprang auf und rief: »Herein!«

Philipp Angler trat ein und sah auf den ersten Blick, dass der Mann nur mühsam seine Nervosität unterdrückte. Frank Schuster stand in grauer Hose und hellem Oberhemd unter dem blauen Sakko neben seinem Schreibtisch, als wartete er darauf, abgeholt zu werden.

Er streckte ihm die Hand entgegen:

»Guten Tag, Oberleutnant Angler, darf ich Sie einen Moment stören?«

Er hätte auch »Rührt euch« rufen können, um Frank aus seiner Starre zu befreien. Der sah Angler an, als versuchte er sich an ihn zu erinnern, und setzte ein nichtssagendes Lächeln auf.

»Klar, bitte setzen Sie sich, ich war gerade mit den Gedanken woanders. Sie wurden ja angekündigt.«

Frank hatte seinen Gleichmut wiedergefunden.

»Wahrscheinlich sind Sie mitten im Programmieren«, deutete Angler Verständnis an und nahm sich einen Stuhl neben Frank. Er linste auf die Zahlenreihen, die in Kolonnen untereinander standen. Frank Schuster murmelte: »Muss nur was schließen«, und bediente flink seine Tastatur. Angler drehte sich auf seinem Stuhl, um den Raum in Augenschein zu nehmen. So stellt man sich das Zimmer eines knochentrockenen Operators vor, dachte er. Die Einrichtung bestand aus zwei Stühlen, einem Schreibtisch und einem kleinen Regal, in dem einige rote Aktenordner herumlagen. Der junge Mann sieht allerdings nicht so aus, als hätte er nur seinen Robotronrechner im Sinn. So, wie der gekleidet ist, scheint ihm seine Erscheinung nicht egal zu sein.

»Nun kann es losgehen«, meldete sich Frank.

»Darf ich mal neugierig dazwischenfragen, womit Sie sich gerade beschäftigen?«

»Clusteranalysen«, sagte Frank wie selbstverständlich.

»Und, weiter?«, bat Angler freundlich um eine Erklärung.

»Wir sammeln klinische Daten von Patienten, beispielsweise mit Bluthochdruck. Aber darüber hinaus auch sämtliche Daten, die nur ansatzweise mit der Krankheit in Verbindung stehen könnten, und lassen den Rechner einfach nach allem suchen, was bei Bluthochdruckpatienten gehäuft auftritt. Wenn zum Beispiel Kurzsichtigkeit bei Gesunden wie bei Kranken gleich häufig vorkommt, sortiert der Rechner die Sehschwäche als nicht signifikant für Hypertonie aus. Wir hoffen auf Patientengruppen zu treffen, die unser Bild von der Krankheit schärfen.«

»Donnerwetter«, entfuhr es Angler, »das haben Sie schön erklärt. Dann kann rauskommen, dass Meier Bluthochdruck hat, weil alle in seinem Cluster weniger als sechs Stunden schlafen, wie er selbst.«

Frank warf einen erstaunten Blick auf den Polizisten.

»Genau, vorausgesetzt, Sie fragen nach dem Schlaf.«

»Da sind wir schon bei der Sache, den richtigen Fragen, Herr Schuster. Es gibt da nämlich ein Cluster, das uns interessiert: Es umfasst vier Patienten, die alle auf der kardiologischen Station starben, alle nachts, alle Männer, alle haben an Ihrer Studie teilgenommen, alle tragen einen Schrittmacher im Herzen. Sie haben davon gehört, nehme ich an.«

Er musterte Frank, der seinen Rechner ansah, als überließe er ihm die Antwort.

»Ja, natürlich.«

»Dann zeigen Sie bitte mal das Cluster der vier. Können Sie es ausdrucken?«

»Die Cluster. Darf ich Ihnen die Daten zeigen? Außerdem, die Patientennamen sind anonymisiert.«

»Sie müssen dürfen«, sagte Angler trocken. »Und ich bin bei der Kriminalpolizei, gewohnt, anonym zu arbeiten.«

»Wenn Sie es sagen.«

»Dann los«, sagte Angler barsch, jetzt in gewohnter Tonlage.

Es dauerte keine zwei Minuten und das Ergebnis lag vor ihnen auf dem Tisch. Frank schob es zu Angler, der die Namen der

Verstorbenen sah, daneben Tabellen mit verschiedenen Angaben, die er nur zum Teil verstand.

»Zeigen Sie mir mal, wo sich ein Cluster versteckt«, sagte er mit leicht ironischem Unterton.

Frank tippte mit dem Zeigefinger auf eine Tabelle.

»Das hier sind Patienten mit einem AV-Block dritten Grades, einige mit zweitem Grad, die auch Digitalispräparate nehmen, das ist ein zusätzlicher Risikofaktor. Die sind alle Kandidaten für eine Schrittmachertherapie.«

Angler konnte sich erinnern, in den Akten auf irgendeinen Block gestoßen zu sein, und fragte nicht nach.

»Gut, ist uns bekannt. Andere Gemeinsamkeiten in dieser Gruppe? Schlaflosigkeit oder Übergewicht? Die Daten der Verstorbenen wurden doch verglichen?«

»Ja«, antwortete Frank und griff nach der Tastatur, um einige Befehle einzugeben.

Seitdem er sich auf fachlichem Terrain befand, war die Nervosität von ihm abgefallen. Jetzt war er der Experte, dessen Rat gebraucht wurde. Der Drucker begann zu rattern und Frank musste sich zur Seite beugen, um einige Blätter aufzufangen. Angler sah Kreise, die sich wie Wolken am Himmel verteilten. Frank breitete die Ausdrucke auf dem Tisch aus und seine Augen glitten über die Grafiken.

»Kurz gesagt«, begann er zu dozieren, »die Grafiken stellen Patientengruppen dar, alle mit einer Symptomatik für Bluthochdruck. Allerdings«, Frank hob die Augenbrauen, »lassen sie sich voneinander unterscheiden. Jede Datenwolke spiegelt eine bestimmte Form des Bluthochdrucks wider. Die hier, zum Beispiel, haben alle Diabetes.«

Frank tippte mit dem Bleistift auf eine Wolke.

»Die klinischen Daten der Patienten, um die es Ihnen geht, fallen jedoch in unterschiedliche Gruppen. Hier, hier und hier«, er lenkte mit flacher Hand Anglers Blickrichtung auf verschiedene Blätter.

Angler sah erst skeptisch auf die Grafiken, dann auf Schuster.

Er nickte. »Hm, kapiere. Die verbindet nichts, außer ihr Schicksal und der AV-Block.«

Frank schenkte ihm ein halbes Lächeln und schob seine Papiere zusammen, als wäre die Angelegenheit damit erledigt. Angler machte keine Anstalten zu gehen. Er saß, die Beine lässig übergeschlagen, entspannt neben Frank und musterte den Bildschirm, auf dem sich irgendwelche Zeichen aneinanderreihten. Als wäre er auf Wolke sieben, kratzte er sich vergnügt den Hinterkopf. Der Besuch war interessant.

»Ziemliche Herausforderung an die Konzentration, Ihre Tätigkeit, nicht wahr?«, fragte er wie ein neugieriger Laie.

Frank zog kurz die Achseln hoch. Was soll ich dazu sagen, gab er ihm zu verstehen.

»Was können Sie, mal abgesehen von ihren Patientenclustern, noch so alles aus Ihren Sammlungen herausrechnen?«, versuchte Angler es anders.

»Wie meinen Sie das?«, fragte Frank, dem auf allgemeine Fragen selten eine Antwort einfiel.

»Sie haben Zugang zu den Patientenakten. Sie wissen 'ne Menge von den Leuten. Auch in persönlicher Hinsicht. Könnten Sie ermitteln, ob die Verstorbenen irgendetwas verbindet, was nicht ohne weiteres aus den Akten zu ersehen ist? Zum Beispiel, ob die ein gemeinsames Hobby hatten oder alle untreu waren?«

Frank beugte sich wie zur Deckung zurück. Er warf Angler einen misstrauischen Blick zu.

»Herr Angler, ich lese keine Horoskope. Ich versuche Daten in Beziehung zueinander zu setzen, nicht nach Gewohnheiten, Gefühlen oder Stimmungen zu suchen.«

»War ja nur eine Frage. Kann einem doch in den Sinn kommen, wenn man die Wolken sieht.«

Frank atmete einmal tief durch. Er wusste nicht recht, ob ihn Angler auf den Arm nahm oder einem Verdacht nachging. Aber welchem?

»Wissen Sie, Herr Schuster«, fuhr Angler im Plauderton fort, »wenn man mal von der Hypothese ausgeht, dass die vier nicht zufällig kurz hintereinander aus dem Leben geschieden sind, dann könnte man doch nach Parametern suchen, die den scheinbaren Zufall in einem anderen Licht erscheinen lassen. Sinnbildlich in ihrer Sprache ausgedrückt, dass sich die alle auf einer Sternenwolke befinden, die uns verborgen ist, solange wir nicht nach ihr suchen. Wie Astrophysiker, die ferne Planeten nicht finden würden, wenn sie nicht auf die Idee kämen, dass es sie geben könnte.«

Angler schmunzelte, erfreut über seinen gelungenen Vergleich.

»Und welcher Idee wollen Sie nachgehen?«, konterte Schuster.

»Der Idee, zum Beispiel, dass die Männer nicht sterben mussten, weil sie alle diesen *Dreier Block* in sich trugen, sondern weil sie einem technischen Defekt zum Opfer fielen, der ihnen mit dem Schrittmacher eingepflanzt wurde, und zwar nicht zufällig, sondern gezielt nur ihnen, weil nur sie mit ihrem Block diese Manipulation nicht überleben würden.«

Schuster sah ihn ungläubig an. Er konnte sich ein selbstgefälliges Grinsen nicht verkneifen.

»Entschuldigen Sie, Herr Angler, aber das ist doch 'ne Schnapsidee. Wer sollte denn die Geräte so manipulieren, dass es niemand bemerkt, und dann auch noch so, dass die immer in der Nacht den Geist aufgeben?«

Er zog die Stirn in Falten, als käme ihm ein Gedanke. Gleich darauf schüttelte er ungläubig den Kopf.

»Werden die Schrittmacher nicht programmiert?«, sprach Angler den Gedanken aus.

»Schon.«

»Doch wohl nicht durch die Schwester?«

»Nee, durch den Arzt, in der Regel macht das Peter Wohlfahrt vor der OP. Danach kann man nichts mehr verstellen. Wie denn auch, der Schrittmacher mit Batterie sitzt unterm Schlüsselbein, die Elektroden liegen am Herzmuskel an.«

Frank schwieg und blickte etwas verbohrt auf seinen Bildschirm, als wäre für ihn die Veranstaltung beendet. Angler wechselte abrupt das Thema.

»Herr Schuster, Sie sind seit Ewigkeiten eng mit Herrn Klaus Behrens befreundet, wohnten bis vor kurzem zusammen. Irgendwelche Probleme?«

Frank kniff die Lippen zusammen und sah ihn schräg an. Woher weiß der, dass ich ausgezogen bin? Etwas beunruhigte ihn, ihm kam es plötzlich vor, als stellte ihm der Kommissar Fallen. Er dachte kurz nach und entschied sich für die harmloseste Erklärung.

»Unsere Wohnung haben wir Klaus' Vater zu verdanken, sie gehört also eigentlich Klaus. Damals war ich noch nicht am Rechenzentrum beschäftigt, wo man einen Wohnungsantrag hätte stellen können. Als Informatiker hatte ich nun ganz gute Chancen. Hat dann ja auch geklappt.«

Angler nickte die Antwort ab. Sie sollte ihn auch nur zur nächsten Frage führen.

»Die Wohlfahrts kennen Sie beide, nicht wahr?«

»Meinen Sie, dass sowohl ich als auch Klaus mit Peter und dessen Frau verkehren, oder dass wir beide der Familie Wohlfahrt zufällig über den Weg gelaufen sind?«

Angler runzelte die Stirn, was soll die Haarspalterei, dachte er unwillig.

»Worin liegt der Unterschied?«, fragte er unwirsch. »Das sind unterschiedliche Konstellationen, ob die uns beide kennen, oder jeder von uns sie kennt.«

Angler schluckte eine Zurechtweisung hinunter, das Gerede kam ihm wie eine semantische Übung vor. Er warf ihm einen tadelnden Blick zu.

»Also kennen Sie, Herr Schuster, die Frau Wohlfahrt?«

»Ja und nein. Frau Wohlfahrt war einen Abend mit Doktor Bäsler in unserer Wohnung, ohne Peter.«

Angler nickte. Bircher hatte den Besuch erwähnt, nicht ohne schmunzelnd die besondere Art ärztlicher Nachbarschaftshilfe zu betonen.

»Und Sie haben später Frau Wohlfahrt nicht noch einmal wiedergetroffen?«

»Wenn Sie mit ›Sie‹ mich selbst meinen, nein.«

»Ihr Freund?«

»Keine Ahnung, wohl kaum.«

Angler hatte ihn scharf beobachtet und bemerkt, wie Schuster bei den letzten Fragen leicht den Oberkörper neigte, wie bei einer ausweichenden Bewegung. Er vermied es, Angler in die Augen zu sehen, und seine Ohren hatten eine leichte Rotfärbung angenommen, wie bei einem Kind, das man bei einer Lüge ertappt hat.

»Was macht Frau Wohlfahrt beruflich?«, fragte Angler wie beiläufig, während er sich erhob, um ans Fenster zu treten.

In seinem Rücken fieberten Franks Gedanken.

»Ich dachte, das wüssten Sie bereits. Sie leitet eine Abteilung im Kosmetik-Kombinat.«

Seine Stimme klang jetzt etwas gequält, er konnte es nicht erwarten, den Besuch loszuwerden. Vielleicht sollte ich Renate anrufen, sie warnen, dachte er. Würde sie aber sicher beunruhigen. Es könnte uns jemand gesehen haben, vielleicht beschatten die uns. Renate bekäme das Fracksausen, würde dieser Angler plötzlich unangemeldet vor ihr stehen. Er fühlte sich zunehmend unwohl, ihn ergriff eine leichte Panik wie nach einem Computerabsturz. Frank stand auf, um im Regal zerstreut nach dem erstbesten Ordner zu greifen.

»Eigentlich habe ich noch zu tun«, bemerkte er über die Schulter in Richtung Fenster.

»Kommen Sie in Ihrem Projekt mit Doktor Wohlfahrt gut voran?«

Der erneute Themenwechsel kam so unerwartet, dass Frank um ein Haar der rote Ordner aus der Hand gefallen wäre. Er schob ihn zurück ins Regal und drehte seinen Kopf langsam zu Angler. Auf seinem Gesicht stand die Frage geschrieben, was der Kommissar damit bezweckte.

»Ja. Alles im Plan.«

»Werden sie zusammen eine Promotion schreiben?«

»Wohlfahrt ist bereits Doktor.«

»Ach ja. Kann er habilitieren, oder?«

»Vielleicht.«

»Und Ihr Freund Klaus?«

»Für den wird wohl 'ne Doktorarbeit rausspringen können. Für mich, weiß nicht, vielleicht eine Publikation. Unsere Chefs unterstützen das, obwohl wir in verschiedenen Instituten arbeiten.«

»Dann kennen Sie sicher auch die Klinik von innen. Waren Sie mal bei Herrn Wohlfahrt auf der Station?«

Frank sah ihn unschlüssig an und beließ es bei einem knappen Nicken.

»Nun, liegt ja auch nahe, dass Sie den Ort des Geschehens kennen«, bemerkte Angler wie nebenbei.

Frank kniff die Augen zusammen und räusperte sich vernehmlich.

»Was verstehen Sie unter Ort des Geschehens?«

»Wir können nicht ausschließen, dass es sich bei der Station um einen Tatort handelt.«

Frank schluckte eine weitere Bemerkung hinunter. Dann sind alle Personen, die auf der Station ein und aus gehen, als Tatverdächtige einzustufen, schlussfolgerte er. Da hat der Polizist zu tun.

»Die Arbeit macht jedenfalls großen Spaß«, kehrte er zu Anglers unverfänglichem Thema zurück.

»Wie bitte? Was macht Spaß?«

»Die Arbeit an dem interdisziplinären Projekt. Dass man mit unseren mathematischen Analysen den Einsatz der Schrittmacher mitbestimmen kann.«

Er klang etwas trotzig, als nervten ihn zunehmend Anglers Fragen und versteckte Andeutungen. Frank Schuster warf einen abwägenden Blick auf Angler, der lässig an der Fensterbank lehnte, als beabsichtigte er noch eine Weile zu bleiben.

»Sicher ist, dass Patienten aus ihren Clustern starben. Eher nicht vorprogrammiert«, sagte Angler mit erhobenen Armen, als zweifelte er an seinen Worten.

Frank sah betreten an ihm vorbei.

»Sie haben doch wohl mit Doktor Wohlfahrt und Ihrem Freund Klaus über die Todesfälle gesprochen. Was sagen die dazu?«

Frank unterdrückte eine Gegenfrage: Warum sprechen Sie nicht direkt mit Peter und Klaus darüber? Er fühlte sich plötzlich erschöpft, ausgelaugt wie nach einer Nachtschicht am Rechner.

»Ich habe den Eindruck, dass Peter ziemlich ratlos ist. Und er ist ja wohl ein erfahrener Arzt. Wir haben sogar erwogen, die Studie zu unterbrechen, aber sein Chef, der Professor Sitte, ist dagegen. Ich habe Peter so verstanden, dass die verstorbenen Patienten, ja, also, wie soll ich das ausdrücken …« Er lief Gefahr, sich zu verhaspeln und legte eine Pause ein. »Ich meine, die gehörten alle in die höchste Risikogruppe. Da weiß man nie …«

Frank biss sich auf die Lippen. Angler stand mittlerweile, beide Hände in den Hosentaschen vergraben, direkt vor ihm.

»Und Klaus Behrens, der Biologe, was meint der? Sucht er nicht nach Risikofaktoren, entwickelt so was wie ein Vorwarnsystem? Hat der beunruhigende Signale entdeckt?«

»Kann ich nicht sagen. Müssen Sie Klaus fragen. Wir haben uns die letzten Wochen kaum gesehen, nur einmal bei einer Besprechung mit Peter.«

Komisch, dachte Angler, sind die nicht wie Zwillinge aufgewachsen? Da sterben ihre Studienteilnehmer wie die Fliegen, aber die treffen sich nicht, reden nicht miteinander, außer auf einer Dienstbesprechung.

»Ich nahm an, sie wären engste Freunde.«

»Kann man so sagen. Wie gesagt, wir wohnen nicht mehr zusammen in einer Wohnung und sehen uns nicht mehr jeden Tag.«

Angler nickte gleichmütig, als nähme er irgendeine banale Auskunft entgegen. Tatsächlich wunderte er sich, wie Schuster über den Doktor und Klaus sprach; er erwähnte sie wie flüchtige Bekannte, denen man mal begegnet war und an die man sich so wenig wie an das Wetter an jenem Tag erinnert. Ist der einfach nur maulfaul oder hat er Angst, seine Freunde mit einer unbedachten Äußerung in Schwierigkeiten zu bringen? Angler wollte sich schon verabschieden, da fiel ihm eine letzte Frage ein. Mann, dachte er, danach hätte ich gleich fragen müssen.

»Sie haben doch sicher eine Namensliste der Patienten, die auf der Warteliste für einen Schrittmacher stehen? Also all diejenigen von der Wolke, wo die Zeichen auf Sturm stehen«, versuchte er es auf die lässige Art. »Am besten in der Reihenfolge ihrer Dringlichkeit, wer wäre wann dran und so weiter. Drucken Sie mir das bitte aus, einschließlich aller persönlichen und klinischen Daten«, sagte er, jetzt in einem Ton, der Widerspruch ausschloss.

Frank starrte auf den Computer, als würde er dem Kommissar antworten, und kratzte sich nervös am Schädel. Irgendetwas hinderte ihn, sofort zu antworten.

»Das ist doch zu machen? Sie sind derjenige, der dem Doktor den Fahrplan vorgibt, oder?«, half Angler nach.

»Kann man so sagen, aber die letzte Entscheidung liegt natürlich bei den Ärzten.«

»Klar.«

Angler hob den Zeigefinger und richtete ihn warnend auf den Computer.

»Ich drucke Ihnen die Fälle aus, aber die sind anonymisiert«, beeilte sich Frank, die Sache zum Ende zu bringen.

»Dann *deanonymisieren* Sie sie«, sagte Angler barsch.

Schuster schluckte heftig und bediente seine Tastatur, während Angler den Bildschirm beobachtete. Er sah Zahlenkolonnen, irgendwelche Kürzel und Zeichen, die ihm nichts verrieten, bis schließlich eine Tabelle auftauchte. Kurz darauf hörte er das Geräusch des Druckers und Frank händigte ihm einige Seiten aus. Angler nickte zufrieden. Untereinander gereiht standen die Namen, jeder mit Adresse, Geburtsdatum und einigen Stichwörtern zur klinischen Symptomatik. Er faltete das Blatt und steckte es sich in den Rucksack.

»Danke, das wär's im Prinzip für heute. Macht es Ihnen was aus, wenn Sie mir kurz den Rechnerraum zeigen?«

Die erneute Gesprächswendung ließ Frank für einen Moment mit offenem Mund dastehen, gleich darauf knipste er sein verhaltenes Lächeln an und nickte erleichtert.

»Klar, gerne.«

Er ging forsch zur Tür, drehte sich mit geöffneten Händen und hochgezogenen Augenbrauen wie ein Magier zu Angler und rief erleichtert:

»Dann gehe ich mal vorneweg, das Herzstück steht dahinten«, wobei er mit einer seitlichen Kopfbewegung die Richtung andeutete.

»Jetzt haben Sie das Kommando«, entgegnete Angler, als hätte er seinen Teil der Übung abgeschlossen.

Frank bemühte sich darum, einige Schritte Vorsprung zu gewinnen, er wollte sichergehen, dass die Kollegen nicht gerade irgendwelche Faxen machten. Er lauschte in den fensterlosen Flur, aber es war nichts zu hören. Das hatte allerdings wenig zu bedeuten, die Kollegen dachten sich immer neue Späße aus, besonders dann, wenn mal wieder die Klimaanlage ausfiel. Dann war Strandparty angesagt. Heute schien die Lage unauffällig.

»Hier ist der Eingang, weiter dürfen wir nicht«, vermeldete Frank und schielte aufmerksam durch das Fenster, mit dem linken Auge zwinkernd zur Vorsicht mahnend. Angler stand jetzt neben ihm und nickte einer jungen Frau zu, die den unbekannten Gast stirnrunzelnd erspäht hatte.

»Nicht viel zu sehen«, bemerkte er enttäuscht, die massiven metallischen Rechnerschränke musternd.

»Wir müssen Sie anmelden, dann dürfen Sie reingehen. Heute ist es aber schon zu spät, Herr Pilgrum, der Leiter des Rechenzentrums, ist nicht mehr im Haus.«

»Na, ein weiterer Grund, nochmal herzukommen«, bemerkte Angler ungerührt.

Frank seufzte leise und verfluchte seinen Vorschlag.
»Also, die Einladung nehme ich gerne an. Dann bis bald, Herr

Schuster. Äh, eine allerletzte Frage, wer hat außer Herrn Wohlfahrt diese Listen?«, fragte er über die Schulter und klopfte auf seinen Rucksack.

»Die Chefs der Klinik, die leitende Schwester, hm, weiß nicht, wer noch alles. Ich gebe die immer Peter, der kümmert sich darum.«

»Ihr Freund Klaus, kennt der auch die Namen?«

»Ja, er darf sie aber nicht weiterreichen. Musste eine Vertraulichkeitserklärung unterschreiben, ich übrigens auch.«

Angler sah ihn nachdenklich an und reichte ihm die Hand.

»Schönen Abend noch, Herr Schuster.«

Angler lief die Treppe vom U-Bahnhof Schönhauser Allee hinunter, er war mit Klaus Behrens für sechs Uhr verabredet. Behrens hatte am Telefon stockend angefragt, ob sie sich unbedingt im Institut treffen müssten oder ob es woanders ginge, vielleicht in einer Gaststätte. Das *Wiener Café* wäre ein ruhiger Ort, geeignet für ein vertrauliches Gespräch. Warum nicht, willigte Angler ein, der sich nicht sonderlich für biologische Labore interessierte. Das Café lag an der Schönhauser Allee unweit des legendären *Café Nord*, hinter dessen Namen sich ein berühmtes Tanzlokal verbarg, aus dem noch keiner einsam den Heimweg angetreten hatte. Klaus hatte mit dem Gedanken geliebäugelt, Renate dorthin einzuladen. Bis zu sich nach Hause wäre es dann ein Katzensprung gewesen. Doch als er mit seiner Idee rausrückte, hatte sie abgewinkt, denn in der Nähe wohnten zu viele Kollegen ihres Mannes, die von dem Ort schwärmten.

Angler betrachtete für einen kurzen Augenblick die Einschusslöcher in der Fassade eines Miethauses, Erinnerungen an den Zweiten Weltkrieg. Ihm fiel das letzte Schießtraining ein, das er mit Bestnoten abgeschlossen hatte, vor Schmidter. Bircher hatte wie üblich gefehlt. Angler musste unwillkürlich grinsen. Er hatte in all den Jahren seinen Chef nur einmal mit der Waffe gesehen, das war bei einer internen Kontrolle gewesen, als er nach kurzem Nachdenken den Stahlschrank öffnete und sich davon überzeugte, dass da tatsächlich seine Pistole lag. Angler hörte das Dröhnen der U-Bahn, die 1913 als Hochbahn eingeweiht wurde. Seit dieser Zeit schweben die Fahrgäste zwischen Senefelderplatz und Pankow auf einer Höhe mit Berliner Wohnstuben.

Das *Wiener Café* befand sich zu ebener Erde, entzog sich somit den Blicken der Passagiere. Es erinnerte an einen langgezogenen, schlecht ausgeleuchteten Korridor, in dem es nach hinten hin immer schummriger wurde. Am Eingang fiel das Tageslicht noch auf einige kleine Tische, die Platz für Kaffee und einen Kuchenteller boten. Angler sah sich um und entdeckte einen jungen Mann, auf den die Beschreibung von Klaus Behrens zutreffen könnte. Allerdings war er nicht allein, ihm gegenüber saß ein gut gekleideter Mann um die fünfzig, der lebhaft auf ihn einredete. Vielleicht eine zufällige Begegnung, dachte Angler, und steuerte auf den Tisch zu.

»Entschuldigung, aber sind Sie Herr Behrens?«, platzte er unverblümt in die Unterhaltung.

Die Männer sahen ihn verärgert an. Wie konnte er sich erlauben, ihre Unterhaltung zu stören? Klaus' Begleiter sah einflussreich aus; nach hinten gescheiteltes Haar, dunkler Anzug, weißes Hemd, rote Krawatte, und aus dem Knopfloch des Revers lugte wie ein Kameraauge das kreisrunde Abzeichen mit Händedruck vor roter Fahne. Angler kombinierte, aha, der Sohn rückt mit familiärem Beistand an.

»Wer sind Sie?«, parierte der vermutliche Vater mit eisiger Miene.

In seiner Körperhaltung und legeren Kleidung ähnelte Angler eher einem Akademiker als einem Offizier der Kriminalpolizei. Er beugte sich zum Tisch und sagte leise:

»Oberleutnant Angler, ich bin mit Klaus Behrens verabredet.«

»Das hier ist Klaus, mein Sohn. Er bat mich, ihn zu begleiten.«

Angler hob beifällig beide Hände und setzte sich zwischen Vater und Sohn.

»Meinetwegen. Dann wissen Sie sicher, worüber wir zu reden haben.«

»Ich bin von Klaus und offizieller Seite informiert worden«, antwortete Behrens senior steif und drückte das Kreuz durch.

In einem Satz hatte Behrens seine Doppelrolle skizziert und klargestellt, dass er seine Kanäle zu nutzen wusste. Angler verzog keine Miene. Er hatte den Lebenslauf beider Männer gelesen und war davon ausgegangen, früher oder später Klaus' Vater zu treffen. Spare ich mir vielleicht einen Weg, stellte er gelassen fest. Klaus betrachtete die Tischplatte, als würde sich in ihr ein Geheimnis verbergen.

»Ich bin darüber unterrichtet, dass sich das Ministerium für Gesundheitswesen mit der Angelegenheit beschäftigt. Untersteht Ihnen denn auch der Klinikbereich?«, fragte Angler höflich.

»Nicht direkt. Mir untersteht jedoch die technische Ausrüstung unserer Krankenhäuser, darunter fallen auch Investitionen in neue Technologien. Ich verfolge entsprechende Untersuchungen.«

»Verstehe. Nun, Herr Behrens«, wandte sich Angler direkt an Klaus. »Sie sind mit Herrn Wohlfahrt bekannt und Herr Schuster ist Ihr enger Freund. Sie drei sind beruflich gemeinsam unterwegs. Was wissen Sie von den vier verstorbenen Patienten, die Doktor Wohlfahrt betreute?«

»Wollen wir nicht etwas bestellen?«, funkte sein Vater dazwischen.

Angler warf einen tadelnden Blick über den Tisch, aber die Kellnerin hatte bereits den ausgestreckten Arm von Herrn Behrens entdeckt und steuerte auf ihren Tisch zu.

»Sie wünschen?«, fragte sie, ihre Hüfte in gefährliche Nähe zu Klaus' Schulter vorschiebend.

Aus dem Augenwinkel nahm er ihre blendend weiße Schürze wahr, während sein Vater zerstreut in der Speisekarte blätterte.

»Für mich ein Kännchen Kaffee«, sagte Angler.

»Für mich auch«, meldete sich Klaus wie pflichtschuldig.

»Also drei Kännchen Kaffee«, sagte sein Vater und verabschiedete die Bedienung mit einem knappen Nicken.

Klaus schaute ihr kurz hinterher, als sie lässig davonschlenderte, als gönnte sie ihm eine wertende Betrachtung. Angler schob seinen Stuhl leicht zur Seite und saß nun fast quer zum Tisch. So hatte er Klaus voll im Blickfeld, behinderte aber gleichzeitig die Sicht des Vaters auf seinen Sohn. Angler überlegte für einen Moment, ob es für den Vater einen Grund gab, seinem Sohn in der jetzigen Situation Rückendeckung zu gewähren. Eigentlich taktisch unklug, resümierte er, wo doch gegen den Jungen nichts vorliegt. Na ja, dann mal mit Volldampf voraus.

»Ich arbeite in der Morduntersuchungskommission des Präsidiums und muss mit Ihnen reden, weil das Ableben der Patienten viele Fragen aufwirft. Ich meine, dass wir nicht davon überzeugt sind, dass die alle, um es mal so auszudrücken, sanft entschlafen sind. Sie hatten ja ihre OP gut überstanden und lagen nicht auf der Intensivstation. Die standen alle vor ihrer Entlassung. Es gab keinen Hinweis auf ein technisches Versagen der Schrittmacher, weder bei dem ersten Patienten, der unmittelbar nach der OP verstarb, noch bei den folgenden. Die Todesursachen sind also ungeklärt, deshalb ermitteln wir.«

Klaus hatte mit halboffenem Mund zugehört, einmal hob er den Kopf und wandte sich zu seinem Vater, als spräche der Kommissar nicht mit ihm. Angler verzog keine Miene. Seine Tätigkeit hatte ihn gelehrt, Gedanken zu verbergen.

»Herr Behrens, Sie analysieren von den Patienten die Blutproben. Wonach suchen Sie, was genau interessiert Sie?«, fragte er so emotionslos, als spulte er ein Pflichtprogramm ab.

Behrens senior signalisierte mit einer knappen Kopfbewegung in Richtung Sohn, dass er an der Reihe sei. Klaus hatte ganz andere Fragen erwartet, er schloss den Mund, schluckte und atmete erleichtert auf.

»Gerne, kann ich Ihnen genau erklären.«

Er rappelte sich auf und spreizte wie zur Begrüßung seines Publikums die Arme über den Tisch. Er hatte in seiner Aufregung nicht bemerkt, dass die Kellnerin neben ihn getreten war und um ein Haar hätte er ihr das Kaffeegeschirr vom runden Tablett gefegt.

»Huch, dit jing gerade mal jut«, tönte sie belustigt an seiner Seite. »Also, drei Mal Kaffee schwarz. Noch 'nen Wunsch die Herren?«

»Danke«, sagte Behrens senior kühl.

Sie warf ihm einen gleichgültigen Blick zu und entfernte sich gemächlich, das Tablett wie zum Abschied in ihrer Hand wedelnd. Klaus zwang sich, die Augen auf seinen Kaffee zu richten. Angler schenkte sich ein und die beiden Männer folgten ihm.

»Dann wollen wir mal«, erteilte Angler Klaus erneut das Wort.

»Sie meinen, was die Blutproben mit den Herzschrittmachern zu tun haben«, schob Klaus die Antwort vor sich her.

»Ja, die Antwort interessiert im Übrigen auch unseren Gerichtsmediziner.«

Der Vater hob beim Wort Gerichtsmedizin die Augenbrauen, als wäre es eine Aktennotiz wert. Klaus ballte nervös die Hände.

»Es sind uns eine Reihe von körpereigenen Substanzen bekannt, die nur dann in die Blutbahn gelangen, wenn das Herz geschädigt ist. Zum Beispiel Myoglobin«, begann Klaus.

»Und haben Sie was Neues in den Blutproben nachweisen können?«, unterbrach ihn Angler, die Augenbrauen hochziehend.

»Nee, ich habe bis jetzt überhaupt nichts gefunden, was wirklich neu wäre«, murmelte Klaus verdrossen.

»Hm, verstehe, für 'ne Doktorarbeit braucht man Resultate«, sagte Angler, Verständnis andeutend.

»Allerdings, aber mein Sohn hat ja noch zwei Jahre Zeit«, warf Herr Behrens ein.

Offenbar fühlte er sich verpflichtet, seinem Sohn beizustehen. Er blickte Klaus an, als erwartete er eine Bestätigung dafür, dass nichts seine akademische Karriere aufhalten könne. Der Junge scheint ja für den Alten sein Ein und Alles zu sein, stellte Angler für sich fest. Der ist nur hier, um jeden Angriff im Keim zu ersticken und den Filius um jeden Preis aus unseren Ermittlungen rauszuhalten.

»Und haben Sie irgendwelche Messwerte aufgenommen, die von der Norm abgewichen sind?«

»Wir messen neben Myoglobin noch Creatinkinase, das spielt aber nur bei Infarktpatienten eine Rolle, Glykogenphosporylase und Troponine, Letztere sind empfindlich, wenn es um den Nachweis von Schädigungen in den Herzkranzgefäßen geht. Bisher habe ich nichts Auffälliges entdeckt.«

»Gut, Herr Behrens, das können wir bei Bedarf sicher in Ihren Protokollen nachlesen«, bremste Angler und lenkte nun das Gespräch näher an das Geschehen: »Sind Sie ab und zu auf der Station und reden mit den Patienten? Die wissen doch, dass Sie ihre Blutwerte analysieren?«

»Klar, die Probanden müssen alle eine Einwilligungserklärung unterschreiben, bevor sie in die Studie eingeschlossen werden. Ich durfte einige Male an der Visite von Peter Wohlfahrt teilnehmen. Na ja, und dann treffen wir uns manchmal bei ihm, um unsere Resultate durchzugehen. Und ich hole selbst die Proben von der Station ab.«

»Sie sind mit Herrn Wohlfahrt befreundet?«

»Kann man nicht so sagen, wir sind Kollegen, kommen gut miteinander aus.«

Der Vater nickte, als wäre das eine ernst zu nehmende Richtigstellung.

»Aber Sie haben auch privaten Kontakt? Zur Familie des Doktors.«

»Sie meinen zu Frau Wohlfahrt.«

»Ja.«

Das Gesicht von Herrn Behrens senior verschattete sich und er runzelte die Stirn, als wäre die Frage unangemessen. Klaus legte die feuchten Hände auf seine Oberschenkel und bemühte sich um einen gleichgültigen Blick. Er zuckte geringschätzend die Achseln.

»Frank und ich kennen Renate, sie und Peter hatten uns mal eingeladen, worauf wir einen Gegenbesuch anboten. Eigentlich hat Frank eingeladen.«

Klaus lächelte nervös. Der Vater spitzte die Lippen und sein Blick hellte sich auf, als erleichterte ihn diese Aussage seines Sohns. Klaus griff nach der Kaffeetasse, sah, dass sie leer war, und stellte sie zurück. Seine Hand zitterte leicht. Angler befiel ein Verdacht, den er bei dem Gespräch mit Frank Schuster noch beiseitegeschoben hatte, er erschien ihm an den Haaren herbeigezogen. Das Mienenspiel der beiden signalisierte ihm jetzt, dass Frau Wohlfahrt für die Jungen mehr als nur die Frau eines Kollegen verkörperte.

»Warum Frank? Sie wohnten doch damals noch zusammen. Und Herr Wohlfahrt konnte nicht mitkommen?«

Angler hatte seine Zettel wieder im Rucksack verstaut und den Stuhl etwas vom Tisch weggerückt, wie um es sich bequem zu machen. Mit übergeschlagenen Beinen musterte er Klaus Behrens, als würde er sich einen ersten Eindruck verschaffen wollen.

»Keine Ahnung, Renate, also Peters Frau, hatte mit Frank telefoniert, oder er mit ihr, egal, das war nach unserem Besuch bei ihnen, na und dann hat sich das so ergeben, was weiß ich …«, verhaspelte er sich und warf Angler einen erschrockenen Blick zu. »Also, Peter arbeitet wirklich sehr viel, der war an dem Abend auch in der Klinik«, versuchte er seine Abwesenheit zu erklären.

Plötzlich beugte sich Klaus' Vater über den Tisch und sah Angler scharf an.

»Ich denke eher nicht, dass Herr Wohlfahrt viel arbeitet, weil er ohne seine Patienten nicht leben kann, sondern weil seine Frau sehr gut ohne ihn leben kann. Warum sagst du Genossen Angler nicht, dass Frank und Frau Wohlfahrt ein Verhältnis haben?«

Klaus zog mit jedem Satz seines Vaters die Schultern ein wenig mehr nach oben, als suchte er Deckung.

»Können Sie das bestätigen?«, fragte Angler ruhig.

»Glaube ich eher nicht«, murmelte Klaus leise und warf seinem Vater einen ärgerlichen Blick zu.

Der seufzte leicht und unterdrückte eine Antwort. Anglers Augen wanderten zwischen Vater und Sohn. Klaus blickte mit versteinerter Miene auf den Tisch. Die Bemerkung des Vaters schien ihn schmerzlich getroffen zu haben.

»Genosse Behrens, klären Sie mich bitte auf. Woher wissen

Sie von dem Verhältnis zwischen Frank Schuster und Frau Wohlfahrt?«

Herr Behrens räusperte sich und schob mit einer fahrigen Bewegung das Kaffeegeschirr zur Seite.

»Frau Wohlfahrt und Frank wurden gesehen, als sie gemeinsam mein Wochenendhaus verließen.«

Klaus biss sich auf die Lippen und starrte in Richtung Ausgang. Die Kellnerin schob sich fragend in sein Blickfeld, er nahm sie nicht wahr. Achselzuckend wandte sie sich ab.

»Ein Nachbar?«

»Ja, da stehen nur eine Handvoll Hütten. Die hätten vorsichtiger sein müssen. Ich habe dann recherchiert und herausgefunden, dass die beiden vorher in der *Gaststätte am Möllensee* waren.«

Angler sah ihn kritisch an.

»Hat Herr Schuster einen Schlüssel von Ihrer Datscha?«

»Nein. Er weiß aber, wo wir den Schlüssel verstecken«, antwortete er mit einem Seitenblick auf Klaus.

»Sie könnten Ihn wegen Einbruchs belangen.«

»Frank ist wie ein zweiter Sohn für mich. Insofern bin ich schon enttäuscht, dass er sich in unser Haus gestohlen hat. Aber noch mehr stört mich, dass er einen Kollegen, mit dem er zusammenarbeitet, betrügt.«

»Wie man's nimmt, seine Frau geht fremd, betrügt ihren Mann. Und vielleicht hat sich Frank verliebt«, sagte Angler leichthin, der Klaus zu einer Äußerung über das Verhältnis zwischen Frank und Frau Wohlfahrt zu provozieren hoffte.

Klaus schwieg verbissen, aber seine Haltung hatte sich merklich verkrampft. Ein plötzliches Geräusch schreckte Angler und Herrn Behrens auf. Klaus hatte mit Wucht seinen Stuhl vom Tisch geschoben und war aufgesprungen. Verwundert sah Angler zu ihm empor.

»Was ist los, Herr Behrens? Ich hatte Ihren Vater so verstanden, dass Ihnen das alles bekannt ist.«

Klaus riss sich zusammen, ließ sich auf den Stuhl sinken und rang sich ein verzweifeltes Grinsen ab.

»Nein, wie kommen Sie darauf. Ich bin sauer, dass ich das alles von Ihnen erfahre, Frank hat mir die Sache verheimlicht. Das hätte ich nie gedacht, dass er mich hintergehen würde«, knurrte er leise.

»Wie meinen Sie das?«, hakte Angler nach, in dem sich ein Verdacht regte. »Er hintergeht doch nicht Sie, sondern, wenn überhaupt, den Gatten. Was regt Sie daran so auf?«

Er sah Klaus scheinbar gutmütig an, wie jemand, der seine Lebenserfahrung an einen Jüngeren weitergibt. Klaus blickte verstockt auf seine leere Kaffeetasse, sein Vater nestelte an seinem Schlips, sichtlich unzufrieden mit dem Gesprächsverlauf hob er die Stimme:

»Wenn ich noch etwas hinzufügen darf: Ich habe gehört, dass die Klinikleitung inzwischen befürchtet, dass Herr Doktor Wohlfahrt nur mit Mühe das Persönliche vom Dienstlichen trennen kann. Sie sind doch hier, um die Todesumstände auf seiner Station zu untersuchen. Da kann man nicht ausblenden, dass Herr Wohlfahrt, vielleicht zeitweise, neben sich steht.«

Angler verfolgte das Ablenkungsmanöver gelassen, nickte kurz und drehte seinen Stuhl demonstrativ zu Klaus.

»Also, was haben Sie mit Ihrem Freund vereinbart? Lieben Sie auch Frau Wohlfahrt?«

Die Frage kam so unerwartet und direkt, dass Klaus wie vom Blitz getroffen zusammenzuckte. Wie ein Boxer kurz vor dem Niederschlag suchte er Deckung. Lüge ich jetzt, schieße ich mir selbst ins Knie. Denn, das ist so klar wie Kloßbrühe, Renate, vielleicht auch Peter, könnten das Gegenteil bezeugen.

»Wir haben uns eigentlich geschworen, die Hände von Renate zu lassen, solange Peter und sie zusammen sind. So ist das, genau so«, blaffte Klaus wütend seine Antwort heraus.

»Verstehe ich Sie richtig, dass Frau Wohlfahrt sowohl mit Frank als auch mit Ihnen ein Verhältnis hat beziehungsweise hatte?«

Angler sah ihn forschend an, während Klaus' Vater die Arme vor der Brust kreuzte und seinen Sohn wie einen Jungen ansah, den man bei einem dummen Streich erwischt hatte.

»Ich habe Renate einige Male getroffen. Ich mag sie sehr, na ja, ist nun mal so«, murmelte er verdrossen.

»Nie daran gedacht, Frau Wohlfahrt vor die Entscheidung zu stellen?«

Klaus quittierte die Frage mit einem Achselzucken. Angler war in einen ironischen Tonfall gewechselt, er hoffte, Klaus damit aus der Deckung zu locken. Aber der machte inzwischen wieder einen gelasseneren Eindruck und spielte mit dem Teelöffel. Das Problem schien für ihn vom Tisch zu sein. Tatsächlich war Klaus fast erleichtert, wie nach einer überfälligen Beichte eines harmlosen Techtelmechtels. Soll er doch Frank auspressen, oder Peter, und überhaupt, wie will der Polizist einen Zusammenhang zwischen paar älteren Männern mit Herzversagen und meiner Liebe zu Renate herstellen? Er atmete ruhig und stellte sich vor, wie sich Peter wohl aus der Affäre ziehen würde. Die Polizei muss sich doch fragen, ob es ein Zufall ist, wenn ihm just zu dem Zeitpunkt, als seine Frau ihn ins Unglück stürzt, seine Patienten wegsterben. Armer Peter, dachte Klaus ohne Mitleid.

»Herr Behrens, zurück zu Ihrem Projekt. Wann erfahren Sie die Namen der Patienten, die Herr Wohlfahrt operiert?«

»Sobald Frank die Datensätze lädt, sind wir natürlich im Kontakt. Manchmal fahre ich zu ihm ins Rechenzentrum und wir sehen uns die anamnestischen und klinischen Werte an.«

»Sie, Frank und Peter Wohlfahrt sind also die ersten, die die Namen der Schrittmacherpatienten kennen.«

»Wir geben die Namen der Klinik durch, mehr nicht.«

»Und sprechen Sie mit den Patienten vor der OP, um ihnen den Inhalt Ihrer Forschungen zu erläutern? Die müssen doch einwilligen?«

»Ja, aber das geschieht, bevor sie in die Klinik kommen. Alle unterschreiben ein Formular mit dem Einverständnis, ihre klinischen Daten anonymisiert für Forschungszwecke bereitzustellen.«

»Aha, das sind also die Probanden in der Schrittmachertherapie«, fasste Angler zusammen.

Er überlegte kurz, was die Fortsetzung der Befragung noch bringen konnte. Nicht viel, resümierte er. Wo verbirgt sich das Motiv, sollte es Mord sein? Wer bringt unschuldige Patienten um?

»Herr Behrens«, wandte er sich noch einmal an den Vater, der sich inzwischen bemerkenswert ruhig verhielt, so als würde er seinen eigenen Überlegungen und Antworten nachgehen, sie mit den Fragen des Kommissars abgleichen, »haben Sie wegen der Sorge um Ihren Sohn oder wegen des Umstandes, dass wir in einer medizinischen Einrichtung ermitteln, die Klinikleitung kontaktiert?«

Angler musterte Behrens scharf, der jedoch die unverblümt geäußerte Unterstellung gelassen hinnahm.

»Es liegt ja wohl auf der Hand, dass ich bei einer klinischen Studie zur Verbreitung der Herzschrittmachertherapie mit derart dramatischen Folgen nicht tatenlos zusehen kann. Die Investitionen zu dem Projekt sind über meinen Tisch gegangen.«

»Verstehe. Und wie stellt sich Ihre Zwischenbilanz dar?«

»Genosse Angler, ich bilanziere hier nicht. Ich möchte Sie unterstützen, den Vorgang aufzuklären«, wies ihn Behrens barsch zurecht.

Der wechselt den Tonfall nach Belieben, stellte Angler fest, und beschloss, die weiteren Kontakte ins Ministerium seinem Chef zu überlassen.

»Ihr Sohn ist nun mal beteiligt, zumindest was den Personenkreis betrifft, der sich im Umfeld der Station und der dort behandelten Patienten aufhält«, bemerkte er ungerührt und sah sich nach der Kellnerin um.

»Lassen Sie mich bitte den Kaffee bezahlen«, sagte Behrens kühl.

»Dann mache ich mich mal auf den Weg«, verabschiedete sich Angler. »Auf Wiedersehen, viel Erfolg bei der Forschung«, nickte er Klaus zu.

Vater und Sohn erhoben sich und reichten Angler die Hand. Klaus stand steif am Tisch, flüchtig wischte er seine feuchte Hand am Hosenbein ab. Während Angler zügig zum Ausgang schritt, blickte Klaus ihm sorgenvoll nach: Den werde ich wiedersehen.

Major Bircher hatte es eilig. Wenn schon kein Urlaub, dann wenigstens ein Kinobesuch, hatte ihn Karola bedrängt. Er willigte ein, die Veranstaltung begann um achtzehn Uhr, also früh genug, um anschließend noch Essen zu gehen.

»Lese ich im Auto, bis morgen«, murmelte er im Vorbeigehen seiner Sekretärin zu, die mit einem Hefter in der Hand unschlüssig im Vorzimmer stand, und streckte die Hand aus.

»Du hast den Fahrer abbestellt«, erinnerte sie ihn.

»Hm, stimmt«, sagte Bircher, und ließ die Hand sinken. »Was hast du da?«

»Einmal Professor Tetsches Gutachten und dann den Bericht von Genossen Schmidter über seine Befragung von Doktor Puls.«

»Puls?«

»Leitender Ingenieur des Projekts Herzschrittmacher. Kommt aus Karl-Marx-Stadt, wo die Schaltungen entwickelt wurden.«

Bircher, der im Begriff war, das Sekretariat zu verlassen, hielt inne und drehte sich um.

»Sein Name passt zum Projekt. Was hast du noch erfahren?«

Sie sah ihn prüfend an. Eine simple Fangfrage, schmunzelte sie in sich hinein. Alle aus seiner Abteilung wussten, dass er es nicht mochte, wenn jemand aus der Abteilung vor ihm die Berichte las.

»Nun komm schon Manuela, was Wichtiges?«

»Ich habe nur kurz reingesehen, nichts Bewegendes, eigentlich berichten beide, dass sie keine Anhaltspunkte für eine Straftat feststellen können.«

»Dann kann ich mir das Aktenstudium ja ersparen«, sagte er und kniff die Augen zusammen, als Manuela ihm mit unbewegter Miene den Hefter in die Hand drückte. Meine Manuela, lächelte er in sich hinein, sie bleibt immer bei der Wahrheit, auch wenn's nur die halbe ist. Er war sich sicher, dass sie ihre Neugierde durch die Akte getrieben hatte.

»Und Wolfgang Tetsche? Was schreibt er? Er hatte doch bereits Entwarnung gegeben.«

»Das hier ist der ergänzende Obduktionsbericht über den Patienten Wagner. Der vierte Mann in der Serie. War wohl auch alles unauffällig.«

Bircher streckte die Hand aus, Manuela schräg ins Visier nehmend, und überflog den Text. Tatsächlich stand dort, dass Tetsche kein Fehlversagen feststellen konnte: Der Herzschrittmacher saß vorschriftsmäßig, die Elektrode war akkurat über eine Vene unterhalb des rechten Schlüsselbeins zum Herzen verlegt worden, sie war nicht beschädigt, rein äußerlich eine akkurate Schrittmacherimplantation. Selbstverständlich konnte er nichts zur technischen Intaktheit des Schrittmachers sagen. Den anhängenden Bericht des Ingenieurs klappte Bircher nach den ersten paar Zeilen wieder zu. Den sollte Schmidter ihm lieber kurz erklären. Serie, hatte Manuela gesagt. Klingt wie eine Fernsehsendung, wunderte sich Bircher kurz, und dachte an den bevorstehenden Kinobesuch. Was sehen wir uns eigentlich an? Na ja, egal, Hauptsache ein Lustspiel. So viel wusste er.

»Bis morgen«, murmelte er und öffnete die Tür.

»Moment, Chef, dein Mantel?«

Er drehte sich nochmal um und schnaufte leise. Manuela stiefelte in sein Büro und reichte ihm gleich darauf mit strahlendem Lächeln seinen Mantel. Er nickte ihr zu, legte die Akte auf einen Stuhl und zwängte sich in den Mantel.

Dach überm Kopf lautete der Titel des Films, den Karola ausgesucht hatte. Sie stand am Eingang des Kinos *Babylon* und beobachtete das Treiben auf der anderen Straßenseite, wo sich die *Pinguin-Bar* befand, die ihren Ruf dem zwielichtigen Publikum verdankte, das angeblich dort verkehrte. Sicher eine Übertreibung, immerhin waren es auch einige Schauspieler aus der benachbarten Volksbühne, die mit Unterstützung von Korn und Weinbrand die Bühne hinter sich ließen. Karola erinnerte sich an Erzählungen jüngerer Mitarbeiter, die hier zufällig strandeten und verwundert feststellten, dass es vor und hinter dem Tresen ungewöhnlich ungezwungen herging, um nicht zu sagen, dass bis auf die Speisekarte wenig an den Alltag und die sozialistische Moral erinnerte. Sie wandte sich ab und sah Karl, der sich gemächlich dem Kino näherte, die Hände tief in den Manteltaschen vergraben. Ein gewöhnlicher Mann von stattlicher Statur, würde man meinen, mit einem von Lebenserfahrung geprägten Gesicht und einem eindringlichen Blick, dem man nicht ohne weiteres ausweichen konnte.

»Da bist du ja«, begrüßte sie ihn lächelnd.

Er musste seine Körperachse um einige Grade nach unten verschieben, um sie an sich zu ziehen.

»Schönen Abend, meine Kleine«, flüsterte er ihr ins Ohr, »interessiert dich auch die *Pinguin-Bar*? Nichts für kleine Mädchen.«

»Jawohl, Papa. Du bist ja pünktlich. Nichts zu tun?«

»Nee, es sei denn, ich gehe da rüber«, grinste Karl und streckte einen Arm in Richtung *Pinguin-Bar* aus.

»Erstmal brauchen wir ein *Dach überm Kopf*«, sagte Karola, hakte sich bei ihm ein und zog ihn zum Eingang.

Sie war einen Kopf kleiner und trug ihre dunklen Haare seit einem Jahr kurz geschnitten mit einem kleinen Pony, was ihr ein jugendliches Aussehen verlieh. Sie war zwar nur zehn Jahre jünger, hätte aber als seine Tochter durchgehen können.

»Worum geht es denn in dem Film, ist es eine Komödie?«, fragte Karl unschlüssig.

»Karlchen, das habe ich dir am Telefon erklärt. Ja, ganz das Gegenteil von dem, was du sonst erleben musst.«

»Hm, mal sehen«, brummte Karl, der kein großer Kinogänger war.

Ein Konzertsaal zog ihn mehr an. Der Film begeisterte ihn nicht, aber er hielt ohne Nickerchen durch. Ab und zu warf ihm Karola einen aufmunternden Blick zu, dann verzog er anerkennend den Mund. Die Geschichte handelte von einer jungen Frau, sie hieß Karoline, was ihn anfänglich verwirrte. Diese Karoline hatte lange Jahre auf Rügen in einer Gaststätte gearbeitet, bis sie plötzlich beschloss, ihr Leben auf den Kopf zu stellen. Sie nahm ihr Erspartes und kaufte sich ein Häuschen bei Berlin, dessen Foto ihr in die Hände gefallen war. Als sie davorstand, sah sie eine Bruchbude, die auch noch vom Bauarbeiter Christian als illegale Bleibe genutzt wurde. Den warf sie erst raus, dann jedoch half er ihr, die Hütte instand zu setzen. Na ja, seufzte Karl nach einer halben Stunde erleichtert: Ein Glück, dass wir im Neubau auf der Leninallee wohnen. Er schielte zu Karola hinüber, für einen Augenblick einem Verdacht nachgehend. Eine Zeitlang hatte sie ihn mit dem Wunsch nach einem Garten verfolgt. Die Mahnung, dass sie dann dort manche Nacht allein verbringen würde, während er auf Spurensuche wäre, hatte das Thema begraben.

Als sie auf der Straße standen und Karola ihn erwartungsvoll anschaute, rang er sich ein beifälliges Lächeln ab. Er hatte die Handlung schon fast wieder vergessen.

»Wollen wir irgendwo was essen?«, fragte er und neigte den Kopf in Richtung Alexanderplatz.

»Ja, klar. Lass uns ins *Pressecafé* gehen«, schlug sie prompt vor.

Das hat sie doch geplant, dachte Bircher, erleichtert, nur ein paar Schritte zurücklegen zu müssen. Sie schlenderten schweigsam die Luxemburgstraße entlang, die Dämmerung zog auf und aus den Auslagen einiger Läden fiel fahles Licht auf den Bürgersteig. Es war ein milder Herbstabend, die Wolkendecke war aufgerissen und hielt die Nacht zurück. Bald würden die Tage kürzer und kälter werden, die Menschen würden die Wohnungen nur verlassen, wenn es unumgänglich war. Wer wollte im Nieselregen durch menschenleere Straßen bummeln? Die Innenstadt würde verlassen aussehen, als wäre sie wegen einer Bedrohung geräumt worden. Der Berliner Winter mit seinen kurzen und düsteren Tagen rückte näher. Nach einigen Minuten sahen sie den Fries von Willi Neubert am Gebäude des *Pressecafés*, ein aus Industrieemaille angefertigtes Kunstwerk, auf dem Gruppen energiegeladener froher Menschen mit viel Elan nach etwas

Großem strebten. Sie rannten alle in eine Richtung, Werktätige, Akademiker, Sportler, Kinder, nur keine Journalisten. Ein Pferd galoppierte frohen Mutes vorneweg. Etwas versteckt stach der Schädel von Karl Marx aus dem Fries, seltsam rotgesichtig, darüber hatten sich einige Genossen mokiert.

Karl und Karola stiegen die Stufen zum Eingang hinauf, Karl mit besorgtem Blick. Er war noch nie an diesem Ort gewesen, ihn störte die viele Prominenz, die angeblich hier verkehrte. Er trottete Karola hinterher, die bereits in der Tür stand, aber innehielt, als würde sie etwas am Weitergehen hindern. Karl nahm die letzte Stufe und reckte sich neben ihr in die Höhe.

»Was gibt's, hast du es dir anders überlegt?«

»Guck mal, wer da sitzt«, raunte sie ihm zu.

Karl spähte in den Saal und zuckte die Achseln.

»Gäste vor ihren Tellern und Gläsern«, brummte er.

»Rechts, der Schnitzler vom Fernsehen«, flüsterte sie und wies mit ihrem Daumen in eine Ecke, als sollte Karl dorthin gehen.

Bircher schielte über ihre Schulter und wandte sich dann nach links.

»Damit dir nicht schwarz wird vor Augen, setzen wir uns dahinten an den freien Tisch.«

Er ging los, Karola im Rücken, mit ihr im Schlepptau ein Ober, der dem Paar misstrauisch folgte. Karl streifte im Gehen den Mantel ab und warf einen Blick zurück auf den Kellner.

»So, hier sind wir sicher, nicht vom Schwarzen Kanal gestört zu werden«, sagte er trocken und half Karola aus dem Mantel.

»Sie haben einen Tisch bestellt?«, meldete sich der Kellner, der ihnen langsam gefolgt war.

Karl sah ihn an, als hätte er ungefragt ein Gespräch unterbrochen.

»Guten Abend. Major Bircher vom Präsidium, es wurde angerufen.«

Der Ober legte wie eingeweiht die Stirn in Sorgenfalten und schob Karola den Stuhl zu. Sie unterdrückte ein vergnügtes Lächeln.

»Ich bringe Ihnen die Karte«, sagte er beflissen und drehte ab.

»Nun haben wir die letzten Hindernisse aus dem Weg geräumt«, bemerkte Karola und sah ihrem Mann mit einem listigen Lächeln in die Augen.

»Bis auf das Essen«, grinste Karl, sich unternehmungslustig die Hände reibend.

Nach dem Essen, beim vorerst letzten Glas Wein, konnte sich Karola nicht mehr zurückhalten.

»Wie ist es in der Klinik gelaufen?«, fragte sie in einem Ton, als wäre er zur Behandlung dort gewesen.

»Wie du siehst, hat man mich nicht dortbehalten«, flachste er, nach der Serviette greifend, um sie wie zum Abschied sorgfältig zu falten.

»Ja, ja, habe ich mitbekommen. Nun sag schon, wie war das Gespräch? Du warst doch bei dem Direktor?«

»Ja, bei Sitte, und ich war auf der Station.«

Es klang wie ein Selbstlob.

»Na, alle Achtung. Und, hat der Herr Sitte – übrigens, ist der mit dem Maler verwandt? – 'ne Erklärung für die Verluste?«

»Der Arzt und der Maler haben nur den Namen gemeinsam. Sitte schiebt es auf die vorgeschädigten Patienten, die seien alle ziemlich krank gewesen, als sie zu ihm kamen. Na ja, ich sehe das nicht ganz so.«

Er legte eine kurze Pause ein und betrachtete die Serviette, als würde er die Falten prüfen.

»Weißt du, was an dem Fall sonderbar ist? Es ist diese Serie: immer Männer, alle wohlauf nach ihrer Schrittmacheroperation, alle, das ist mir erst heute aufgefallen, auf derselben Station, obwohl es noch eine zweite gibt, die zur Kardiologie gehört. Der behandelnde Arzt gehört zu einer Forschungsgruppe. Die testen die Wirkung von Schrittmachern. Und seine Frau hat mit einem aus der Gruppe, einem Informatiker, ein Verhältnis. Vielleicht sogar mit zweien, der Biologe Behrens trifft sich wohl auch mit ihr. Schon merkwürdige Umstände, wenn man die Fakten aneinanderreiht.«

Karola hing an seinen Lippen, als würde sie sich jeden Satz einprägen wollen. Er lächelte schwach und griff nach ihrer Hand.

»Wollen wir nicht besser nach Hause fahren, statt uns hier über den Tod zu unterhalten?«

Karola legte wie im Spiel ihre freie Hand auf seine und rutschte näher an ihn heran.

»Weißt du, was mir plötzlich eingefallen ist?«

»Nein, keine Ahnung, sicher die Lösung zu meinem Fall«, grinste er schwach und unterdrückte ein Gähnen.

»Die Todesfälle im Haus des Kindes, der Fall, wo die Opfer wie zufällig umgebracht wurden. Bis sich herausstellte, dass der Mörder nach einem raffinierten Plan handelte«, flüsterte Karola.

»Ja, meine Kleine, den du entschlüsselt hast.«

Er zog vorsichtig seine Hand unter ihrer hervor und kraulte sich den Nacken. Karl nimmt meinen Gedanken auf, stellte Karola fest.

»Vielleicht hat sich jemand die Patienten ausgesucht, weil sie ein Geheimnis verbindet, das aus der Welt geschafft werden muss«, setzte sie in verschwörerischem Ton hinzu.

»Wer könnte der Jemand sein und wie sollte er die Patienten beseitigt haben?«, fragte Bircher mehr sich selbst.

Karola starrte für einen Augenblick wie gebannt ins Leere.

»Ich würde die Akten akribisch durchgehen, um auszuschließen, dass sie nicht doch einen Hinweis darauf enthalten, dass die Patienten gezielt ausgewählt wurden«, sagte sie langsam und ihre Gesichtszüge entspannten sich. »Alle Daten sind doch sicher durch die EDV erfasst worden?«

»Ja, im Rechenzentrum. Macht der Verliebte aus der Studiengruppe. Selbst wenn es gelingen würde, einen Plan aufzudecken, bliebe es aber immer noch rätselhaft, wie die Tat begangen wurde«, murmelte Karl und stieß einen leisen Seufzer aus.

»Dürfte ich mir mal die Computerausdrucke ansehen, mit anonymisierten Namen?«, fragte sie wie beiläufig.

Bircher sah seine Frau aufmerksam an und sah eine kleine Flamme in ihren Augen aufleuchten.

»Hat dich schon wieder das Jagdfieber erfasst?«

»Ich bin lediglich eine leidenschaftliche Anhängerin von Kreuzworträtseln.«

Das konnte man wohl sagen, denn es gab keine Zeitung, die sie nicht nach Rätseln durchforstete. Unzählige Male hatte Karl neben ihr am Frühstückstisch gesessen und geduldig gewartet, bis das letzte Kästchen gefüllt war.

»Ja, aber nun lass uns gehen«, wich er aus.

Ungefähr zur selben Zeit, als sich die Birchers auf den Heimweg machten, wartete Dr. Wohlfahrt in der Klinik vergeblich darauf, dass seine Frau ans Telefon gehen würde. Dann eben nicht, knirschte er und knallte den Hörer auf die Gabel. Das Klingelzeichen des Telefons noch im Ohr, machte er sich durch die stillen Korridore auf den Weg zum Patienten Krug, der am Nachmittag von der Intensivstation auf die Allgemeine verlegt worden war. Krug war ein besonderer Fall, denn er sollte nicht nur einen Schrittmacher erhalten, sondern hatte außerdem eine Diagnose erfahren, die ihm den Atem raubte: Darmkrebs. Die Nachricht ereilte ihn eher zufällig. Nach der Aufnahme musste er sich der üblichen Routineuntersuchung unterziehen, ohne die der Krebs irgendwann später entdeckt worden wäre, vielleicht zu spät. »Das ist doch ein wichtiger Nebenbefund«, hatte ihn der aufmunternd lächelnde Arzt beruhigt, während sich Krug ungläubig fragte, was sein Darm mit dem Herzschrittmacher zu tun hatte.

Als Wohlfahrt die Mitte des schnurgeraden Korridors erreichte, hörte er hinter sich eine Tür ins Schloss fallen. Er drehte sich um, konnte aber niemanden sehen. Vielleicht die Nachtschwester, dachte er, und ging zurück zum Eingang. Er linste in das Schwesternzimmer, in das er kurz vorher mit einem knappen »Hallo Ingrid, ich bin's nur« hineingeschaut hatte, und drehte halbwegs beruhigt ab. Das Zimmer war leer, also war sie es, die mal auf eine Zigarettenlänge rausgegangen war. Er prüfte die Zeit, es war kurz nach zweiundzwanzig Uhr. Sein Blick glitt langsam über die Türen der Krankenzimmer, als wollte er sich vergewissern, dass alle Gäste zur Nachtruhe eingerückt waren. Nur ein leichtes Zucken um die Mundwinkel verriet seine Anspannung, er stand kerzengerade im Korridor wie jemand, der den nächsten Schritt plant. Seine Hände hatte er in den Kitteltaschen vergraben, die rechte spielte mit dem Kabel des Stethoskops. Er schob den Kopf leicht nach vorn und lauschte in den Flur. »Nun ja«, bemerkte er wie im Selbstgespräch und gab sich einen Ruck. In dem Moment, als er die Tür zu Krugs Zimmer öffnen wollte, glaubte er erneut am anderen Ende des Korridors ein Geräusch zu hören. Aha, die Ingrid ist zurück, sagte er sich. Er sah kurz in den Flur, entdeckte niemanden und klopfte leise an die Tür. Ohne abzuwarten, betrat er das Zimmer. Krug lag in einem Zweitbettzimmer, er hielt ein Buch in der Hand und sah Wohlfahrt verwundert an. Sein Nachbar lag auf der Seite und atmete gleichmäßig. Krug bemerkte Wohlfahrts prüfenden Blick und legte das Buch auf den Nachttisch.

»Herr Doktor, der schläft wie ein Murmeltier. Fühlt sich in der Nacht wie ein Einzelzimmer an. Mir geht's gut«, fügte er rasch hinzu, wie um den Arzt und sich selbst zu beruhigen.

Er sah zu Wohlfahrt hoch, als fürchtete er schlechte Neuigkeiten.

»Na, das freut mich für Sie«, sagte Wohlfahrt leise.

Krug verstand offenbar nicht, worauf sich des Doktors Freude bezog, und lächelte ihn schief an. Wohlfahrts Gesicht zeigte keine Regung, er betrachtete Krug wie ein Techniker, der Leitungen verlegt.

»Was geschieht jetzt mit mir, Herr Doktor, ich meine, wegen der anderen Sache?«

Krug vermochte das Wort Krebs nicht in den Mund zu nehmen. Für ihn hörte es sich wie ein schlimmes Gerichtsurteil an. Wohlfahrt rang sich ein flüchtiges Lächeln ab und trat einen Schritt näher ans Bett. In diesem Augenblick öffnete sich in seinem Rücken die Tür. Krug richtete sich neugierig auf, während sich Wohlfahrt überrascht umdrehte. Als er den Besucher erkannte, froren ihm die Gesichtszüge ein.

»Was machst du denn hier?«, fragte er ärgerlich.

»Guten Abend, alle zusammen«, antwortete Lothar Bäsler ungerührt.

Er trug einen dunklen Anzug und ein hellblaues Hemd, er sah aus, als käme er direkt aus einem Konzertsaal. Nachsichtig grinsend musterte er erst Wohlfahrt, dann Krug. Er machte keine Anstalten, seinem Nachbarn die Hand zu reichen oder seine Frage zu beantworten. Ich muss gar nichts erklären, gab er ihm zu verstehen. Nur ein leichtes Flackern in seinen Augen deutete an, dass auch er nicht mit diesem Aufeinandertreffen gerechnet hatte. Krugs Blick irrte zwischen den Männern hin und her, weder hatte er begriffen, warum Wohlfahrt bei ihm aufgetaucht war, geschweige denn, welcher Anlass den anderen Mann, der wie ein Krankenhausdirektor aussah, in sein Zimmer führte.

»Also, Herr Krug, das hier ist mein Kollege Doktor Bäsler von der Chirurgie«, beendete Wohlfahrt die peinliche Situation. »Ich überlasse Sie meinem Kollegen, wir bereden alles Weitere morgen.«

»Ich bin der Chirurg, der sich um Ihren Darm kümmern wird, sobald Sie den Herzschrittmacher haben«, fügte Bäsler hinzu.

Krug zog sich die Bettdecke ans Kinn und klimperte mit den Augen, als wäre ihm jetzt alles klar. Wohlfahrt verließ das Zimmer, hinter ihm machte Bäsler zwei kurze Schritte zu Krugs Bett und senkte den Kopf:

»Ich wollte mich nur kurz vorstellen. Es wird alles gutgehen. Schlafen Sie ruhig.«

Mit unsicherem Blick sah Krug die Tür ins Schloss fallen.

»Also, Lothar, was machst du nachts auf meiner Station?«, herrschte Wohlfahrt Bäsler an, als sie sich auf dem Flur gegenüberstanden.

»Die Patientenakte, hast du sie nicht durchgelesen? Der Mann hat ein Karzinom im Dickdarm, der kommt gleich anschließend zu mir in die Klinik.«

»Wo steht denn das?«, fragte Wohlfahrt, als hörte er davon das erste Mal.

»In den Akten, die uns beiden vorliegen.«

Wohlfahrt lag eine andere Frage auf der Zunge, aber er schluckte sie hinunter. Wer alles außerhalb meiner Klinik hat Zugang zu Franks Rechnerauszügen?

»Und da steht auch drin, dass er hier in Zimmer vierundzwanzig liegt?«

Bäsler setzte ein angesäuertes Lächeln auf. Er zuckte die Achseln und wandte sich zum Gehen.

»Angenehme Nachtruhe, Herr Kollege«, verabschiedete er sich und ließ Wohlfahrt stehen. Der sah ihm misstrauisch hinterher, wie er mit energischen Schritten zum Ausgang lief. Wohlfahrt drehte sich unschlüssig zu Krugs Zimmer, entschied sich jedoch anders.

Frau Wohlfahrt hätte den Anruf ihres Gatten entgegennehmen können, hatte es aber nicht getan, weil sie keine Ablenkung wünschte. Vor ihr im Sessel saß vornübergebeugt Klaus Behrens, der wie ein erschöpfter Krieger die Augen geschlossen hatte, als lauschte er einem davonziehenden Geschützfeuer. Die Wut saß ihm in den Knochen, aber mehr noch die Angst, die Schlacht um Renate zu verlieren. Er atmete schwer und hielt den Kopf gesenkt. Er bemerkte nicht, dass sie ihn wie einen Sohn betrachtete, der über seine unglückliche Liebe klagte. Wie bei ihrer ersten Begegnung trennte sie der Couchtisch und für einen winzigen Augenblick glaubte Klaus, auf der polierten Tischplatte Franks lethargisches Lächeln zu erkennen. Seine Züge verkrampften sich, als er sich daran erinnerte, wie Frank ihr das Idealgewicht errechnete und sie zu ihm rutschte, mit einer Hand zögerlich den Rock unter Kontrolle haltend, der nur knapp verbarg, wovon die Freunde am Tag darauf träumten. Ich habe mich in sie verliebt, da saß Frank noch in den Startlöchern, stellte er verbittert fest. Wie ein Kraftfahrer, der annimmt, eher am Ziel zu sein, weil er schneller von der Kreuzung kommt, hatte Klaus geglaubt, das Rennen für sich zu entscheiden. Es war ein Trugschluss gewesen. Seine Gedanken umkreisten Peter, den sie beide, er und Frank, loszuwerden glaubten, weil ihn die toten Patienten mit ins Grab ziehen würden. Der muss den Kopf hinhalten, egal ob man ihm was nachweisen kann oder nicht, hatte sein Vater mit der Erfahrung des Staatsfunktionärs das Urteil gefällt. Dass nun auf einmal Frank von dem Urteil profitieren sollte, fühlte sich fast noch schlimmer als Renates Liebesentzug an.

»Komm, setz dich zu mir«, flüsterte sie mit schmeichelnder Stimme.

Klaus riss es aus seiner Schockstarre, mit geneigtem Kopf blinzelte er ins Zimmer, als hätte er die Orientierung verloren. Er schob sich langsam aus dem Sessel. Leicht gebeugt schleppte er sich zu ihr und ließ sich dicht neben ihr aufs Sofa sinken. Wie ein Kind fasste sie seine Hand und legte sie sich auf den Oberschenkel. Er schloss für eine Sekunde die Augen, dann drehte er seinen Kopf zu ihr, unentschlossen, ob er sich ihr weiter nähern sollte. Sie löste ihre Finger und atmete einmal tief aus.

»Ach, Klaus, dich mag ich«, sagte sie.

Es klang, als würde sie sich nach einem geselligen Abend von einem Kollegen verabschieden. Klaus schluckte und suchte den Sinn ihrer Worte zu verstehen.

Sie sah ihn von der Seite an, wie jemanden, dessen Wesen es noch zu ergründen galt.

»Ich will nicht über mich und Frank sprechen, und eben so wenig über dich und mich. Frank ist ein ganz besonderer Mensch …«, sie biss sich auf die Lippen, als würde sie die letzten Worte bereuen. »Also, Klaus, du hast mir über die Unterhaltung mit diesem Angler berichtet, und davon, was dein Vater von Frank hält. Aber eigentlich müssen wir doch über Peter, über meinen Mann reden, der schwere Zeiten durchmacht.«

Der letzte Satz löste bei Klaus eine erneute Schmerzwelle aus, die seine Gesichtszüge einfrieren ließ. Sie spricht über sich und ihren Mann, während ich Vollidiot von ihrer Scheidung träume. Von einem neuen Gedanken getrieben, stemmte er sich energisch aus den Polstern.

»Es stimmt also, dass du mit Frank gehst«, herrschte er sie über die Schulter an.

Die Hände in den Hosentaschen ging er langsam in Richtung Korridor.

»Ich gehe mit niemandem. Ich und Frank, du und ich, wir alle hatten eine schöne Zeit, und was das mit meiner Ehe zu tun hat, das geht allein mich etwas an. Was jedoch auf Peters Station passiert, das betrifft uns alle: Peter, Frank, dich und wen weiß ich noch alles.«

Klaus hielt an und drehte sich langsam um, als prüfte er, ob in ihren Worten eine Warnung mitschwang. Er verschränkte die Arme vor der Brust und stand wie ein Hausherr, der seine Gattin zur Rede stellt, breitbeinig in der Tür. Wie auf Knopfdruck hatte er seine Selbstsicherheit zurückgewonnen. Renate neigte den Kopf zur Seite, warf ihm einen kühlen Blick zu und runzelte missbilligend die Stirn.

»Steh hier nicht rum, als wolltest du 'ne Parade abnehmen. Setz dich und lass uns vernünftig miteinander reden«, sagte sie ruhig und wies mit der Hand auf den Sessel vor sich.

Er rührte sich nicht von der Stelle, stand im Raum, als wollte er ihr den Weg versperren. Da klingelte es an der Haustür. Er öffnete fragend den Mund und drehte den Kopf zum Ausgang.

»Wer ist das denn, um diese Zeit?«, knurrte er misstrauisch.

Im ersten Augenblick dachte er nur an Frank, denn Peter war in der Klinik, davon hatte er sich rechtzeitig überzeugt. Unwillkürlich ballte er die Faust und zog die Schultern hoch.

»Keine Ahnung, nun setz dich doch endlich und sei mal still«, herrschte sie ihn an und fuhr sich nervös über die Haare.

Sie erhob sich vorsichtig und verließ auf Zehenspitzen das Zimmer. Es war so still, dass Klaus seinen Pulsschlag zu hören glaubte. Er saß kerzengerade im Sessel und versuchte gleichmäßig zu atmen. Peter kann es gar nicht sein, der würde nicht klingeln, fiel ihm noch ein. Etwa der Oberleutnant Angler? Er warf einen Blick auf seine Uhr. Es war halb elf. Dem ist alles zuzutrauen, dachte er, und legte sich eine Erklärung zurecht. Bin hier, um mit Renate zu bereden, wie wir Peter unterstützen können. Sind schließlich so was wie Kollegen, seine Patienten werden ja auch bei mir untersucht, schossen ihm Gedankenfetzen durch den Kopf. Er überlegte, sich zur Tür zu schleichen, da hörte er ihre Schritte. Nur ihre, sie war allein, er erhob sich.

»Das muss mein Nachbar gewesen sein«, klärte sie ihn auf.

»Welcher Nachbar, jetzt um halb elf?« Klaus staunte nicht schlecht.

»Der Lothar, unser Nachbar, mit dem ich damals bei euch war.«

Es klang so, als wäre es nicht der Rede wert, dass er mal eben nachts bei ihr läutete. Klaus verkniff sich eine Frage, die ihm auf dem Herzen lag.

»Hast du einen Spion in der Tür?«, erkundigte er sich stattdessen mit Kennermiene.

»Nee, aber die Tür neben uns fiel ins Schloss, und das war seine«, sagte sie trocken und winkte lässig ab.

»Hm, verstehe«, murmelte Klaus, der sich zu erinnern versuchte, an welcher Stelle ihres Gesprächs es geläutet hatte.

Er ließ sich erneut in den Sessel fallen.

»So, nun sag mir bitte: Warum verhört dich die Polizei, wenn auf Peters Station jemand an Herzversagen stirbt?«

Die Frage kam so unvermittelt und förmlich, dass sich Klaus kurz in die Begegnung im *Wiener Café* zurückversetzt fühlte.

»Äh, das sind immerhin mehrere Patienten, die dem Peter von der Schippe gesprungen sind«, versuchte er es auf die lässige Art, sich vielsagend die Stirn massierend. »Da gibt es offensichtlich einige Ungereimtheiten«, fuhr er fort, Renate ins Visier nehmend.

Sie sah ihn etwas pikiert an, als hätte er sich im Ton vergriffen.

»Ungereimtheiten. Sagt das der Kommissar?«

»Na, 'ne Menge Tote, die bis vor kurzem beschwerdefrei auf ihre Entlassung warteten. Erscheint denen ungewöhnlich.«

»Und, welchen Verdacht verfolgt die Polizei?«

Renate beugte sich vor, als fürchtete sie etwas zu verpassen. Er musterte sie aus halber Rückenlage.

»Das weiß ich nicht genau. Wir, also Frank und ich, werden

befragt, weil wir in gewissem Sinn an Peters Behandlungen beteiligt sind.«

»Klingt, als würdest du eine Spur legen«, murmelte sie und legte den Kopf prüfend zur Seite.

»Nee, aber du hast nach einem Verdacht der Polizei gefragt. Und in deren Augen spielt sich auf Peters Station ein Drama ab, in dem dein Mann die Hauptrolle spielt, mit Frank und mir als Nebendarstellern.«

Der letzte Satz klang, als würde jemand von der Bühne herab seinen Text verkünden. Renate stemmte die Hände auf die Knie und senkte den Kopf.

»Es ist spät, lass uns ein anderes Mal weiterreden.«

Sie drückte sich energisch vom Tisch ab und schnellte nach oben, als hätte sie noch etwas Wichtiges zu erledigen. Klaus sah sie kritisch an. Sie blickte an ihm vorbei und schritt langsam zur Wohnungstür. Klaus folgte ihr unentschlossen, wie ein abgewiesener Liebhaber. Mit dem Wohnungsschlüssel in der Hand stand sie an der einen Spaltbreit geöffneten Wohnungstür.

»Peter braucht jetzt meine Hilfe«, sagte sie knapp und berührte Klaus kurz an der Schulter.

Sie sah ihm hinterher, bis er im Treppenaufgang verschwand und die Haustür ins Schloss fiel, dann klingelte sie bei Bäsler.

FÜNF

Einige Tage, nachdem Angler Frau Wohlfahrt und Schmidter den leitenden Ingenieur Puls befragt hatten, lud Bircher zur Lagebesprechung ein. Sie saßen im Halbkreis um den kleinen Besprechungstisch in seinem Büro. Schmidter hielt mit durchgedrücktem Kreuz sein Notizheft in der Hand, während Angler seine Zettel sortierte. Bircher blätterte in einer Akte und bohrte sich dabei mit dem rechten Zeigefinger im Ohr. Er runzelte die Stirn und es war nicht klar, ob ihn sein Ohr oder eine Textpassage störte.

»Sag mal, Philipp«, wandte er sich an Angler, ohne den Kopf zu heben. »Hat sich mal jemand die EDV-Unterlagen von dem Schuster genauer angesehen? Vielleicht enthalten sie ja doch einen Hinweis darauf, warum gerade diese Männer starben und nicht 'ne Frau oder ein Patient, der nicht auf der Liste von dem Bezirksarzt stand oder dem Studienkollektiv angehört. Wie hieß gleich der Bezirksarzt?«

»Horst Tämpel, Bezirkskardiologe in Potsdam, heißt der Arzt«, meldete Angler prompt.

»Erzähl von deinem Besuch in Potsdam«, wandte sich Bircher an Angler, der einen Blick auf seine Notizen warf und sofort loslegte:

»Doktor Tämpels Spezialgebiet ist die VRRU, ausgesprochen Volksröntgenreihenuntersuchung. Zur Person: selbstbewusst, sehr engagiert, zuverlässig. Der weiß, wovon er spricht. War mal erfolgreicher Mittelstreckler und den Ehrgeiz hat er sich bewahrt, einschließlich der Prise Eitelkeit eines Siegers auf dem Podest. Zur Sache: Neu an der VRRU ist, dass die Röntgendaten jetzt nicht nur zur Abklärung pulmonaler Erkrankungen ausgewertet werden, sondern auch in Hinblick auf Herzerkrankungen. Man erkennt aber nur *Verdickungen* in den Muskelgefäßen, wenn ich das richtig kapiert habe. Die beeinträchtigen das Pumpvermögen, muss man sich wie einen zu prall aufgepumpten Ball vorstellen, der keine Spannung mehr aufnimmt.«

Angler sah seinen Chef an, der ihm mit einem kurzen Nicken signalisierte, dass er fortfahren solle. Er wartete darauf, etwas Neues zu erfahren.

»Ich habe ihm Schusters Listen und seine Patientenwolken vorgelegt. Der kannte diese Programme zur Darstellung von Symptomen nicht. Er hat sich die klinischen Daten angesehen und bestätigt, dass Wohlfahrt den richtigen Männern einen Herzschrittmacher eingepflanzt hat. Na ja, Herr Tämpel ist sicher ein sehr erfahrener Arzt, aber meine Frage, warum ausgerechnet diese Patienten sterben mussten, ließ er im Raum stehen. Der war da plötzlich sehr zurückhaltend. ›Da sollten Sie besser den Kollegen Wohlfahrt fragen‹, ist er ausgewichen, ohne anzudeuten, was er selbst von der Sache hielt. Also, keine neuen Erkenntnisse«, schloss Angler seinen Vortrag.

Bircher und Schmidter ließen die Mundwinkel sinken und für einen Moment hing jeder seinen Gedanken nach.

»Ach so, Tämpel hat sich ein bisschen gewundert, dass Wohlfahrts Patienten alle in Berlin wohnten. Aber das kann ja was mit dem Hauptstadtstatus zu tun haben, meinte er, und …«

»Moment mal«, fiel ihm Bircher ins Wort. »Du sagst, dass alle Toten polizeilich in Berlin gemeldet sind?«

»Ja, so sieht es aus, Manuela hat die Daten zusammengetragen«, antwortete Angler, ein einzelnes Blatt hochhaltend.

»Und das ist niemandem aufgefallen«, murmelte Bircher erstaunt.

Seine Mitarbeiter schwiegen, in Gedanken die Frage prüfend, wer wohl den schwarzen Peter zugeschoben bekäme. Aber Bircher hakte nicht nach. Er war damit beschäftigt, die neue Information einzuordnen.

»Zeig mir mal die Namen der verstorbenen Patienten«, bat er Angler.

Angler reichte Bircher das Blatt.

»Die Ziffern geben die Reihenfolge des Ablebens an, in der zweiten Spalte steht das Todesdatum«, erläuterte er.

Bircher interessierte nur die Patientennamen. Er notierte die

Namen: Rolf Schröder (Nr. 1), Michael Pfeifer (Nr. 2), Winfried Pfahl (Nr. 3), Fred Wagner (Nr. 4).

»Sag Manuela, sie möchte das nachher für uns drei kopieren«, sagte er und reichte Angler den Zettel zurück. »Wir müssen allen die Namen zeigen«, befahl er.

Angler und Schmidter sahen sich an. Schmidter hüstelte vorsichtig.

»Sie meinen, Genosse Major, alle in dem Fall verwickelten Personen sollen befragt werden, ob ihnen jemand aus der Liste bekannt ist?«

Bircher nickte und sagte mit ironischem Unterton:

»Genau, alle *Aufgetretenen*. Schuster, Behrens, Bäsler, Frau Wohlfahrt und so weiter. Ich bin mir nicht sicher, ob die alle die Namen der Patienten kennen, die wurden angeblich anonymisiert. So, und nun zurück zu unserer Analyse. Was gibt es über Frau Wohlfahrt zu berichten?«, fragte Bircher mit einem Hauch von Hoffnung.

Er erinnerte sich an Anglers Bericht über das Gespräch mit Vater und Sohn Behrens. Als Bircher von der Affäre zwischen Frank Schuster und Renate Wohlfahrt erfahren hatte, war er hellhörig geworden. Er hegte keinen Zweifel daran, dass Liebe, Enttäuschung und Eifersucht selbst abgebrühte Chirurgen oder knochentrockene Wissenschaftler aus der Bahn werfen können. Obwohl ihm völlig unklar war, was Herzschrittmacherpatienten mit dem Liebesleben eines Forscherkollektivs zu tun haben könnten, ließ ihn das Gefühl nicht los, dass der Todesserie eher nicht ein technisches Versagen oder eine klinische Komplikation zugrunde lag. Was ihn weniger denn je überzeugte, war die Erklärung der Ärzte und Techniker, dass die Patienten an natürlichem Herzversagen verstorben seien. Da tat sich vor ihm ein gewaltiger Widerspruch zwischen der angeblich todsicheren Herzschrittmachertherapie und einem fast serienmäßigen Ableben bestimmter Patienten auf. Das erschien ihm so unmöglich, wie am Ufer stehend das Wasser in einem vorbeifließenden Fluss zweimal zu sehen.

»Frau Wohlfahrt habe ich in ihrem Büro beim Kosmetik-Kombinat Berlin besucht. Eine attraktive Frau, man braucht nicht viel Phantasie, um sich die Blicke unserer jungen Forscher vorzustellen, als sie ihr zum ersten Mal begegneten. Wie der blasse Herr Doktor Wohlfahrt, der die Nächte in der Klinik verbringt, alle ihre Wünsche erfüllt, erscheint mir allerdings rätselhaft«, schilderte Angler seine Eindrücke.

Bircher hüstelte und nestelte an seiner Brille, als wäre ihm etwas peinlich. Angler setzte erneut an.

»Frau Wohlfahrt hat die Aussage von Klaus Behrens' Vater zurückgewiesen, wonach sie ein Verhältnis mit Frank habe. Das sei eine bösartige Unterstellung, die darauf abziele, sie zu diffamieren, ihre Ehe zu belasten, sagte sie, und, wörtliches Zitat: ›unterstellt indirekt Frank Schuster, dass er die Schuld dafür trägt, wenn mein Mann nicht voll bei der Sache ist.‹«

Angler hielt sein Zettelchen wie ein Beweismittel in die Höhe.

»Und, ist Herr Wohlfahrt ihrer Meinung nach nicht voll bei der Sache?«

»Hab ich natürlich auch gefragt und sie meint, dass er sich so wie immer verhalte, also viel und gerne arbeite. Was er am OP-Tisch leiste, könne sie nicht einschätzen. Klagen seien ihr nicht bekannt. Er leide natürlich unter den Vorkommnissen und habe überlegt, Urlaub zu nehmen.«

»Von Urlaubsanträgen wiederum ist uns nichts bekannt«, warf Schmidter ein, der in einer Akte stöberte.

»Ich habe ihr zunächst nichts von Behrens' Aussage gesagt, wonach sie auf seiner Datscha gesehen worden ist. Ich glaube, dass sie lügt, wenn sie das Verhältnis zu Frank abstreitet«, fuhr Angler trocken fort, »denn Herr Behrens hat keinen Grund, uns einen Bären aufzubinden, ganz abgesehen davon, dass wir inzwischen die Inhaberin der *Gaststätte am Möllensee* befragt haben. Die Kellnerin bestätigt, ein Pärchen bedient zu haben, welches unserer Beschreibung entspricht. Sie ist sich aber nicht hundertprozentig sicher, da habe es noch eine Weiterbildung gegeben, und als die Kapelle loslegte, ›ließen die Schulungsteilnehmer die Sau raus‹.«

Schmidter verzog das Gesicht zu einem breiten Grinsen, während Bircher wie unbeteiligt seine Brille putzte. Seine Mitarbeiter warteten auf eine Reaktion, aber er schien über etwas nachdenken zu müssen. Langsam schob er sich mit beiden Händen die Brille zurück auf die Nase und kniff die Augen zusammen, wie um die Sicht zu prüfen.

»Ich glaube auch, dass Frau Wohlfahrt die Unwahrheit spricht, was ihr Verhältnis zu Schuster anbelangt«, nahm Bircher den Gesprächsfaden auf. »Entweder weiß sie nicht, dass sie und Frank Schuster gesehen worden sind, und fühlt sich sicher, oder sie weiß es, wartet aber ab, ob wir ihr was nachweisen können. Sollte sie es jedoch wissen, so stellt sich die Frage: Durch wen hat sie es erfahren?«

Schmidter hob die Hand und Bircher nickte ihm zu.

»Vielleicht durch Klaus Behrens' Vater. Die war immerhin mit Frank in seiner Datscha. Der weiß doch sicher, dass auch sein Sohn in Renate Wohlfahrt verknallt ist. Das Motiv, dem Doktor paar tote Patienten anzuhängen, um ihn so aus dem Weg zu räumen, verbindet die Jungen. Dem alten Behrens traue ich zu, dass er Frau Wohlfahrt unter Druck setzt, damit sie den Kontakt zu Klaus abbricht. Gleichzeitig schiebt er Frank in den Vordergrund der Affäre.«

»Bisschen sehr weit gefasst, die Annahme, dass jemand einen Doktor quasi aus dem Weg räumt, indem er dessen Patienten tötet …«, murmelte Bircher.

»Übrigens«, meldete sich Angler erneut zu Wort, »habe ich Frau Wohlfahrt am Ende unseres Gesprächs noch gefragt, ob sie die *Gaststätte am Möllensee* kennen würde und ob sie mal in dem Ort Altbuchhorst gewesen sei. Da wurde die fesche Kosmetikerin auf einmal sehr wortkarg und hat mich geradezu bissig darüber aufgeklärt, dass sie und ihr Mann keine Zeit hätten, eben mal so ins Grüne zu fahren. Das klang in meinen Ohren alles andere als überzeugend.«

Angler schlug sich auf die Oberschenkel, als würde er am liebsten gleich aufbrechen, um sich Frau Wohlfahrt nochmal vorzuknöpfen. Bircher erhob sich und schlenderte gemächlich durch den Raum. Ein sicheres Zeichen, dass er gleich reden würde.

»Nehmen wir mal an, dass sie sich wirklich mit Klaus Behrens und mit Frank Schuster trifft«, begann er zögernd. »Dann würde sie uns gegenüber nichts über Frank sagen, damit wir es nicht Klaus verraten, ebenso umgekehrt. Weiter, wenn beide Jungen in dieselbe Frau verliebt sind, dann erklärt es die Eintrübung ihrer Freundschaft. Davon konnten wir uns überzeugen. Beiden kämen ärztliche Kunstfehler des Gatten gelegen, könnten sie doch sein Schicksal besiegeln. Frau Wohlfahrt erweckt nicht den Eindruck, mit einem Verlierer leben zu können. Ich schließe nicht aus, dass auch der Chirurg Lothar Bäsler mitmischt. Der ist nie und nimmer der selbstlose Nachbar, der Frau Wohlfahrt die Einkaufstasche hochträgt. Falls man nicht an den natürlichen Herzstillstand glaubt, welche Todesursache käme dann eigentlich in Betracht? In der Regel haben wir es mit Waffen oder körperlicher Gewalt zu tun. In diesem Fall ist nichts davon zu bemerken. Am wahrscheinlichsten bleibt demnach die Annahme, dass in Folge seiner privaten Krise Peter Wohlfahrt Behandlungsfehler unterlaufen sind. Aber die hat niemand bemerkt.«

Birchers letzte Sätze klangen etwas resigniert, wie die Zusammenfassung einer fehlgeschlagenen Ermittlung. Er setzte sich wieder auf seinen Stuhl und knetete sich zweifelnd das Kinn. Schließlich räusperte er sich kurz.

»Na ja, ist mir alles zu konstruiert«, knurrte er, als würde er seinen Exkurs bedauern. »Lasst uns mal hören, was die Techniker sagen. Da sprechen allein die Fakten, oder …?«

Er neigte seinen Kopf freundlich zu Schmidter. Der schreckte auf, als hätte ihn Bircher beim Träumen ertappt. Er war tatsächlich für einen Augenblick mit seinen Gedanken in Dresden gewesen. Auf den Heimfahrt waren ihm Begriffe wie Lithiumbatterien, Schrittmacherkapsel oder Stimulationselektrode durch den Kopf geschwirrt. Den stärksten Eindruck hatte eine Bemerkung des Zigarillo rauchenden Ingenieurs hinterlassen, wonach »die ersten Schrittmacher sich wie Autoblinklichter benahmen«. Sie stimulierten stur auf einer Frequenz, ohne sich darum zu kümmern, ob das Herz selbst schlug oder nicht. Da stritten sich sinnbildlich »zwei Motoren um den Antrieb«, hatte Puls gejuchzt, wobei sein Bauch wackelte, als säße in ihm auch ein Impulsgeber.

»Ich fürchte, dass die Kollegen Ingenieure uns auch nicht weiterhelfen können«, beeilte sich Schmidter, bemüht um eine klare Aussage. »Ich habe Herrn Puls gestern in Dresden natürlich nach allen möglichen Störquellen gefragt, die einen Schrittmacher außer Funktion setzen könnten. Batterie, Elektrodendislokation, Isolationsmaterial, falsche Grundfrequenz des Schrittmachers. Wurde alles geprüft und für einwandfrei befunden. Ich hatte mir von Professor Tetsche die Elektroden geben lassen, die er den Toten entnommen hat. Ebenso natürlich die Schrittmacherbatterien. Fehlanzeigen, alles sieht bestens aus, sagt Herr Puls. Die könnte man so wie sie sind dem nächsten Patienten einpflanzen.«

Bircher und Schmidter schüttelten enttäuscht den Kopf. Ihnen fehlte eine Arbeitshypothese, woher auch, wenn selbst den Experten nichts Erhellendes einfiel.

»Rein technisch gesehen, kann eigentlich der Schrittmacher selber einen Herzstillstand auslösen?«, fragte Bircher, der sich an Sittes Vortrag über die Unfehlbarkeit der Technik erinnerte.

Schmidter warf einen Blick auf seine Notizen und murmelte etwas Unverständliches. Die Frage des Chefs überraschte ihn.

»Hier hab ich's. Jemand könnte den Herzschrittmacher so manipulieren, dass der elektrische Impuls zu schwach ist, um eine Herzerregung auszulösen. Ist so, als würde im Trabbi 'ne Kerze ausfallen. Wer das macht, muss aber ein Programmiergerät haben, über elektrophysiologische Grundkenntnisse verfügen und Zugang zu den Schrittmachern zum Zeitpunkt ihrer Implantation durch Wohlfahrt haben.«

»Wieder Wohlfahrt, oder ein anderer Arzt«, entfuhr es fast gleichzeitig Bircher und Angler.

»Wir haben es ausschließlich mit Akademikern, Ärzten und Naturwissenschaftlern zu tun«, bemerkte Angler nachdrücklich.

»Aber Puls hat doch nichts an den Schrittmachern feststellen können, die wir den verstorbenen Patienten entnommen haben, oder?«, hakte Bircher nach, der langsam Seite um Seite in seiner Akte blätterte.

»Puls hat sich meines Wissens dazu nicht klar geäußert, es klang eher so, als wäre es nicht möglich, so etwas im Nachhinein nachzuweisen. Also, im Schrittmacher eines verstorbenen Patienten einen Programmierfehler zu finden«, sagte Schmidter vorsichtig.

»Ruf ihn nochmal an. Und ich möchte, dass unsere Leute die Station überwachen. Sicher ist sicher. Fehlt gerade noch, dass wir uns den Vorwurf der Unachtsamkeit einholen. Philipp, bring das sofort auf den Weg. Unterrichte Sitte. Nicht Wohlfahrt, der wird's ohnehin bemerken, wo er doch jede Nacht dort verbringt.«

»Wo versteckt sich unser Wachmann?«, fragte Angler.

Bircher sah ihn erstaunt an.

»Na, wo wohl? Nicht unterm Krankenbett, natürlich im Schwesternzimmer hinterm Eingang. Die freuen sich über 'ne Abwechslung«, sagte er, ohne eine Miene zu verzeihen.

Renate hatte erst gezögert, dann aber Franks Drängen auf ein Treffen nachgegeben. Er hatte sie während der Dienstzeit angerufen und sie musste sich kurzfassen. Allerdings entschied sie nach einem kurzen Seufzer, das Treffen auf die Mittagszeit zu legen, als käme ein Ehebruch bei Tageslicht mildernden Umständen gleich. Kurz nach zwölf sah die Sekretärin verwundert ihrer Chefin nach, die im Hinausgehen über der Schulter etwas von einem beinahe vergessenen Arzttermin verlauten ließ.

»Wie sehen uns morgen«, rief Renate hastig und eilte zum Ausgang.

Sie fühlte sich unwohl, als verfolgten sie die Blicke ihrer Mitarbeiter. Sie arbeitete gern und liebte ihren Betrieb, der ihr die Möglichkeit gab, neue Kosmetikartikel auszutüfteln, die den Weg in die Läden fanden. Manchmal betrat sie einen Laden, wies sich als Abteilungsleiterin des Kosmetik-Kombinats Berlin und nahm ein Fläschchen vom Regal, um es behutsam zu öffnen und den Duft aufzusaugen, wie ein Koch das Aroma einer raffinierten Sauce. Sie schloss dann versonnen die Augen und fühlte sich beim Verlassen des Ladens wie ein Zauberer, der ein Rätsel hinterlässt.

Renate Wohlfahrt stand auf der Straße und atmete tief durch. Sie konnte nicht ahnen, dass sie auf ihrer Flucht aus dem Betrieb um ein Haar einem hartnäckigen Verfolger in die Arme gelaufen wäre. Genosse Behrens war nämlich fast im selben Moment aus seinem Wagen gestiegen, um sich beim Pförtner nach Frau Wohlfahrts Büro zu erkundigen. Er erfuhr, dass sie gerade das Haus verlassen hatte.

Franks Wohnung befand sich in der Andreasstraße, von Renates Wohnung am Friedrichshain leicht zu Fuß zu erreichen. Das hat er fein hingekriegt, hatte sie gedacht, als er ihr zum ersten Mal von der Wohnungszuweisung berichtet hatte. Heute musste sie erst die Straßenbahn zum Alexanderplatz nehmen und danach die stickigen Katakomben des U-Bahnhofs hinabsteigen, um die Bahn in Richtung Friedrichsfelde zu erreichen. Sie verließ die U-Bahn am Strausberger Platz und hörte auf dem letzten Treppenabsatz das Rauschen des Springbrunnens. Langsam drehte sie sich um die eigene Achse. Mensch, bleib ruhig, sagte sie sich, und versuchte die Anspannung abzuschütteln. Unentschlossen verharrte sie auf der Stelle und starrte geistesabwesend in die Wasserfontäne. Sie schloss die Augen und glaubte für einen Augenblick, eine warme Uferbrandung würde sie umspülen. Ihre Lippen kräuselten sich zu einem spöttischen Lächeln. Nun reicht's, Renate, murmelte sie und begriff plötzlich, warum sie sich gehetzt fühlte: Ich verletze zwei Normen gleichzeitig, eine dienstliche und eine private. Bisher haben wir uns immer abends getroffen, Peter war in der Klinik und ich im Feierabend. Heute kommt es mir vor, als betröge ich gleichzeitig Peter und meinen Betrieb. Das ist es, was mich stört, stellte sie fest, und ruckelte mit den Schultern, als hätte sie soeben eine wichtige Frage beantwortet. Sie verließ eilig den Strausberger Platz. Bevor sie in die Andreasstraße abbog, blieb sie stehen und sah sich noch einmal misstrauisch um. Sie konnte nichts Auffälliges feststellen, blies wie eine Sportlerin die Backen auf und überquerte mit raschen Schritten den Fahrdamm. An Franks Haustür holte sie einen kleinen Spiegel aus der Handtasche, kniff die Augen leicht zusammen und prüfte Frisur und Lidschatten. Sie stülpte zufrieden die Lippen nach vorn und steckte den Spiegel weg. Mit einem Willkommenslächeln in den Mundwinkeln drückte sie dreimal kurz den Klingelknopf, ihr Morsezeichen. Der Summer schnurrte, sie drückte energisch die Tür auf und eilte zum Treppenhaus. Franks Wohnung befand sich auf der vierten Etage, in der zweiten verlangsamte sie ihr Tempo, atemlos wollte sie nicht vor seiner Tür stehen. Frank lehnte am Treppengeländer und sah sie leichtfüßig die Stufen emporsteigen. Er lächelte noch etwas breiter als gewöhnlich, wie ein glücklicher Junge, der gleich sein Geschenk erhält.

»Da bist du ja endlich«, begrüßte er sie vor seiner Wohnungstür, als kehrte sie von einer langen Reise zurück.

Sie drückte kurz seinen Oberarm und schlüpfte an ihm vorbei in die Wohnung. Diese bestand aus einem winzigen Korridor, der direkt in das Wohnzimmer mündete. Es diente zugleich als Schlaf- und Arbeitszimmer. Eine graue Ausziehcouch und ein moderner Schreibtisch ließen gerade noch Platz für zwei kleine Sessel und einen Beistelltisch. Die Einbauküche ging vom Korridor ab und sah aus, als würde sie nie benutzt. Frank hasste es, allein zu essen, und verzichtete eher auf eine Mahlzeit, als sich an den Herd zu stellen. Die Kantine in seinem Rechenzentrum verpflegte ihn. Renate ließ sich mit einem leichten Stöhnen in den Sessel fallen. Sie sah sich zerstreut um, ihr Blick blieb am Schreibtisch hängen.

»Arbeitest du neuerdings zu Hause?«, fragte sie wie beiläufig, mit der flachen Hand auf Computerausdrucke weisend, die über der Tischkante hingen.

»Ab und zu. Wir kriegen jede Menge Daten von den Bezirkskardiologen, die ich abarbeiten muss«, antwortete Frank knapp.

Renate streckte die Beine aus und unterdrückte ein Gähnen.

Die Anspannung war von ihr abgefallen und sie fühlte, wie sich ihre Sinne langsam den Körper zurückeroberten.

»Diese Studie, ach du meine Güte, geht die nicht mal zu Ende. Da gibt es doch haufenweise Probleme, soweit ich das mitkriege«, bemerkte sie im Plauderton und dachte für einen winzigen Augenblick an Klaus, als er zähneknirschend davonzog, sie wie in einer Schlechtwetterfront zurücklassend.

Frank saß mit übergeschlagenen Beinen auf dem Sofa und betrachtete seine Hände vor sich auf den Knien. Er warf ihr einen eindringlichen Blick zu.

»Probleme, wer sagt das?«

»Mein Lieber, es gab noch nie so viele Sterbefälle auf der Station wie während eurer Forschungsarbeit.«

»Das liegt sicher nicht an meinen Computerprogrammen, mein Schatz«, parierte Frank und grinste selbstgefällig.

»Du wurdest aber befragt?«

»Ja, wurde ich, im Rechenzentrum.«

Für einen Moment machte er einen zerstreuten Eindruck. Ihm war eingefallen, dass er damals, als ihn Angler im Rechenzentrum besuchte, erwogen hatte, sie anzurufen und zu warnen.

»Hast du mir nicht erzählt.«

»Warum auch, ist doch nichts gewesen.«

»Peter ist mein Mann, immer noch.«

»Hm.«

»Ein Angler war bei mir.«

»Angler?«

»Kein Fischer, ein Kommissar«, sagte sie ungeduldig.

»Der war auch bei mir. Und?«

»Die wissen von uns und stellen einen Zusammenhang zwischen Peters verstorbenen Patienten und uns her. Ich habe das zurückgewiesen. Klaus scheint auch nicht mehr dein Freund zu sein, denn der …«

»Welchen Zusammenhang?«, unterbrach sie Frank.

»Weiß ich nicht genau. Vielleicht unterlaufen Peter im Zusammenhang mit unserer kaputten Ehe Fehler.«

»Für die ich herhalten soll.«

»Kann man so sehen.«

»Und Klaus?«

Sie sah ihn aus schmalen Augen an und tat überrascht.

»Wieso Klaus?«

»Seitdem wir zusammen sind, ist er nicht wiederzuerkennen.«

Er sprach von seinem Freund wie von einem Schulkameraden, der mit der Wahl seiner Braut Pech gehabt hatte. Renate war aufgestanden und hatte sich zu ihm auf das Sofa gesetzt. Seine Gelassenheit, diese fast lethargische Art, unangenehmen Kollisionen auszuweichen, störte sie plötzlich. Sie fühlte sich mit ihrem Mann zwar nur noch durch den Trauschein verbunden, hegte ihm gegenüber aber nach wie vor eine Zuneigung, die sich über die Jahre wie eine Gewohnheit herausgebildet hatte. Franks Gleichgültigkeit störte sie, sie erwartete einen gewissen Respekt und Solidarität gegenüber Peter.

»Hast du dich mal mit Peter über das ganze Schlamassel unterhalten? Ihr seid doch immerhin Kollegen.«

Sie fasste seine Hand, als wollte sie ihn aufrütteln, etwas zu unternehmen. Er neigte den Kopf und sah sie sprachlos an, als verstünde er nicht, was sie von ihm erwartete.

»Du weißt doch, wie er ist. Man kann mit ihm kurz über die Studie reden. Sonst über nichts.«

Auch gut, dachte Renate. »Also wird das Projekt fortgesetzt, trotz der polizeilichen Ermittlungen?«

»Na klar, jetzt kriegen sogar Leute ’nen Schrittmacher, die Krebs haben. Obwohl die doch sowieso bald sterben werden. Kannst du dir das vorstellen?«

»Nein, kann ich nicht.«

Sie zog ihre Hand weg und ließ sich seitwärts auf das Sofa fallen. Aus halbgeöffnetem Mund und Augen, die wie schwarzer Samt glänzten, sah sie ihn an und winkelte beide Arme an. Er beugte sich zu ihr und sie flüsterte:

»Zieh die Vorhänge vor.«

Herr Behrens hatte dem Pförtner flüchtig seinen Dienstausweis vor die Nase gehalten und gleich darauf Frau Wohlfahrts Sekretärin in der Leitung. Als sie etwas von einem plötzlichen Arzttermin der Chefin stammelte, legte Behrens wie in einer Kontrollberatung die Stirn in Falten und bedankte sich kühl. Er reichte dem Pförtner den Hörer und fragte ihn freundlich, ob er mal kurz in einer dienstlichen Angelegenheit seinen Apparat benutzen dürfe.

»Machen Sie nur«, brummte der Pförtner, auf die Brusttasche schielend, in die der Mann seinen roten Klappausweis gesteckt hatte.

Er reichte ihm den Hörer und ging hinaus, um sich eine Zigarette anzuzünden. Es dauerte keine zwei Minuten und Behrens stand neben ihm. Er reichte ihm jovial die Hand.

»Danke, alles klar«, verabschiedete er sich.

Nachdenklich ging er zu seinem Wagen und analysierte die Lage. Frank ist nicht im Rechenzentrum und Frau Wohlfahrt nicht in ihrer Kosmetikbude, dann nehmen wir mal an, dass sie sich gemeinsam an einem anderen Ort befinden. Da fiel ihm auf Anhieb nur einer ein. Eigentlich hatte Behrens geplant, Frau Wohlfahrt in seiner Doppelfunktion als Vater und Funktionär quasi halboffiziell aufzusuchen, um sich mit ihr über die Lage zu unterhalten, in die sie, ihr Mann, Klaus und Frank hineingeraten waren. Ihm schwebte eine Art Allianz vor. Eine Vorgehensweise, die zu seinem Beruf gehörte wie sein Anzug mit Klappausweis. Ist Gefahr im Verzug, sortiert man die Gefechtslage und sucht nach Verbündeten. Was lag da näher, als an Frau Wohlfahrt zu denken. Wenn die Karriere ihres Mannes wegen ein paar Nummern den Bach runterginge, wäre auch die Doktorarbeit seines Sohnes im Eimer, das war Dirk Behrens klar. Für ihn bestand kein Zweifel daran, dass Klaus bis über alle Ohren in diese Frau verliebt war. Er hatte verfolgt, wie die Stimmungen seines Sohnes in kurzen Abständen wechselten, wie er an einem Tag gereizt wie ein Stier war und am nächsten ausgelassen wie ein junger Pudel durch die Wohnung sprang. Während die lustigen Stunden immer seltener wurden, nahmen die bedrückten ständig zu. Mit wachsender

Sorge beobachtete er, wie sich sein Sohn von einem lebenslustigen, offenen und unbeschwerten Jungen in einen verschlossenen, in sich gekehrten, Trübsal blasenden Griesgram verwandelte. Herr Behrens wusste, dass Klaus und Frank sich kaum mehr sahen. Er ahnte jedoch nicht, dass aus engsten Freunden erbitterte Gegner geworden waren, dass sie wie Liebhaber vergangener Zeiten im Duell die Entscheidung suchten.

Als er Renate Wohlfahrt nicht im Betrieb angetroffen hatte, war einem stillen Wutanfall der Verdacht gefolgt, sie könnte auf dem Weg zu Klaus sein, aber ein kurzes Telefonat hatte ihn von dieser Sorge befreit. Klaus stand in seinem Labor. Das zweite Telefonat hatte seine Vermutung bestätigt, dass Frank nicht im Rechenzentrum war. Herr Behrens glaubte nicht an einen Zufall und steuerte sein Auto in Richtung Andreasstraße. Er parkte in einer ruhigen Seitenstraße hinter den Bauten der Karl-Marx-Allee, von der aus er Franks Hausaufgang im Blick hatte, schaltete den Motor aus und legte beide Hände auf das Lenkrad. Er versuchte die Zeit zu überschlagen, die seit dem Verlassen Frau Wohlfahrts aus ihrem Betrieb vergangen war. Nicht mehr als eine gute Stunde, bilanzierte er und dachte nach. Soll ich einfach hochgehen und klingeln oder besser hier warten, in der Hoffnung, dass sie bald auftaucht? Er entschied sich für die zweite Variante. War sie bei Frank, würde er nicht öffnen, da konnte er gleich unten warten. Nach einer Stunde im Trabbi spürte er einen Harndrang und fluchte leise vor sich hin. Es war gar kein guter Zeitpunkt, um seinen Wachposten für eine Pinkelpause zu verlassen, jeden Augenblick könnte Frau Wohlfahrt auftauchen. Eine Stunde netto mit Frank sollte reichen, schätzte er den Aufwand anhand seiner lang zurückliegenden Erfahrungen ein. Er presste die Oberschenkel zusammen und gab sich weitere dreißig Minuten, dann würde er die Aktion abblasen müssen. In dem Moment, als er in sich einen Druck wie kurz vor einem Rohrbruch verspürte, erspähte er mit verkniffenem Gesicht Frau Wohlfahrt. Es gab keinen Zweifel, sie war es, die kurz geschnittenen dunklen Haare, die zierliche, sportliche Figur, elegant gekleidet, und das

Alter passte auch. Selbst aus der Entfernung eine Frau, der man nachschaute. Herrn Behrens stieg hastig aus seinem Auto, um ihr entgegenzulaufen.

»Entschuldigen Sie bitte, dass ich Sie auf der Straße anrede, Sie sind doch Frau Wohlfahrt«, wandte er sich an sie, als hätte er sie schon mal gesehen.

Sie drehte ihre mandelförmigen Augen pikiert nach oben, und über ihr Gesicht, das eben noch wie in der Abendsonne geleuchtet hatte, legte sich ein Schatten.

»Wer sind Sie?«, fragte sie brüsk und versuchte, an ihm vorbei die Straße zu betreten.

»Ich bin der Vater von Klaus Behrens und kenne die Klinik Ihres Mannes aus meiner Tätigkeit im Ministerium für Gesundheitswesen. Bitte geben Sie mir fünf Minuten.«

In einen Satz hatte er zwei verschlüsselte Warnungen verpackt, die Frau Wohlfahrt zögern ließen. Unbeweglich starrte sie auf die andere Straßenseite, als beobachtete sie eine Ampel.

»Ich mache mir Sorgen um die Klinik und Ihren Mann, aber auch um meinen Sohn, und möchte Sie rein privat sprechen«, ergänzte er rasch sein Anliegen.

Behrens sah wie ein wohlwollender Passant aus, der jemandem den Weg erklärte. Renate Wohlfahrt jagten verschiedene Optionen durch den Kopf: ihn brüsk abzuweisen, ihn einfach stehen zu lassen, oder sich anzuhören, was er mit diesem ja wohl nicht zufälligen Zusammentreffen bezweckte. Woher weiß der, dass ich hier bin?, fragte sie sich. Die Antwort konnte ja wohl nur sein, dass er mich im Betrieb abpassen wollte. War er etwa in meinem Büro? Ihr spukten die Gedanken durch den Kopf, sie konnte keinen zu Ende denken, denn Herr Behrens klebte ihr wie ein Personenschützer an den Fersen. Sie entschied sich für eine passive Verteidigungsstrategie.

»Gut, was möchten Sie mir also sagen, Herr Behrens?«

»Macht es Ihnen etwas aus, wenn wir uns kurz in mein Auto setzen?«

Sie zuckte gleichgültig mit den Achseln.

»Meinetwegen.«

»Steht da drüben«, sagte er mit einem Kopfnicken, blinzelte nach links und rechts und trat auf die Straße.

Sie folgte ihm und fragte sich, wo »da drüben« sei, denn sie sah nur einen Trabbi, auf den er zusteuerte. Hätte angenommen, dass der mit einem Lada vorfährt, sagte sie sich. Behrens quetschte sich hinter das Steuer und drückte von innen die Beifahrertür auf. Sie schob sich auf den mit hellem Kunstpelz ausgekleideten Sitz, darum bemüht, ihren Rocksaum auf Kniehöhe zu halten. Er kurbelte sein Fenster halb herunter und wartete darauf, dass sie nebeneinandersaßen. Dabei presste er vorsichtig die Knie zusammen und versuchte, nicht an seine Blase zu denken. Frau Wohlfahrt fühlte das Fell, das ihr an den Kniekehlen kitzelte, und richtete ihren Blick starr geradeaus.

»Ich komme mal gleich zur Sache, Frau Wohlfahrt. Ich möchte Ihnen dringend raten, sich von meinem Sohn und von Frank Schuster fernzuhalten. Dabei geht's mir in erster Linie um meinen Sohn, der mit Ihrem Mann eng zusammenarbeitet.«

Er hielt inne und Frau Wohlfahrt warf ihm einen prüfenden Blick zu.

»Die Polizei ermittelt, wie Sie wahrscheinlich wissen. Und im Fokus steht die Studie zum Einsatz der Schrittmacher, die übrigens auf einen ZK-Beschluss zurückgeht. Ihr Mann, das medizinische Personal der Klinik, aber natürlich auch alle Dritten, die indirekt oder direkt daran mitarbeiten, sind von den Untersuchungen betroffen.«

»Und zu den Dritten gehören Ihr Sohn und Herr Schuster?«

»Und Sie, Frau Wohlfahrt.«

Sie drehte sich vorsichtig zu ihm und blickte ihm ins Gesicht.

»Was meinen Sie damit?«

»Dass es Ihr Mann ist, unter dessen Händen die Patienten sterben. Da fragt man sich: Wie ist das möglich? Ein so erfahrener Mann, unterlaufen dem etwa Fehler? Und wenn, warum so viele? Und schon sucht man die Gründe im privaten Umfeld.«

Er drehte sich jetzt ganz zu ihr und sein Gesicht kam ihr unangenehm nahe. Es schien, als wollte er sie zwingen, in seinen Zügen die Gefahr abzulesen.

»Ich kann nicht erkennen, wie meine flüchtige Bekanntschaft mit Kollegen meines Mannes seine Arbeit beeinflussen könnte. Was wollen Sie eigentlich, Herr Behrens?«

»Flüchtige Bekanntschaft, dass ich nicht lache.«

Behrens richtete seinen Blick auf die Windschutzscheibe, als prüfte er den Verkehr. Ich muss mich beeilen, signalisierte ihm sein Unterleib.

»Lassen Sie die Finger von Klaus. Ich will nicht, dass er in die Sache hineingezogen wird.«

»Ihr Sohn ist doch nur an den Patientenproben und seiner Doktorarbeit interessiert.«

»Eben, und so soll es bleiben. Und deshalb halten Sie sich von ihm fern. Ihr Verhältnis mit Frank reicht ja wohl, um die Polizei hellhörig zu machen. Denken Sie an Ihre Position.«

Seine Stimme hatte die Tonlage eines herzlosen Funktionärs angenommen.

»So ein Blödsinn«, stieß Renate hervor und fasste nach dem Türgriff.

»Es gibt eindeutige Beweise. Sie haben sich mit Frank in mein Haus geschlichen, mitten in der Nacht, nach einem Essen in Altbuchhorst. Wie gesagt, ist mir alles egal, vorausgesetzt, Sie gehen Klaus ab sofort aus dem Weg.«

Sie lehnte sich langsam zurück und ihr Gesicht verschwand wie hinter einer Maske. Es dämmerte ihr langsam, auf was die unverhüllte Drohung abzielte. Ich soll jeden Kontakt mit Klaus abbrechen, weil so die Aufmerksamkeit der Polizei auf Frank und mich gelenkt wird. Was hat der Mann in der Hand, falls ich mich weigere? Ein fürchterlicher Verdacht stieg in ihr hoch. Sie erinnerte sich an die drohende Pose, die Klaus an jenem Abend im Wohnzimmer eingenommen hatte und wie in ihr die Vermutung aufgekommen war, dass sich sein Hass gegen Frank richtete. Habe ich mich getäuscht? Hasst er Peter? Sitze ich mit seinem Vater auf diesem Kunstfell, weil der mich braucht, um seinen

Sohn vor einer ganz großen Dummheit zu bewahren? Hat etwa Klaus etwas mit den Vorfällen auf Peters Station zu tun? Oder weiß Klaus etwas, das ihn in Gefahr bringen würde, käme es der Polizei zu Ohren?

Herr Behrens räusperte sich, als wollte er sie daran erinnern, dass sie ihm eine Antwort schuldete. Sie warf ihm mit vereister Miene einen flüchtigen Blick zu und stieß die Tür auf.

»Machen Sie sich keine Sorgen um Ihren Sohn. Ich habe der Polizei bereits gesagt, dass ich ihn nur einmal mit meinem Mann zum Abendessen eingeladen habe.«

Bevor er etwas erwidern konnte, schwang sie sich aus dem Sitz, sprang auf den Bürgersteig und lief zum U-Bahn-Eingang. Herr Behrens kniff die Augen zusammen und betrachtete für eine Minute im Rückspiegel Renates Kniekehlen und ihre schmalen Hüften, die den Takt ihrer schönen Beine aufnahmen. Er ließ ein schiefes Lächeln aufblitzen und startete den Motor. Heute Abend knöpfe ich mir die beiden Jungen vor, beschloss er. Eine bläuliche Fahne hinter sich lassend, knatterte er mit zusammengebissenen Zähnen und zitternden Oberschenkeln davon.

Am selben Tag verließ Klaus am späten Nachmittag sein Institut in Friedrichsfelde, um sich auf den Weg in die Klinik zu machen. Peter Wohlfahrt hatte ihm durch Schwester Ingrid ausrichten lassen, dass er mal vorbeikommen solle, um über einen neuen Fall zu reden. Blut- und Urinproben könne er bei der Gelegenheit auch mitnehmen. Klaus packte seine Aktentasche und ging gemächlich in Richtung U-Bahnhof. Sein Institut grenzte an den Tierpark und manchmal kam es Klaus so vor, als hörte er das Trompeten der Elefanten, wenn irgendwo ein Auto hupte. Unverkennbar war der Geruch von Stallmist, den der Wind herübertrug und der einen Hauch von Landleben auf dem Institutsgelände aufkommen ließ. Er hatte es nicht eilig, Peter würde wie gewöhnlich lange auf der Station sein und er selbst hatte am Abend weiter nichts vor. Es zog ihn nicht in seine Wohnung, die ihm seit Franks Auszug mehr als eine Herberge diente, die man allabendlich zum Übernachten aufsucht. War er zu Hause, starrte er gewöhnlich erstmal minutenlang ratlos aus dem Küchenfenster in den finsteren Hof. Manchmal öffnete er das Fenster und lauschte in die Nacht, als hoffte er darauf, dass sich die schwere Tür im Quergebäude quietschend öffnen würde und Renate den Hof betrat, nach oben schaute, und ihn mit einem fröhlichen Winken aus dem Handgelenk grüßte. Dann schloss er die Augen und biss sich auf die Lippen, um die aufsteigenden Tränen zu unterdrücken.

Er sah hinüber ins Hans-Loch-Viertel, ein Neubaugebiet, das zwischen dem öden S-Bahnhof Lichtenberg und dem weitläufigen Tierparkgelände lag. Vielleicht sollte ich hierherziehen, dachte er mit bekümmertem Blick, dann kann ich die Abende mit Löwen, Tigern, Giraffen, Papageien und Affen verbringen, ihnen von dem Mist erzählen, in dem ich stecke. Den kennen die und sie würden mir zuhören und so tun, als verstünden sie mich. Wäre eine Kulisse, die mich ablenkt und das Alleinsein vergessen lässt. Er grinste bitter und nahm sich vor, bald bei den Affen vorbeizuschauen, die sollten ja dem Menschen am nächsten stehen. Er blies einen Schwall Luft durch die Zähne und zwang sich, an Krug zu denken, der als nächster auf Peters Tisch landen würde. Erfahre ich gleich, dachte er, und seine Miene hellte sich auf. Peter war es wahrscheinlich wurscht, wer als nächster unters Messer kam, ginge es nach ihm, würde er den Leuten statt Schrittmachern den Verzicht auf Bier und Fleisch empfehlen und ihnen anraten, sich beim Betriebssportverein anzumelden. Viele seiner Patienten verglich Wohlfahrt mit Hotelgästen, für die der Staat das Zimmer zahlt.

Er dachte an ihre letzte Sitzung, als sie über Krug gesprochen hatten, den nächsten Kandidaten für einen Schrittmacher. Krug, der an Darmkrebs erkrankt und deshalb ein besonderer Fall war. Ihm fiel Peters Bemerkung ein, dass er wenigstens nicht an einem Herzinfarkt sterben würde. Es klang, als wäre der Schrittmacher ein letzter Dienst an dem krebskranken Patienten. Klaus' Hoffnungen richteten sich auf Krugs Blutproben, er hoffte, endlich mal etwas Spannenderes als die literaturkundigen Stoffe nachzuweisen, und studierte aufmerksam seine Laborwerte. Als er an einer Stelle stutzte und sich eine Notiz machte, warf ihm Peter einen tadelnden Blick zu. »Sind nur die Personaldaten für mein Protokoll«, hatte ihn Klaus beruhigt. Peter schwieg und nach weniger als zehn Minuten war ihre Besprechung beendet. Sie waren hastig wortlos auseinandergegangen, der Herzschrittmacher erschien wie ein Verkehrsmittel, auf das sie angewiesen waren, um voranzukommen.

Als sich Klaus der Ersten Medizinischen Klinik näherte, sah er als erstes eine große schwarze Limousine. Hinter den hinteren Scheiben hingen wie vor einer Besenkammer weiße Gardinen. Sofort fielen ihm die Wagenkolonnen aus Wandlitz ein, die jeden Morgen und Abend ins Zentrum brausten. »Gardinenstraße« hatten die Anwohner der Greifswalder ihre Straße getauft. Zwei Personen im dunklen Anzug lehnten am Kotflügel und streiften Klaus mit einem oberflächlichen Blick. An der großen Flügeltür drehte er sich nochmals kurz um, Staatsbesuch, klar doch. Er hatte davon gehört, dass Professor Sitte von manchem hohen Funktionär mit kardialen Störungen aufgesucht wurde. Gewissermaßen vertraute ihm die Führung ihr Herz an.

Klaus wählte den seitlichen Treppenaufgang zu Peters Station. Er hätte auch den zentralen Aufgang nehmen können, um auf die erste Etage mit dem großen Vestibül zu kommen und von dort die kardiologische Station zu betreten. Im Nebenaufgang, links hinter der Eingangstür zur Station, lag das Arztzimmer. Daneben befand sich das Stationszimmer, das durch ein Fenster mit einer Gardine vom Überwachungsraum getrennt war. In der Nacht zogen die Schwestern die Gardine zu, so wurden die Patienten nicht durch das Licht gestört, und umgekehrt fühlten sich die Schwestern nicht beobachtet. Klaus wollte wie üblich schnurstracks zu Ingrid ins Schwesternzimmer gehen, um seine Proben einzusammeln. Und natürlich auch, um sich die Lage erklären zu lassen. Als er die Station betrat, wäre er beinahe mit einem stämmigen Mann zusammengestoßen, der wie eine Patrouille im

Korridor stand. Neben ihm unterhielten sich Professor Sitte und Dr. Wohlfahrt in leisem Ton. Peter erspähte hinter Sittes Rücken Klaus und gab ihm mit der Hand ein Zeichen zu warten. Für gewöhnlich standen um diese Zeit weder Staatskarosserien vor der Klinik noch befand sich Professor Sitte auf dem Stationskorridor. Der fremde Mann versperrte Klaus den Weg und hob unmissverständlich seine rechte Hand, um ihm zu bedeuten: Bis hierher und nicht weiter.

»Bitte weisen Sie sich aus«, sagte er trocken, gewohnt, sich nicht vorzustellen.

Sitte bemerkte Klaus und begrüßte ihn mit einem kurzen Kopfnicken.

»Das ist Herr Behrens, ein Kollege aus der Forschung, der mit uns kooperiert«, nahm er Klaus die Antwort ab.

»Hm, ist gut«, sagte der Zivilist und trat zur Seite.

»Ist Ingrid da?«, wandte sich Klaus leise an Peter, der ins Leere starrte und ihn ganz vergessen zu haben schien.

Sitte hörte die Frage und nahm Klaus am Arm.

»Ja, aber sie ist nicht in ihrem Zimmer. Setzen Sie sich für einen Moment ins Arztzimmer, Herr Wohlfahrt kommt gleich zu Ihnen.«

Klaus nickte und entfernte sich mit gesenktem Kopf. Plötzlich war er sich nicht mehr sicher, wem der Aufmarsch galt: ihm, Frank, Peter oder Professor Sitte.

Er setzte sich auf den Stuhl vor Peters Schreibtisch und rieb sich nachdenklich die Stirn. Irgendetwas lag in der Luft, eine Spannung wie vor dem Anpfiff eines wichtigen Spiels. Es fehlten nur noch die Akteure, um den Wettkampf zu starten. Er senkte langsam die Hand, lauschte zur Tür, schielte dann mit ausgestrecktem Kopf auf eine Akte, die aufgeschlagen auf dem Schreibtisch lag. Seine Hand kroch zum Aktendeckel und er drehte sie um fünfundvierzig Grad. Krug, Johannes, las er, schob sie wieder in Position und atmete tief durch. Alles wie verabredet, unser nächster Patient. Peters nächster Fall. Er drehte sich zur Tür, so dass er in einen Teil des Flurs spähen konnte. Von weiter hinten hörte er die sonore Stimme Sittes, der sich mit jemandem unterhielt, er hörte Schritte, jemand näherte sich dem Zimmer. Klaus fixierte den Flurausschnitt und sah gleich darauf den Mann im Profil, der ihn kontrolliert hatte. Ihre Blicke kreuzten sich für einige Sekunden, der Mann verzog keine Miene. Offensichtlich hatte er es nicht eilig, seine Schritte verhallten, und Klaus nahm an, dass er sich nebenan im Schwesternzimmer befand. Er stand auf, bog das Kreuz durch und ging zur Tür, um vorsichtig in den Korridor zu linsen. Der war leer und es war jetzt so still, dass er seinen eigenen Atem hören konnte. Er zuckte die Achseln und stellte sich wie ein Wachsoldat vor das Zimmer. Wo ist nur Ingrid?, fragte er sich ärgerlich, die würde mir sagen, was hier abgeht. Sie erzählte ihm so manches von der Station und überhaupt, wäre nicht Renate, würde er auf Ingrid abfahren. Sie war, wie man so sagt, geradeheraus und von einer schnippischen Herzlichkeit, die ziemlich anregend sein konnte. Sie hatte ihm mehr als einmal zu verstehen gegeben, dass es den Proben (und ihm) nicht schadete, würde er nicht jedes Mal so schnell verschwinden. Sein Jagdinstinkt verriet ihm, dass sie wohl nicht abgeneigt wäre, mit ihm die Nachtschicht zu teilen.

Endlich bewegte sich etwas. Er sah, dass Peter und Ingrid zwei Zimmer weiter den Überwachungsraum verließen und sich unterhielten. Er wunderte sich, dass sie ihn nicht bemerkten. Einen Augenblick später trat Sitte auf den Flur und verließ die Station über den Seiteneingang. Peter sagte noch etwas zu Ingrid, dann ging er wortlos an Klaus vorbei in das Zimmer. Sein Gesicht war fahl, dunkle Augenringe und Bartstoppeln spiegelten einen Lebensrhythmus wider, der vom Dienstplan der Klinik bestimmt war, den er scheinbar allein bestritt. Ingrid folgte ihm und zuckte entschuldigend mit den Achseln. Sie trug einen Pferdeschwanz, den sie noch auf dem Flur öffnete, als würde sie sich gleich nach Hause verabschieden. Sie warf ihm einen einladenden Blick zu.

»Komme gleich mal vorbei«, rief Klaus ihr hinterher.

Peter saß am Schreibtisch und hob wie jemand, den man gerade aus dem Halbschlaf gerissen hatte, langsam den Kopf. Er sah zu Klaus hinüber und räusperte sich zweimal kurz, was Klaus als Aufforderung verstand einzutreten.

»Hast du deine Proben?«, begrüßte ihn Peter.

»Hole ich gleich, wurde vom Professor zu dir geschickt. Ist Krug bereits operiert worden?«

Peter Wohlfahrt war in seinem Bürostuhl so weit nach hinten gesunken, als würde er sich hinter dem Schreibtisch verstecken wollen.

»Nee, der muss warten.«

Klaus zog verwundert die Augenbrauen hoch, aber verkniff sich eine weitere Frage nach Krug.

»Hm, sag mal, kannst du mir verraten, wer der Mann war, der mich aufgehalten hat?«

»Ein Personenschützer«, murmelte Peter.

»Wen schützt der denn hier?«, fragte Klaus mit gespieltem kindlichem Unglauben.

»Professor Sitte musste Herrn Werner aufnehmen, nachdem der ohnmächtig wurde. Während einer Sitzung im Bunker. Der Chef hat ihn untersucht, es war kein Infarkt, Vorhofflimmern, Herzrhythmusstörungen. Kriegt wohl auch noch 'nen Schrittmacher, und der Personenschützer passt auf ihn auf, und auf mich«, leierte Peter die Sätze herunter.

»Ist das der Werner aus dem Politbüro?«

»Genau der, auch er hat ein Herz«, ächzte Wohlfahrt mit einem tiefen Gähnen.

»Werner war im Bunker?«

»Nicht nur er. Soweit ich das rausgehört habe, hatte sich das Politbüro zu einer Übung in einem atombombensicheren Bunker versammelt. Die Lage reichte, um ihn ohne Fremdeinwirkung kollabieren zu lassen.«

Wohlfahrt verzog keine Miene. Klaus verstand nicht, ob Peter nur so tat oder ob es ihm tatsächlich egal war, wer auf seiner Station lag.

»Donnerwetter, und dann fahren sie ihn zu Professor Sitte«, murmelte Klaus anerkennend.

»Und zu mir«, ächzte Wohlfahrt aus seiner Ecke.

Klaus entfuhr ein heiseres Kichern.

»Und Ingrid versorgt Werner?«

»Gott bewahre, neben dem Wachmann wurde auch eine Krankenschwester aus dem Regierungskrankenhaus zu uns abkommandiert. Birchers Volkspolizisten hat's erfreut, der hat für heute Dienstschluss. So, das wären die letzten Neuigkeiten von der Station. Ingrid geht gleich nach Hause.«

Der letzte Satz klang, als würde er Klaus an etwas erinnern wollen.

»Welcher Volkspolizist?«, hakte Klaus nach, sich einen Schritt näher zu Peter bewegend.

»Den uns die Kriminalpolizei geschickt hat. Der soll den Puls meiner Patienten kontrollieren, und mich.«

Der zynische Unterton in Peters Stimme war Klaus neu. Gewöhnlich drückte sich Peter sachlich und emotionslos aus, selbst dann, wenn er den Tod eines seiner Patienten bekanntgab.

»Und was wird jetzt mit Herrn Krug?«, kehrte Klaus zu seinem Anliegen zurück.

»Was soll werden, er kriegt seinen Schrittmacher halt einen Tag später, vorausgesetzt, dass uns Herr Werner nebst Begleitschutz morgen verlässt.«

Klaus bohrte seinen Blick in Wohlfahrts schlaffen Körper, als hoffte er eine Regung zu erkennen. Der faltete die Hände wie zum Gebet und schloss die Augen bis auf einen Spalt, durch den er an Klaus vorbei ins Leere starrte. Klaus atmete einmal tief durch und hob ratlos die Schultern.

»Na dann, tschüss«, brummte er in Richtung Schreibtisch und verließ das Zimmer.

Er trat in den Korridor und blickte einmal nach rechts und links, es war niemand zu sehen. Er ging zum Stationszimmer, wo er Ingrid vermutete. Er bemerkte den Personenschützer nicht, der lässig am Türrahmen lehnte.

»Sie gehen?«, sprach ihn der Mann an.

Klaus sah erschrocken auf, unsicher, ob der Satz als Aufforderung oder Frage zu verstehen war.

»Äh, nee, eigentlich wollte ich noch zu Schwester Ingrid«, stotterte Klaus.

Der Mann hob seinen linken Arm, wies mit dem Daumen nach hinten und drehte sich wortlos zur Seite. Klaus schob sich an ihm vorbei und betrat das Zimmer. Ingrid und eine ältere Frau, die Klaus nicht kannte, lächelten ihm wie einem guten Bekannten zu. Ingrid trug Jeans und einen knallroten Pullover, ihre Kollegin eine schicke Schwesterntracht ohne Namensschild. Das kann nur die vom Regierungskrankenhaus sein, stellte Klaus fest. Er ging auf sie zu, um sich vorzustellen.

»Klaus Behrens.«

»Angenehm«, erwiderte sie kühl und drückte ihm ohne aufzustehen kurz die Hand. Sie nahm kaum Notiz von ihm, ihr Begrüßungslächeln war einmal aufgeblitzt wie beim Passieren einer Lichtschranke, danach war ihr Blick wieder auf das Fenster in den Überwachungsraum gerichtet. Es war ein Zweibettzimmer, das heute Genosse Werner und seinem Bewacher gehörte.

»Ich komme, um die Proben zu holen«, wandte sich Klaus an Ingrid und hob die Schultern, als müsste er sich für die Störung entschuldigen.

»Die Monovetten von Herrn Krug stehen dort, wie immer. Wir konnten nicht wissen, dass er warten muss, na, nimm erstmal die Proben, vielleicht ist er morgen dran, musst du nicht nochmal herkommen«, sagte Ingrid mit einer angedeuteten Kopfbewegung zum Kühlschrank.

Klaus machte zwei Schritte und entnahm aus dem oberen Fach einen Reagenzglasständer. Ein Blatt Papier mit den Patientendaten und dem Zeitpunkt der Blutentnahme klemmte zwischen den Röhrchen. Klaus hätte gern noch etwas mit Ingrid geplaudert, schließlich war die Situation nicht alltäglich. Wer konnte schon von sich behaupten, wenige Schritte vom Bett eines Politbüromitglieds zu stehen, um sich Blutproben abzuholen.

Klaus musste sich auf die Lippen beißen, um nicht aufzustöhnen, war schon verrückt, das Ganze. Wenn der Werner erfährt, was auf seiner Station los ist, Mann, dann wäre der schon weg, und für unsere Studie würde es auch eng werden. Todsicher, dass die im Bunker nichts von alledem ahnten, als sie ihn hierherfuhren. Aber vielleicht wissen die alles und haben deshalb den Personenschutz aufgefahren. Es wird brenzlig für Wohlfahrt, vielleicht auch für uns alle, da war er sich plötzlich ganz sicher.

»Was stehst du da herum und träumst, Klaus, setz dich für einen Moment zu uns«, riss ihn Ingrid aus seinen Gedanken.

Ohne ihn anzusehen, klatschte Ingrid mit der Hand wie zum Befehl auf den Sitz neben sich, gleichzeitig schenkte sie ihm ein kurzes einladendes Lächeln. In den Mundwinkeln versteckte sich eine Spur weiblicher Zuneigung. Er grinste verstohlen, stellte die Proben ab und schob einen Stuhl an den Tisch. Er schielte auf das Verbindungsfenster, die Gardine war zugezogen. Erst jetzt bemerkte er zwei Bildschirme, die an der Fensterwand befestigt waren und auf den die Blicke der Krankenschwestern geheftet waren.

Als er saß, erkannte er, was das Interesse der Frauen beanspruchte. Es war ein Elektrokardiogramm, das über den Bildschirm eines Monitors lief. Der zweite Bildschirm war offenbar ausgeschaltet, im Bedienungsfeld leuchtete ein rotes Lämpchen. Die fremde Schwester wandte sich zum ersten Mal direkt an ihn.

»Bitte setzen Sie sich dorthin«, bat sie ihn und deutete auf den Stuhl zwischen sich und Ingrid.

Klaus verstand und wechselte den Platz. Jetzt sah er auf die weiße Wand, das Herz des Genossen Werner schlug in seinem Rücken.

»Das ist ein Hewlett-Packard-System, hat uns das Regierungskrankenhaus vorübergehend überlassen, zusammen mit Schwester Irene«, sagte Ingrid und zwinkerte ihm vergnügt zu.

»Verstehe, Peter hat mal von diesen EKG-Geräten erzählt, bei denen die Monitore nicht am Bett stehen, und die über einen Speicher verfügen. Gibt es wohl auch auf der Herzchirurgie.«

Schwester Irene sah ihn schräg an, als verdächtigte sie ihn einer Mitwisserschaft.

»Sehr schönes Gerät. Könnte ich mir manche Rundgänge sparen«, schwärmte Ingrid.

Klaus zwang sich, seine Augen auf den Tisch zu richten, und nickte wie abwesend. Er hatte seine Proben und wollte eigentlich gehen, nachdem ihm klar geworden war, dass Schwester Irene keine Sekunde von Ingrids Seite weichen würde.

»Ich nehme mal an, dass die Geräte nicht hierbleiben«, stellte Schwester Irene trocken fest.

»Schade, dann kann ich mich nicht einarbeiten«, bemerkte Ingrid leise.

»Ich kenne das System etwas. Doktor Bäsler, der hat es bei sich auf der Station und wir durften es uns ansehen. Peter hatte das vermittelt, Weiterbildungsmaßnahme«, meldete sich Klaus, wie um seine Hilfe anzubieten.

Ingrid reagierte nicht, sie beobachtete zufrieden die wie in einer Endlosschleife über den Bildschirm wandernden Zackenlinien, als sähe sie ihren Kindern beim Schaukeln zu. Das Herz des Politbüromitglieds schien keinen Anlass zur Sorge zu geben.

»Ich nehme an, dass Krug morgen oder übermorgen seinen Schrittmacher erhält«, leitete Schwester Ingrid das Gespräch noch einmal auf Klaus' Anliegen zurück. »Herr Doktor Bäsler drängt auf Eile, du weißt ja, der Mann muss am Darm operiert werden.«

»Ja, sein Krebs«, bemerkte Klaus tiefernst, als stünde das Ende kurz bevor.

Irene schenkte ihm einen Blick über die Schulter und sprach barsch in Richtung Bildschirm:

»Mal sachte, junger Mann, wenn der Krebs nicht gestreut hat, stehen seine Chancen gut. Und mit dem Schrittmacher noch besser. Er kann einigermaßen normal leben, wenn alles gutgeht.«

Fast klang es, als wäre Herrn Krug der Schrittmacher wie eine neue bessere Wohnung zugewiesen worden, wofür er dankbar sein sollte. Sie nickte bekräftigend, als wüsste sie genau, wovon sie sprach. Klaus stellte im Stillen fest, dass es besser war zu gehen, und griff nach seinem Reagenzglasständer.

»Selbstverständlich, ich drücke Herrn Krug die Daumen. Na dann wünsche ich noch 'nen ruhigen Abend«, verabschiedete er sich wie ein Vertreter, auf den der nächste Kunde wartet.

Herr Behrens senior bewohnte eine geräumige Dreizimmerwohnung in der Mollstraße, wenige Minuten vom Alexanderplatz entfernt. Von seinem Balkon aus sah er die Weltzeituhr vor dem halbrunden Gebäudekomplex, der den Alexanderplatz nach Süden hin von den Rathauspassagen abgrenzte. Er war stolz auf seine Wohnung, lag sie doch im Brennpunkt der Hauptstadt. Das weiträumige Areal zwischen Fernsehturm, Haus des Lehrers und *Pressecafé* wäre bestens geeignet für Großdemonstrationen, dachte er oft. Die fanden jedoch, wie könnte es anders sein, auf dem August-Bebel-Platz Unter den Linden statt. Das bedauerte Behrens wie eine Straßenführung, die ihn in eine falsche Richtung schickte. Nur am siebten Oktober, dem Tag der Republik, wurde der Alexanderplatz das Auffangbecken für die von der Karl-Marx-Allee in die U- und S-Bahn strömenden Massen, und Behrens stand dann wie ein Lotse stolz auf seinem Balkon und freute sich über die vielen Demonstranten. Wandte er sich nach halbrechts, sah er den alles überragenden Fernsehturm, zu dessen glänzender Kuppel er jeden Morgen hinaufschaute, als gäbe sie ihm die Orientierung für den Tag.

Nun saß er an dem Esstisch im Wohnzimmer, das komplett mit Helleraumöbeln in hellem Kiefernholz eingerichtet war, und ging wie vor einer Dienstberatung die Strategie des anstehenden Gesprächs durch. Zunächst würde er die Aktenlage beschreiben, also die Krise, in die sich die Jungen hineingeritten hatten. Es galt Schadensbegrenzung zu betreiben, dazu musste Druck ausgeübt werden. Na ja, das war sein tägliches Brot. Für ihn war es eine gewöhnliche Besprechung, die mit einem bereits gefassten Beschluss enden würde.

Die Wechselsprechanlage meldete sich, Behrens stand auf

und kontrollierte auf dem Weg zur Wohnungstür die Uhrzeit. Er nickte zufrieden, drückte den Summer und öffnete die Tür. Er hörte von unten das Geräusch der zuschlagenden Fahrstuhltüren und gleich darauf das Summen der hochgleitenden Kabine. Mit einem Ruck hielt der Fahrstuhl und Behrens linste in den Korridor. Sein Sohn tauchte auf, und Behrens senior begrüßte ihn mit einer kantigen Armbewegung, als würde er eine militärische Meldung abnehmen.

»Abend, Vati«, rief Klaus ihm zu.

Sie umarmten sich flüchtig und betraten die Wohnung. Klaus marschierte direkt in die Küche, holte den Reagenzglasständer aus seiner Aktentasche und stellte ihn in den Kühlschrank.

»Ich deponiere mal meine Proben im Kühlschrank. Darf ich nachher nicht vergessen. Hast du ein Bier?«, fragte er gewohnheitsgemäß.

»Na klar. Nimm auch eins für Frank raus.«

Klaus nahm zwei Flaschen und setzte sich an den Esstisch. Sein Vater hatte einen Teller mit Buletten und einen Fertigsalat aus Hühnerfleisch sowie Brot und Butter bereitgestellt. Die übereinander gestapelten Teller und in einer Reihe liegenden Messer erinnerten an ein Kantinenbuffet.

»Wir warten auf Frank«, legte sein Vater mit einem leichten Klaps auf Klaus' Schulter fest. Er musterte ihn eindringlich, als gälte es vor der Sitzung die Gemütslage einzuschätzen.

Klaus wich dem Blick aus, seine Gedanken umkreisten Renate, die er unterwegs von einer Telefonzelle aus angerufen hatte. »Sag deinem Vater, dass wir uns nicht mehr sehen, dann gibt er Ruhe, und halt ihn uns bitte vom Hals, alles andere klärt sich irgendwie«, war alles, was sie ihm mit Nachdruck mit auf den Weg geben wollte, und sie legte auf, bevor er etwas erwidern konnte. Er schluckte schwer, der Hörer am Ohr schien sich aufzuheizen. Mit einem tiefen Stöhnen drückte er ihn auf die Gabel.

»Ich geh dann mal in die Küche, mach uns noch 'ne Soljanka warm«, hörte er wie aus der Ferne seinen Vater, der sich mit einem nachdenklichen Blick erhob.

Klaus sah ihm mit blinden Augen nach. Seitdem Renate Wohlfahrt ihn aus ihrer Wohnung hinauskomplimentiert hatte, war er von dem Gedanken besessen, sie könnte sich gegen ihn entscheiden. In seiner Verblendung sah er Peter als einziges Hindernis, sie an sich zu binden. Sicher, Frank, der war auch scharf auf Renate, aber dass sie einen introvertierten langweiligen Rechentechniker ihm vorziehen könnte, dem unternehmungslustigen Vollblutwissenschaftler, erschien ihm so abwegig wie ihr Ehebündnis mit Peter. Sie hatte im Telefonat trotz der Warnung vor seinem Vater seinem Drängen auf ein Treffen nachgegeben, das aber nicht in ihrer Wohnung stattfinden würde, wie sie betonte. Klaus ergriff die Chance und lud sie sofort zu sich nach Hause ein. Er war etwas überrascht, dass sie nach kurzem Zögern einwilligte. Er ahnte nicht, dass es kühles Kalkül war, das sie zu ihrem Entschluss bewog; sie wollte ihn behutsam von der Bühne entfernen, wie ein Filmregisseur, der einen Hauptdarsteller auswechselt, den man später noch einmal brauchen könnte. Ein Klingelton riss ihn aus seinen Grübeleien.

»Ist Frank, geh bitte vor«, rief sein Vater.

»Schon auf dem Weg«, murmelte Klaus verdrießlich.

Er versuchte gelassen zu bleiben, obwohl ihn sein Vater mit diesem Dreiertreffen mächtig nervte. Was will er damit erreichen, hatte er sich immer wieder gefragt. Soll es um Peter und Renate gehen? Die Leute gehen meinen Vater so wenig an wie mich das Privatleben seiner Sekretärin. Punkt und Schluss. Da bleibe ich hart. Gleich muss ich Frank begrüßen, als wäre nichts gewesen. Na ja, scheiß drauf, dachte er, und riss die Wohnungstür auf. Er schrak zurück, Frank stand bereits vor ihm.

»Die Haustür stand offen«, sagte Frank statt eines Grußes und reichte ihm grinsend die Hand.

»Grüß dich, komm rein«, erwiderte Klaus mit einem flüchtigen Nicken.

Er trat einen Schritt zurück und ließ ihn vorangehen. Frank marschierte zielstrebig den Korridor entlang ins Wohnzimmer und bog in die Küche ab.

»Tag Frank, schön dich mal zu sehen«, begrüßte ihn Herr Behrens und schüttelte ihm kräftig die Hand.

Er hielt sie einen Moment länger fest als nötig, wie um sich zu vergewissern, ob Frank dem Druck standhielt. Sie schauten sich in die Augen, ein schwaches Misstrauen flackerte in Franks Blick, Behrens kniff die Augen zusammen und zog den Mund breit.

»Guten Abend, Dirk«, antwortete Frank mit einer kleinen Verspätung.

Sie kannten sich seit Ewigkeiten und duzten sich, solange Frank zurückdenken konnte. In seiner Kindheit hatte er ihn mit »Onkel Dirk« angesprochen. Früher witzelte Klaus, er würde zwar ohne Mutter, dafür aber mit einem Bruder aufwachsen.

»Also, dann wollen wir mal essen«, rief Herr Behrens etwas zu forsch in die Wohnung, wo irgendwo sein Sohn auf die beiden wartete.

Klaus zuckte zusammen, als hätte man ihn aus dem Schlaf gerissen.

Am Tisch ergriff Klaus sofort das Wort. Schweigen hatte er noch nie gut ertragen, es rief bei ihm ein Gefühl der Unsicherheit hervor. Er erzählte, dass es merkwürdig war, wie in seinem Rücken über den Bildschirm die elektrischen Signale von Werners Herzen gewandert waren.

»Der Genosse Werner?«, fragte Herr Behrens ungläubig.

»Ja, der. Er musste kurzfristig aus einer Sitzung heraus zu Professor Sitte wegen eines Infarktverdachts. Kam zu Peter auf die Station mit eigener Krankenschwester und EKG-Gerät. Eines aus dem Westen, ein Hewlett Packard.«

Während Klaus mit vollen Backen detailliert beschrieb, was er in der einen Stunde auf Wohlfahrts Station erlebt hatte, betrachtete Frank versonnen die halbe Bulette auf seinem Teller, als erinnerte sie ihn an etwas.

»Das EKG wird also wie über eine Fernsehleitung direkt ins Schwesternzimmer übertragen und kann dort auf dem Bildschirm verfolgt werden«, fasste Frank in sachlichem Ton den Ablauf für sich zusammen. »Und, bleibt das Hewlett-Packard-Gerät auf der Station? Auf der Chirurgie haben wir es ja mal gesehen«, fügte er hinzu, ohne Klaus anzusehen.

»Hab rausgehört, dass es mit Werner die Klinik verlässt.«

Frank drehte nachdenklich sein Messer in der Hand, Klaus schlürfte die Soljanka und wartete darauf, dass sich sein Vater äußern würde. War ja wohl ein Thema für ihn, wenn in Sittes Klinik das Politbüro in Gestalt des Genossen Werner untergebracht wurde. Dirk Behrens' Gedanken weilten jedoch weder bei Sittes besonderem Patienten noch bei den Westimporten, ihn interessierten auch nicht die Rhythmusstörungen Werners, von denen hatte er auch schon gehört, ihn beschäftigte allein die Sorge, dass früher oder später Genosse Werner über die auffälligen Todesfälle in seiner unmittelbaren Umgebung unterrichtet werden würde, und spätestens dann sein Sohn ins Visier verschiedener Dienststellen geraten könnte. Ihm war, als stünde er auf Deck eines schlingernden Frachters und hörte aus der Ferne die Nebelhörner aufheulen.

»Nun lasst mich erklären, warum ich mit euch reden muss«, ergriff er das Wort, als eröffnete er eine Sitzung.

Klaus und Frank legten wie auf Befehl das Besteck zur Seite und senkten besorgt den Blick. Herr Behrens ließ seine Augen über die beiden gleiten, räusperte sich und atmete einmal tief durch. Klaus schielte zur Seite, ihm schwante nichts Gutes.

»Die Kriminalpolizei untersucht bekanntlich die Todesserie in der Klinik, mit der ihr kooperiert«, begann Behrens mit leiser Stimme.

Klaus runzelte die Stirn, als er das Wort Todesserie hörte, Frank hielt weiter den Kopf geneigt. Herr Behrens betrachtete beide mit einem durchdringenden Blick, als wollte er sie zur höchsten Aufmerksamkeit zwingen.

»Herr Doktor Wohlfahrt und seine Station stehen seit kurzem unter verschärfter Beobachtung«, fuhr er mit eisiger Stimme fort. »Warum, muss ich nicht ausführen. Nach allem, was Klaus jetzt erzählt hat, muss man mit einer deutlichen Zuspitzung der Lage rechnen. Bis jetzt waren die Ermittlungen mehr oder weniger darauf gerichtet, herauszufinden, ob vielleicht mit den Schrittmachern was nicht in Ordnung ist. Die Elektroden werden aus dem kapitalistischen Ausland importiert. Die funktionieren im Westen fehlerfrei. Die Batterien kommen aus Pirna, erstklassige Qualität. Das Transformatoren- und Röntgenwerk in Dresden, der Kernbetrieb unserer Schrittmacherproduktion, garantiert Weltniveau. Die Genossen aus der Produktion schließen Mängel an ihren Produkten aus. Ich habe mich persönlich genauestens informieren lassen.«

Behrens legte eine Pause ein, um sich der Wirkung seiner Worte zu vergewissern. Klaus und Frank sahen betreten auf ihre leeren Teller. Fieberhaft versuchten sie herauszuhören, worauf diese Ansprache hinauslaufen würde. Franks Gesichtsausdruck schwankte zwischen Furcht und Trotz.

»Also, warum betone ich die Qualität unsrer Schrittmacher?«, fuhr Behrens fort. »Weil den Genossen Ermittlern genauso wie mir der Verdacht gekommen ist, dass es nicht technische Mängel waren, denen die Patienten zum Opfer fielen. Bleibt die Möglichkeit von Vorschädigungen, die schwerste Komplikationen nach sich zogen. Ebenso unwahrscheinlich, Professor Sitte schließt das kategorisch aus. Nächste Hypothese, Doktor Wohlfahrt sind irgendwelche Fehler unterlaufen. Der steht nach Aussagen aller Beteiligten zurzeit etwas neben sich, um es mal vorsichtig auszudrücken.«

Erneut unterbrach Behrens seinen Vortrag, um die Gesichter »seiner Jungen« zu studieren. Die hockten mit erhitzten Gesichtern auf ihren Stühlen und bemühten sich Haltung zu bewahren. Spätestens nachdem der Alte erwähnt hatte, dass Wohlfahrt neben sich stünde, wussten sie, worauf die Veranstaltung hinauslief. Klaus' Vater zog die Mundwinkel nach unten und schob den Kopf in den Nacken, um zum letzten Schlag auszuholen.

»Bis gestern war ich davon überzeugt, die Lage unter Kontrolle zu haben. Jedenfalls in Hinblick auf Risiken, die Klaus betreffen, und auch dich, Frank. Seit heute aber befinden wir uns in einer völlig neuen Gefechtslage. Genosse Werner wird jetzt nach allen Richtungen ermitteln lassen. Ich betone, nach allen. Er wird sich die Berichte Major Birchers geben lassen. Er wird sich die Augen reiben, dass auf derselben Station, auf der er lag, vier Leute unter ungeklärten Umständen verstorben sind. Er wird lesen, dass unsere Kriminalpolizei ein vorsätzlich geplantes Tötungsverbrechen für möglich hält. Das löst 'ne gewaltige Welle aus.«

Mit einem energischen Kopfnicken verstummte Behrens. Er lehnte sich zurück, als würde er dem Klang seiner Worte lauschen. Wie ein Straftäter, der auf das Urteil des Richters wartet, kniff Klaus die Lippen zusammen. Frank warf einen kurzen Blick auf Behrens, als prüfte er, ob das Ganze tatsächlich so ernst zu nehmen sei.

»Ich fordere«, fuhr Behrens ganz leise fort, »dass ihr die Klinik für Innere Medizin ab sofort nicht mehr betretet. Ich verbiete es dir, Klaus. Frank, du sei auch vorsichtig. Wenn sich der Verdacht gegenüber Doktor Wohlfahrt erhärtet, gerätst du endgültig ins Visier der Ermittlungen. Man wird dir vorhalten, dass du deine Liebschaft zu Frau Wohlfahrt gezielt benutzt hast, um den Arzt in die Verzweiflung zu treiben. Ist er der Täter, bist du für mich so was wie ein Mittäter.«

Franks Lippen öffneten sich zum Protest und Klaus riss die Augen auf, als würde er auf einer Klippe stehen und in den Abgrund sehen. Ihn entsetzte weniger die Ansage seines Vaters als vielmehr der Verdacht, dass er sich in Renate getäuscht haben könnte. Er wagte es nicht, Frank anzusehen. Sein Entsetzen schlug in kalte Wut um, seine Gedanken kreisten um Rache, er stierte ins Leere, bemüht darum, seine Gefühle unter Kontrolle zu halten. Alles ein Bluff, redete er sich ein. Wenn es so wäre, hätte sich Renate nicht immer wieder mit mir verabredet.

Frank fing sich als erster.

»Äh, was heißt denn hier Mittäter. Ich habe ihm am OP-Tisch nicht die Hand geführt, oder du, Klaus?«, fragte er mit finsterer Miene.

Behrens sah überrascht auf. So viel Kaltschnäuzigkeit hatte er nicht erwartet.

»Alle wissen von deinem Verhältnis zu Renate Wohlfahrt. Welches Motiv wäre besser, als ihren Mann reinzureiten? Man könnte sogar den Verdacht konstruieren, dass Doktor Wohlfahrt es nur darauf anlegt, den Verdacht auf euch beide zu lenken. Nach dem Motto, wer glaubt schon, dass ich einen Patienten töte, aber Klaus und Frank, die wollen mich loswerden, die wollen meine Frau, die haben im Unterschied zu mir ein Motiv und die kennen sich auf meiner Station bestens aus. Kurzum, er könnte euch in eine Falle locken.«

Frank schüttelte ärgerlich den Kopf und rutschte vom Stuhl.

»Aha. Alles klar. Nach deiner Logik sind Klaus, Doktor Bäsler und ich, und sonst noch jemand, verdächtig, weil sie Renate mögen. Lächerlich.«

Es klang wie eine Verabschiedung aus der Runde, und tatsächlich hatte er beschlossen, so rasch wie möglich zu verschwinden. Er dachte nicht im Traum daran, sich zu Renate zu äußern, schon gar nicht im Beisein seines Freundes. Klaus saß hochrot am Tisch und wäre am liebsten über Frank hergefallen. Sein Vater nahm keine Notiz von den beiden und begann erneut zu referieren.

»Ihr habt offenbar nicht begriffen, dass die Morduntersuchungskommission unterwegs ist. Und jetzt steht vielleicht noch ein Verdacht auf Sabotage im Raum. Es handelt sich bei eurer Arbeit nicht nur um irgendeine akademische Forschungsaufgabe oder eine medizinische Leistung für herzkranke Bürger, es geht darum, einen ZK-Beschluss umzusetzen. Wohlfahrt soll unbelastet von Planzielen Schrittmacher einpflanzen.« Er holte Luft und platzte auf einmal heraus: »Aber ihr Pfeifen vögelt seine Frau und glaubt, das würde niemandem auffallen?!«

Er war aufgesprungen und schnaubte plötzlich vor Wut. Frank sah ihn schräg an, die Wortwahl war ungewohnt. Klaus war wie vor den Kopf gestoßen. Er hatte noch nie erlebt, dass sein Vater die Beherrschung verliert. Ihm kam er auf einmal wie ein Schauspieler vor, der aus dem Stegreif heraus eine neue Rolle annimmt. Verdutzt starrte er ihn an, unsicher, was an ihm der Vater und was der Darsteller war.

»Ihr könnt jetzt gehen«, beendete Herr Behrens abrupt das Treffen.

Klaus zuckte die Achseln und stemmte sich vom Stuhl hoch. Er stellte sich neben Frank, und für einen winzigen Augenblick erschienen sie wie Verbündete.

»Na dann, tschüss, Vati«, murmelte Klaus und schlenderte in Richtung Ausgang.

Frank sah ihm kurz hinterher und drehte sich dann zögernd zu Herrn Behrens.

»Dirk, Renate und ich haben uns mal getroffen, es ist alles ganz harmlos. Was habe ich denn mit Peters Arbeit zu tun, ich stehe doch nicht neben ihm am OP-Tisch, und ich …«

»Lass das Genöle, Frank. Frau Wohlfahrt und du, ihr habt ein Verhältnis, das pfeifen die Spatzen vom Dach. Du machst ihren Mann kaputt.«

»Das Gleiche kann man von Klaus behaupten. Der trifft sie auch, der ist fast jede Woche in der Klinik, sieht ihren Mann häufiger als ich. Darüber solltest du nachdenken«, erwiderte Frank kühl und ging zur Wohnungstür.

Herr Behrens sah ihm mit verkniffenem Gesicht nach und schlurfte in die Küche.

Am nächsten Morgen, als Dirk Behrens zum Frühstück den Kühlschrank öffnete, sah er als erstes den Reagenzglasständer. Nachdenklich nahm er ihn in die Hand und besah sich die Aufkleber, als würden sie ihm etwas sagen können. Er schnalzte leicht und stellte die Proben zurück an ihren Platz.

SECHS

Klaus erwartete mit klopfendem Herzen Renate zum Abendessen. Er hatte den Abend wie eine Versuchsanordnung im Labor geplant. Er würde Renate mit einem gedeckten Tisch empfangen, so als hätte sie sich zu einem Essen mit einer Freundin verabredet. Er würde seine wahre Gefühlslage verbergen, sich wie ein guter Freund verhalten, der zum Essen und Quatschen einlädt. Charmante Distanz; nach einigem Grübeln fand er die Worte, die seine Strategie umrissen. Sie sollte sich einfach nur wohlfühlen, ganz entspannt sein, ohne Druck den Abend genießen. Sozusagen sein Kontrastprogramm zu ihren häuslichen Verpflichtungen, wenn sie die Ehefrau spielt. Das wird gutlaufen, gratulierte er sich zu seinem Plan.

Mit Kennerblick betrachtete er den gedeckten Tisch und schmunzelte zufrieden. Er hatte einen sowjetischen Laden in der Nähe der Treskowallee in Karlshorst aufgesucht. In dem *Russenmagazin*, wie er in der Bevölkerung genannt wurde, das zur Garnison der sowjetischen Armee nebenan gehörte, gab es neben gutem Wodka, grusinischem Kognak und Wein wunderbares Konfekt, interessante Fischkonserven und manchmal sogar Kaviar. Es wurde von einigen eingeweihten Bürgern aufgesucht, die sich von den misstrauischen Blicken der Armeeangehörigen nicht abschrecken ließen. Sein Abendmenü glänzte mit Makrelen, Sardinen, Dorschleber und Sprotten. Dazu hatte er Pelmeni in Smetana aufgewärmt und aus dem Delikatladen an der Kirche in Pankow Geflügelsalat und Käse gekauft. Auf Wodka hatte er nach einigem Zögern verzichtet, da Schnaps nicht zu der sanften Tour passen würde. Stattdessen gab es zum russischen Essen ungarischen Wein, einen Blaustengler und einen halbtrockenen Tokajer, die würden ihren Zweck erfüllen.

Der Klingelton riss ihn aus seinen Betrachtungen. Er sah auf die Uhr, pünktlich wie die Maurer, stellte er fest, strich sich die Haare glatt und ging mit energischen Schritten zur Wohnungstür. Er hielt einen Augenblick inne, sah unentschlossen auf die

Klinke und drosselte seinen Atem. Wie von einem Lichtstrahl geblendet, schloss er kurz die Augen und öffnete dann ruckartig die Tür. Ganz in schwarz gekleidet stand Renate vor ihm, mit einem verhaltenen Lächeln aus aufmerksamen Augen reichte sie ihm schweigend ihre schmale Hand. Klaus stand aufrecht wie ein Portier vor ihr, unentschlossen, ob er sie in die Arme schließen sollte. Er fasste sie vorsichtig um die Schulter, sie löste sich rasch aus seinen Armen und ging flink an ihm vorbei in den Korridor. Seine guten Vorsätze gerieten ins Schwanken, als er ihr hinterhersah. Sie trug einen Blazer, dessen Gürtel ihre schmale Taille umschlang und ihr ein geschmeidiges Aussehen verlieh. Ihre Jeans saßen wie auf den Leib geschneidert, es bedurfte wenig Phantasie, sich ihren Körper vorzustellen. Klaus riss sich zusammen. Gelassenheit zeigen, ermahnte er sich. Sie stand bereits in der Küche, den wollenen Blazer hatte sie über den Stuhl geworfen. Klaus warf einen verstohlenen Blick auf ihren enganliegenden schwarzen Rollkragenpullover, der jede Rundung zu verstärken schien. Erst jetzt fiel ihm auf, dass der obligatorische Wangenkuss ausgeblieben war.

»Sieht ja wie ein Geburtstag aus, warst du etwa im Intershop?«, flachste sie und klatschte wie ein Kind in die Hände.

»Nein, im Russenmagazin«, sagte er, stolz auf die gelungene Überraschung.

»Aha, Moskauer Abend. Fehlt nur noch die Balalaika.«

»Oder Dschingis Khan«, sagte Klaus mit breitem Grinsen.

Ihm wummerte der Text in den Ohren: »Moskau, Moskau, wirf die Gläser an die Wand, Russland ist ein schönes Land …« Für Renate war dieser Teil der Begrüßung beendet, sie setzte sich an den Tisch und begutachtete mit einem verschatteten Blick nachdenklich die Teller. Ihre Gedanken weilten weniger bei Fisch oder Wein als vielmehr bei der Frage, wie sie das Gespräch in die vorgesehene Richtung lenken würde. Sie erinnerte sich an Klaus' versteinertes Gesicht, seine gepressten Lippen, daran, wie verloren er vor ihr stand, als sie ihn beim letzten Treffen aus ihrer Wohnung hinauskomplimentieren musste. Ihr war schlagartig bewusst geworden, dass sie ihm keine weiteren Avancen machen würde, seine Hoffnungen nicht weiter schüren durfte. Mit der Menschenkenntnis einer Abteilungsleiterin hatte sie erkannt, dass sich hinter seiner charmanten Art ein starker Wille verbarg, der seine Kraft aus Eitelkeit und brennendem Ehrgeiz bezog. Er verstand seine Liebe als einen Kampf gegen ihre Ehe, gegen Peter. Für ihn war es ein Wettbewerb, sie war seine Siegestrophäe. Diese Erkenntnis bereitete ihr einige Sorge, denn er war weiß Gott nicht der Mann ihrer Träume. Was sie nicht ahnen konnte, war, in welchem Ausmaß Klaus Trennungen trafen, die nicht von ihm ausgingen. Der Verlust seiner Mutter hatte ihm mehr zugesetzt, als er sich einzustehen in der Lage gewesen war, umso mehr, als die maßlose Fürsorge seines Vaters dazu beitrug, das Leben fast ausschließlich aus dem Blickwinkel seines Egos zu betrachten. Die Interessen anderer – die seines Vaters und, bis vor kurzen, die Franks ausgenommen – nahm Klaus eher analytisch als emotional wahr. Frank, der Bruder im Herzen, war bereits aus seinem Leben verschwunden, noch einen Verlust glaubte er nicht ertragen zu können. Diese Seite seiner Gefühlswelt, panikartige Verlustängste, kannte Renate nicht.

Klaus setzte sich mit der geöffneten Flasche Weißwein zu ihr und wagte es, ihre Hand zu berühren.

»Möchtest du ein Glas Wein trinken?«, fragte er.

Eine Spur zu hastig zog sie ihre Hand weg. Er atmete tief und wackelte unentschlossen mit der Flasche.

»Ein wenig. Ich bin etwas müde.«

Klaus goss ein und bemühte sich um ein entspanntes Lächeln, während sie sich zurücklehnte und ihn verstohlen beobachtete. Jetzt stoßen wir freundschaftlich an und dann erzähle ich ihm, wie mir sein Vater aufgelauert hat, um mir eine Kontaktsperre aufzuerlegen. Welcher Schwachsinn, dieser Auftritt, dachte sie und hob langsam das Glas. Sie drehte sich etwas zur Seite und prostete Klaus aus ihren dunklen Augen zu. Wie wenig ähnlich er seinem Vater ist, wunderte sie sich. Dieser steife, hohlwangige Funktionär mit dem Aussehen eines miesepetrigen Buchhalters, der hat so einen hübschen Sohn. Sie musterte ihn fast fürsorglich und war versucht, ihm über den Kopf zu streichen. Mit einem unmerklichen Seufzer nahm sie einen kleinen Schluck.

Klaus leerte sein Glas in einem Zug und goss sich sofort nach. Er bemühte sich, seine Anspannung unter Kontrolle zu halten. Irgendwas stimmt hier nicht, sagte ihm seine Intuition. Zurückhaltung üben, schwor er sich, gelassen den Dingen entgegensehen, wie bei ’ner Damenwahl.

»Ich habe gestern deinen Vater getroffen, wir haben miteinander gesprochen«, brach sie das Schweigen.

Er vernahm ihre Stimme, als käme sie von weither.

»Äh, meinen Vater?«, brach es ungläubig aus ihm heraus, als ihn endlich die Botschaft erreichte.

Seine Gedanken schlugen augenblicklich Purzelbaum. Mit flackernden Augen sprang er vom Tisch auf und stellte sich ans Fenster. Er sah wie blind in den nachtschwarzen Hinterhof und spürte, wie sich eine tiefe Verbitterung in seinem Herzen breitmachte. Deshalb ihr reservierter Auftritt, dieses tantenhafte Gehabe, dachte er. Er fühlte sich auf einmal hilflos wie ein allein gelassenes Kind.

»Ja, dein Vater. War eine ziemliche Überraschung. Er hat mich auf der Straße abgepasst, stand da vor mir, als wäre er vom Himmel gefallen«, plauderte Renate wie über ein Urlaubserlebnis.

»Na und, was wollte er?«

Klaus hatte sich wieder zu ihr gesetzt. Er drehte das leere Weinglas in der Hand und wagte es nicht, Renate in die Augen zu sehen.

»Er denkt, dass ich Peter helfe, wenn ich die Kontakte zu dir und Frank abbreche.«

»Kontakte«, murmelte Klaus verstört.

»Er fürchtet, du würdest in die Sache hineingezogen werden, wenn die Polizei Peter in die Zange nimmt. Es geht ihm allein um dich. Nicht um Peter.«

Klaus sah sie zum ersten Mal direkt an.

»Mein Vater ist davon überzeugt, dass allein Peter die Schuld an dem Tod der Patienten trägt. Aber was habe ich mit seiner Arbeit zu tun?«

Renate antwortete nicht, sie betrachtete mit hochgezogenen Brauen ihre rot lackierten Fingernägel. Er beugte sich näher zu ihr, versuchte ihr in die Augen zu sehen. Sie wich aus, schob ihren Stuhl leicht vom Tisch weg.

»Du hast sehr viel mit ihm und seiner Arbeit zu tun. Es besteht der Verdacht auf fahrlässige Tötung oder auf Sabotage, oder was weiß ich alles. Die Polizei geht davon aus, dass alles mit dem Herzschrittmacher zusammenhängt. Na klar doch, dass die auch euch beobachten.«

»Ja, und was habe ich mit den Schrittmachern zu tun?«

Sie schob ihr Weinglas und den Teller zur Seite, streifte ihn mit einem mitleidigen Blick und erhob sich. Wie eine gutmeinende Freundin, die eine betrübliche Mitteilung zu machen hat, legte sie ihre schmale Hand auf seine Schulter. Klaus wagte nicht sich zu rühren, die Wärme ihrer Hand durchdrang sein Hemd. Er konnte nicht sehen, wie sie kühl auf ihn herabsah. Sie zog die Hand zurück, bewegte sich langsam zum Küchenschrank, lehnte sich mit gekreuzten Beinen an ein Schubfach und heftete ihren Blick auf Klaus.

»Klaus, es geht nicht um uns beide. Gegen meinen Mann wird ermittelt. Er operiert, bringt die Nächte dort zu, seine Station wird überwacht, Patienten sterben, aber mein Mann tut so, als wäre alles wie immer. Sind eben kranke Menschen, da kommt so was vor. Peter rast ungebremst in den Abgrund. Ich will nicht mitgerissen werden, verstanden? Von niemandem.«

In Klaus' Ohren klangen die letzten Worte wie eine Warnung. Er starrte sie an, nur allmählich begriff er, dass gerade der Vorhang zum letzten Akt gefallen war.

»Hm, du willst mich nicht mehr treffen, solange die Polizei gegen Peter ermittelt, habe ich das richtig verstanden?«

Sie schüttelte genervt den Kopf und ließ seine Bemerkung im Raum stehen.

»Ich werde mich erstmal ausschließlich um meinen Mann kümmern. Ich kann nicht wie eine unbeteiligte Zeugin darauf warten, dass sie ihn abführen. Verstehst du nicht, dass es auch mich meine Arbeitsstelle kosten kann?«

Klaus verstand sehr wohl den letzten Satz. Er sah nachdenklich zu ihr hinüber, als prüfte er den Wahrheitsgehalt ihrer Worte.

»Tu, was du für richtig hältst«, sagte er, bemüht, ruhig zu klingen, und goss sich ein weiteres Mal ein.

Er hob das Glas und prostete ihr zu, an Krug denkend, und was in den nächsten Tagen noch alles passieren konnte.

»Ich gehe dann mal. Peter wartet zu Hause. Gestern und heute war er in der Klinik. Morgen geht er nicht arbeiten, die haben ihn angeblich freigestellt.«

Es hörte sich an, als erörterte sie den Schichtplan eines Kollegen.

Klaus nickte mechanisch und fühlte sich plötzlich wie nach einer durchzechten Nacht, wenn man auf dem Bahnsteig auf den Zug wartet.

»Er operiert doch noch die Tage, oder?«, fragte Klaus scheinbar ohne Interesse.

»Ja. Er hat was von einem besonderen Fall bemerkt, Krug heißt der, wie Manfred Krug. Übermorgen, wenn ich nach Leipzig muss. Kennst du zufällig seinen Vornamen?«

»Johannes.«

»Kennst du den?«

»Nein, wieso, nicht dass ich wüsste.«

Klaus sah sie prüfend an und unterdrückte die Frage, die ihm auf der Seele brannte. Sie würde sowieso nicht darauf antworten, sagte er sich und atmete tief durch.

»Dann wollen wir mal Peter die Daumen drücken, dass alles problemlos über die Bühne geht. Leipzig, was machst du da?«

»Kombinatssitzung, beim Generaldirektor.«

»Verstehe«, sagte er mit gesenktem Kopf, in Gedanken versunken sein Weinglas betrachtend. Er hatte nicht bemerkt, dass Renate bereits im Mantel an der Tür stand.

»Sagst du mir Auf Wiedersehen?«, rief sie ihm betont gelassen zu, und er sprang erschrocken auf und rannte in den Korridor.

Seine rechte Hand lag auf der Klinke der halbgeöffneten Tür, als ihm Renate vorsichtig lächelnd einen letzten fragenden Blick schenkte. Er neigte mit gespieltem Charme seinen Kopf zu ihr. Sie hauchte einen Kuss in die Luft, schlüpfte durch die Tür und eilte zur Treppe.

Sein Lächeln erstarb, wie in Trance lauschte er dem Klackern ihrer Absätze. Kurz darauf knallte die Haustür und im Haus breitete sich eine gespenstische Stille aus. Vor ihm erlosch die Treppenbeleuchtung, in seinem Rücken leuchtete die Flurlampe, und im Zwielicht stand Klaus, starr wie eine Statue.

Ein Leuchten vor seinen Augen riss ihn aus der Benommenheit. Er zwinkerte nervös und lauschte in den Treppenaufgang. Er hörte Schritte, aber es war nicht Renates leichter Gang. Er drehte sich hastig um, schloss die Wohnungstür und lehnte sich erschöpft an die Korridorwand. In ihm machte sich eine Leere und Mutlosigkeit breit, die ihm die Tränen in die Augen trieb. Er biss sich auf die Unterlippe und ballte die Hände zu Fäusten. Nicht schlappmachen, flüsterte er, als hinge er nach einem Niederschlag in den Seilen, und stieß sich von der Wand ab. In diesem Augenblick schellte es. Wer soll das denn sein?, fragte er sich verwundert. Er schlich zur Tür und hielt den Atem an. Doch nicht etwa die Polizei?, dachte er, doch gleich darauf wies er diesen Gedanken als blödsinnig von sich. Um diese Zeit?

Es klingelte erneut, er zog erschrocken den Kopf ein, als müsste er einem Schlag ausweichen, und riss etwas zu forsch die Tür auf. Vor ihm stand sein Vater im dunklen Mantel und mit der Aktentasche unterm Arm, wie auf dem Weg ins Büro.

»Äh, du?! Mitten in der Nacht?!«

»Ja, ich. Darf ich eintreten?«

»Klar, komm rein. Was ist denn passiert?«

»Nichts Außergewöhnliches. Ich bleibe nicht lange.«

Ohne seinem Sohn die Hand zu reichen, ging er aufrechten Ganges wie ein Wachsoldat an ihm vorbei in die Küche und ließ sich auf den Stuhl fallen, wo gerade noch Renate gesessen hatte. Die Aktentasche stellte er vorsichtig auf den Fußboden. Mit verkniffenem Gesicht musterte er das halbvolle Weinglas vor sich. Er fasste das Glas am Stiel und drehte es wie ein Weinverkoster vor seinen Augen. Der Abdruck eines Lippenstifts war unverkennbar. Mit einem verächtlichen Nicken stellte er es auf den Tisch.

»Ich bin enttäuscht, wirklich sehr enttäuscht«, klagte er mit gesenktem Kopf.

Er sah wie der Vorsitzende einer Kontrollkommission aus, der ein Parteiverfahren eröffnet. Klaus stand wie angewurzelt da und wartete auf die nächsten Sätze. Mit aufreizender Gelassenheit betrachtete er seinen Vater, als verstünde er die ganze Aufregung nicht.

»Erkläre mir doch bitte mal, warum du unsere Vereinbarung brichst. Was hat dich geritten, diese Frau zum Abendessen einzuladen? Sie war doch hier, oder? Und setz dich bitte an den Tisch«, knurrte sein Vater, der es nicht gewohnt war, zu seinem Sohn aufzuschauen.

Klaus zuckte mit den Achseln. Betont lässig fläzte er sich auf seinen Stuhl.

»Stehst du jetzt bei mir Wache?«

Klaus' ironischer Tonfall trieb seinem Vater die Zornesröte in die Wangen. Er sah sich verstört um, als wäre ihm wegen eines Verfahrensfehlers die Verhandlungsführung entglitten. Der Ton in Klaus' Stimme war ihm neu.

»Ich hatte bis gerade eben keine Ahnung davon, dass Renate Wohlfahrt zu Besuch war. Und bin deshalb auch nicht hier.«

Der Vater sprach die Unwahrheit und war traurig deswegen. Wie aber hätte er ihm erklären sollen, dass er ihm gefolgt war, dass er Angst um ihn hatte, dass er Frau Wohlfahrt, Frank und seinen Sohn seit Wochen wie ein Spitzel beobachtete?

»Vati, dann versteh ich schon gar nicht, warum du mich mitten in der Nacht aufsuchst, nachdem wir gestern beim Abendbrot zusammensaßen.«

Sein Vater sah ihn erstaunt an.

»Also, ich bitte dich, das ist leicht zu erklären. Du hast deine Blutproben stehen lassen. Ich dachte, du würdest sie vermissen.«

Klaus blieb der Mund offen stehen.

»Äh, Mann, wie konnte ich die Blutproben vergessen …«, stotterte er, sichtlich übertölpelt von der einfachen Erklärung.

»Ist ja nicht weiter schlimm, euer Projekt ist sowieso ad acta gelegt, so lange, wie die Todesursachen der Patienten auf Wohlfahrts Station ungeklärt sind«, knurrte er.

Klaus war weit entfernt davon, auf die Worte seines Vaters einzugehen. Soll er mal reden, wenn's ihm guttut, hatte er sich überlegt.

»Sag mir nur, warum diese Frau Wohlfahrt hier war«, bat sein Vater leise.

Es klang versöhnlich, so als er suchte die Nähe seines Sohnes. Klaus nickte zufrieden.

»Sie ist vorbeigekommen, um mit mir über Peter zu reden. Als befreundeter Kollege könnte ich doch versuchen, an ihn ranzukommen, glaubt sie. Der hat sich abgekapselt und sie scheint sich nicht sicher zu sein, ob er wirklich völlig unschuldig ist. Sie macht sich eben Sorgen. Na ja, ist ja kein Wunder, er muss ja jeden Tag operieren …«, murmelte Klaus, nun wieder ganz in sich gekehrt.

»Ich bin mir gar nicht sicher, ob er das noch muss. Werde mich mal erkundigen, wie lange der noch im Dienst bleiben kann«, bemerkte der Vater mit drohendem Unterton. »Und was heißt das, *ob er wirklich unschuldig ist?*«

»Die Frage kann ich nicht beantworten. Aber irgendwas muss sie ja beunruhigen.«

»Hm, na ja, sie muss wissen, wovon sie spricht. Was sind das für Blutproben?«, wechselte er das Thema.

»Die stammen von Herrn Krug, der kriegt einen Schrittmacher, von Peter.«

»Woher weißt du das?«

»Wie sollte ich die Proben haben, wenn ich nicht wüsste, von wem und warum. Krugs OP wurde verschoben, weil Werner dazwischengekommen ist. Wenn der raus ist, kommt Krug dran. Das hat mir auch Renate so bestätigt, deshalb macht sie sich ja Sorgen.«

»Und die OP-Termine sind dir und Frank immer im Voraus bekannt?«

»Im Prinzip ja, denn ich muss ja einen Tag vor und nach der Schrittmacherimplantation die Röhrchen holen. Peter entscheidet, wen er operiert, und gibt Bescheid, Frank hakt seine Liste ab.«

»So, so«, ließ sich sein Vater vernehmen.

Klaus griff sich an den Kopf und sprang auf.

»Die Proben, die müssen in den Kühlschrank!«, rief er und ging in die Küche.

Sein Vater sah ihm hinterher, als graute ihm vor etwas.

»Na dann gehe ich mal«, entschloss er sich halbherzig zum Aufbruch. »Wie ist eigentlich dein Verhältnis zu Frank?«, fragte er beiläufig, bereits auf dem Weg zur Wohnungstür.

Klaus spitzte die Ohren und runzelte die Stirn. Was soll denn diese Frage?, dachte er.

»Normal, wir sehen uns eben nicht mehr jeden Tag«, bemühte er sich um eine harmlose Antwort.

»Ist vielleicht auch besser so«, erwiderte sein Vater trocken und streckte ihm die Hand hin.

»Wenn du meinst. Tschüss, Vati.«

Sie sahen sich betreten in die Augen, jeder in Gedanken bei seinen kleinen Lügen.

Kurz darauf war Klaus wieder allein. Er ging nachdenklich in die Küche, öffnete den Kühlschrank und griff nach einem Röhrchen. Sorgfältig studierte er die Aufschriften und drehte das Röhrchen in der Hand, als würde sich in Krugs Blut ein Geheimnis verbergen. Er stellte es zurück in den Kühlschrank, sah den unaufgeräumten Tisch mit Renates Weinglas und spürte, wie sein Puls zu rasen begann.

SIEBEN

Es war kurz nach sechs Uhr in der Früh, als Professor Sitte im Unterbewusstsein ein Summen wahrnahm, als ob sich eine Biene in seiner Hörmuschel verirrt hätte und versuchte, den Ausgang zu finden. Träge führte er eine Hand an das linke Ohr und steckte den Zeigefinger hinein. Das Geräusch blieb, nur die Tonintensität war schwächer. Er wälzte sich auf die andere Seite, aber es schien, als wäre das rechte Ohr ebenso befallen, sogar stärker, denn nun hörte es sich wie das Schrillen einer Türklingel an. Er war endgültig wach, sah an seiner Seite seine Frau in tiefem Schlaf liegen und wälzte sich knurrend aus dem Bett. Wenn um diese Zeit jemand anrief, dann aus der Klinik. Er schlüpfte in die Pantoffeln und schlurfte hinaus in den Korridor. Im Wohnzimmer klingelte das Telefon unerbittlich wie ein Alarmmelder. Inzwischen war er sich ganz sicher, dass ihn eine unangenehme Nachricht erwartete. Er dachte sofort an Bircher. Vielleicht teilt er mir mit, dass jemand aus meiner Klinik verhaftet wurde, oder …? Er wagte es nicht, den Gedanken zu Ende zu denken.

»Sitte am Apparat«, meldete er sich ruhig, als hätte ihm seine Sekretärin einen Anrufer durchgestellt.

»Entschuldigen Sie bitte die Störung, Herr Professor, hier ist Schwester Anja von der Kardiologie.«

»Schwester Anja von der Inneren, warum Sie?«

»Schwester Ingrid hat das Wochenende freinehmen wollen, ich bin eingesprungen.«

»Was ist passiert?«

»Der Patient Krug ist verstorben. Ich habe vor zehn Minuten Herzstillstand festgestellt, als ich den Sechs-Uhr-Rundgang machte. Keine äußeren Merkmale. EKG ohne Ausschlag. Ich habe sofort Oberarzt Doktor Wohlfahrt angerufen, aber bei ihm nimmt niemand ab. Dann entschloss ich mich, Sie anzurufen, Herr Professor, na ja, nach allem, was so passiert ist …«

Sitte hörte ein unterdrücktes Schluchzen.

»Sagen Sie kurz, was geschehen ist«, sagte er freundlich.

Stockend berichtete sie ihm, dass sie vor wenigen Minuten Krug in seinem Bett tot aufgefunden habe, dass sein Monitor eine Nulllinie zeige, das EKG des Nachbarn sei unauffällig.

»Ich habe von diesen Gerüchten auf der Station gehört, Herr Professor, aber ich bin doch nur als Vertretung eingesetzt worden, warum gerade heute Nacht«, stammelte sie fassungslos, mit den Tränen kämpfend.

»Beruhigen Sie sich«, sagte er betont ruhig. »Weisen Sie dem Patienten, der mit Krug im Zimmer liegt, ein anderes Bett zu. Bitte sofort. Verschließen Sie dann das Zimmer und berühren Sie nichts. Ich mache mich sofort auf den Weg. Zu niemandem ein Wort.«

»Jawohl, Herr Professor«, flüsterte die Schwester.

Sitte legte sofort auf und ging in sein Arbeitszimmer, um Birchers Visitenkarte vom Schreibtisch zu nehmen. Er wählte die Nummer, und es dauerte nicht lange, da hörte er Birchers weichen Dialekt. Bircher nahm die Nachricht ohne Regung entgegen, bedankte sich für den Anruf und sagte ihm, dass sie sich gleich in der Klinik treffen müssten. Sitte legte auf und nickte bedächtig. Die Nachricht schien Bircher gar nicht überrascht zu haben. Sitte sah wie abwesend auf das Telefon und ertappte sich erneut bei dem Gedanken, dass ihn Birchers Tätigkeit wie eine medizinische Fragestellung anzog. Er ging zurück ins Schlafzimmer und beugte sich sanft über seine Frau.

»Ich muss in die Klinik, ein Zwischenfall«, flüsterte er ihr ins Ohr.

Sie gähnte herzhaft, lächelte ihm schwach zu und drehte sich zur Seite.

Als Professor Sitte durch das weitläufige Hauptportal zum Treppenaufgang eilte, atmete er buchstäblich die Spannung ein, die in der Luft lag. Der Pförtner hatte ihm vielsagend zugenickt und seinen Daumen schräg nach oben gerichtet. Sitte entschied sich, direkt zur Station zu gehen, um zunächst mit Wohlfahrt zu reden. Der würde ja inzwischen eingetroffen sein, hoffte er. Auf dem letzten Treppenabsatz vor der mit Milchglasscheiben verglasten Eingangstür sah er einen Mann, der ihn aufmerksam musterte. Als sie auf gleicher Höhe waren, sprach ihn der Unbekannte freundlich, aber bestimmt an.

»Entschuldigen Sie bitte, Professor Sitte?«

»Ja, worum geht es?«, erwiderte Sitte unwirsch, nicht gewillt, sich aufhalten zu lassen.

»Oberleutnant Schmidter, Mitarbeiter von Major Bircher. Er wies mich an, hier auf Sie zu warten.«

»Aha, und wo ist Herr Bircher?«

»Im Krankenzimmer des verstorbenen Patienten, mit unseren Mitarbeitern von der Spurensicherung. Herr Professor Tetsche, der Gerichtsmediziner, ist auch hier. Ich darf Sie bitten, sich einen Moment zu gedulden. Können wir uns irgendwohin zurückziehen, hier auf der Station?«

»Ist Oberarzt Wohlfahrt in der Klinik?«

»Ich habe ihn nicht gesehen.«

Schmidter ließ Sitte vorangehen. In der Mitte des Korridors stand ein Schild, das Sitte nicht kannte: »Zutritt verboten«, las er verwundert. Er zuckte ratlos die Achseln und wandte sich erneut an Schmidter.

»Wir können das Schwesternzimmer benutzen«, sagte er, drehte sich nach links, machte zwei Schritte und öffnete mit Schwung die Tür.

Schwester Anja saß mit gesenktem Kopf vor einer leeren Kaffeetasse. Sie drehte müde den Kopf und ihr leerer Blick heftete sich auf Sitte, als würde er ihr im Traum erscheinen.

»Guten Morgen, Schwester, warten Sie bitte im Aufenthaltsraum auf uns, und bitte kein Wort zu niemandem. Setzen Sie einfach Ihren Dienst fort«, setzte er im väterlichen Ton hinzu, als er ihr verängstigtes Gesicht sah.

Schmidter stand wie ein Wachhabender regungslos im Türrahmen. Schwester Anja erhob sich rasch und schlüpfte an ihm vorbei auf den Korridor. Sitte zog zwei Stühle heran und sie nahmen einander gegenüber Platz.

»Können Sie mir sagen, warum Sie in Mannschaftsstärke angerückt sind? Wir befinden uns immerhin auf einer Station mit herzkranken Patienten.«

Sitte sprach zwar wie gewohnt ruhig und ohne erkennbare Empörung in der Stimme, aber sein Unwillen war deutlich zu spüren. Dass irgendetwas ohne sein Wissen in der Klinik entschieden wurde, bereitete ihm großes Unbehagen.

»Ich verstehe, Herr Professor. Wir konnten in diesem Fall nicht zögern einzugreifen, es ist der fünfte Tote auf dieser Station, der Verdacht auf ein Verbrechen erhärtet sich. Der Mann wird in die Gerichtsmedizin überführt, wahrscheinlich in einigen Minuten. Wir sichern alle Spuren und warten den gerichtsmedizinischen Befund ab, bevor wir weitere Entscheidungen fällen.«

Sittes Augenbrauen schoben sich langsam in die Höhe.

»Woraus schließen Sie auf eine vorsätzliche Tötung?«, fragte er scheinbar teilnahmslos, ohne seinen Blick von Schmidter zu wenden.

»Bitte haben Sie Verständnis dafür, dass ich Major Bircher nicht vorgreifen kann. Aber die Tatsache, dass hier Patienten wie in Serie sterben, zwingt uns diesen Verdacht regelrecht auf. Soweit bekannt, ist in Ihrer Klinik in den Jahren zuvor kein einziger Patient unmittelbar nach einer Schrittmacherverpflanzung verstorben.«

Schmidters ruhig vorgetragene Erklärung wirkte wie ein gut platzierter Konter. Sitte kreuzte seufzend die Arme vor der Brust und lehnte sich zurück. Er ließ seine Augen durch den Raum wandern, den er offensichtlich eher selten betrat, und richtete seinen Blick schließlich auf die Wand, wo die beiden Hewlett-Packard-Monitore hingen. Er runzelte die Stirn, als würde ihn etwas überraschen. Was er sah, waren zwei Bildschirme, von denen sich einer im Betriebsmodus befand, wie die waagerechte Linie verriet, während der andere offensichtlich außer Betrieb war. Er reckte sich etwas aus dem Stuhl hoch und stellte fest, dass es Krugs Bettnachbar war, dessen Bildschirm schwarz war. Stimmt, sagt er sich, der Mann wurde, wie von mir angewiesen, umgebettet und das EKG abgeschaltet. Ein Zufall, stellte er fest, dass ausgerechnet in der Nacht, als Krug verstarb, die Geräte aus dem Regierungskrankenhaus noch da waren. Die Elektrokardiogramme der letzten vierundzwanzig Stunden sind also gespeichert, wir können sie ausdrucken und erfahren den exakten Zeitpunkt des Herzstillstands. Wenigstens eine positive Begleiterscheinung. Er bemerkte, dass er sich bereits in Birchers Gedankenwelt versetzte, und lächelte. Ein kräftiges Klopfen lenkte seinen Blick zur Tür. Bircher betrat das Zimmer und hob wie ein alter Bekannter lässig einen Arm zur Begrüßung.

»Guten Morgen, Professor Sitte. Leider kein angenehmer Anlass, der uns aus dem Bett geholt hat«, sagte der Major, als wäre er es gewesen, der die Nachtruhe gestört hatte.

»Guten Morgen, Herr Bircher. Nun, Schwester Anja hat mich über das Ableben des Patienten Krug informiert, nachdem sie Herrn Wohlfahrt nicht erreichen konnte. Danach rief ich sofort Sie an.«

»Herr Wohlfahrt ist inzwischen auf dem Weg hierher. Wir mussten ihn aus dem Bett klingeln«, sagte Bircher gleichmütig. Ein Kollege aus dem Präsidium war losgeschickt worden, um Wohlfahrt abzuholen. Gleichzeitig hatte Bircher Angler aufgetragen, die Männer zu befragen, die Renate Wohlfahrt »wie Planeten die Sonne *umkreisten*«. Es war ein spontaner Beschluss, geleitet von der vagen Vermutung, dass zwischen Peter Wohlfahrt und einem von Renates Verehrern ein Konflikt schwelte, der tiefer reichte, als es die bisherigen Befragungen vermuten ließen. »Wir sehen uns danach alle bei mir im Büro«, ließ er ausrichten. Vielleicht kommt ja bis dahin einem von uns eine geniale Idee, warum jemand alte Männer mit neuen Schrittmachern umbringen sollte, hatte er im Stillen hinzugefügt.

»Wollen wir in mein Büro gehen?«, fragte Sitte, der im Rücken Schmidters eine Person entdeckte, die ihm bekannt vorkam.

»Gern. Darf ich Ihnen vorher kurz Herrn Professor Tetsche von der Gerichtsmedizin vorstellen?«

Bircher winkte in Richtung Tür und rief:

»Wolfgang, kannst du kurz zu uns kommen?«

Tetsche umkurvte mit Trippelschritten Schmidter und streckte Sitte die Hand entgegen.

»Morgen, Herr Kollege, freut mich, Sie kennenzulernen, auch wenn der Anlass kein Grund zur Freude ist«, nuschelte Professor Tetsche, sich interessiert umblickend.

»Nichtsdestotrotz, endlich sehe ich Sie mal aus der Nähe, Kollege Tetsche. Wir sind uns einige Male bei Sitzungen begegnet.«

Tetsche nickte wie abwesend und betrachtete mit gespitzten Lippen die ausländische Technik. Offensichtlich interessierte sie ihn mehr als eine Plauderei unter Kollegen. Sitte sah ihn an, als würde er das Original mit einer Fotografie vergleichen. Tetsche wandte sich schließlich mit geneigtem Kopf Bircher zu. Er hatte es eilig, sein morgendliches Ritual nachzuholen, das aus einem kleinen Frühstück mit der *Berliner Zeitung* und der Morgenzigarette auf dem Balkon bestand.

»Ich kann zu diesem Zeitpunkt nur sagen, dass der Tod durch Herzstillstand eingetreten ist. Wie im vorangegangenen Fall ohne Anzeichen äußerlicher Gewalt. Bekanntlich ist die Feststellung des Todeseintritts bei bettlägerigen Patienten unscharf, also, jetzt ist es kurz nach sieben, ich schätze mal, der Mann ist zwischen null und drei Uhr verstorben, wahrscheinlich deutlich früher als drei Uhr.«

Sitte räusperte sich und Bircher bemerkte ein wachsames Funkeln in seinem Blick.

»Wollen Sie etwas sagen, Herr Professor Sitte?«, fragte Bircher freundlich, worauf Sitte behäbig die Arme vor der Brust verschränkte.

»Wie Sie wissen, Herr Bircher, wurde wegen Herrn Werner ein Hewlett-Packard-System installiert. Das war auch noch in der vergangenen Nacht in Betrieb, und zwar im Zimmer von Herrn Krug, wo vorher Herr Werner lag. Somit sind seine Elektrokardiogramme gespeichert. Der Zeitpunkt des Herzstillstandes von Krug sollte genau feststellbar sein.«

Tetsche war den Ausführungen regungslos gefolgt. Er sah

Bircher an, wie um ihm anzudeuten, dass er dann wohl gehen könne.

»Sehr gut, dann drucken Sie die Kardiogramme bitte aus«, sagte Bircher, und nach einer Sekunde des Nachdenkens ergänzte er: »Auch das des Bettnachbarn.« Er kniff ein Auge zu, als nähme er ein Ziel ins Visier. Er wusste in dem Augenblick selbst nicht genau, was ihn bewog, sich die Messwerte des Bettnachbarn aushändigen zu lassen – plötzliche Eingebung, Misstrauen gegenüber einem einzelnen Datensatz oder die vage Hoffnung, dass ein Vergleich immer von Nutzen sei. Er ahnte nicht im Traum, dass diese Eingebung dem Fall eine dramatische Wende bescheren würde.

Sitte blickte sich suchend um und unterdrückte einen Fluch. Verdammt, wo war Wohlfahrt?

»Einen Moment, bitte, bin gleich zurück«, entschuldigte er sich und verließ leicht gebückt das Zimmer.

Auf dem Korridor lief ihm Schwester Anja in die Arme, inzwischen deutlich entspannter. Als sie an ihm vorbeihuschen wollte, hielt er sie am Arm fest.

»Haben Sie den Oberarzt gesehen?«, fragte er freundlich.

»Herrn Doktor Wohlfahrt?«

»Ja.«

»Er ist im Zimmer zwölf, dort liegt der Bettnachbar von Herrn Krug.«

Sitte nickte kurz und lief weiter. Warum meldet der sich nicht sofort? Hat er nicht mitbekommen, was hier los ist? Seine gelassene Grundhaltung geriet vorübergehend ins Wanken. Was denkt sich der Oberarzt? Erst muss ihn die Polizei aus dem Bett holen, und als er endlich in der Klinik auftaucht, verkrümelt er sich in einem Krankenzimmer. Sitte verzog das Gesicht, als müsste er einen Bissen hinunterwürgen. Er schüttelte leicht den Kopf und betrat ohne anzuklopfen Zimmer zwölf. Wohlfahrt saß auf dem Bettrand bei einem Patienten und unterhielt sich leise mit ihm. Die anderen Betten waren belegt, die Männer dösten vor sich hin, warteten auf ihr Frühstück. Wohlfahrt drehte sich um und sprang auf, sichtlich überrascht, seinen Chef zu sehen. Sittes erster Eindruck war, dass nicht die Patienten, sondern Wohlfahrt einer Behandlung bedurfte. Er war unrasiert, die Bartstoppeln sprossen wie Unkraut aus seinem bleichen Gesicht, seine Schultern hingen wie unter einer Zentnerlast nach unten. Wäre er nicht im Kittel gewesen, hätte man ihn für einen leicht verwahrlosten Mann gehalten, der sich auf der Station verirrt hatte.

»Kommen Sie bitte, Herr Wohlfahrt, Sie werden gebraucht, oder haben Sie noch zu tun?«, fragte Sitte mit einem aufmunternden Rundblick auf die Männer in den Betten.

»Nein, natürlich, bin hier fertig, Herr Professor«, beeilte sich Wohlfahrt der Aufforderung nachzukommen.

Sitte rief ein forsches »Alles Gute!« in den Raum und verschwand gleich darauf aus dem Blickfeld der Patienten. Vor der Tür nahm er Wohlfahrts Arm und zog ihn zur Seite.

»Wo waren Sie denn? Man konnte Sie nicht erreichen!«

Wohlfahrt öffnete den Mund zu einer Erklärung, schloss ihn aber wieder, als hätte er es sich anders überlegt. Er sah auf seine weißen Sandalen und drehte den Kopf wie bei einer gymnastischen Übung nach beiden Seiten. Sitte versuchte ihm in die Augen zu sehen, aber wie ein störrisches Kind wich Wohlfahrt jedem Blickkontakt aus.

»Los, reden Sie, da vorn warten Bircher und seine Kollegen, soll ich von denen erfahren, wo mein Oberarzt die vergangene Nacht verbracht hat? Krug ist verstorben und Sie haben ihn am Freitag operiert. Sagen Sie endlich was, oder ich muss Sie …«

Sitte biss sich auf die Lippen. Er war nah daran, seinen Oberarzt an den Schultern zu packen und ihm eine Antwort aus dem Kreuz zu schütteln.

»Ich war gestern Abend auf der Station. Herr Krug hatte am frühen Abend Beschwerden, Unterbauch, auch Blut im Stuhl. Ich rief Doktor Bäsler, erreichte ihn, bevor er ausging, irgendwohin, weiß nicht, jedenfalls kam er noch vorbei und untersuchte ihn. Das war kurz nach zehn Uhr, ich bin so gegen Mitternacht nach Hause gefahren.«

»Ja und, warum sind Sie heute früh nicht ans Telefon gegangen? Oder Ihre Frau?«

Wohlfahrts Gesicht nahm etwas Farbe an, als würde ihn allein die Frage erregen. Sitte sah sich ungeduldig um.

»Also, was ist denn daran so Geheimnisvolles, Kollege Wohlfahrt. Sagen Sie es nicht mir, müssen Sie es gleich der Polizei sagen. Soll die es vor mir erfahren?«

»Nein. Ich habe eine Schlaftablette genommen. Konnte ja nicht ahnen, dass ich gleich wieder gebraucht werde.«

»Hm. Und Ihre Frau?«

Wohlfahrts Gesicht schien auf einmal noch fahler. Er presste trotzig die Lippen zusammen. Sitte bereute bereits seine Frage und drehte sich um, als vermutete er jemanden hinter sich.

»Wir haben getrennte Schlafzimmer, meine Frau kann das Telefon nicht gehört haben.«

Sitte warf seinem Oberarzt einen sorgenvollen Blick zu und beschloss, das Thema zu wechseln.

»Lief das EKG ordnungsgemäß, ich meine, waren die Monitore im Überwachungszimmer die Nacht hindurch eingeschaltet?«

»Ich denke schon. Als ich bei Krug war, lief jedenfalls alles normal.«

Sitte atmete auf und verzichtete auf weitere Nachfragen.

»Gut, Sie müssen jetzt die Kardiogramme für die letzten vierundzwanzig Stunden von Krug und seinem Bettnachbarn ausdrucken. Sie bringen die dann sofort zu mir. Von beiden Patienten, klar?«

»Ja, Herr Professor, mache ich gleich. Muss aber nochmal in der Bedienungsanleitung nachsehen.«

»Falls Sie nicht zurechtkommen, rufen Sie in meinem Namen jemanden von der ITS auf der Chirurgie an, die kennen sich aus.«

»Ich krieg das schon hin«, murmelte Wohlfahrt.

In der Zwischenzeit hatte sich Birchers Puls vorübergehend beschleunigt. Ihm war sofort aufgefallen, dass auf dem Stationskorridor keine Wache zu sehen war. Er verkniff sich die Frage, solange Sitte im Raum war. Kaum war er mit Schmidter allein, verlangte er eine Erklärung. Schmidter hatte keine und sein aufgebrachter Chef schickte ihn zum Autotelefon, damit er von dort aus Angler anrief. Es dauerte einige Minuten, bevor Schmidter zurückkam und ihm bedrückt offenbarte, dass der Mann abgezogen worden sei, als Werner mit seinem Personenschutz einrückte, und man später versäumt habe, den Kollegen zurückzubeordern.

»Und das Wochenende kam leider auch noch dazwischen«, bemerkte Schmidter zerknirscht.

Bircher war aufgesprungen und schnaubte etwas von »Mist, wie kann das passieren!«, konnte jedoch seinen Zornesausbruch nicht ausleben, weil in diesem Augenblick Sitte und Wohlfahrt den Raum betraten.

Sittes stämmige Erscheinung versperrte den Blick auf den Oberarzt, der sich hinter ihm verschanzte. Bircher ging auf die beiden zu, worauf Wohlfahrt nichts weiter übrigblieb, als sich aus dem Schatten seines Chefs zu bewegen. Unentschlossen hob er die rechte Hand zum Gruß.

»Guten Morgen, Doktor Wohlfahrt, danke Ihnen, dass Sie Ihren freien Morgen mit uns teilen. Wir brauchen dann mal Ihre Unterstützung«, begrüßte ihn Bircher leutselig, als hätten sie sich zum Frühstück verabredet.

Sein Zorn schien wie weggefegt, er war wieder ganz der umgängliche Kommissar. Wohlfahrts Gesicht zog sich etwas zusammen, er glaubte einen ironischen Unterton in Birchers Worten herausgehört zu haben. Sitte stand daneben und musste ein Lächeln unterdrücken. Genau so hatte er den Major in Erinnerung: der leutselige Polizist, der das Gespräch im scheinbar belanglosen Plauderton beginnt, unbeirrbar sein Ziel im Auge.

»Herr Professor, was schlagen Sie jetzt vor? Kann ich hier auf die EKG-Aufzeichnungen warten?«, fragte Bircher.

»Ich schlage vor, dass wir in mein Büro gehen, während Herr Wohlfahrt sich um die Aufzeichnungen kümmert. Wenn Sie noch mit den Schwestern reden möchten, sie sind beide hier. Herr Wohlfahrt kommt dann nach.«

Der letzte Satz klang wie eine Weisung. Wohlfahrt nickte mit Leidensmiene und rührte sich nicht vom Fleck.

»Einverstanden, dann gehen wir mal«, sagte Bircher mit einem kurzen Nicken in Richtung Wohlfahrt.

Sie verließen den Raum und sahen Anja und Ingrid in angeregter Unterhaltung auf dem Korridor stehen.

»Na, das passt ja, da haben wir unsere Schwestern, nehmen wir sie doch gleich mit«, bemerkte Bircher, ohne den Blick von den Frauen zu wenden.

»Beide zusammen?«, wollte sich Sitte vergewissern, der offenbar von Einzelbefragungen ausging.

»Warum nicht?«

Die Frauen verstummten, als Bircher und ihr Chef sich näherten. Sie standen wie zwei Prüflinge im Flur, die darauf warteten, aufgerufen zu werden. Sitte blieb auf halber Distanz stehen und winkte sie heran. Die Frauen marschierten sofort los, gewohnt zu handeln, wenn man sie rief.

»Guten Morgen«, begrüßte sie Sitte, Bircher neigte nur freundlich den Kopf.

»Guten Morgen, Herr Professor«, erwiderten sie fast einstimmig.

»Herr Bircher, Major der Kriminalpolizei, möchte Sie kurz sprechen. Sie verstehen, der plötzliche Tod des Patienten Krug wirft Fragen auf«, versuchte Sitte die Richtung anzudeuten.

Bircher stand mit gefalteten Händen neben ihm, als würde er einen Krankenbesuch abstatten. Er nickte zustimmend und reichte erst Ingrid, dann Anja die Hand. Sie griffen zu und Bircher stellte fest, dass die Schwestern gewöhnt waren zuzupacken.

»Wir gehen zu mir«, sagte Sitte und lief voran.

Sie verließen die Station, durchquerten das Vestibül und stiegen die breite geschwungene Haupttreppe hinauf zur zweiten Etage, wo sich Sittes Büro befand. Bircher war mit seinen Gedanken bei der Rekonstruktion des Geschehens. War es ein Zufall, dass Krug in der Nacht starb, als der Wachmann nicht vor Ort war? Sollte es einen Täter geben, wie hätte der wissen können, dass die Station unbewacht war? Bircher zog die Stirn kraus, beinahe wäre er über eine Stufe gestolpert. Sitte sah ihn kurz von der Seite an, Birchers konzentrierter Blick war auf den letzten Treppenabsatz gerichtet. Sitte war einen Schritt schneller und wartete oben, jetzt liefen sie mit ähnlichem Armschwung nebeneinander her. Die beiden, etwa gleich groß und von stämmiger Statur, gaben ein respekteinflößendes Paar ab. Die Schwestern folgten ihnen mit gesenkten Köpfen, ab und zu warfen sie sich einen besorgten Blick zu.

Sitte öffnete die Bürotür und wollte Bircher den Vortritt lassen, der drehte sich um und lud mit einem Armschwung die Frauen ein, voranzugehen. Sie streiften ihn mit einem Blick, der Vorsicht verriet. Sittes Sekretärin sah kurz von ihrer Schreibmaschine auf. Ingrid winkte ihr kurz zu und im Gänsemarsch betraten sie das Arbeitszimmer. Sitte postierte sich neben seinem Ecktisch unter den Aquarellen und schob die Stühle so zurecht, dass sie einen Halbkreis bildeten.

»Also bitte, Herr Bircher, Sie haben das Wort«, eröffnete er das Gespräch und lehnte sich abwartend zurück.

Die Krankenschwestern blickten angespannt geradeaus und hofften inständig, diese Unterredung so schnell wie möglich hinter sich zu bringen.

»Also, Schwester Anja«, begann Bircher, »ich darf Sie doch so anreden? Sie haben gestern die Schicht von Ihrer Kollegin übernommen. Wann war das?«

»Um sechs Uhr abends«, antwortete sie prompt.

»Da war Doktor Wohlfahrt noch im Dienst? Haben Sie ihn gesehen?«

»Ja, den Doktor habe ich am späten Abend gebeten, zum Patienten Krug zu kommen. Der hatte Beschwerden in der Bauchgegend, ich wusste von Ingrid, dass er an einem kolorektalen Tumor erkrankt war. Deshalb habe ich den Doktor angerufen. Der hat dann wohl Doktor Bäsler von der Chirurgie hinzugezogen, der gegen zehn auf die Station kam, zusammen mit Doktor Wohlfahrt.«

»Waren Sie dabei, als Krug untersucht wurde?«, unterbrach Bircher ihren Redeschwall.

»Nein.«

»Und danach haben Sie die Ärzte nicht mehr gesehen.«

»Ganz kurz noch. Sie kamen ins Schwesternzimmer, um mir zu sagen, dass so weit alles in Ordnung sei. Ich solle in ein oder zwei Stunden nochmals nach Krug sehen.«

»Hm. Also, wann waren Sie dann bei Krug?«

Schwester Anja überlegte kurz, wobei sie Ingrid ansah, als würde die die Antwort kennen.

»Das war gegen Mitternacht, ja, klar, gegen zwölf, denn anschließend habe ich den letzten Rundgang gemacht. Ich musste ja nur sehen, ob das EKG in Ordnung ist.«

»Das hätten sie auch im Überwachungsraum tun können.«

»Stimmt, aber ich bin es nun mal so gewöhnt und der Bildschirm hängt ja bei ihm auch an der Wand, da sieht man sofort, was los ist«, rechtfertigte sie sich.

»Gut, und Krug schlief?«

»Ja, der schlief und alles sah normal aus.«

Bircher nickte und betrachtete sie durch seine dicken Brillengläser wie ein verständnisvoller Vorgesetzter.

»Und Sie, Schwester Ingrid«, drehte er sich zur Seite, »Sie haben Ihrer Kollegin bei der Übergabe das neue EKG-System, diesen Hewlett Packard, erklärt?«

Die Frauen sahen sich ratlos an, offensichtlich darum bemüht, sich nicht zu widersprechen. Schwester Anja wollte etwas sagen, aber Ingrid legte ihr die Hand auf den Arm.

»Ich dachte, das wäre nicht mehr nötig, weil die Technik ohnehin heute, spätestens morgen früh abgeholt wird. Warum sollte ich sie damit aufhalten? Den Rest des Jahres müssen wir eh wieder mit unseren Bettmonitoren auskommen«, sagte sie achselzuckend.

Bircher neigte den Kopf und kniff die Augen zusammen. Er erinnerte sich, im Schwesternzimmer einen Bildschirm gesehen zu haben, über den wie zu Sendeschluss ein waagerechter Strich flimmerte. War das der Monitor von Krug? Irene schlug die Augen nieder und wartete darauf, was Professor Sitte zu der Angelegenheit sagen würde. Der verfolgte die Befragung regungslos und dachte nicht daran einzugreifen.

»Ich verstehe, eine letzte Frage: Ist niemandem aufgefallen, dass der Wachmann fehlt? Doktor Wohlfahrt, der muss sich doch gewundert haben, als er ihm nicht begegnete«, bemerkte Bircher und sah sich in der Runde um.

Sitte zog unmerklich die Mundwinkel nach unten, als ginge ihn der Wachmann nichts an, die Frauen sahen Bircher erstaunt an. Schwester Ingrid fand als erste ihre Sprache zurück:

»Nee, also, an den habe ich nicht gedacht.«

»Und ich wusste gar nicht, dass da noch ein Polizist ist!«, bemerkte Anja.

»Und hat sich Herr Wohlfahrt nach unserem Posten erkundigt?«

Schwester Ingrid vergewisserte sich, ob Professor Sitte antworten würde, der in stoischer Haltung die Befragung verfolgte und ihr nur ab und an aufmunternd zunickte. Sie verzog wie jemand, dem man eine überflüssige Frage stellt, das Gesicht und deutete ein mitleidiges Lächeln an.

»Also, unser Oberarzt, ich kann mir nicht vorstellen, dass ihm der Polizist aufgefallen wäre. Keine Ahnung, na ja …«

Sie beschloss kurzerhand, über Wohlfahrt kein weiteres Wort zu verlieren. Sitte machte sich mit einem leisen Räuspern bemerkbar, als wollte er andeuten, dass man die Schwestern jetzt gehen lassen könne. Bircher reagierte nicht, weil er sich gerade an Sittes Worte erinnerte, dass sie anhand der Aufzeichnungen erfahren würden, wann genau sich Krugs Herz verabschiedet hatte. Vielleicht auch, warum, hoffte er im Stillen.

»Ich denke, unsere Schwestern können jetzt gehen, oder gibt's noch weitere Gesichtspunkte, Herr Bircher?«, versuchte Sitte den Frauen beizustehen.

Bircher öffnete leicht den Mund und nickte den Frauen anerkennend zu.

»Sie müssen ganz schön müde sein«, sagte er leise, sich halb vom Stuhl lösend, und reichte erst Anja, dann Ingrid, die Hand. »Also, halten Sie die Augen offen, kommen Sie gut nach Hause«, verabschiedete er sie wie ein freundlicher Kollege.

»Für mich beginnt jetzt der Dienst«, stellte Ingrid klar und warf ihm ein keckes Lächeln zu.

»Und ich kann nach Hause, ja?«, fragte Anja.

Er quittierte ihre Bemerkung mit einem knappen »Schönen Feierabend!« und sah ihnen anerkennend nach, als sie die Tür hinter sich schlossen.

»So, Herr Sitte, dann wird gleich Herr Wohlfahrt mit den Ausdrucken kommen. Ich schlage vor, dass wir zwei uns die Daten ansehen, während mein Kollege sich Herrn Wohlfahrt widmet.«

Sitte nickte und schloss daraus, dass die Befragung seines Oberarztes ungemütlicher als die der Krankenschwestern verlaufen würde. Er runzelte seufzend die Stirn, er verspürte nicht die geringste Neigung, dabei zugegen zu sein. Bircher betrachtete schweigsam seine Fingernägel, drehte die Handflächen nach oben, legte die Hände übereinander und rutschte auf seinem Stuhl in eine angenehmere Position. Sitte stand auf und ging zur Tür, um nach Wohlfahrt zu sehen, während Bircher in Gedanken damit beschäftigt war, den bisherigen Handlungsablauf und seine Darsteller durchzugehen. Sitte und Kollegen sind sicher sehr gute Ärzte, die ihren Dienst tun und überhaupt keinen Anlass bieten, ihnen Fahrlässigkeit im Umgang mit den Patienten zu unterstellen. Andererseits sind sie wie Gläubige von der Unfehlbarkeit ihres Wirkens überzeugt. Er dachte an das Hewlett-Packard-Gerät und freute sich, dass sie erstmals in dieser Todesserie so etwas wie Beweismaterial in die Hand bekommen würden. Bis heute hatte er den Ärzten glauben müssen, die nichts von Komplikationen wissen wollten. Auch für den Chefarzt stand die Todesursache fest: normales Herzversagen. Im Fall Krug lag nun quasi eine Live-Schaltung vor, jeder Stromschlag der Elektrode in Krugs Herzmuskel war registriert worden. Jetzt müssten wir sehen können, ob Krug eines natürlichen Todes gestorben ist oder …? Ja, was oder, hat doch jemand nachgeholfen? Oder taugen unsere Schrittmacher nichts, setzen mal aus wie die Zündkerze im Zweitakter und schon steht der Motor still? Wird spannend, sagte ihm sein Gespür.

Die Stimmen von Sitte und Wohlfahrt rissen ihn aus seinen Grübeleien. Sie standen offensichtlich nebenan im Sekretariat und besprachen etwas. Bircher runzelte unwillig die Stirn, was gibt's da in meiner Abwesenheit zu bereden?, dachte er. Dauert so schon zu lange, bis die paar Bogen Papier ausgedruckt werden. Ist doch modernste Technik, hieß es.

Kurz darauf betrat Sitte sein Büro, hinter ihm stand abwartend Schmidter, in sich versunken wartete im Hintergrund Wohlfahrt.

»Genosse Schmidter, Sie reden bitte mit dem Doktor«, wies ihn Bircher an, Wohlfahrt mit einem kurzen Blick streifend. Hoffentlich kippt der uns nicht um.

»Können wir zu Ihnen gehen?«, wandte sich Schmidter ihm zu.

»Ja, natürlich, warum nicht«, antwortete kaum hörbar Wohlfahrt.

Sitte schloss die Tür hinter ihnen, für einen Augenblick stand er still, als würde er sie in Gedanken begleiten. Er legte einen Stapel gefalteter Bogen auf den Tisch, die Bircher daran erinnerten, dass ihm Angler etwas von Schusters Computerprogrammen erzählt hatte, mit denen Patienten ähnlicher Symptomatik erfasst wurden. Laut Angler wurden ihre klinischen Daten als kleine Wolken abgebildet, sogenannte Cluster, die alle Informationen über ein bestimmtes Krankheitsbild enthielten.

»So, Herr Bircher, schauen wir uns das mal an«, sagte Sitte gemächlich und faltete die Papierstöße auseinander.

Sie sahen wie gewöhnliche Druckerauszüge aus, statt Zahlen oder Buchstaben sah man jedoch das Auf und Ab der Zackenprofile eines Elektrokardiogramms. Sitte strich die Papierbahnen glatt und winkte Bircher zu sich heran.

»Das hier sind die zwei EKG-Aufzeichnungen von Krug und seinem Bettnachbarn aus der vergangenen Nacht. Sehen wir uns mal nach Auffälligkeiten um«, sagte er, als würde es sich um eine Routineuntersuchung handeln.

Sitte strich mit dem Zeigefinger über das Papier, murmelte etwas von R-Zacke, P-Zacke, Sinusrhythmus, guter Frequenz und Impulsbreite, während Bircher ratlos der Berg- und Talfahrt des Zeigefingers folgte. Sittes Augen wanderten ab und an zwischen den beiden EKG-Ausdrucken hin und her, aber die meiste Zeit lag sein Blick auf einer Papierschleife, wahrscheinlich die von Krug, dachte Bircher. Er hätte gern gewusst, wo auf der Papierbahn Sittes Finger das Lebensende Krugs markieren würde. Er glaubte am Rande eine Zeitskala zu sehen. Plötzlich drückte Sitte den Finger fest auf einen Punkt und murmelte:

»Hier, Herr Bircher.«

Bircher versuchte unter den Zeigefinger zu spähen, sah aber nur eine waagerechte Linie. Das rhythmische Auf und Ab der Linienführung war unter Sittes Finger abrupt abgebrochen, und in eine monotone Waagerechte übergegangen.

»Was bedeutet das?«, fragte er.

»Hier, ab diesem Zeitpunkt«, Sitte tippte auf den Anfang der Waagerechten, »setzte das EKG-Signal aus, was Herzstillstand bedeutet.«

Er bewegte seinen Zeigefinger behutsam entlang der waagerechten Linie bis zur Tischkante, hinter der der Ausdruck zu Boden fiel.

»Wie spät war es zu diesem Zeitpunkt?«, fragte Bircher und tippte nun seinerseits auf die Stelle, wo das EKG abbrach.

Sitte beugte sich weiter nach unten, um die Zahlen entlang der Zeitachse zu entziffern. Neben ihm stand Bircher in gebeugter Haltung, von hinten hätte man sie für zwei Briefmarkensammler halten können, die ein seltenes Exemplar in Augenschein nehmen.

»Das war kurz nach drei Uhr in der Früh. Hier können Sie das nachlesen, exakt um drei Uhr und sieben Minuten«, sagte Sitte mit einem Seitenblick auf Bircher.

Der bog sein Kreuz durch, trat einen Schritt zurück und legte den Kopf zur Seite.

»Merkwürdig. Professor Tetsche hat als Todeseintritt eine Zeit deutlich vor drei Uhr angegeben.«

Sitte richtete sich ebenfalls auf, warf einen letzten prüfenden Blick auf die Abbildungen, ging langsam auf die andere Seite des Schreibtisches, und nun standen sie sich wie in vertauschten Rollen gegenüber. Bircher stützte sich mit einem Arm lässig auf den Schreibtischstuhl und betrachtete mit zusammengekniffenen Augen das Kurvenwirrwarr. Er fragte sich, wie man aus diesem monotonen Wellengang auf den Zustand eines Herzens schließen konnte. Er schob die zwei Protokolle dicht nebeneinander, bis sich die Papierkanten berührten und die Zeitachsen exakt auf gleicher Höhe lagen.

»Die EKG-Kurven sehen für mich ziemlich ähnlich aus, fast identisch«, sagte Bircher, ohne zu Sitte aufzublicken.

Sitte machte drei Schritte und sie standen wieder nebeneinander.

»Bei ähnlicher Anamnese und Schrittmachertherapie schon möglich.«

»Aber müsste Krugs EKG zum Zeitpunkt seines Ablebens nicht irgendwelche Auffälligkeiten zeigen?«

»Gute Frage«, lobte ihn Sitte etwas gönnerhaft. »Hier sehen Sie das EKG von Krug kurz vor seinem Ableben. Ich kann nichts Auffälliges entdecken, ein, zwei schwache Extrasystolen, nichts Dramatisches.«

Für einen Moment sahen sich die beiden Männer in die Augen, als ertappten sie sich beim selben Gedanken.

»Lieber Herr Bircher«, Sitte räusperte sich, fast hätte er ihn mit »Herr Kollege« angesprochen, »der Krug hätte auch bei intakter Funktion des Schrittmachers sterben können, ein Herzanfall kann nicht gänzlich ausgeschlossen werden, und zwar ohne Vorwarnzeichen.«

Sitte blies einmal kurz die Backen auf, als glaubte er selber nicht ganz seinen Worten, und begann das Zimmer zu durchschreiten. Er stellte sich ans Fenster und betrachtete die Herbstfärbung der Bäume im Hof. Die Buchen leuchteten goldbraun, die Kastanien hatten die Blätter verloren. Bircher, der offensichtlich eine wichtige Information verarbeitete, nahm die Brille ab und massierte seine Nasenwurzel. Er stand immer noch hinter dem Schreibtisch und sah abwechselnd auf Sitte und die EKG-Aufzeichnungen. So richtig überzeugte ihn Sittes Erklärung nicht.

»Wir wissen doch noch gar nicht, ob der Schrittmacher bis zum Ende arbeitete«, meldete er seine Zweifel an.

»Hm, na davon gehe ich mal aus. Wäre er ausgefallen, hätte sich das Geschehen im EKG widergespiegelt.«

»Sterben eigentlich oft Patienten mit intaktem Schrittmacher an Herzversagen?«, hakte Bircher nach.

»Nein, eher sehr selten. Dann muss schon eine Dislokalisation der Elektroden auftreten. Also bildlich gesprochen: Kontaktabbruch zwischen Herz und Maschine.«

»Und wie erklären wir uns dann die Häufung derartiger Fälle in Ihrer Klinik?«

Sittes Gesicht verfärbte sich leicht ins rötliche und nahm den Ausdruck eines gekränkten Stars an. Aber seine Empörung hielt nur kurz an, wie im Dienst hatte er sich sofort wieder unter Kontrolle und ließ Birchers Frage einfach im Raum stehen.

»Was sind Extrasystolen?«

Die Frage Birchers platzte so unvermittelt in den Raum, dass selbst Sitte sein Erstaunen nicht verbergen konnte.

»Wie kommen Sie jetzt darauf, Herr Bircher?«

»Sie verwendeten gerade den Begriff, Herr Professor.«

Sitte glaubte eine feine Ironie herauszuhören. Er ging zum Schreibtisch und begann die Ausdrucke einzurollen, als wäre die Sitzung beendet.

»Allgemein gesprochen verstehen wir darunter unregelmäßige Herzschläge, kleine Aussetzer.«

»Aha. Pulsstottern.«

Sitte hielt inne und sah Bircher zweifelnd an, dem saß der

Schalk in den Augen, als wartete er darauf, dass Sitte seine Gedanken las.

»Sind die bei Ihnen aufgetreten?«

»Hm, kann sein. Mein Puls macht ab und an Pause.«

»Kann harmlos sein, ohne Belang und Konsequenz.«

»Wie stellt man fest, ob es harmlos ist?«

Bircher stellte seine Fragen, als leitete er Sitte Schritt für Schritt in eine bestimmte Richtung.

»Indem man ein EKG anfertigt.«

Bircher nickte, als hätte er verstanden und wäre mit der Antwort zufrieden gestellt. Sitte sah ihn schräg an, wie jemanden, der einen aufs Glatteis führen will. Plötzlich begriff er, worauf die Plauderei hinauslief: Er sollte Bircher seine Sorge vor Extrasystolen nehmen, ihm vielleicht sogar ein EKG anlegen. Der Major würde seinen Wunsch nie direkt aussprechen, das käme ja einer Vorteilsnahme gleich. Oder aber er will sein eigenes EKG wie einen Untersuchungsgegenstand verwenden, um irgendwelche Vermutungen abzuklären, das wäre allerdings eine sehr merkwürdige Vorgehensweise. Aber was ist schon normal bei dem Mann und diesem Beruf. Sei es drum, kann er haben, und der Klinik kann es nicht schaden. So ganz falsch lag er mit seinen Annahmen nicht. Bircher war die Idee spontan gekommen, einmal an sich selbst zu erproben, wie es ist, wenn auf dem Bildschirm seine Herzschläge laufen.

»Wir haben unten ein freies Zimmer«, bemerkte Sitte mit einem schelmischen Lächeln auf den Lippen.

»Was meinen Sie?«, fragte Bircher wie beiläufig, unterwegs vom Schreibtisch zum Besprechungstisch, auf dem seine Aktentasche lag.

»Krugs Zimmer ist frei und unser Westimport steht noch dort. Ich kann Ihnen ein EKG anlegen, dann sehen wir, was es mit dem Pulsstottern auf sich hat. Gleichzeitig können Sie sich quasi aus erster Hand ein Bild über die technischen Aspekte Ihres Falles verschaffen.«

Bircher öffnete den Mund, als wäre er sehr überrascht, und hob unentschlossen die Arme.

»In Krugs Zimmer? Muss ich mal die Techniker fragen.«

»Techniker?«

»Meine Kriminaltechnik. Die suchen nach Spuren.«

»Aha.«

Ihre Konversation wurde unterbrochen, weil das Telefon klingelte. Sitte nahm ab und reichte den Hörer an Bircher weiter.

»Für Sie, Herr Schmidter.«

»Was gibt's?«, meldete sich Bircher.

Er sah auf Sitte und hörte dabei Schmidter zu. Es dauerte keine zwei Minuten und Bircher legte auf.

»Meine Leute sind raus und Schmidter ist mit Wohlfahrt fertig. So sieht es aus«, sagte Bircher, wie um etwas anzudeuten.

»Na los, was stehen wir hier noch rum. Machen wir das EKG, bevor der Import ins Regierungskrankenhaus zurückgeht.«

»Mir scheint, Sie sorgen sich um meine Gesundheit«, murmelte Bircher, als wenn er sich in sein Schicksal ergäbe.

Sitte schritt still lächelnd zur Tür.

»Noch eine Bitte, ich brauche Kopien der EKG-Aufzeichnungen, die wir uns angesehen haben.«

»Wird erledigt«, antwortete Sitte, mit dem Daumen in Richtung Sekretariat weisend.

Während Bircher verkabelt wurde, war die Herbstsonne durch den verhangenen Himmel gebrochen. Schmidter und Angler saßen bei Manuela und betrachteten die Stores, in denen es wie auf einer sonnenüberfluteten Eisbahn flimmerte. Manuela versuchte sie über den Klinikbesuch auszufragen. Die Männer machten sich einen Spaß daraus, sie mit Andeutungen und beredtem Schweigen hinzuhalten. Manuelas geradezu kindlicher Wunsch, in alles einbezogen zu werden, ihre sie wie eine Grundströmung tragende Neugierde und ihre ausgeprägte Neigung, sich zu jeder Frage äußern zu müssen, boten ausreichend Gelegenheit zu freundlichen Hänseleien. Es war schon rätselhaft, wie der verschlossene und wortkarge Bircher und seine umtriebige Sekretärin miteinander auskommen konnten, und das nun schon bald zwanzig Jahre. Bircher hätte es wahrscheinlich gelangweilt, eine Charakterkopie seiner selbst an der Seite zu haben. Vielleicht war Manuela Riescher so etwas wie sein Unterhaltungsprogramm, das er manchmal brauchte, um sich abzulenken. Ging es ihr mal wirklich elend, herrschte im Sekretariat Totenstille und Bircher spitzte hinter seinem Schreibtisch besorgt die Ohren. Es dauerte aber meist keine zwei Tage und er hörte sie wieder trällern. Bircher schätzte am meisten an ihr, dass sie bei aller Neugierde auf sein Kommando »Zu niemandem ein Wort« ihr Wissen wie einen Stein im Brunnenschacht versenkte.

»Also, Rainer«, wandte sie sich an Schmidter und baute sich bedrohlich nahe vor ihm auf, »warum hast du den Chef nicht gleich mitgenommen, wenn doch eure Gespräche mit dem Personal beendet waren und unsere Technik abgezogen ist?«

Sie fragte nicht Angler, denn der hätte ihr nur grinsend die Schulter gedrückt und gebrummelt: »Frag ihn doch selbst.«

»Ich weiß nicht, was ihn aufgehalten hat. Sie waren wohl noch in Krugs Krankenzimmer, als ich ging.«

»Das Zimmer, in dem der vom Politbüro lag?«

»Das, in dem der Genosse Werner lag, und anschließend, bis zu seinem Tod, Herr Krug«, präzisierte Schmidter und sah mit geneigtem Kopf von oben herab auf Manuela, die ihn mit kreisrunden Augen anhimmelte.

»Aha, und das dann also leer war«, sprach sie leise seinen Gedanken aus.

»So ist es, sehr scharfsinnig beobachtet«, lobte sie Angler und hob einen Daumen.

»Haha.«

Manuela trat einen Schritt zurück, ohne Schmidter aus den Augen zu lassen, der verständnisvoll eine Augenbraue hob.

»Ich hoffe nur, dass der Chef sich nicht zu sehr von der Klinikatmosphäre anstecken lässt«, gab sie auf dem Weg zu ihrem Schreibtischstuhl zu bedenken. Die Kommissare sahen sich verdutzt an, als hätten sie sich verhört.

»Was meinst du denn damit?«, fragte Angler.

»Nichts weiter. Ist doch bekannt, dass der Chef keine kranken Leute um sich herum mag.«

Schmidter hob warnend die Hand und nickte mit dem Kopf in Richtung Tür. Alle lauschten und nahmen Haltung an. Jeder kannte den etwas schlurfenden Schritt Birchers, die Art, wie er sich bewegte, als fürchtete er inmitten seiner Gedanken ins Stolpern zu geraten. Wenn es darauf ankam, konnte er durchaus beschleunigen, dann winkelte er gewöhnlich die Arme an und sah wie ein Spaziergänger aus, der es noch rechtzeitig bei Grün über die Straße schaffen will. Die Tür flog auf und Bircher betrat mit abwesendem Gesicht das Zimmer. Er sah seine Mannschaft mit ernsten Mienen vor sich stehen, Manuela klimperte wortlos mit den Augen, und augenblicklich war Bircher hellwach.

»Was passiert?«, fragte er Manuela.

»Alles in Ordnung, Chef.«

Er sah sie an, als prüfte er den Wahrheitsgehalt ihrer Meldung.

»Na, dann kommt mal rein.«

Angler und Schmider folgten ihm, Manuela ließ sie nicht aus den Augen, man könnte sie ja hinzuziehen. Angler schloss die Tür hinter sich und sie beugte sich mit einem aufmüpfigen Achselzucken über ihre Schreibmaschine.

Bircher legte seine Aktentasche auf den Schreibtisch und schälte sich schwerfällig aus dem Mantel. Er winkte Schmidter und Angler zu sich.

»Holt euch einen Stuhl. Ich habe was zum Grübeln.«

Er öffnete die Schnallen seiner Aktentasche und kramte mit hochgezogenen Augenbrauen zwischen den Fächern. Seine Mitarbeiter warfen sich einen vielsagenden Blick zu, sie hatten in den vergangenen zehn Jahren noch nie eine andere als diese abgewetzte, etwa speckig anmutende braune Aktentasche mit den zwei Schnallen bei ihm gesehen. Allerdings kam es höchst selten vor, dass er sie mit sich trug. Sie kannten ihn eigentlich nur mit leeren Händen, er ähnelte ein bisschen einem neugierigen Urlauber, wenn er zur Arbeit ging. Bircher zog einen Stoß Papier hervor, kontrollierte die Aufschrift und ließ ihn rasch wieder versinken.

Er förderte zwei andere Stapel nach oben, legte sie nebeneinander vor sich auf den Tisch und faltete die Bogen auseinander, bis die Papierenden vor den Augen seiner Kollegen über die Schreibtischkante zu Boden fielen.

»Das sind die EKG-Ausdrucke von Krug und seinem Bettnachbarn«, begann Bircher seinen Bericht.

Er sprach langsam, darauf bedacht, wortgetreu Professor Sittes Erklärungen wiederzugeben. Nach wenigen Minuten schloss er: »Krugs Herz arbeitete bis drei Uhr sieben, genau zu dieser Zeit brach das EKG ab, von nun an war er klinisch tot. Tetsche ist allerdings davon überzeugt – ich habe ihn vom Auto aus gerade eben nochmal angerufen –, dass Krug deutlich vor drei Uhr verstorben ist, irgendwann zwischen Mitternacht und zwei. Da haben wir ein Problem.«

»Und den Herzschrittmacher selbst kann man leider nicht auslesen, der hat keinen Computer, der wie in einem Chip alle Informationen speichert«, bemerkte Schmidter und kraulte sich die Haare.

»Wir wissen also gar nicht, ob der Schrittmacher tatsächlich um drei Uhr sieben versagte und Krug genau zu diesem Zeitpunkt den Löffel abgab«, kommentierte Angler trocken.

»So ist es«, brummte Bircher.

»Die Ingenieure müssen sich den Schrittmacher von Krug ansehen«, bemerkte Angler.

»Ja, der Chefingenieur vom Werk, wie hieß der gleich?«, wandte sich Bircher in die Runde.

»Puls«, sagte Schmidter und sah den Mann mit dem Zigarillo vor seinen Augen, wie er ihm im leichten Singsang des Erzgebirglers stolz seine Entwicklungen präsentiert hatte.

»Hm, also du nimmst Krugs Schrittmacher und machst dich auf den Weg zu Puls«, befahl Bircher.

Schmidter nickte und warf einen verstohlenen Blick auf seine Uhr. Es war jetzt kurz nach zwei.

»Kann ich mal kurz in seinem Büro im TUR anrufen, nicht dass ich umsonst nach Dresden fahre?«

»TUR?«, fragte Bircher wie nebenbei, in der Akte blätternd.

»Transformatoren- und Röntgenwerk, TUR, ist der Kernbetrieb, während der VEB Fahrzeugelektronik in Pirna die Batterieentwicklung verantwortet, produziert wird in Halle.«

»So, hier steht in der Akte, dass die Isolation der Elektroden oder die Batterie als Störquellen in Betracht kommen«, unterbrach ihn Bircher. »Da müssen die Kollegen nochmal genau hinsehen.«

»Die Elektroden unserer Schrittmacher bei Sitte werden aus Westberlin importiert, Biotronik heißt der Betrieb«, ergänzte Schmidter.

»Interessant, also dann geh und ruf den Puls an, aber zu Hause. Heute ist Sonntag, auch in Sachsen. Hat der eine private Telefonnummer?«

»Ja, habe ich.«

»Na, dann los.«

»Philipp, du erzähl inzwischen, was Wohlfahrt zu sagen hat. Und wurden die Alibis überprüft?«

Schmidter sprang auf und eilte hastig aus dem Zimmer, besorgt, etwas zu verpassen.

»Doktor Wohlfahrt hat ausgesagt, gestern Nacht die Klinik kurz nach Mitternacht verlassen zu haben. Er traf sich gegen zweiundzwanzig Uhr mit Doktor Bäsler, der nach Krug schaute. Also, das stimmt mit der Aussage der Schwester Anja überein. Allerdings kann weder die Schwester noch Wohlfahrt sagen, wann Bäsler die Station wieder verließ, weil sie ihn mit Krug allein ließen. Genauso wenig können wir nachprüfen, ob Wohlfahrt tatsächlich die Klinik vor dem vermuteten Todeseintritt Krugs verließ. Auch das weiß die Schwester nicht, sein Zimmer liegt ja auf der anderen Etage, abgemeldet hat er sich auch nicht. Mal angenommen, dass Genosse Tetsche richtig liegt, hätte er ja noch bis zwei Uhr nachts in der Klinik sein können. Seine Frau, das haben wir schon an der Haustür erfragt, als wir ihn rausklingelten, kann nicht sagen, wann er nach Hause gekommen ist. Die schlafen in getrennten Zimmern.«

Bircher sah Angler nachdenklich an.

»Also, nichts Fassbares, nichts Neues. Auf Bäslers Station werden auch Schrittmacher eingesetzt, zwar nicht durch ihn, aber der ist sicher mit der Technik vertraut.«

»Stimmt, und Bäsler ist auch mit den Wohlfahrts befreundet. Der ist ja wohl bestens informiert über die Geschehnisse auf der Kardiologie.«

»Aber er ist nicht am Projekt beteiligt.«

»Na ja, jedenfalls nicht direkt. Und was sagen die beiden Akademiker Behrens und Schuster zum letzten Fall ihres Studienplans? Den Krug haben sie ja wohl auch gemeinsam mit Wohlfahrt ausgewählt.«

»Die schienen völlig überrascht davon, als ich vor ihnen stand und ihnen mitteilte, dass ich ihr Alibi prüfen will. Und die haben keins, weder der eine noch der andere. Die wohnen allein und schwören, dass sie im Bett lagen. Schuster sagt aus, dass er Wohlfahrt das letzte Mal vor etwa einer Woche besucht hätte. Klaus Behrens war an dem Tag, als Werner operiert wurde, auf der Station, um sich seine Proben abzuholen. Danach hätte er angeblich die Station nicht mehr betreten. Er war ziemlich angefressen, weil sein Vater wohl durchgesetzt hat, dass die Forschungsaufgabe vorerst nicht weitergeführt werden darf. Der macht sich um seine Doktorarbeit Sorgen.«

Angler verzog das Gesicht wie nach einer unverschämten Bemerkung.

»Schon merkwürdig, als gäbe es jetzt nichts Wichtigeres als den erfolgreichen Abschluss einer Dissertation«, murmelte er herablassend.

»Na ja, der ist eben Wissenschaftler und die denken zuerst an sich und ihren Ruhm«, sagte Bircher ernst.

Angler sah ihn zweifelnd an, die Ironie schimmerte als winziges Funkeln hinter Birchers Brillengläsern. Es klopfte einmal und Schmidter betrat wieder das Zimmer.

»Alles geklärt?«, fragte Bircher, ohne aufzublicken.

»Ja, Chef, ich würde dann gleich morgen früh nach Dresden aufbrechen.«

»Machen Sie das.«

»Also, zurück zu uns. Was schlägst du vor, Philipp? Wir haben nichts in der Hand, was uns veranlassen könnte, alle an der Studie Beteiligten in die Zange zu nehmen. Selbst wenn wir es täten, wir wüssten nicht einmal, welche Fragen wir stellen sollten. Das sieht nicht gut aus«, murrte Bircher und für einen Augenblick sah er ratlos aus.

Seine Gedanken irrten im Kreis. Diese Patienten, die liegen doch nicht irgendwo in einem Kreiskrankenhaus auf dem Lande, sondern in einer der größten Kliniken des Landes, wo selbst ein Politbüromitglied behandelt wird. Es scheint fast, als hinge ein Fluch über Sittes Kardiologie. Wie damals über dem Hochhaus am Strausberger Platz, als reihenweise unschuldige Frauen starben. Damals war es der Verlustschmerz eines irren Täters gewesen, der die Frauen das Leben kostete. Jetzt sind es harmlose Patienten, die plötzlich versterben. Bircher seufzte bei der Vorstellung, dass weitere Männer sterben könnten, würden sie nicht bald eine Spur entdecken.

»Also, lasst uns nochmal alle Akten durchgehen. Philipp, du sprichst ausführlich mit dem Doktor Wohlfahrt, ihr geht jeden Einzelnen der Patienten in Hinblick auf irgendwelche Gemeinsamkeiten durch, jedes Detail, nicht nur die medizinischen Parameter, auch alle persönlichen Daten. Legt die Personal- und Krankenakten übereinander, vielleicht haben wir etwas übersehen.«

Im Stillen hoffte er, dass der akribische Angler etwas finden würde, das seinen eher intuitiven Verdacht erhärten würde. Schmidter wartete indessen auf ein Zeichen, nach Hause aufbrechen zu dürfen. Er sah nicht recht, was sie bei der gegenwärtigen Faktenlage noch tun konnten. In den nächsten Tagen würde der Bericht der Gerichtsmedizin vorliegen, Puls hätte sich die Schrittmacher angesehen und die Kollegen vom Spurendienst wären mit ihren Analysen auch durch. Also, warum blies der Chef nicht zum Aufbruch? Als hätte Bircher die Gedanken seines Mitarbeiters erraten, erhob er sich plötzlich und faltete die Ausdrucke sorgfältig zusammen. Ihm war sein eigenes EKG-Profil eingefallen, das in der Aktentasche ruhte. Muss ich Karola zeigen, die wird Augen machen, wenn ich ihr diese kleinen zusätzlichen Ausrutscher zeige. »So harmlos wie einmal Niesen«, hatte Sitte gescherzt.

»Karl, ich habe da noch eine Information. Du hattest angeordnet, alle Beteiligten zu fragen, ob ihnen eines der Opfer bekannt sei. Mir fiel jetzt wieder ein Name ein, den Frau Wohlfahrt damals nannte, eher so nebenbei, als wäre er ihr mal zufällig über den Weg gelaufen. Und was glaubst du, was mir Frau Wohlfahrt sagte, als ich ihr heute noch einmal die Namen der Toten vorlas?«

Angler setzte die Miene eines verblüfften Ahnungslosen auf und legte den Kopf auf die Schulter. Bircher klatschte einmal in die Hände.

»Los, sag schon«, brummte er.

»Sie hatte damals ausgesagt, Wagner, unseren dritten Todesfall, zu kennen. Das steht in den Akten, und heute hat sie die Aussage nochmals bestätigt. Dieses Mal etwas ausführlicher.«

Bircher und Schmidter gaben fast gleichzeitig ein deutliches Raunen von sich. Angler erzählte von Belästigungen Wagners während einer Dampferfahrt, eines Betriebsausflugs, und davon, dass sie ihrem Gatten darüber berichtet hatte.

»Der Wagner wollte ihr an die Wäsche nachts auf dem Oberdeck«, beendete Angler seinen Bericht.

Er rieb sich die Hände und genoss die Überraschung, es kam selten vor, dass er seinen Chef erstaunt sah.

»Da hat uns Herr Wohlfahrt einiges verschwiegen«, sagte Angler und wackelte vielsagend mit dem Kopf. »Der könnte einige Rechnungen offen haben, mit Wagner und wer weiß mit wem noch. Bei der Frau …«

Bircher nickte ihm zu und dachte laut nach.

»Nun gut, das ändert einiges. Schon merkwürdig, dass ausgerechnet ein ehemaliger Bewunderer der Gattin auf seinem Tisch landet. Erscheint einem fast unmöglich, so ein Zufall. Mal nachhaken, vielleicht fällt ihr noch ein Name ein, Philipp, zeig ihr mal die Fotos der Opfer. Da fällt mir ein, dass alle Patienten in Berlin wohnten. Auch kein Zufall? Wir werden Doktor Wohlfahrt gegenüber nichts äußern. Wir sprechen uns morgen gegen vier wieder. Dann wissen wir hoffentlich mehr. Wünsche schönen Sonntagnachmittag«, verabschiedete er seine Mitarbeiter und hob eine Hand zum Abschied.

Er hatte es auf einmal eilig, nach Hause zu kommen und die Zackenprofile vor Karola auszurollen.

Schmidter und Angler riefen wie aus einem Mund: »Ebenso schönen Sonntag, Chef«, und verschwanden durch die Tür. Gleich darauf tauchte Manuela auf.

»Darf ich jetzt auch gehen?«

»Klar, warum bist du überhaupt hier? Ich habe dich nicht herbestellt.«

»Genosse Angler hatte mich angerufen, ich sollte mich um die Spurenleute kümmern. Ich dachte, es wäre ein besonderer Fall …«, versuchte sie sich zu erklären.

»Ja, Manuela, ist ja auch ein besonderer Fall, weil er so schleierhaft ist wie gute Gesundheit. Wir verpassen nichts, wenn wir jetzt nach Hause gehen, außer ein paar Stunden schönen Herbst.«

Gemeinsam verließen sie das Büro und verabschiedeten sich vor dem Präsidium mit einem herzlichen Handschlag. Bircher sah etwas ratlos Manuela hinterher, die munter in Richtung S-Bahnhof Alexanderplatz marschierte. Da gibt es einen Taxistand, fiel ihm ein, bevor er sie aus den Augen verlor. Nehme ich mir ein Taxi oder lauf ich mal ein paar Meter, das Wetter ist schön und Karola ist nicht zu Hause, hat sich mit einer Freundin zum Kaffee verabredet. Hm, er sah an sich hinunter auf sein Bäuchlein und hob wie zur Prüfung des Gewichts seine Aktentasche, die bis auf die EKG-Bogen nichts enthielt. Das Wetter ist schön, warum wandere ich nicht durch den Park bis hoch zur Dimitroff und nehme dann die Straßenbahn? Klar, wandern, das hatten wir ja eigentlich geplant. Wäre schon blöd, müsste ich Karola erklären, dass unser Urlaub hätte stattfinden können, weil bis auf die Aufklärung meines Pulsstotterns nichts ermittelt wurde.

Ich gehe jetzt um den Mont Klamott herum nach Hause, bekräftigte er seinen Entschluss. Der Berg ist zwar nur etwa achtzig Meter hoch, lässt aber mit ein wenig Phantasie Erinnerungen an Thüringen aufkommen, spornte er sich an. Unterwegs änderte er allerdings die Wanderroute, die ihn nun am Hügel vorbei geradewegs zum sogenannten großen Teich des Volksparks führte. An seinem Ufer befand sich ein Pavillonensemble mit drei Selbstbedienungsgaststätten, das im Juni 1973 anlässlich der X. Weltfestspiele der Jugend und Studenten eröffnet worden war. Visà-vis dem Teich war ein begehbarer Brunnen angelegt worden, ein Rosengarten rundete die kleine Idylle ab. Alle Mauern der Pavillons und die Einzäunungen waren aus Kieselwaschbeton wie für die Ewigkeit errichtet worden. Die Fassade beherrschten eine moderne Thermoverglasung und helle Betonplatten mit dunkelgrünen Fassadensprossen. Das Ganze sollte die Atmosphäre einer Landgaststätte verströmen. Der passende Ort für eine Kaffeepause, stellte Bircher zufrieden fest.

Er saß mit ausgestreckten Beinen auf der Terrasse, schlürfte einen Kaffee komplett, dachte an seine Herzmuskelpotentiale, die besser als erwartet ausgefallen waren, und beobachtete vor sich auf dem Rasen die herumtollenden Familien. Schade, dass ich keine Kinder habe, dachte er und es überkam ihn eine seltene Wehmut, als er die vielen Kinderwagen um sich herum sah. Ja, sollte nicht sein, leider, aber vielleicht sind Karola und ich gerade deswegen unzertrennlich. Seine Augen glitten die mächtigen Eichen hinauf, bis ihn die Sonne blendete und er sich abwandte. Er kontrollierte die Zeit und beschloss aufzubrechen. Karola sollte jetzt zu Hause sein, mal sehen, ob ihr scharfer Blick meine Extrasystolen entdeckt.

Karl Bircher betrat die Wohnung und rief wie üblich:

»Hallo, Karola, hier bin ich!«

Er lauschte und hörte in seinen Ohren nichts als den Nachklang seiner Worte. Hm, schade, dass sie nicht da ist, stellte er etwas betrübt fest. Dann bereite ich erstmal meine Demonstration vor. Er hatte gerade mit zusammengekniffenen Zähnen und vorgeschobenem Kinn die letzte Reißzwecke in die Tapete des Flurkorridors gedrückt, als sich in der Haustür der Schlüssel drehte. Er ließ augenblicklich seine Hände sinken, stellte sich breit lächelnd in den Korridor und warf einen prüfenden Blick auf sein Werk. Karola betrat den Flur und wäre ihm beinahe auf die Füße getreten.

»Karlchen, du bist schon hier, welche Überraschung!«

Sie schlang ihre Arme um seinen Hals und zog ihn zu sich hinunter.

»Haben sie dich vorzeitig aus der Klinik entlassen, mein Lieber?«, flüsterte sie ihm ins Ohr.

»Ja, weil Sonntag ist, Freigang.«

»Ach, wie schön, und die Entlassungspapiere haben sie dir auch mitgegeben«, kicherte sie an seinem Hals, mit halbem Auge die Tapete musternd.

»Nicht nur meine«, flüsterte er und löste sich aus ihrer Umarmung.

Karola sah ihn kritisch an, als prüfte sie seinen Gesundheitszustand, schielte erneut auf die Wand und warf dabei ihren Mantel über den Garderobenhaken.

»Was stellen diese Zickzackkurven dar?«, fragte sie neugierig.

»Den Zustand dreier Männerherzen aus kardiologischer Sicht. Also, das sind die Ausdrucke der Elektrokardiogramme, verkürzt als EKG bezeichnet, von einem verstorbenen Patienten, seinem lebenden Bettnachbarn und deinem Mann.«

Karola bewegte ratlos den Kopf hoch und runter, bemüht zu begreifen, was ihr Mann mit dieser Galerie bezweckte.

»EKG, nie gesehen, wie Herztätigkeit als Grafik dargestellt wird. Was bedeuten die Wellen?«

»Na ja, das muss dir eigentlich ein Arzt erklären. Nur so viel: Der Herzmuskel kann sich nur zusammenziehen und ausdehnen, wenn er bestimmte elektrische Signale empfängt. Muss man sich wie bei einem Auto vorstellen, wenn ein Funken in der Zündkerze das Benzin entflammt und die freigesetzte Energie den Zylinderkolben in Bewegung setzt. Der Herzmuskel ist quasi der Zylinder und der Funken ist ein elektrisches Feld, das sich andauernd in Herzzellen auf- und abbaut. Die Zackenlinie zeigt an, ob die Zündkerzen intakt sind.«

Birchers Gesicht nahm den Ausdruck eines Sängers an, der prüft, ob der Ton sitzt.

»Nun, das ist meine laienhafte Erklärung. Ist auch wurscht, mich interessiert, ob du Unterschiede in den Bildern erkennst. Als Restauratorin hast du den gewissen Blick für das versteckte Detail, nicht?«

Karola sah ihn von der Seite an, wie um seine Gemütslage zu prüfen.

»Sag mir bloß nicht, dass ich rauskriegen soll, wo du hier hängst. Und überhaupt, wie kommst *du* an die Wand? Hattest du etwa Beschwerden?«

Sie musterte ihn eindringlich, sah aber nur ein verstecktes Lächeln in den Mundwinkeln und eine abwehrende Geste.

»Alles bestens. Professor Sitte hat mir die Untersuchung angeboten, als wir zufällig auf mein Herz zu sprechen kamen. Lag ja nahe, in dieser Klinik. Mein Herz ist in Ordnung, die Aussetzer sind ganz harmlos, kleine Fehlzündungen ohne Bedeutung für den Kolben.«

»Na, ein Glück. Verstehe ich das richtig, du hast hier Sittes Befunde an die Wand gepinnt und ich soll ein bisschen raten?«

»Warum nicht? Es ist ja nicht das erste Mal, dass du mir hilfst, jemanden hinter Gitter zu bringen. Denk nur an den Fall mit dem Ringabdruck am Hals des Opfers, oder an deine Zahlenkunststücke mit den Mietern im Kinderhochhaus.«

»Meine Güte, das hört sich an, als wäre ich eine Wahrsagerin.«

»Bist du ja auch, für mich.«

»Sag jetzt bloß nicht, dass ich dein Herz einer der Papierschlangen zuordnen soll.«

»Traue ich dir zu. Nee, im Ernst, ich dachte, dir fällt was auf. Keine Ahnung, ist vielleicht eine Schnapsidee. Wie gesagt, hier hängen quasi die Herzen unterschiedlicher Personen.«

»Also, dann lass mich mal in Ruhe gucken. Du kannst inzwischen einen Wein für den Abend raussuchen.«

»Was gibt es zum Abendbrot?«

»Toast Hawaii.«

»Ach herrjeh.«

»Hatte keine Zeit zum Einkaufen. Bierschinken, Toastbrot und Ananas haben wir. So, auf geht's.«

Sie schob ihn sanft aus dem Flur ins Wohnzimmer, um sich die Bilder in Ruhe anzusehen, wie in ihrem Museum, wenn sie ein Original von einer Fälschung unterscheiden musste. Karl Bircher saß indessen auf dem Sofa und studierte das Fernsehprogramm. Er warf es gelangweilt auf den Tisch und drehte den Kopf zum Flur. Er gähnte einmal herzhaft und stemmte sich ein wenig aus dem Sofa, um nach Karola zu sehen, überlegte es sich dann aber anders und ließ sich wieder ins Polster sinken.

»Karlchen, komm mal bitte«, rief sie munter aus dem Flur.

Sein Gesicht leuchtete wie ein Lampion auf. Sie hat was entdeckt! Wie eine Lehrerin, die auf ihren Schüler wartet, stand sie mit erhobenem Zeigefinger im schmalen Korridor, vor sich an der Wand die zur Erde fallenden Aufzeichnungen.

»Schau mal, das erscheint mir merkwürdig«, begann sie, ihre Augen auf die Wand gerichtet. »Die beiden hier«, es war das EKG ihres Mannes und das von Krug, »die sind ganz unterschiedlich, also von Anfang bis Ende. Hier sieht man das etwa deutlich.«

Sie tippte auf eine Stelle des EKGs.

»Ja, sieht so aus.«

Sie hat gerade meine Extrasystolen berührt, stellte er fest. Sie bewegte ihre Hand entlang von Karls EKG, von oben bis ganz nach unten, knapp über den Fußboden. Ab und zu tippte ihr Zeigefinger auf offensichtliche Abweichungen.

»So, und wenn ich mir dann diese zwei ansehe, drei gleichzeitig kann ich miteinander nicht vergleichen«, sie pochte jetzt mit dem Knöchel ihres Zeigefingers abwechselnd auf die EKGs von Krug und seinem Bettnachbarn, »dann erscheinen die bis auf den Punkt, wo das eine nur noch eine einzige Linie aufweist, über eine bestimmte Strecke hinweg merkwürdig ähnlich. Bevor wir weitermachen, was bedeutet diese gerade Linie?«

»Die setzt zum Zeitpunkt des Herzstillstandes ein. Also, da funkte nichts mehr. Hier an der Seite ist die Zeitachse eingezeichnet. Da sieht man, dass ab drei Uhr und sieben Minuten das Herz stillstand.«

»Verstehe. Ich habe eine Idee. Können wir mal diese beiden abhängen und auf den Küchentisch legen?«

»Nur zu, Chefin.«

Er begann vorsichtig die Reißzwecken aus der Tapete zu lösen.

»Welches ist eigentlich deines?«, fragte Karola und sah ihn nachdenklich an.

»Mein Herz wird nicht abgehängt, hast du gerade entschieden.«

»Wie sonst, das wertvolle bleibt unberührt.«

Karola verschwand in ihrem Arbeitszimmer, um kurz darauf mit sehr feinem Zeichenpapier und einem Packen Blaupapier in die Küche zu marschieren. Angriffslustig postierte sie sich vor dem Tisch. Karl trat zu ihr, die Aufzeichnungen baumelten wie Girlanden über seine Schulter. Er legte sie vorsichtig auf die Tischplatte und trat einen Schritt zurück.

»Und, verrätst du mir jetzt, was du vorhast?«

Sie stemmte die Hände in die Hüften und hob eine Hand.

»Wenn ich dich richtig verstanden habe, so spiegeln diese Kurven elektrische Signale im Herzen eines Individuums wider. Bis heute war mir zwar die Redensart geläufig, dass zwei Herzen in einem Takt schlagen können, aber ich dachte, dass biologisch betrachtet jeder von uns einzigartig ist.«

»Mein Schatz, keine Ahnung, wovon du sprichst.«

»Warte einen Moment. Lass mich mal machen.«

Karola legte ein Kardiogramm über einen Bogen Blaupapier, schob unter das Blaupapier ein Blatt des Zeichenpapiers und begann mit einem harten Bleistift sorgfältig die Linien des Kardiogramms nachzuzeichnen. Als der Bleistift den Zeitpunkt drei Uhr dreißig erreichte, brach sie ab. Unter der Blaupause lag jetzt eine Kopie von Krugs EKG. Anschließend wiederholte sie den Vorgang für den Bettnachbarn Krugs in der exakt identischen Anordnung, tauschte also nur Krugs Dokument gegen das seines

Nachbarn aus. Sie legte den Stift zur Seite und zog unter dem Blaupapier die Kopie der beiden EKG-Aufzeichnungen hervor. Sie hielt sie gegen das Licht der Lampe über den Küchentisch. Verblüfft sah Bircher eine einzige Linie, als hätte Karola ein Blatt kopiert.

»Karlchen, schau: eine einzige Linie resultierend aus zwei EKGs würde bedeuten, dass zwei Menschen völlig identische Herzsignale aussenden. Gibt es so was?«

Sie hielt ihrem Mann die Kopie vor die Augen. Er blinzelte verdutzt und schob prüfend den Kopf nach vorn.

»Also, wenn ich das richtig sehe, ist da nicht die geringste Abweichung zwischen den beiden. Gibt es so was?«, wiederholte er ihre Frage.

Verblüfft griff er sich ans Kinn. Bisher waren ihm nur der Fingerabdruck und die Blutgruppenantigene untergekommen, die für jedes Individuum einzigartig sind und deshalb Menschen eindeutig voneinander unterscheiden. Er ertappte sich bei dem Gedanken, dass er trotz seines Biologiestudiums nie darüber nachgedacht hatte, ob ein Herz, eine Leber oder was einen sonst noch am Leben hält, bei zwei Menschen ununterscheidbar sein können. Eher nicht, vermutete er, immer noch auf die Linienführung starrend. Gibt es Menschen mit identischen Herzpotentialen oder mit identischen Hirnströmen? Eine Frage an Sitte, beschloss er, und stellte sich vor, wie der ihn sprachlos ansehen würde. Er wiegte leicht den Kopf.

»Ich rufe nachher Schmidter an, der fährt morgen nach Dresden zu den Schrittmacherentwicklern. Vielleicht haben die mal darüber nachgedacht. Sitte kann ich am Sonntag nicht mit so einer Frage stören, der erklärt mich vielleicht für verrückt.«

»Mach das. Hast du Hunger?«

»Hm, Hunger schon.«

»Wird dir schon schmecken, die Ananas kommt aus dem Delikatladen.«

»Woher sonst. Besser zum Toast als zur Bowle.«

»Puh. Bowle …«

Der Toast mit dem besonderen Namen war dann besser als sein Ruf, schließlich kam er nicht aus irgendeiner Gaststätte, sondern aus Karolas Küche. Sie hatte das Kunststück vollbracht, den Toast nicht mit dem üblichen Schmelzkäse aus Scheibletten, sondern mit einer Mischung aus Edamer und Emmentaler zu belegen. Ein wenig Pfeffer und ein Hauch Essig über die Ananasscheiben verwandelten das Originalrezept in eine Version, die Karl ein anerkennendes »Aha« entlockte. Er war bester Stimmung und warf immer mal wieder einen bewundernden Blick auf Karola. Welches Glück, dass meine Frau im Museum arbeitet, wer, wenn nicht sie, käme auf die Idee, EKGs übereinander zu legen. Könnte eine interessante Spur sein, diese Kopie, hoffte er im Stillen. Es stellt sich die Frage, ob uns jemand *ein* EKG für *zwei* Herzen unterjubeln will. Wozu? Völlig rätselhaft. Morgen früh fahre ich zu Sitte, mal sehen, ob ich ihn mit Karolas Zeichnung aus dem Gleichgewicht bringen kann.

ACHT

Sitte konnte Bircher erst um dreizehn Uhr empfangen. Er hatte den Vormittag im OP-Saal verbracht und in seinen Gesichtszügen lag noch die Anspannung der letzten Stunden. Aufmerksam hörte er Bircher zu, der ganz harmlos zu erzählen begann, wie er sein EKG mit dem von Krug hatte vergleichen wollen, und deshalb beide an die Wand gehängt hatte.

»Man hat nicht jeden Tag die Möglichkeit, seinen Herzschlag mit dem eines Toten zu vergleichen«, witzelte Bircher, worauf Sitte etwas pikiert dreinsah.

»Das vom Bettnachbarn habe ich auch aufgehängt, also drei EKGs nebeneinander«, fuhr Bircher fort, während Sittes Augen ihn musterten, als suchte er eine Veränderung in Birchers Zügen. »Aber eigentlich interessiert mich mein eigenes EKG nicht sonderlich, Sie haben mich ja für gesund erklärt. Die EKGs von Krug und seinem Nachbarn, die haben es mir angetan. Im Unterschied zu mir sind sie nicht nur beide krank, sondern stehen auch unter ähnlicher Therapie. Ich dachte, mal sehen, ob die Zacken widerspiegeln, woran sie beide leiden. War so 'ne Art Eingebung, kommt bei uns Kriminalisten schon vor, dass wir merkwürdigen Ideen nachgehen«, erzählte Bircher im Plauderton, die Mitwirkung seiner Frau zunächst verschweigend.

»Und, Sie glauben es nicht, Herr Sitte, was ich entdeckte, hat mich dann doch verblüfft. Die EKGs der beiden Männer, eines toten und eines lebendigen, sind über einen längeren Zeitraum total identisch, sehen Sie hier«, sagte Bircher plötzlich sehr ernst und zog Karolas Zeichnung aus der Aktentasche.

Langsam berichtete er dem erstaunten Professor von dem kleinen Zeichenexperiment auf dem häuslichen Küchentisch.

»Der Gerechtigkeit halber muss ich Ihnen gestehen, dass meiner Frau die Idee kam, die Kurvenverläufe übereinander zu legen und zu kopieren«, gestand er zum Schluss.

Sitte sah ihn wie einen Paradiesvogel von der Seite an, bemüht, seine Verblüffung zu verbergen. Wie zwei Geheimnisträger betrachteten sie das Blatt Papier vor sich. Bircher hob schließlich entschuldigend die Schultern und lehnte sich zurück, als wäre der Rest Sittes Sache.

Blödsinn, dachte Sitte spontan, die können nicht identisch sein, die Patienten haben unterschiedliche Anamnesen. Er versuchte sich zu erinnern, ob er jemals völlig identische Röntgenbilder gesehen hatte. Er wusste es nicht, weil es ihm nie eingefallen war, die Bilder übereinander zu legen. Aber wie findet man eine Spur, wenn man nicht nach ihr sucht? Er schüttelte den Kopf und erhob sich. Unsinn, sagte er sich, die Wahrheit liegt in den exakten Daten. Er ging zu seinem Schreibtisch und kramte in einem Stapel Krankenakten, der sich beeindruckend hoch vor ihm auftürmte.

»Es ist ausgeschlossen, dass die beiden Männer identische EKGs aufweisen. Der Bettnachbar litt an einer Hypertrophie und die ruft eine erhöhte R-Amplitude hervor, gelegentlich auch eine doppelte P-Zacke. Also, es ist so gut wie ausgeschlossen, dass die beiden ein und dasselbe EKG haben.«

Bircher sah ihn ungläubig an: R und P und doppelte Zacke, was soll ich damit anfangen, was hat das mit dem Fall zu tun?

»Sie sagen mir, dass unser Toter anders krank war als sein Nachbar«, fasste er das Gehörte vorsichtig zusammen.

»So ist es.«

»Und in der betreffenden Nacht, hatte der Nachbar auch diese Zacke?«

Sitte sah nach und schüttelte den Kopf.

»Nicht in dem Zeitraum, der Sie interessiert. Er wurde aber auch medikamentös eingestellt, neben dem Schrittmacher erhielt er Betablocker.«

»Aha, Blutdrucksenker«, erinnerte sich Bircher.

Sitte studierte noch immer das EKG des Bettnachbarn und verglich einzelne Abschnitte mit denen von Krug. Er hielt inne und winkte Bircher zu sich.

»Hier sehen Sie eine Abweichung in den Elektrokardiogrammen, da ist die Andeutung einer doppelten Zacke, die bei Krug fehlt. Das war kurz vor vierundzwanzig Uhr. Also, warum die Herzen der Patienten dann ab Mitternacht für mehrere Stunden wie im Gleichklang schlagen konnten, ist mir allerdings auch ein Rätsel, Herr Bircher«, sagte Sitte kopfschüttelnd, während seine Augen immer wieder über die Blätter glitten.

Beide verfielen in ein nachdenkliches Schweigen. Sitte kraulte sich den Nacken und schnaufte ganz leise durch die Nase. Bircher ordnete seine Gedanken: Der Schrittmacher, egal ob defekt oder fehlerfrei, kann die identischen Herzkurven der Männer nicht erklären. Ein defekter Schrittmacher würde die Sache eher noch verzwickter machen. Wie könnten ein intakter und ein defekter Schrittmacher identische Kurven produzieren, das müssen wir Puls mal fragen, nahm er sich vor.

»Also, Herr Bircher, ich habe keine Erklärung für diesen Sachverhalt. Vielleicht liegt hier ein technisches Phänomen vor«, meldete sich schließlich Sitte, als würde er in Birchers Gedanken lesen.

»Mein Kollege ist gerade in Dresden bei Herrn Puls. Wer weiß, vielleicht hat er eine Idee. Kann ich mal Ihr Telefon benutzen?«

»Selbstverständlich«, sagte Sitte, rieb sich unternehmungslustig die Hände, öffnete die Tür zum Sekretariat und überließ Bircher den Raum.

Er war auf einmal ganz bei der Sache, so wie vor einer wichtigen Operation. Es dauerte keine zwei Minuten, da meldete sich Bircher:

»Also, Herr Sitte, der Ingenieur erhält die fraglichen EKG-Ausschnitte per Fax, noch heute.«

»So, was kann ich noch für Sie tun, Herr Bircher?«, fragte Sitte, der mit einem anerkennenden Lächeln einen letzten Blick auf Karolas Kopie warf.

»Wir warten mal ab, was uns die Techniker mitzuteilen haben. Dann sehen wir weiter. Ich muss die EKGs noch einen Tag behalten.«

Sitte zuckte hilflos mit den Schultern und reichte ihm die

Unterlagen. Sie verabschiedeten sich herzlich, und nachdem Bircher gegangen war, stand Sitte noch minutenlang am Fenster und dachte an die Frau des Majors und ihren Einfall, der ihm mehr zu denken gab, als er sich hatte anmerken lassen.

Bircher eilte ins Büro, er hatte es eilig, das Fax musste raus, solange Schmidter bei Puls war. Als Manuela von der Poststelle zurückkam, berichtete sie ihm, dass auf der Station von Dr. Wohlfahrt die Wache wieder vor Ort war, dass Tetsches Bericht auf seinem Schreibtisch lag und dass General Meier um einen Rückruf bat. Er hörte mit halbem Ohr zu. Was ihn wirklich interessierte, darauf musste er nun warten, die Meinung von Puls zu den *identischen Herzen*.

»Soll ich zum General durchstellen?«, fragte Manuela mit einer Hand auf dem Telefonhörer.

»Ja, später, nachdem ich Wolfgang Tetsches Bericht gelesen und mit Puls telefoniert habe.«

»Verstehe«, murmelte sie, ohne zu begreifen, wann das dann wäre.

Bircher verschwand in seinem Zimmer, warf den Mantel über einen Stuhl und griff noch im Stehen nach Tetsches Bericht. Er überflog die eine Seite und wedelte danach wie zur Kühlung mit dem Papier vor seinem Gesicht. Da steht nichts Neues drin, knurrte er zwischen den Zähnen. Es bleibt dabei, dass Krug deutlich vor drei Uhr verstorben ist, schrieb Tetsche. Wenn es nach dem EKG-Protokoll ginge, wonach sein Herz bis drei Uhr sieben schlug, dann hätte seiner Auffassung nach »ein Toter mit normalem Herzschlag« im Bett gelegen. Bircher sah Tetsches süffisantes Grinsen vor seinen Augen.

Er legte den Bericht auf seinen Schreibtisch und bewegte sich langsam zum Fenster. Er sah hinüber in Richtung Friedrichshain und dachte an das Café und den Teich davor mit den Schwänen, die, wie durch eine unsichtbare Strömung getragen, über das Wasser glitten. Es mutete sehr elegant an, ein Bild der Harmonie und inneren Einkehr, wie die weißen Vögel, ungerührt von den Menschen am Ufer, ihre Kreise zogen. Wie die Endlosschleifen auf dem EKG-Monitor, kreuzte ein merkwürdiger Vergleich seine Erinnerung. Sollte ich öfters machen, diesen Spaziergang. Nur wann? Wenn ich mal vor sechs rauskomme, gehe ich nach Hause und verkrümele mich nicht allein in den Park. Karola verlässt ihr Museum schlag halb fünf. In der Regel war sie um fünf zu Hause, wo sie als erstes ihr vom Frühstück liegen gebliebenes Kreuzworträtsel zu Ende löste. Wie ist sie nur auf die Idee gekommen, diese Kurven übereinander zu legen? Wahrscheinlich legt sie immerzu Originalzeichnungen, Drucke oder sonstwas übereinander oder nebeneinander, um sie zu vergleichen. Na ja, sie wird jubeln, wenn ich ihr sage, dass der Trick mit dem Blaupapier unserem Fall eine dramatische Wende beschert. Mann, selbst Sitte war baff, als ich ihn nach identischen Herzströmen befragte. Kann man mal sehen, es gibt keine blöden Fragen.

Das Telefon schreckte Bircher auf. Meier, war sein erster Gedanke, warum hat der Chef es so eilig? Er griff zum Hörer.

»Da ist der Herr Puls aus Dresden in der Leitung, soll ich …«, fragte Manuela.

»Stell durch«, unterbrach sie Bircher.

»Guten Tag, hier spricht Puls, haben Sie einen Moment Zeit für mich?«

»Ja. Haben Sie den Genossen Schmidter getroffen?«

»Habe ich, er ist eben abgefahren. Erst konnte ich ihm auch nicht helfen, ich meine, ich konnte mir diese merkwürdigen EKG-Verläufe nicht erklären. Mein erster Gedanke war, dass so was nicht vorkommt, identische elektrische Impulse, also bei so einem komplexen Vorgang wie es das elektrische Reizleitungssystem darstellt, obwohl, äh, bin ja kein Arzt, aber …«

»Und was war Ihr zweiter Gedanke?«, unterbrach ihn Bircher.

Für einige Sekunden schien die Leitung tot zu sein, aber dann hörte Bircher ein leichtes Hüsteln, so als wäre sich Puls unsicher, wie er sich ausdrücken sollte.

»Wissen Sie, Genosse Bircher, ich habe das nochmal aus der Warte des Ingenieurs durchdacht. Also die Fragestellung lautet:

Ist es technisch vorstellbar, dass zwei Menschen nebeneinander im Bett liegen, jeder für sich verstöpselt, und nebenan im Wachraum auf den Monitoren ein und dasselbe Elektrokardiogramm erscheint?«

Erneut ließ er ein Räuspern und Seufzen vernehmen, als würde er sich vorab für seinen Vorschlag entschuldigen wollen.

»Schießen Sie los, Genosse Puls«, ermunterte ihn Bircher, der wie gebannt durch die Fenster sah.

»Parallelschaltung.«

»Wie bitte? Was meinen Sie?«, rief Bircher in den Hörer und drehte sich, wie nach jemandem ausschauend, um die eigene Achse.

Hatte Puls etwas verwechselt? Puls begann zu erklären und Bircher lauschte den im vertrauten Dialekt vorgetragenen Überlegungen mit höchster Aufmerksamkeit. Obwohl Bananenstecker und Kabelklemmen nicht zu seinem täglichen Handwerk zählten, glaubte er die Hypothese verstanden zu haben, und sie verschlug ihm den Atem. Wenn das so abgelaufen wäre! Unglaublich auf den ersten Blick, denkbar auf den zweiten.

»Haben Sie mich verstanden, Genosse Bircher?«, ließ sich Puls vorsichtig vernehmen.

»Ich denke schon, wenngleich nicht in allen Details. Können Sie das für mich zeichnen, mir so 'ne Art Schaltplan schicken?«

»Habe ich bereits Ihrem Mitarbeiter mitgegeben, eine Handskizze.«

»Gut. Und wenn es dann so wäre, wie Sie es sich vorstellen, könnte man diese Parallelschaltung irgendwie nachvollziehen, jemanden im Nachhinein überführen?«

»Sehr schwierig, eigentlich kaum möglich«, murmelte der Ingenieur, darauf bedacht, keine Hoffnungen zu schüren.

Birchers Gedanken überstürzten sich: Wenn der Schaltplan, den Puls gerade wie einen betrieblichen Verbesserungsvorschlag seelenruhig vorgetragen hatte, so im Krankenzimmer umgesetzt worden wäre, stünde dahinter ein unglaublich raffiniert ausgetüftelter Mordplan.

»Nochmal zur Sicherheit, diese Umprogrammierung, und das ist es ja wohl, was Sie meinen, geht die relativ schnell über die Bühne?«

»Freilich, Genosse Bircher. Weniger als eine Minute«, betonte Ingenieur Puls, der sich in dieser Frage durchaus in die Gedankenwelt des Täters hineinversetzen konnte.

Bircher nickte und atmete einmal tief durch. Sein nächster Gedanke galt Sitte. Mit ihm muss ich dieses absurd erscheinende Szenario durchspielen, beschloss er. Donnerwetter, Puls verdient einen Nationalpreis, sollte er richtig liegen.

»Genosse Puls, ich danke Ihnen sehr. Dann warte ich auf Ihre Skizze und wir melden uns wahrscheinlich noch einmal. Schönen Tag noch.«

»Gerne, Genosse Bircher. Hoffentlich konnte ich helfen.«

Das ist durchaus denkbar, sagte sich Bircher, und ging ins Sekretariat. Manuela sah von ihrem Schreibtisch auf und öffnete den Mund, sie dachte an den General, besann sich aber und schwieg.

»Wann trifft Schmidter ein?«

»Er müsste jeden Augenblick hier sein.«

»Soll sofort zu mir kommen.«

»Und der Rückruf zum General?«, fragte sie vorsichtig.

»Nachdem ich mit Schmidter geredet habe.«

»Verstanden.«

Das Gespräch mit Schmidter über die »Pulssche« Schaltung dauerte nicht lange. Schmidter mit seinem technischen Verstand hatte Puls' Idee sofort begriffen. Bircher kam dann auch gleich zum Punkt: Sollte sich hinter dem Schaltplan tatsächlich ein Mordplan verbergen, dann fehlte die Mordwaffe. Oder gab es keine, im herkömmlichen Sinn? Bircher befahl absolutes Stillschweigen, Schmidter sollte das auch Puls mitteilen.

Nachdem Schmidter gegangen war, lehnte sich Bircher in seinem Sessel zurück, schloss die Augen und versuchte seiner Phantasie freien Lauf zu lassen. Aber die führte ihn nirgendwohin, sein Grübeln verlief sich wie eine Spur im Wüstensand. Sollte die vor ihm liegende Skizze von Puls ein Rätsel lösen, so entzog sich die Lösung seinem Vorstellungsvermögen. Ihm war nur klar, dass der Täter mit den klinischen und technischen Vorgängen auf der Station bestens vertraut sein musste. Und dass er, ging man von einer Serie aus, seine Vorgehensweise geändert hatte, als er von der zentralen Aufzeichnungstechnik des Hewlett-Packard-Systems erfuhr. Demnach musste es jemand aus der Klinik sein. Aber warum suchte er sich ausgerechnet Krug aus, der überwacht wurde? Es gab doch genug andere Patienten mit einem Schrittmacher, die leichter zu manipulieren gewesen wären. Dahinter musste ein Plan stehen, davon war Bircher jetzt restlos überzeugt. Das Telefon klingelte hartnäckig und Manuela kündigte General Meier an.

»Tag, Karl«, meldete sich Meier. Wie üblich war aus seiner Tonlage keine Gemütsregung zu entnehmen.

»Guten Tag, Horst, du willst sicher über den Klinikfall informiert werden«, kam Bircher ohne Umschweife zur Sache.

»So ist es, schieß los«, forderte ihn Meier auf.

Bircher hob die Augenbrauen. Der alte Fuchs verrät nicht, was ihn zu diesem Telefonat veranlasst, dachte er. Sicher nicht die Lust zum Plaudern.

»Wir tappen im Dunkeln«, entschloss sich Bircher zu einer Variante, die das Gespräch nicht in die Länge ziehen würde und der Wahrheit nahekam.

Er berichtete in knappen Worten über die Ermittlungen und seinen Verdacht, dass es jemand auf eine bestimmte Patientengruppe abgesehen haben könnte. Meier knurrte unwillig. Das klang ihm zu windig. Die Variante mit der Parallelschaltung erwähnte Bircher nicht, sie hätte doch nur ein ratloses Kopfschütteln hervorgerufen. General Meier unterbrach ihn erst, als er erzählte, dass bei dem neuen Fall die Herztätigkeit aufgezeichnet werden konnte.

»Das war möglich, weil ihr das Westgerät bei euch hattet«, zeigte er sich informiert.

Bircher ging ein Licht auf. Meier will von mir nur wissen, ob Genosse Werner in Gefahr gewesen sein könnte. Auch gut, sagte er sich und unterstrich, dass ein technischer Defekt in den Herzschrittmachern höchstwahrscheinlich auszuschließen sei.

»Das ist doch mal eine gute Nachricht«, lobte Meier und hatte es plötzlich eilig, zum Ende zu kommen.

Bircher atmete einmal durch und gleich darauf war das Telefonat beendet. Plötzlich fiel ihm ein, dass er vergessen hatte, Angler über seinen Besuch beim Bezirkskardiologen zu befragen. Der hätte sich doch melden müssen, wunderte er sich und griff erneut zum Hörer. Angler war sofort am Apparat.

»Sag mal, Philipp, warst du nicht bei dem Bezirksarzt, wie hieß der gleich?«

»Doktor Tämpel, in Potsdam, ist der leitende Kardiologe im Bezirk, der die Röntgenreihenuntersuchungen leitet.«

»Ach, ja, ich erinnere mich. Der arbeitet ja mit Wohlfahrt zusammen. Komm mal kurz rüber.«

»Bin schon auf dem Weg.«

Bircher hatte kaum das Telefon zur Seite geschoben, da stand Angler bereits in der Tür.

»Darf ich eintreten?«, fragte er förmlich.

»Warst du nebenan, oder wie kommt's, dass du schon hier bist?«, begrüßte ihn Bircher mit einem Schmunzeln im Gesicht.

Er kannte seinen Stellvertreter und war eigentlich nicht überrascht. Angler ging es nie schnell genug, am liebsten würde er mit einer Stoppuhr in der Hand den Tag verbringen.

»Ist doch nur paar Türen weiter«, wunderte sich Angler, der noch im Stehen seine Notizen aus der Hosentasche zog.

»Los, setz dich zu mir«, winkte ihn Bircher heran.

Angler schob einen Stuhl näher zum Schreibtisch, er wusste, dass Bircher es nicht liebte, wenn er sein Gehör unnötig strapazieren musste.

»Doktor Tämpel hat mich ganz schön zugetextet, ich könnte mich jetzt glatt als Röntgenassistent bewerben. Na ja, um es kurz zu machen. Er sieht in der Liste von Schuster nichts, was zu beanstanden wäre. Er deutete lediglich an, dass der Aufwand – er meint damit die rechnergestützte Erfassung der Risikopatienten – vergleichsweise hoch sei. Anhand der anamnestischen Daten könnte jeder Kardiologe auch ohne Rechner die Kandidaten für eine Schrittmachertherapie festlegen. Es scheint, dass er Schusters Cluster für eine Spielerei hält. Na ja, da spricht der Praktiker. Was ihm allerdings aufgefallen ist: Die Männer sind alle zwischen fünfzig und siebzig Jahre alt, wohnen in Berlin und sind verheiratet. Kann ja völlig zufällig und belanglos sein. Er wollte wohl sagen, dass man auch andere Risikogruppen für die Studie hätte definieren können, zum Beispiel gemischte, bestehend aus Männern und Frauen. Nun, darauf sind wir schon selber gekommen.«

Angler besann sich und legte eine Pause ein. Beide sahen sich für einen Moment an und nickten fast gleichzeitig, als ob sie soeben denselben Beschluss gefasst hätten.

»Hm, was will der Doktor damit sagen? Dass Wohlfahrt ein paar Leute, die auch gerne mit einem Schrittmacher leben würden, aus welchen Gründen auch immer ausgeschlossen haben könnte? Ist doch ein verwegener Gedanke, oder?«

»Jedenfalls trifft er die Entscheidung, wer und wann operiert wird«, gab Angler zu bedenken.

Bircher schob seinen Kopf nach vorn und zog zweifelnd die Mundwinkel nach unten. Ein weiteres Rätsel schien sich aufzutun, würde man Tämpels Einwand ernst nehmen.

»Haben sich unsere Spezialisten eigentlich nochmal gründlich Schusters Rechenprogramme angesehen?« Die Frage war Bircher spontan in den Sinn gekommen.

»Ja, haben sie. Ich habe über den Leiter des Rechenzentrums, Pilgrum heißt der Mann, die Herausgabe der Programme arrangiert, um Schuster nicht unnötig zu beunruhigen. An dem Rechenprogramm selbst ist nichts Besonderes. Statistische Analysen und so, meinen unsere Experten.«

»Hm, das können die so einfach rauskriegen?«, zweifelte Bircher.

Angler las in seinen Notizen und zuckte schließlich mit den Achseln.

»Ich kann nur wiedergeben, was mir unsere Leute sagten. Die haben sich allerdings nie mit Clustern beschäftigen müssen. Dazu können die wohl wenig beitragen, man bräuchte wohl auch einen Quellcode, um zu verstehen, ob das Programm ein ganz bestimmtes Ziel verfolgt.«

Bircher winkte müde ab. Der Fall stellte ihn auch so schon vor genug technische Herausforderungen.

»Gut, Philipp, aber frag mal Schuster, warum genau sein Rechner diese Männer ausspuckt. Muss doch so was wie Einschluss- oder Ausschlusskriterien geben.«

»Die Frage hatte ich ihm bei meinem Besuch gestellt, allerdings eher indirekt. Er verweist auf seine Clusteranalysen. Die seien umso präziser, je strenger die Auswahlkriterien seien. Dazu gehöre auch das Geschlecht. In seinem Fall, alle männlich.«

»Und aus Berlin und verheiratet, als wären das Kriterien für besondere Rhythmusstörungen«, ließ sich Bircher sarkastisch vernehmen.

»Tja, diese akademischen Übungen bringen uns nicht weiter«, sagte Angler mit einer wegwerfenden Armbewegung.

Bircher antwortete nicht, obwohl er die Meinung seines Mitarbeiters nicht teilte. Er war durchaus geneigt anzunehmen, dass Schusters Clusteranalysen mehr als nur eine wissenschaftliche Spielerei bedeuteten. Allerdings hatte auch er keine Idee, wie sie mit der Todesserie in Verbindung gebracht werden könnten.

»Hat dir Schmidter die Skizze vom Ingenieur gezeigt?«, fragte Bircher zum Abschluss.

»Sensationell«, entfuhr es Angler, der die ganze Zeit auf diese Frage gewartet hatte.

»Kann man so sehen. Wieder ein Programm, dieses Mal ein Schaltprogramm.«

Bircher hatte es auf einmal eilig und verabschiedete Angler mit dem erneuten Hinweis, alles, was Puls betraf, unter Verschluss zu halten. Anschließend bat er Manuela, für den nächsten Morgen einen Termin bei Professor Sitte zu arrangieren. Das wird spannend, dachte er, und legte die Skizze von Puls in seine Aktentasche.

Bis zum Schluss hatte sich Peter gewehrt, auf den Vorschlag seiner Kooperationspartner einzugehen, sich *trotz der Lage* zusammenzusetzen, um über den Fortgang des Schrittmacherprojekts zu reden. Klaus und Frank hatten kurz nacheinander angerufen, als hätten sie vereinbart, ihn in die Zange zu nehmen. Besonders Klaus legte sich ins Zeug, als hinge seine Laufbahn von dem Treffen ab.

Als Renate zu Hause mitbekam, dass ihr Mann mit Frank Schuster telefonierte, und sie ihn fragte, worum es ging, antwortete er ausweichend, dass sich Klaus und Frank mit ihm wegen der Studie abstimmen wollten, er es allerdings ablehne, sich zurzeit über seine Arbeit auszulassen. Renate sah ihn eindringlich an und bemerkte wie nebenbei, dass er nichts sagen müsse, was unter seine ärztliche Schweigepflicht falle. Er stierte aus leeren Augen an ihr vorbei, ein Zucken in den Mundwinkeln verriet seinen Widerwillen, sich weiter zu äußern. Renate machte sich ihre Gedanken. Einzelheiten über die Geschehnisse auf Peters Station hatte sie bisher nur von der Polizei, Frank, Klaus, seinem Vater, nie jedoch von ihrem Mann erfahren. Abgesehen von seinem verstockten Auftreten – man musste buchstäblich jede Silbe aus ihm herausquetschen –, war ihr Vertrauen in seine ärztliche Kunst seit einiger Zeit ins Wanken geraten. Das schmerzte sie, denn im tiefsten Innern war sie stolz auf ihren Mann gewesen, den leitenden Oberarzt. Zudem bot sein seelischer Zustand allen Grund zur Sorge und sie hätte zu gern gewusst, ob seine Arbeit ernsthaft in Gefahr war. Und warum zog er sich von Klaus und Frank zurück, die er doch für seine akademische Laufbahn brauchte? Hatte er etwas von ihr und Frank in Erfahrung gebracht? Oder verfolgte er einen eigenen Plan? Renate versuchte es schließlich mit dem Argument, dass er sich ja geradezu belasten würde, zöge er sich ausgerechnet jetzt aus dem wissenschaftlichen Projekt zurück.

»Das sieht ja so aus, als hättest du etwas zu verbergen«, redete sie sanft auf ihn ein.

Er sah sie wie eine Fremde an und schüttelte schwach den Kopf.

»Das ganze Ding ist doch ohnehin von oben auf Eis gelegt worden«, blaffte er sie an.

Kurz darauf lenkte er doch ein: »Meinetwegen, ich rede mit ihnen.« Es klang, als wollte er nur in Ruhe gelassen werden.

Herr Wohlfahrt und seine Kollegen saßen an einem blank polierten Tisch in der Kneipe *Metzer Eck*. Den Ort hatte Klaus ausgewählt, die Gaststätte befand sich in seiner Gegend. Wenn man zum ersten Mal die dunklen Räume betrat, die rohen Holztische sah, die vergilbten Gardinen und die altmodischen Lampen mit Korbgeflecht, fühlte man sich wie in einer der üblichen schmuddeligen Berliner Kneipen. Ein schmiedeeisernes Gitter trennte den vorderen vom hinteren Bereich, für den sich Klaus entschieden hatte. Die Wände waren schwarz getäfelt, der im Tresen integrierte Kachelofen, die Krüge und Schnapsflaschen in einem hohen Regal und eine Luke hinterm Tresen, durch die man in den Keller hinabstieg zu den Bierfässern – es schien, als hätte sich seit 1913, als die Lokalität unter dem schönen Namen *Vahlensteins Destille* eröffnet wurde, nichts verändert. Seit Generationen wurde sie als Familienbetrieb geführt.

Die Wirtin begrüßte vom Tresen ihres Schankraums mit einem Kopfnicken erst Klaus, dann Frank und schließlich Peter, als sie nach und nach eintrafen.

»Was trinken wir?«, eröffnete Klaus die Unterhaltung mit einer unverfänglichen Frage.

»Bier«, sagte Frank und Peter nickte stumm.

Klaus reckte den Kopf in die Höhe und winkte dem Kellner zu. Keine zwei Minuten später hatte jeder sein Bier.

»Also, worum geht's?«, fragte Peter ins Glas, nachdem er sich mit dem Handrücken den Bierschaum vom Mund gewischt hatte.

Frank hob träge den Kopf, sah zu Klaus hinüber und nahm einen Schluck.

»Ich dachte, wir sollten reden, wie es weitergeht. Was mich betrifft, so hängt meine Doktorarbeit vom Projekt ab«, steuerte Klaus ohne Umschweife auf sein Ziel zu.

»Was mich betrifft, so muss ich an meine Patienten denken, die ich zu versorgen habe«, sprach Peter langsam wie zu sich selbst.

Frank ließ einen Laut vernehmen, der wie ein erstauntes »Aha« klang.

»Hast du großen Ärger?«, fragte Klaus.

Es klang, als würde er sich nach den Folgen eines kleinen Verkehrsunfalls erkundigen. Peter überging die Bemerkung mit einer wegwerfenden Handbewegung.

»Also, was wollt ihr machen? Die Studie kann gegenwärtig nicht fortgesetzt werden, die Gründe sind bekannt. Eigentlich ist es ja nichts Außergewöhnliches in einer Klinik, die Schwerkranke versorgt, wenn jemand stirbt. Aber auf meiner Station steht ein Wachmann, wie vor 'ner Kaserne. Habt ihr eigentlich Kontakt zu meiner Frau, Renate?«, fragte er wie aus heiterem Himmel und scheinbar zusammenhangslos.

Klaus und Frank stand der Mund offen. Sie wagten nicht sich anzusehen und suchten fieberhaft nach einer unverfänglichen Antwort. Frank sammelte sich als erster und setzte ein erstauntes Lächeln auf.

»Wie kommst du darauf? Ich habe sie mal am Telefon gesprochen, als sie mich nach Bircher ausfragte. Sie machte sich wohl große Sorgen um deine Arbeit. Das war, nachdem der vom Politbüro bei dir lag und es angeblich Pläne gab, dich abzulösen.«

Diese kleine Lüge war Frank spontan eingefallen, er hoffte, Peters Interesse in eine andere Richtung lenken zu können. Klaus hatte aufmerksam zugehört und beim letzten Satz die Stirn ahnungsvoll in Falten gelegt. Na, besser hätte ich Peter auch nicht abwimmeln können, sagte er sich.

Peter Wohlfahrt ließ keine Regung erkennen. Blass und ausgezehrt, die Augen in dunklen Schatten liegend, sah er aus wie jemand, der unter einer chronischen Erkrankung leidet. Seine Hände zitterten unmerklich, sein Gesichtsausdruck verriet nicht, was er dachte. Er sah teilnahmslos in die Runde. Er glaubte weder Frank noch Klaus. Ihm war allerdings in den letzten Tagen klar geworden, dass sie sich nicht gegenseitig belasten sollten. Würden sie das tun, kämen sie unweigerlich ins Hintertreffen, die Polizei würde jeden Einzelnen pausenlos belagern. Sie stünden unter Dauerbewachung, das käme ihm äußerst ungelegen. Es reichte schon, Renates Zweifel auszuräumen und den Wachmann zu ertragen. Wir müssen nach außen so weitermachen wie bisher, lautete seine Devise. Renate wird mich nicht verlassen, solange ich Oberarzt bin. Peter spreizte den Mund und blinzelte etwas. Nach einer Pause, die sie schweigsam vor ihren halbleeren Biergläsern verbrachten, raffte er sich als erster auf und schlug wie zum Aufbruch mit der flachen Hand auf die polierte Tischplatte. Klaus, der noch gar nichts gesagt hatte, schreckte auf.

»Willst du jetzt gehen?«, fragte er verwundert.

»Nee, aber wir müssen langsam zur Sache kommen.«

»Was meinst du damit?«, fragte Frank und zwang sich ein freundliches Lächeln ab.

Er versuchte, seine Erregung zu bekämpfen. Wann immer er einen Blick auf Peter warf oder seine Stimme hörte, dachte er an Renate, daran, dass sie ihn jeden Tag sah und hörte und fühlte. Klaus hatte ebenfalls Mühe, ein gleichgültiges Gesicht zu bewahren. Seine Abneigung gegenüber Peter ließ Renate in den Hintergrund treten, sie sah ihm gewissermaßen über die Schulter.

»Also, wie weit bist du mit deinen Analysen?«, wandte sich Peter an Frank.

Als hätte er nur auf diese Frage gewartet, zog Frank ein Blatt Papier aus der Seitentasche seiner dunkelbraunen Lederjacke und legte es neben sein Bierglas. Peter deutete mit einer leichten Neigung seines Oberkörpers Interesse an, darauf bedacht, Frank nicht zu berühren. Das Blatt enthielt eine Tabelle mit drei Spalten, in denen Personalangaben, Kürzel für anamnestische Daten und kurze Kommentare aufgeführt waren.

»Sind das die Namen der Patienten, die den Kriterien entsprechen?«, fragte Peter unbeeindruckt.

»Ja. Hier«, er tippte auf die obersten drei Spalten seiner Tabelle, »die ersten hier oben mit 'nem Block dritten Grades müssen Betablocker wegen ihres Hypertonus nehmen, haben alle signifikant erhöhte LDL-Werte, sind übergewichtig und so weiter.«

Frank sah in die Runde, als suchte er nach Bestätigung für seine Computerergebnisse. Klaus nickte beifällig und notierte in Gedanken die Namen der ersten drei Patienten. Peter nahm das Blatt auf, um sich die Daten genauer anzusehen. Er fand, was er erwartet hatte, legte das Blatt zurück an seinen Platz und runzelte nachdenklich die Stirn.

»Wenn ich das richtig sehe, haben wir drei Patienten mit höchster Priorität«, murmelte er.

»Ja, sieht so aus«, sagte Frank leise.

»Und die passen in eines unserer Merkmalscluster«, stellte Peter wie selbstverständlich fest.

»Ja, die vervollständigen unseren Datensatz zur Risikoklasse eins, der wird nun allmählich statistisch signifikant.«

Es breitete sich ein bedrückendes Schweigen aus, die Männer starrten vor sich hin, als sähen sie die Patienten vor ihren Augen.

»Und du, Klaus, hast du Fortschritte erzielt?«, fragte Peter schließlich tonlos.

Klaus schreckte aus einer Umarmung mit Renate auf, in die er sich gerade geflüchtet hatte.

»Geht langsam voran, mir fehlen noch Proben, ja, äh«, verhaspelte er sich wie ein Schüler, der bei einem unsittlichen Gedanken erwischt wurde.

»Daran wird's nicht liegen«, bemerkte Frank trocken und legte seine Pranke auf die Tabelle.

»Vorausgesetzt, Peter operiert weiter«, rutschte Klaus eine Bemerkung heraus, die er sich besser hätte verkneifen sollen.

»Das lass mal meine Sorge sein«, parierte Peter. »Also, hast du was Verwertbares beizutragen?«, bohrte er nach, ohne Klaus anzusehen.

Der ballte unter dem Tisch die Hand zur Faust, während sich auf Franks Gesicht ein schiefes Lächeln ausbreitete.

»Ich habe die biochemischen Tests für die Troponine fast fertig. Creatinkinase läuft auch noch mit, ich bin dabei, für alle Patienten die Werte zu bestimmen. Wird es denn weitere Blutproben geben? Ich darf ja wohl die Station nicht betreten, oder?«

Klaus dachte nicht daran, seine Resultate preiszugeben. Fehlte gerade noch, dass die beiden sich zusammenschlossen und er in die Röhre sah. Peter zuckte mit den Achseln, als er Klaus' letzte Worte vernahm.

»Das heißt nicht, dass die Blutproben nicht die Station verlassen dürfen. Die müssen nur anonymisiert rausgehen«, sagte er knapp.

Er hatte bereits einen anderen Probenversand in Erwägung gezogen und Frank gebeten, anonymisierte Probenaufkleber zu entwerfen. Das sei kein Problem, hatte der verkündet.

»Und, wen nimmst du als nächsten unter das Messer?«, versuchte Frank auf die lässige Tour Peters Tätigkeit wieder ins Gespräch zu bringen.

Der ließ einige Sekunden verstreichen, bevor er sich zu einer Antwort herabließ.

»Ich operiere weiter«, sagte er trocken und wies mit seinem schlanken Zeigefinger auf die Tabelle, als wäre sie eine Partitur und er der Dirigent. »Kann allerdings nicht ausschließen, dass der Chef Patienten auf die Chirurgie überweist. Die implantieren gelegentlich auch Schrittmacher«, ergänzte er und ließ somit seine Kollegen weiter im Ungewissen.

Im Verlauf der nächsten Stunde bemühten sie sich, einige fachliche Aspekte einer gemeinsamen Publikation zu erörtern. Nach einem eher zähen Wortwechsel, ob und wo man die vorläufigen Daten publizieren könnte und wer von ihnen welchen Teil schreiben sollte, hatten sie es eilig, sich voneinander zu verabschieden. Jeder ging mit dem Gefühl nach Hause, die brenzligen Momente gut überstanden zu haben. Alle wünschten sich nichts mehr als das baldige Ende der Zusammenarbeit.

NEUN

»Gut, wie üblich, dann morgen in meinem Büro«, hatte Sitte aufgeräumt auf den Anruf von Birchers Sekretärin reagiert.

Nun leitete er an einem tristen Oktobervormittag seinen Gast zu dem Beistelltisch, auf dem das schöne Porzellan mit duftendem Kaffee stand. Sitte glaubte inzwischen, die Persönlichkeit des Kommissars recht gut einschätzen zu können wie bei einem ihm anvertrauten Patienten. Dazu gehörte die Einsicht, dass man bei Bircher mit Zuhören und Entgegenkommen mehr erreichte als mit besserwisserischen Monologen. Und dass – in dem Punkt ähnelten sie sich sehr – eine kleine kulinarische Beilage die Stimmung hob. Deshalb lag in einer Schale aus Meißner Porzellan eine Sammlung köstlicher Kekse, die seine Frau in der benachbarten Bäckerei gekauft hatte. Die Inhaber stammten aus Sachsen und verstanden ihr Handwerk. Davon überzeugte sich Bircher, als er kurz nach elf Uhr genüsslich an einem Keks knabberte, im Blickfeld das vertraute Aquarell von Goltsche.

»Lieber Herr Professor Sitte«, begann er im Plauderton, als wäre er gekommen, um ihm sein Herz auszuschütten. »Ich habe hier etwas, das schon sehr rätselhaft anmutet. Man möchte es gar nicht glauben, ich würde es für das Phantasieprodukt eines Tüftlers halten, wenn es nicht aus der Feder von Doktor Puls stammte.«

Mit jedem Halbsatz nahm Sittes Körperspannung ein wenig zu. Seine Hand, die sich gerade zur Kaffeetasse bewegte, verharrte kurz in der Luft, bevor sie sich langsam auf seinen Oberschenkel senkte.

»Von Herrn Puls?«, vergewisserte er sich.

»Ja, Genosse Puls wurde durch Oberleutnant Schmidter aufgesucht, um einen fachlichen Rat einzuholen. Diese merkwürdige Übereinstimmung der EKGs von Krug und seinem Bettnachbarn bereitet uns Kopfzerbrechen, insbesondere der Zeitraum zwischen etwa ein und drei Uhr nachts. Unsere Gerichtsmedizin beharrt auf ihrem Gutachten, wonach Krug deutlich vor drei Uhr gestorben ist. Wie konnte dann sein Herz bis drei Uhr sieben schlagen und warum ist sein EKG über einen bestimmten Zeitraum mit dem seines Bettnachbarn identisch? Vielleicht hat Puls als Ingenieur und Außenstehender eine Erklärung für dieses Phänomen, dachten wir, und Schmidter fuhr nach Dresden. Er brachte uns diese Zeichnung von Puls mit.«

Bircher langte in die Seitentasche seines Sakkos und zog die Skizze hervor. Er faltete sie wie ein historisches Dokument langsam auseinander und legte das Blatt Papier zwischen die Kaffeetassen. Sitte beugte sich neugierig über den Tisch und einen Augenblick später entfuhr ihm ein leichtes Stöhnen, in einem Ton zwischen Verwunderung und Empörung. Sitte war nicht nur ein begnadeter Arzt, sondern auch ein leidenschaftlicher Bastler, der sich über jede Reparatur im Haus und Garten freute. Die Jahre der Zusammenarbeit mit Puls und seinen Kollegen hatten seinen technischen Fähigkeiten einen weiteren Schub versetzt. Er konnte einfache Schaltbilder lesen und wäre ohne weiteres in der Lage gewesen, seinen Fernseher zu zerlegen und wieder zusammenzusetzen. Puls, mit dem er sich duzte, hatte einmal gewitzelt: »Falls die Not uns zwingt, würde Wilfried unsere Herzschrittmacher mit dem Scheibenwischermotor eines Trabbis betreiben.«

Sitte brauchte keine Minute, um die Aussage der Skizze zu begreifen. Er lehnte sich langsam zurück und murmelte wie betäubt: »Parallelschaltung. Unglaublich.«

Bircher nutzte die Pause und nahm sich einen weiteren Keks. Er griente zufrieden, Sittes Reaktion ließ keinen Zweifel daran, dass er den Schaltplan als durchführbar einstufte. Bircher gab ihm Zeit zum Nachdenken und sich die Zeit, dem Geschmack des Gebäcks nachzugehen.

»Möchten Sie noch etwas Kaffee?«, fragte Sitte.

In seinen gleichmäßigen Gesichtszügen lag der Schatten eines Verdachts.

»Nein, danke. Aber Sie müssen mir verraten, wo Sie die Kekse herhaben. Die sind schon was Besonderes.«

»Aus unserer Bäckerei in der Wollankstraße in Pankow, nahe der Grenze.«

»Hm, werde ich mal vorbeifahren. Und, was sagen Sie zur Pulsschen Hypothese, Herr Professor?«

»Plausibel und technisch nachvollziehbar. Aber ...«

Sitte legte den Kopf auf die Schulter und schien sich nicht entschließen zu können, den Gedanken auszusprechen. Er schob sich mit einem vernehmbaren Ächzen aus dem Stuhl, stellte sich vor die Wand mit den Aquarellen und sah zögernd auf Bircher herab, als formulierte er in Gedanken eine Diagnose. Bircher faltete die Hände vor dem Bauch und wartete geduldig. Er spürte, dass sie im Begriff waren, einer *technischen* Lösung des Falls näher zu kommen.

»Herr Bircher, ich habe eine Vermutung, aber als Arzt kann ich die kaum aussprechen.«

»Sprechen Sie als mein Kollege, sozusagen als Sachverständiger.«

»Klingt schon besser«, murmelte Sitte und setzte sich zurück an den Tisch.

»Ich bin gespannt, Herr Professor.«

»Bevor ich meine Vermutung äußere – mir hätte beim Vergleich der EKGs auffallen müssen, dass Krugs EKG, sollte er gegen drei Uhr in der Früh verstorben sein, zuvor Zeichen eines Kammerflimmerns oder Ähnliches hätte zeigen müssen, Symptome, Warnsignale. Sein EKG sah jedoch bis auf paar Extrasystolen eher unauffällig aus, egal ob um eins oder drei. Nun, wir sind nicht unfehlbar«, seufzte Sitte mit schiefem Kopf und halbem Lächeln.

»Ach, ich dachte bis gerade eben das Gegenteil«, grinste Bircher. »Also, lieber Herr Professor, was wollen Sie mir sagen?«

»Jemand wollte den Patienten der Überwachung durch das Hewlett-Packard-System entziehen.«

»Ich folge Ihnen«, sagte Bircher, der den nächsten Satz Sittes gedanklich vorwegnahm.

»Die Person will sich unbemerkt an dem Patienten vergehen,

auf eine Weise, die zwingend voraussetzt, dass sie während ihrer, sagen wir mal, *Manipulation*, ungestört bleibt, also im Überwachungszimmer, auf den Monitoren, alles normal aussehen lässt. Die Schwestern sehen unauffällige EKGs. Patienten im gesunden Tiefschlaf.«

»Das sehe ich genauso«, stimmte ihm Bircher trocken zu. »Und, haben Sie eine Manipulation im Auge?«

Diese Frage hatte Sitte erwartet, aber es war ihm ein Grauen, die Antwort auszusprechen, denn sie enthielt eine Anleitung zum Töten. Wie um sich und Bircher eine Pause zu gönnen, schenkte er Kaffee nach und schob Bircher den Keksteller zu. Der übersah die Geste geflissentlich und sagte nur:

»Herr Professor, rücken Sie bitte mit der Antwort raus.«

Sitte atmete tief durch und begann leise zu erläutern, wie man den Patienten, ohne ihn zu berühren, mit wenigen Handgriffen, mitten im Schlaf, aus dem Leben reißen konnte. Man musste nur dem Pulsschen Plan folgen, der Anleitung, wie man jemandem unbemerkt einen tödlichen Schrittfehler zufügt.

Eine halbe Stunde später verabschiedeten sie sich wie zwei Kollegen, die eine schwierige Klausur beendet hatten. Bircher sah eine Chance, den Täter in flagranti zu erwischen. Sie vereinbarten, den Inhalt ihres Gesprächs unter ärztliche Schweigepflicht zu stellen. Professor Sitte sollte den Klinikbetrieb wie üblich führen. Wohlfahrt sollte operieren, der OP-Plan würde wie üblich ausgehängt werden, den Polizisten würden sie von der Station abziehen und im Haus verstecken, und Schuster und Behrens sollten ihre Studie mit Wohlfahrt fortsetzen. Bircher nahm sich vor, den General zu informieren. Angesichts der Faktenlage eine Formsache, war er sich sicher. Sitte begleitete seinen Gast diesmal bis zum Treppenaufgang. Bircher stand schon auf der ersten Stufe, als Sitte ihn am Arm berührte. Bircher drehte sich überrascht um und sah zu ihm empor.

»Wissen Sie, Herr Bircher, wenn es so wäre, wie wir annehmen«, Sitte stockte der Atem und Bircher neigte erwartungsvoll den Kopf zur Seite, »dann wäre es der perfekte Mord.«

Bircher konnte sich ein Schmunzeln nicht verkneifen.

»Herr Chefarzt, Sie überraschen mich. Es wäre ein perfekter Mord*plan*. Machen Sie es gut.«

Renate rutschte der Lippenstift weg und hinterließ eine rote Spur am Kinn, als es an ihrer Wohnungstür klingelte. Peter war für zwei Tage verreist, er besuchte am 17. und 18. einen Kongress in Dresden. Sie hatte die Nachricht zufrieden entgegengenommen. Professor Sitte vertraut ihm also, schlussfolgerte sie, und schenkt mir eine Nacht mit Frank. Auch noch an einem Freitag, wie schön.

Es klingelte erneut, dieses Mal etwas länger, und Renate schossen Namen durch den Kopf, als erster der vom Kommissar, dann Frank, Klaus … wer kam noch in Frage? Während sie die Spur beseitigte, fiel ihr Bäsler ein, natürlich, der wusste vielleicht von Peters Dienstreise. Er war vielleicht angesprochen worden, weil die Dienstpläne geändert werden mussten. War sicher nicht einfach, man hatte sich an Peters Dauerpräsenz gewöhnt. Dem war es zuzutrauen, dass er vor der Tür stand und sich Hoffnungen auf einen flotten Abend machte. Sie gab sich einen Ruck, lief zur Tür und riss sie mit Schwung auf. Vor ihr stand tatsächlich Bäsler. Er sah nicht so aus, als würde er ausgehen oder sie zum Essen einladen wollen. In seinen alten Jeans und dem achtlos übergestreiften Pullover machte er den Eindruck eines Junggesellen, dem irgendetwas für seine Abendmahlzeit fehlt.

»Hallo Renate, kurze Frage, hast du ein paar Minuten?«, schoss er geradewegs aufs Ziel los, ihre Aufmachung mit einem kurzen Blick taxierend.

»Ich bin dabei wegzugehen, einige Kollegen warten«, versuchte sie ihn abzuwimmeln.

»Geht ganz schnell, es handelt sich um Peter.«

»Komm rein«, sagte sie und linste in den Treppenaufgang.

Der alte Behrens treibt mich in den Wahnsinn, stellte sie fest. Lothar Bäsler bemerkte den Blick und sah ihr aufmerksam über die Schulter.

»Was gibt's?«, fragte sie trocken.

»Peter ist wohl in Dresden auf dem Kongress, äh, jetzt muss ich für ihn einspringen«, versuchte er, sich zu erklären.

Renate sah ihn schief an, machte jedoch keine Anstalten, sich zu äußern. Wie und wo will er einspringen, etwa hier? Soll er mal schnell sagen, was er will, und wieder abziehen, sagte sie sich und ließ ihn eintreten. Sie schloss die Tür und schob sich vorsichtig an ihm vorbei. Er folgte ihr ins Wohnzimmer, sie machte keine Anstalten, ihm einen Stuhl anzubieten.

»Wie gesagt, ich bin verabredet. Worum geht's?«

Er blähte zwei-, dreimal kurz die Backen auf, als suchte er nach den passenden Worten, und steckte beide Hände in die Hosentaschen.

»Ich frage mich, warum wir neuerdings auf der Chirurgie in größerem Umfang Schrittmacher implantieren müssen, obwohl das Peters Gebiet ist. Es gibt Kollegen, die fürchten, er könnte seine Arbeit verlieren.«

Die Worte sprudelten aus ihm heraus, als hätte er sie sich zu Hause zurechtgelegt.

»Und zu denen gehörst du auch?«, unterbrach ihn Renate.

»Ich mache mir ernsthaft Sorgen. Ich dachte, du solltest von mir wissen, dass es in der Klinik mächtig brodelt. Peter hat auf der Station fünf Patienten verloren, keiner versteht richtig, wie er das durchstehen will. Jetzt sieht es so aus, als müssten wir einen Teil seiner Operationen übernehmen, obwohl er fast pausenlos im Dienst ist. Das sieht doch ganz danach aus, als würde man ihm nicht vertrauen, ihn isolieren wollen. Ich will ihm helfen, ich rede mit dir als sein Kollege und Freund.«

Und als Nachbar, der scharf auf Peters Frau ist, setzte Renate für sich hinzu.

»Isolieren, in Dresden«, bemerkte sie schnippisch. »Na ja, ich mache mir selbstverständlich auch Sorgen«, lenkte sie halbherzig ein. »Jetzt war sogar Polizei auf seiner Station. Das sagt wohl alles. Was denkst du denn, kann man ihm etwas anhängen?«

Bäsler riss die Augen auf, etwas zu theatralisch, wie Renate fand, und hob erschrocken die Hände.

»Nein, also das ist doch sicher ausgeschlossen.«

Es klang eher ausweichend als überzeugend, als würde er es anderen überlassen, die Sache zu beurteilen. Sie standen immer noch in der Mitte des Zimmers wie Nachbarn bei einem kurzen Plausch, aber in Wahrheit belauerten sie sich, bemüht, ihre wahren Absichten zu verbergen.

»Kannst du mir als Chirurg sagen, was Peter falsch machen könnte? Ich hatte bisher angenommen, dass es relativ unproblematisch ist, jemandem einen Schrittmacher einzusetzen. Krebsoperationen sind wohl komplizierter?«

Sie sah ihn mit entwaffnender Freundlichkeit an. Bäsler fühlte sich in die Enge getrieben, als unterstellte sie ihm, er würde ihrem Mann den kleinen Schnitt unter dem Schlüsselbein nicht zutrauen. Der will mir stecken, dass Peter durchaus Mist gebaut haben könnte und ich mich besser auf eine Zukunft ohne ihn einstellen sollte, kombinierte sie kühl, und schenkte ihm mit geneigtem Kopf einen charmanten Augenaufschlag.

»Also, was kann Peter deiner Meinung nach falsch machen?«

»Zum Beispiel, dass er die Schrittmacherfrequenz nicht haargenau so einstellt, wie es erforderlich ist. Wenn man da nicht aufpasst, kann es zu Komplikationen kommen. Aber eher nicht bei Peter«, wiegelte er halbherzig ab.

»Eben. Sehe ich auch so. Ist doch wohl Routine für ihn, diese Dinger zu programmieren.«

»Schon, wenn man voll einsatzfähig ist.«

Renate ließ die Andeutung unerwidert im Raum stehen. Was sollte sie auch sagen, niemand wusste besser als sie, wie es um Peters Einsatzfähigkeit bestellt war. Sie drehte Bäsler den Rücken zu und seufzte leise. Was soll dieses banale Gerede noch, er hat mir gesagt, was ich bereits weiß, bis auf den Hinweis mit der Frequenz nichts Neues. Aber diesen Tipp mit der Frequenz, den hat er nicht spontan ausgesprochen. Dazu ist er viel zu schlau und berechnend. Das war als Hinweis gedacht. Worauf?

»Lothar, ich habe verstanden. Vielleicht wäre es klug, du würdest mit Peter direkt reden. Ich muss jetzt los.«

Sie lief mit flinken Schritten an ihm vorbei in den Flur, griff sich den Autoschlüssel, und ehe er sich besann, stand sie im Mantel an der Tür und winkte ihn wie einen verspäteten Passagier mit erhobenen Händen zu sich. Er verzog etwas beleidigt das Gesicht und drückte kurz ihre ausgestreckte Hand.

Nach dem zweiten Glas Rotwein unternahm Renate einen behutsamen Vorstoß, Frank ein wenig über den Kneipenbesuch zu dritt auszuhorchen, brach das Thema aber sofort ab, als sich sein Gesicht verschloss. Nur keinen Hinweis mehr auf Peter, schwor sie sich, stülpte die Lippen zu einem Kussmund vor und prostete ihm zu. Diese Nacht sollte ihnen allein gehören, schwor sie sich. Und sie hielt, was sie versprochen hatte, bis zwei Uhr in der Früh. Da beschloss sie, doch lieber in ihrem eigenen Bett aufzuwachen. Im Halbschlaf breitete sich in ihr, wie eine leichte Fieberwelle, die Angst aus, dass sich das Glücksgefühl verflüchtigen könnte, würden sie am Morgen nacheinander das Bad aufsuchen. Auch beschlich sie die Sorge, Franks Haus nicht unbeobachtet verlassen zu können. Sie würde sich nicht wundern, stünde an irgendeiner Ecke Herr Behrens. Frank sträubte sich nicht, als sie aus dem Bett kroch und ihm etwas ins Ohr flüsterte, was sein Unterbewusstsein als Liebeserklärung deutete.

Der Zufall wollte es, dass an demselben Abend Franks ehemaliger bester Freund in der Küche von Schwester Ingrid saß und sich von ihr verwöhnen ließ. Sie hatte gegenüber Klaus mehrmals angedeutet, dass es doch nicht bei den kurzen Begegnungen vor dem Kühlschrank mit den Blutproben bleiben müsste. Einmal, als er in Zeitnot war, hatte sie ihm sogar angeboten, seine Röhrchen mit zu sich nach Hause zu nehmen. »Da kannst du sie jederzeit abholen«, machte sie ihm ein lockendes Angebot. Besonders die Betonung auf *jederzeit* hatte ihn aufhorchen lassen. Sie streifte ihn dabei mit einem scheinbar harmlosen Blick, in dem sich ein Wunsch verbarg. Als er sich das Gespräch mit Peter und Frank ins Gedächtnis zurückrief und an die Verschlüsselung der Patientendaten dachte, entschloss er sich, ihre Andeutungen nicht länger zu überhören. Er wollte gern hören, ob das auf der Station so ablief, wie es besprochen war.

Ingrid erzählte beim Essen vergnügt, dass sie endlich wieder normale Verhältnisse auf der Station hätten. Ihr Chef, also Wohlfahrt, sei sogar mit dem Segen des Professors zu einer Tagung gefahren und würde hoffentlich dort mal auf andere Gedanken kommen.

»Der braucht ja weder eine Wohnung noch eine Ehefrau, so wie er die Nachtschichten durchzieht«, bemerkte sie mitfühlend und verdrehte die Augen.

Klaus schlug das Herz schneller, er beugte sich tiefer über seinen Teller und errötete schwach, während Ingrid ihn mit dem üblichen Klinikklatsch unterhielt und sich darüber aufregte, dass einige ihrer Patienten jetzt auf der Chirurgie versorgt würden.

»Das versteht keiner so richtig«, merkte sie achselzuckend an.

Dann berichtete sie ihm, dass von nun an alle Röhrchen mit einer sechsstelligen Ziffer versehen seien, die Wohlfahrt protokollieren müsse. Als sie sich wie nebenbei nach seiner Forschung erkundigte, nutzte Klaus die Chance und fragte nach den nächsten OP-Terminen. Als sie ihm zwei Namen nannte, nickte er zufrieden, sie hatten im *Metzer Eck* ganz oben auf Franks Liste gestanden.

»Der nächste wird am Montag von Wohlfahrt operiert«, bemerkte sie beiläufig. »Und am nächsten Tag wieder verlegt«, fügte sie gleichmütig hinzu. »Und du musst den Doktor fragen, wie du an die Proben kommst. Frank hat ihm das Anonymisierungsverfahren erläutert, damit er es den Kollegen erklären kann. Ist ganz einfach«, sagte sie, ohne es näher zu beschreiben.

Sie plauderte wie aufgezogen und kurz nach neun hatte er alles erfahren, was ihn interessierte. Eigentlich hätte er jetzt gehen können, aber das wäre einem Eklat gleichgekommen, denn Ingrid hatte nach dem letzten Bissen ohne Umschweife den Küchenstuhl gegen das Wohnzimmersofa eingetauscht. Sie strahlte ihn wie ein Geburtstagskind an, dem alle Wünsche erfüllt werden. Es lag nun an ihm, eine Entscheidung zu treffen. Noch war Zeit, das Weite zu suchen und Renate treu zu bleiben. Er setzte sich neben Ingrid und suchte nach einer Ausrede, aber ihm fiel beim besten Willen nichts Überzeugendes ein. Plötzlich stand Ingrid auf, ging hinüber zur Schrankwand, legte ihre Hand auf den Plattenspieler und drehte sich halb zu ihm:

»Bisschen Musik, Klaus?«, fragte sie mit einem kecken Lächeln im Gesicht.

»Ja, hm, warum nicht«, stotterte er.

Sie legte eine Platte auf und Sekunden später stürzte Tina Turners Bluesstimme wie ein Gewitter über ihn hinweg. Klaus griente verlegen und schaukelte mit dem Oberkörper, in Gedanken sorgenvoll Ingrids Absichten verfolgend. Sie wackelte etwas mit den Hüften und Klaus fürchtete, gleich zum Tanzen aufgefordert zu werden. Stattdessen hielt sie nach einigen rhythmischen Bewegungen plötzlich inne und rief ihm zu:

»Mach's dir gemütlich und stell die Musik etwas leiser, ich bin gleich wieder hier.«

Es klang, als hätte sie noch etwas zu erledigen. Sie schwebte aus dem Zimmer und Klaus atmete auf. Für einen Augenblick dachte er daran, die Situation zu nutzen und einfach zu türmen. Es war nur ein Blitzgedanke, den er rasch wieder in der Versenkung verschwinden ließ. Nee, hörte er in sich hinein, das würde sie mir bitter heimzahlen. Ingrids Wort hat auf der Station Gewicht, sie könnte die rote Karte ziehen, ihn des Spielfeldes verweisen. Er stierte konsterniert auf die kreisende Platte und vernahm wie aus der Ferne Tina Turners peitschenden Gesang. Er wollte gerade aufstehen und die Musik leiser drehen, als er im Augenwinkel Ingrid sah. Er glaubte seinen Augen nicht zu trauen, glotzte sie wie ein auf frischer Tat ertappter Dieb an und ließ ein schwaches »Oh« vernehmen. In einem halbgeöffneten weißen Morgenmantel kam Ingrid spitzbübisch lächelnd auf ihn zu.

»Schwester Ingrid meldet sich zum Nachtdienst«, flüsterte sie, stellte sich vor ihn und legte beide Hände auf seine Schultern.

Klaus kam es vor, als würde ihn eine Zentnerlast zu Boden drücken. Er saß in seiner eigenen Falle und ergab sich dem Schicksal. Ingrid ist schon ein Klasse für sich, rechtfertigte er seine Niederlage.

ZEHN

Der 19. Oktober begann kühl und regnerisch und bis zum Nachmittag sollte sich das Wetter nicht verändern. Der Himmel war so grau wie Asphaltbeton, mit einigen aufgerauten Streifen, die milde stimmten, falls man sie denn entdeckte. Ein böiger Wind fegte Laubreste über die Straßen, die Menschen duckten sich wie unter einer Last. Die acht Grad fühlten sich winterlich kalt an, wer konnte, blieb zu Hause und wartete darauf, dass der Himmel aufbrach und das bedrückende Dämmerlicht wie einen Vorhang beiseiteschob. Bircher hatte unruhig geschlafen und den Sonntagvormittag mit der Zeitung und seinen Gedankenspielen zum Schrittmacherfall verbracht. Jetzt schaute er mit rotumränderten Augen auf die Häuserblöcke entlang der Greifswalder Straße. In seinem Gesicht lag ein Ausdruck von Nachdenklichkeit, wie bei der Erinnerung an eine verpasste Gelegenheit.

Der Fahrer schaute ab und zu besorgt in den Rückspiegel. Der Chef wird doch nicht krank sein, dachte er. Sie näherten sich dem Alexanderplatz und Bircher bemerkte, dass sie einen kleinen Umweg nahmen. Sie bogen nach links ab, in die Karl-Marx-Allee, wendeten an der Schillingstraße und fuhren auf der Gegenfahrbahn zurück in Richtung Alex. Bircher wunderte sich kurz, sagte aber nichts dazu. Er kommentierte so gut wie nie die Manöver seines Fahrers. Solange er nicht raste, ließ er ihn gewähren. Er beugte sich etwas nach vorn, um im Halblicht des Herbstes die silberne Kugel seines geliebten Fernsehturms zu erspähen. In sein Gesicht schlich sich ein Ausdruck von Zufriedenheit. Der Fahrer griente verhalten in den Rückspiegel, die Streckenführung hatte ihr Ziel erreicht. Sie sahen noch die mächtigen Trichter des Springbrunnens auf dem Alexanderplatz, die zu dieser Zeit an gewaltige leere Blumenschalen erinnerten, bevor sie in Richtung Hannoversche Straße zur Klinik fuhren.

Bircher und seine Kollegen hatten sich am Sonnabend getroffen, um die mögliche Vorgehensweise des Täters, oder der Täter, bis ins Detail durchzuspielen und einen entsprechenden Maßnahmenplan auszuarbeiten. Wann würde der Täter zuschlagen, heute, morgen oder gar nicht, wohin würde er im Fall der Fälle zuerst gehen, ins Patientenzimmer oder in Richtung ITS, wie würde er das Tatwerkzeug betriebsfertig machen, würde er tatsächlich zu dem Patienten Milz gehen, der laut Wohlfahrts Liste der nächste Kandidat für einen Herzschrittmacher war, oder hatte er ein anderes Opfer im Auge, was würden sie tun, wenn er seinen Plan änderte, und so weiter … Wie bei einer Generalprobe wurde die Handlung durchgespielt.

»Der Täter«, hatte Bircher betont, »überlässt nichts dem Zufall, der beherrscht jeden Handgriff und versteht sein Handwerk. Der ist kein Psychopath, den nachts die Mordlust heimsucht, nein, der Mann ruft seine Opfer auf, als würden sie im Wartezimmer sitzen. Und der Mann ist war zwar kaltblütig, aber er ist auf seine Weise süchtig, sonst würde er sich nicht immer wieder in Gefahr bringen. Sucht verleitet zu Fehlern. Das ist unsere Chance.« Mit diesen Worten hatte Bircher die Sitzung beendet.

Vorab schon hatte er Professor Sitte mit der flachsigen Bemerkung »Sie sind mein verlängerter Arm« um zusätzliche Vorkehrungen rund um den Patienten Milz gebeten. Ab sofort durfte jeder Patient mit einem neuen Schrittmacher nicht länger als zwei Tage auf der Station verweilen. Aus Kapazitätsgründen, so Sittes Erklärung, würden die Patienten nach ihrer OP auf die Allgemeine verlegt. Es sei denn, es gäbe Komplikationen. Alle wunderten sich, aber man war ja an seltsame Festlegungen gewöhnt. Mit der Begründung, bei Milz handele es sich um den Bruder eines Kollegen, wurde auf Weisung Sittes ein Zweibettzimmer hergerichtet, das Milz allein bezog.

Wohlfahrts Reaktion auf die Festlegung, dass der Dienstschluss um siebzehn Uhr einzuhalten sei, bestand aus einem ungläubigen Kopfschütteln. »Das gilt auch für Sie, Herr Wohlfahrt«, hatte Sitte unter vier Augen eindringlich seine Weisung wiederholt und in mildem Ton hinzugefügt: »Fehlt noch, dass Sie mir hier umkippen. Sie setzen Milz am Montag den Schrittmacher ein und dann ist Feierabend.« Wohlfahrts verstörte Miene sprach Bände, aber er verkniff sich jeden Kommentar.

Kurz nach siebzehn Uhr, nach dem Ende von Wohlfahrts Sonntagsdienst, den dieser gleich nach seiner Rückkehr aus Dresden angetreten hatte, trafen sich Major Bircher, Angler und Schmidter, ein junger Leutnant namens Schiller sowie Professor Sitte in der Klinik. Die Gruppe inspizierte die Räumlichkeiten, und Sitte erläuterte ihnen an einem leeren Patientenbett, wie der Eingriff des Täters seiner Auffassung nach ablaufen könnte. Zu Birchers Überraschung schlug er vor, Milz »leicht zu sedieren«. Als er in die verblüfften Gesichter sah, bemerkte er im sachlichen Ton, dass auf diesem Wege Herr Milz nichts von dem Geschehen um sich herum mitbekäme und Herr Schiller seinen Dienst ungestört versehen könnte.

Das freie Bett würde nach dem letzten Rundgang ein Mitarbeiter aus dem Präsidium belegen. Nach langem Zögern hatte sich Bircher entschlossen, Sitte darin einzuweihen. Der nahm die Nachricht ohne sichtbare Verwunderung zur Kenntnis. Angler und Schmidter kamen für diesen Einsatz nicht in Frage, alle Verdächtigen kannten sie, also wurde Leutnant Schiller, ein junger Mann mit wachen Augen und durchtrainiertem Körper aus der Abteilung Diebstahldelikte, ausgewählt. Er betrachtete den Befehl wie einen Wettkampfeinsatz und man sah ihm an, dass er ein Siegertyp war.

Schwester Ingrid wurde in die Frühschicht eingeteilt, froh nahm sie die Mitteilung zur Kenntnis. Um diese Maßnahme hatte Bircher den Professor in letzter Minute gebeten, weil er fürchtete, sie würde Milz, und mit ihm seinen Bettnachbarn, den Wachmann, besonders im Auge behalten. Ingrids Vertretung wohnte erst seit zwei Wochen in Berlin und war in der Unfallchirurgie angestellt. Sie solle mal Erfahrungen in anderen Bereichen sammeln, wurde ihr als Begründung für den Nachtdienst auf der Kardiologie mitgeteilt. Man konnte davon ausgehen, dass sie einen »Dienst nach Vorschrift« versehen, sich also in der kritischen Zeit nach dem letzten Rundgang gegen elf Uhr nicht mehr sehen lassen würde. Sitte schärfte Ingrid ein, gegenüber der Vertretung kein Wort über Wohlfahrt und die »Abgänge« zu verlieren. »Wo kämen wir da hin, wenn sie ihren Dienst unter einer seelischen Belastung antreten würde?«, betonte er. Ingrids Bewunderung für die Umsicht und die menschlichen Züge des Chefs wurde wieder einmal bestätigt, sie nickte eifrig.

Nachdem sich Bircher von Professor Sitte verabschiedet hatte, begann er darüber nachzudenken, wie man die Treppenaufgänge bewachen könnte. Da war einmal der wendelförmige Hauptaufgang in »rechteckiger« Ausführung mit den schmiedeeisernen Zierelementen aus der frühen Jugendstilepoche an den Treppengeländern, den mannshohen turmähnlichen Säulen zwischen den Treppenabsätzen sowie dem lichtdurchfluteten Vestibül vor dem Stationseingang. Nirgendwo bot sich ein Platz für den Wachposten an. Dann gab es den schlichten Nebenaufgang zur Station, den das Personal und die Dienstleister nutzten und der direkt in den Stationskorridor mündete. Angler und Schmidter waren die Treppen hinauf- und hinuntergelaufen, ohne eine Lösung für die Wachen zu finden.

Schließlich beschloss Bircher, für Schmidter ein Einzelzimmer räumen zu lassen, von dem aus er den Korridor im Auge behalten konnte. Sollte der Täter ein anderes Zimmer aufsuchen, wäre Schiller machtlos. Schmidters Zimmer lag am Ende des Korridors, der Täter, ob er nun durch den Haupt- oder den Nebeneingang die Station betreten würde, würde nicht unbemerkt an Schmidters Tür vorbeikommen, die einen winzigen Spalt offenstand. Am Klinikeingang waren zusätzlich zwei Polizisten postiert worden.

Nachdem sich Schmidter in den Sonntagnachmittag verabschiedet hatte, standen Bircher und Angler noch auf der Straße und betrachteten nachdenklich den sich stufenweise verengenden roten Backsteinbau, der von hohen rechteckigen Fenstern mit ovalen Mauereinlassungen beherrscht war.

»Weißt du, wann das Gebäude errichtet wurde?«, fragte Bircher.

»Irgendwann zwischen 1895 und 1917. Ist wohl Klassizismus, habe ich nachgelesen. Auch als Biedermeierstil bekannt. Trifft man in Berlin häufig an.«

Bircher sah ihn prüfend an. Typisch Angler, der hat sich sogar mit der Architektur rund um den Tatort vertraut gemacht.

»Warum fragst du, Karl?«

»Nur so, eindrucksvolles Gebäude. Dieser Klinkerbau mit den Verzierungen zwischen den Etagen. Und diese hohen Fenster.«

Sie standen nebeneinander und ließen ihre Blicke hinaufwandern.

»Sieht von hier unten aus, als sollte das Gebäude durch einen Turm gekrönt werden«, bemerkte Angler sichtlich beeindruckt.

»Und hier, ist dir das auch aufgefallen?«

Bircher zeigte auf ein Wandrelief aus Sandstein neben dem Eingang.

»Könnte ein Krankenzimmer mit zwei Patienten und ihren Schutzengeln darstellen«, sinnierte Angler.

»Muss ich mal Karola fragen«, sagte Bircher. »Die Schutzengel erinnern mich an unseren Einsatz. Hat sich jemand den Keller angesehen?«

»Nee, da waren wir nicht. Hat niemand dran gedacht.«

»Na, kannst ja nochmal ums Haus gehen, ich mache mich auf den Weg«, verabschiedete sich Bircher mit einem Klaps auf Anglers Schulter.

Angler marschierte im Eilschritt zu dem Seitenflügel, wo sich die Kardiologie befand. Er musste nicht weit laufen, bis er eine schmale Kellertreppe erspähte, die vor einer grauen Eisentür endete. Er hob den Kopf, um die Lage mit der der Station Wohlfahrts zu vergleichen. Könnte hinkommen, bilanzierte er, liefe man den Seitenaufgang zur Kardiologie hinunter, wäre es durchaus möglich, über das Erdgeschoss in diesen Kellerbereich zu gelangen. Er stieg die wenigen Stufen hinab und sah sich um. Es schien, als wäre seit Menschengedenken niemand hier gewesen, auf dem Boden lagen alte Glassplitter und Pappkartonreste herum, es roch muffig durch die Türritzen und die Wände schienen die Feuchtigkeit der letzten hundert Jahre auszuschwitzen. Angler rüttelte an der Türklinke, die wie ein Lämmerschwanz wackelte. Er bückte sich und musterte das primitive verrostete Schloss. Na ja, da hilft kein Dietrich und durch die Eisentür kommt niemand, stellte er fest, und verließ mit einem letzten abschätzenden Blick den Kellereingang. Er ging ein paar Schritte nach links und rechts, sah in die schmutzigen Fensterscheiben, hinter denen er die Umrisse irgendwelchen Gerümpels erkannte. Also, hierher hat sich seit langem niemand verirrt, schlussfolgerte er und machte sich auf den Weg nach Hause.

Während Angler seine Beobachtungen machte, stand Bircher wie ein Tourist vor der Weltzeituhr auf dem Alex und las mit zerstreuter Miene die Namen der Hauptstädte. Eigentlich wusste er nicht so recht etwas mit sich anzufangen. Karola war irgendwo mit Freundinnen unterwegs und erwartete ihn erst zum Abendbrot. Es war halb sieben, noch zu früh. Gedankenlos sah er auf die Kugel und kraulte sich den Nacken. Als er die Ortszeit von Moskau las, hellte sich sein Gesicht kurz auf. Er sah seine sowjetischen Kollegen, wie sie vergnügt den Abschluss ihrer Ermittlungen zum Goldschmuggel zwischen Moskau und Berlin feierten. Drei Tote waren es damals. Im aktuellen Fall haben wir fünf, resümierte Bircher, als erinnerte ihn die Uhrzeit an die Opferzahlen.

Er wandte seinen Blick von der Uhr ab und trabte gemächlich in Richtung S-Bahn. Was mache ich eigentlich, wenn ich eines Tages pensioniert werde?, wunderte er sich plötzlich. Freunde habe ich keine, die von früher sind in Thüringen geblieben und hier, ja, wieso eigentlich, habe ich keine neuen gefunden oder gesucht? In Gedanken versunken, schlenderte er über den Alexanderplatz. Blödsinn, ich habe noch über zehn Jahre und zig Morde vor mir, bevor ich anfangen kann, über meine viele Freizeit zu grübeln. Ich könnte mich mit Sitte zusammentun, der ist ja in meinem Alter, dachte er plötzlich mit einem geheimnisvollen Grinsen. Und dann können wir gemeinsam unsere Erinnerungen aufschreiben. Seine Laune besserte sich augenblicklich. Sitte und ich, zwei Berufe zwischen Leben und Tod, prustete er vergnügt unter dem S-Bahnbogen. Morgen lösen wir vielleicht den Fall, danach kann ich mit Sitte über die Zukunft reden. Vielleicht freunden wir uns ja an.

Es war genau zehn Minuten nach Mitternacht, der Mann kontrollierte noch einmal seine Uhr, bevor er sich die farblosen OP-Handschuhe überstreifte und in den Seitenaufgang der Klinik schlich, wo er sich lautlos Stufe um Stufe hinauf zur kardiologischen Station bewegte. Das Licht hatte er nicht eingeschaltet, er kannte sich aus, ab und zu tastete seine linke Hand wie zur Orientierung die Wand ab. Auf jedem Absatz verharrte er für einige Sekunden, lehnte sich über das Geländer und lauschte in den schwarzen Schacht. Als er die erste Etage erreichte, kniete er sich vor das Schlüsselloch und spähte in den Flur, danach öffnete er die Tür einen Spaltbreit. Er sah, was er erwartet hatte, die Nachtbeleuchtung war eingeschaltet und warf ihr spärliches Licht auf das helle Linoleum des Korridors. Er wartete einen weiteren Moment, schlüpfte durch die Tür, sah nach links hinüber, wo sich das Schwesternzimmer befand, und lief dann in kurzen schnellen Schritten in die entgegengesetzte Richtung zur Intensivstation. Lautlos wie eine Katze schlich er bis zu einem kleinen Raum neben der ITS. Er drückte langsam die Türklinke hinunter und gleich darauf war seine Gestalt vom Flur verschwunden. Ohne den Lichtschalter zu betätigen, lehnte er sich an die Wand, um einen Moment zu verschnaufen. Wie die vergangenen Male lief alles nach Plan, beruhigte er sich. Er kannte jeden Winkel des Raums und bewegte sich behutsam Schritt für Schritt in die Richtung, wo sich ein Regal mit verschiedenen Scheren, Spritzen, Verbandskästen und Apparaten befand. Er zog eine winzige Taschenlampe aus dem Anorak, knipste sie an und richtete das Licht auf das mittlere Fach. Der Lichtkegel erfasste das gesuchte Gerät und über sein Gesicht huschte ein zufriedenes Grinsen. Er zog zwei Kabel aus der rechten Tasche seines Anoraks, mit zwei freien Enden, die er in die Buchsen »Diff« und »Indiff« des Geräts steckte, zog die Schrauben fest und schlich zurück zur Tür. Am anderen Ende der Kabel befand sich jeweils ein Bananenstecker mit aufgesteckter Krokodilklemme. Bevor er sich auf den Korridor wagte, knipste er an einem winzigen Schalter die Stromversorgung des Apparates an, das Kontrolllämpchen blieb dunkel. Irritiert starrte er auf das Instrument in seiner Hand. Er bewegte den Schalter hin und her und drehte an einem Regler mit einer Skalierung von null bis zweihundert. Es tat sich nichts, weder leuchtete das Lämpchen auf noch bewegte sich der Zeiger. Der Mann hielt den Atem an. »Scheiße!«, murmelte er und schüttelte wütend den kleinen Kasten. Sein Puls begann zu rasen. Ruhig bleiben, ermahnte er sich, es bleibt genug Zeit. Hat immer geklappt. Seine Hände schwitzten in den Handschuhen und kleine Wasserperlen verteilten sich auf seiner Stirn, er wischte sich mit dem Unterarm über das Gesicht. Für einen Augenblick hielt er inne, den Kopf nach vorn gereckt, wie zum Angriff bereit, stand er stocksteif im Dunkeln. Mit dem Kasten kann ich nichts anfangen, die Batterien sind zu schwach. Ich muss hier raus, rasten die Botschaften durch seinen Kopf. Seine Hände zitterten ein wenig, als er das erste Kabel aus der Verschraubung lösen wollte, irgendwie klemmte was, er zerrte am Kabel, bis er es endlich in der Hand hielt. Das zweite bereitete keine Probleme, er rollte die Kabel zusammen und stopfte sie hastig in seinen Anorak. Etwas verhedderte sich in seiner Hand, der Mann atmete mit zusammengepressten Lippen, in wachsender Panik riss er seine Hand aus dem Kabelknäuel in seiner Seitentasche und verspürte sogleich einen leichten Schmerz, wie wenn man mit einer Nagelschere abrutscht. Er hatte keine Zeit darüber nachzudenken und keine Möglichkeit nachzusehen, im Raum war es nachtschwarz und die Zeit drängte. Er schlich auf Zehenspitzen zur Tür und öffnete sie leicht. Vor ihm lag der leere Korridor, links und rechts die Patientenzimmer.

Der Mann duckte sich wie unter Geschützfeuer und hastete gebückt am Schwesternzimmer vorbei zum Ausgang. Es dauerte nur wenige Sekunden und er war auf der Haupttreppe, von wo aus er sich, die Hände in den Taschen vergraben, hoch zur dritten Etage bewegte. Um diese Zeit herrschte in der Klinik eine gespenstische Ruhe. Die Nachtschwestern dösten im Halbschlaf in ihren Zimmern, die wachhabenden Ärzte ebenso. Nur ein Alarm oder ein Notfall würden seinen Plan durchkreuzen können. Dieses Risiko musste er in Kauf nehmen, aber er wusste, dass es so gut wie nie zu Notfällen kam. Die landeten in der Notaufnahme. Würde plötzlich ein Klinikangestellter seinen Weg kreuzen, träfe er auf einen Mann, der alle Merkmale eines Arztes aufwies: Unter dem Anorak flatterte der Arztkittel, der Umschlag der weißen Klinikhose lag auf hellen Turnschuhen und im Gesicht trug er als Zeichen seiner Herkunft und Profession eine goldgefasste Brille. Den Blick nach unten gerichtet, hastete der Mann auf die Eingangstür zur Chirurgie zu und von dort in den direkt dahinter gelegenen Trakt der Intensivstation. Die musste er nicht betreten, ihn interessierte nur der Vorraum. Er öffnete die Tür, vor sich sah er den Eingang zur Schleuse, dahinter lag die ITS. Er steuerte zielstrebig ein Regal auf der rechten Längsseite des Raumes an, das bis zur rückwärtigen Wand reichte, Regal und Wand bildeten einen toten Winkel, der von keinem der zwei Eingänge aus einsehbar war. Seitdem er die Kardiologie verlassen hatte, waren keine drei Minuten vergangen. Der Mann atmete auf und streckte im Dunkeln seinen rechten Arm aus, um den Regalboden nach dem Ersatzgerät abzutasten. Er brauchte einige Sekunden, bevor er das Gesuchte in der Hand hielt. Gewöhnlich lagen doch auf der ITS mehrere von den Dingern rum, wunderte er sich. Er stellte sich in den toten Winkel und zog vorsichtig die Kabel aus seiner Tasche, noch einmal ganz in Ruhe von vorne, ermahnte er sich. Er schaltete das Gerät ein und hielt den Atem an: kein grünes Licht, stellte er fassungslos fest. Das Blut schoss ihm ins Gesicht und mit einer Fratze aus Wut, Verzweiflung und panischer Angst starrte er auf das Lämpchen. Er stand wie eingeklemmt in der Nische, die Arme hingen ihm schlaff am Körper, an den Händen baumelten seine Kabel mit den Klemmen. Er keuchte und sein Kopf dröhnte. Reiß dich zusammen, verdammt nochmal, niemand hat etwas bemerkt, sprach er sich Mut zu. Aber seltsam ist das schon, analysierte er die Lage, auf der Kardiologie kann es schon mal vorkommen, dass ein Gerät ausfällt, aber nicht auf der Chirurgie, da müssen die Dinger immer funktionsbereit sein. Sein Verstand riet ihm, nicht an einen Zufall zu glauben. Die haben mir eine Falle gestellt, die haben im einzigen vorhandenen Gerät die Batterien entfernt. Er atmete jetzt etwas regelmäßiger, als erleichterte ihn seine Schlussfolgerung. Meinetwegen, aber erreicht habt ihr nichts. Der zweite Teil eures Plans war ja wohl, mich am Bett abzupassen, wo ich erledigt gewesen wäre. Nichts ist passiert, nur weg, weg, schnell, bevor die was bemerken und nach mir suchen.

Als ein Mann in weißem Kittel und mit einem Anorak unter dem Arm nach Mitternacht den Ausgang der Klinik verließ, als müsste er ein Haus weiter seinen Dienst fortsetzen, nahm niemand von ihm Notiz. Schiller hatte sich nicht gemeldet, was hätte er auch sagen können. Schmidter hatte nichts bemerkt.

Am nächsten Morgen saßen Sitte, Bircher, Angler, Schmidter und Schiller im Konferenzzimmer der Klinik. Bircher musste Sitte hinzuziehen, seine Expertise sollte helfen, den Verlauf der letzten Nacht in allen Details zu rekonstruieren. Die Kollegen der Spurensuche waren noch in der Klinik unterwegs, sobald ihre ersten Ergebnisse vorlägen, würden sie die Beratung ohne Sitte fortführen.

»Womit beginnen wir?«, eröffnete Bircher die Sitzung wie mit einer an sich selbst gerichteten Frage. »Ich denke, mit den Fakten.«

Er sah wie jemand aus, der erklären muss, warum das Endspiel verloren wurde.

»Der Täter hat noch am Tag nach der Operation von Milz zugeschlagen. Das bestätigt unsere Lageeinschätzung, wonach der Täter mit den Abläufen auf der Station vertraut ist. Na ja, das ist schon mal etwas. Die wichtigste Erkenntnis: Unsere vermutete Tatwaffe lag heute früh nicht an dem von uns gekennzeichneten

Platz. Herr Professor Sitte und ich haben heute früh kontrolliert, ob die Geräte – die Tatwaffe – da lagen, wo wir sie platziert hatten. Jemand hat sie in der Hand gehabt. Ein wichtiger Hinweis darauf, dass wir mit unserer Hypothese richtig liegen, auf die uns Genosse Puls gebracht hat. Allerdings hat sich unsere Hoffnung nicht erfüllt, dass der Täter das Gerät am Krankenbett einschaltet. Dann hätten wir ihn beim Mordversuch erwischt, in flagranti. Wir hatten gehofft, er würde erst am Bett feststellen, dass wir die Batterien entfernt haben, und Genosse Schiller hätte ihn bei seinem Mordversuch vor Ort gestellt. Wir hätten ihn natürlich auch auf der ITS abfangen können, es war ja klar, dass er dahin musste, wollte er zum Ziel kommen. Dann hätten wir ihn aber nicht in flagranti erwischt und es wäre schwer geworden, ihm seine Taten nachzuweisen. Kurzum, wir wollten ihn auf frischer Tat ertappen, das ist uns nicht gelungen.«

Sitte neigte bedächtig den Kopf und hob zustimmend die Hände, als wäre das Schicksal nicht gnädig mit ihnen gewesen. Bircher blickte jeden seiner Kollegen an, Schiller schien eine Frage zu haben. Er nickte ihm zu.

»Entschuldigung, Genosse Major, was ist eigentlich die Tatwaffe?«

Sitte sah Schiller an, als hätte er sich nach der Uhrzeit erkundigt. Er konnte nicht wissen, dass Bircher, wie es seine Art war, dem Polizisten nur das Notwendigste mit auf den Weg gegeben hatte. Der Befehl lautete: Beschützen Sie Ihren Bettnachbarn.

»Das kann Ihnen der Professor erklären«, sagte Bircher ruhig mit einem Kopfnicken in Richtung Sitte.

»Aha«, murmelte Schiller, nachdem Sitte seine knappe Erklärung mit der flapsigen Bemerkung »Das Ding finden Sie auf jedem Rettungswagen« beendet hatte. Schiller suchte vergeblich nach einem Zusammenhang zwischen dem Rettungsinstrument und dem Mordversuch an seinem Bettnachbarn. Sitte hatte sich mit keiner Silbe zu dem eigentlichen Tötungsvorgang, zu dem *das Ding* diente, geäußert. Er war doch nicht Birchers Assistent, und überhaupt, was hatte er eigentlich in dieser Runde verloren? Er rümpfte die Nase und beschloss, sich in den nächsten Minuten zu verabschieden.

»Also, es besteht kein Zweifel, dass unser Mann hier auf der Station war. Der erste Versuch klappte wegen technischem Versagen nicht. Dafür hatten wir gesorgt. Danach ist er, wie von uns erwartet, eine Etage höher, in die IST der Chirurgie, gleiches Resultat. Anschließend ist er nach Hause gefahren. Das könnte gegen ein Uhr nachts gewesen sein.«

Bircher resümierte das Geschehen wie einen kleinen Verkehrsunfall mit Fahrerflucht. Alle warteten auf seine Schlussfolgerungen.

»Philipp, du hast dir die Räumlichkeiten angesehen und mit der Nachtschwester gesprochen?«

»Ja, die Nachtschwester hat nichts bemerkt, leider wie gewünscht«, sagte Angler mit ironischem Unterton, »und unsere Spurenleute sind noch unterwegs.«

»Genosse Schmidter, wie kann es sein, dass Sie nichts mitbekommen haben?«

»Der muss extrem leise und schnell vorgegangen sein und sich mit den Räumlichkeiten auf der Station auskennen. Das Nachtlicht war gedämmt, ich musste mich auf mein Gehör verlassen. Und dann sind da immer irgendwelche Geräusche. Tut mir leid, aber der muss sich wie ein Schatten bewegt haben.«

Bircher ließ in Gedanken seine Verdächtigen an sich vorbeilaufen, die waren alle keine ungelenkigen Schwergewichte. Er seufzte und verzog den Mund.

»Und sind Sie alle Ausgänge abgelaufen, auch den Kellerbereich? Pförtner, unsere zwei Leute befragt?«

»Fehlmeldung, nichts, was uns weiterbringt.«

Sitte sah aus, als säße er im Zuschauerraum und folgte einer Generalprobe. Zurückhaltend beobachtete er die Akteure. Er wunderte sich etwas, dass Bircher nicht näher auf Schillers Frage eingegangen war. Niemand sprach darüber, wie der Mann eigentlich den Patienten umzubringen gedachte.

»Philipp, geh mal hoch in die Chirurgie zu den Technikern, nicht, dass die abfahren, um im Büro ihren Bericht zu schreiben.«

Angler sprang wortlos auf und lief rasch quer durch den Konferenzsaal zum Ausgang. Sitte sah ihm hinterher und fragte Bircher direkt:

»Brauchen Sie mich noch?«

Die Frage überraschte Bircher, denn sein Eindruck war, dass sich Sitte in ihrer Mitte ganz wohl fühlte. Er nahm ihm die Entscheidung ab, denn ab einem bestimmten Zeitpunkt hätte er ihn von der Beratung ausschließen müssen. Der konnte gleich eintreten, sollte Angler mit Beweisen zurückkommen.

»Ich würde später nochmal bei Ihnen vorbeischauen, geht das?«, fragte Bircher freundlich zurück.

»Ja, aber ab zehn Uhr dreißig bin ich im OP.«

»Ich versuch es, bis dann«, sagte Bircher und winkte ihm zu.

Sitte verpasste den Moment, als Angler mit triumphierender Gebärde den Konferenzraum betrat. Die Faust geballt, ließ er sich auf seinen Stuhl fallen.

»Die Kollegen haben eine Spur im Regal auf der ITS entdeckt.«

Bircher machte eine für ihn ungewohnte Bewegung, er riss den Arm hoch, als passierte er einen Zielstreifen.

»Was haben sie?«, fragte er und biss sich leicht auf die Oberlippe.

»Eine winzige Blutspur, genau dort, wo unser Gerät lag. Das muss unser Mann sein«, sprudelte es aus Angler heraus.

»Die Kollegen sollen mit den serologischen Analysen warten, wir müssen uns erst Vergleichsproben beschaffen. Genosse Schmidter, Sie lassen sofort Wohlfahrt, Behrens, Schuster und Bäsler ins Präsidium schaffen. Dort überprüfen wir ihre Alibis, das wird eher nichts ergeben, die wohnen und schlafen alle allein, aber von jedem wird eine Blutprobe genommen.«

Bircher legte eine Pause ein und legte nachdenklich den Kopf in den Nacken.

»Bäsler auch?«, wunderte sich Schmidter.

»Ja, der ist auch in Wohlfahrts Frau verknallt.«

Schmidter und Angler warfen sich einen fragenden Blick zu. Bircher durchströmte ein Gefühl der Genugtuung, so wie vor vielen Jahren, als er auf seinen Streifzügen durch die Natur auf Pflanzen stieß, die er nur aus den Büchern kannte. Sitte wird jubeln, sollte er dazu fähig sein. Bircher erinnerte sich daran, dass er ganz am Anfang der Ermittlungen in den Personalakten der Klinik einen Vermerk über Sittes frühere Jagdleidenschaft gelesen hatte. Angeblich war er eines Nachts wegen einer morschen Stufe vom Hochstand gestürzt und hatte daraufhin das Jagen eingestellt. Nicht gänzlich, grinste Bircher in sich hinein, und wie es aussieht, führt uns unser gemeinsamer Pirschgang ans Ziel. Angler nieste heftig und Bircher klimperte erschrocken mit den Augenlidern. Er sah sich um und sagte tonlos:

»Also, wenn die Spur auswertbar ist, wissen wir in drei Tagen, ob einer unserer Verdächtigen der nächtliche Besucher war.«

Hoffentlich, fügte er in Gedanken hinzu. Im dümmsten Fall haben wir es mit zwei oder mehr Personen identischer Blutgruppenzusammensetzung zu tun. Und überhaupt, muss ich für einen Identitätsnachweis nicht alle Klinikmitarbeiter einbeziehen? Er war sich nicht sicher, mit Blutgruppenbestimmungen hatte er sich nur einmal im Zusammenhang mit einem Abstammungsgutachten beschäftigt. Ich werde nachher Tetsche anrufen, der muss das übernehmen, beendete er seine Grübelei.

Sitte fand seinen Oberarzt hinter dem Schreibtisch verschanzt, mit eingezogenem Schädel und verknoteten Händen, als müsste er sich vor einem Angriff schützen. Wie von der Tarantel gestochen sprang er auf und ging seinem Chef entgegen.

»Herr Professor, ich bin gerade eingetroffen. Die Schwestern haben mir gesagt, dass wir die Polizei im Haus haben. Was ist denn los?«, sprudelte es aus ihm heraus.

»Guten Morgen«, antwortete Sitte trocken.

»Entschuldigung, ja. Guten Morgen, Herr Professor.«

Wohlfahrt wagte es nicht, ihm die Hand zu reichen, und Sitte hatte sich bereits auf den einzigen Stuhl fallen lassen.

»Ich gehe davon aus, dass Sie, wie im Dienstplan festgelegt, heute Nacht nicht in der Klinik waren.«

Sittes Frage klang wie eine Warnung. Wohlfahrts hageres Gesicht nahm Farbe an und seine Augen weiteten sich. Das überraschende Auftauchen seines Chefs löste in ihm einen Sturm an widersprüchlichen Emotionen aus. Zweifel, Angst und Misstrauen. Es kam so gut wie nie vor, dass Sitte zu ihm kam. Entweder trafen sie sich bei der Visite oder er wurde zu ihm gerufen.

»Ich bin hier kurz vor neun eingetroffen«, antwortete Wohlfahrt vorsichtig.

»Und davor waren Sie nicht in der Klinik?«

»Nein. Ich habe gestern Abend um halb sechs die Station verlassen und bin nach Hause gefahren«, erwiderte Wohlfahrt mit angespannter Stimme.

Sitte schluckte die nächste Frage hinunter. Dass Wohlfahrt die Station verlassen hatte, schloss nicht aus, dass er irgendwann später zurückgekommen war. Was will ich hier, zweifelte Sitte an seinem Auftritt. Der Wohlfahrt sieht genauso mitgenommen aus wie alle Tage zuvor. Ich überlasse ihn besser Bircher und kümmere mich um die Patienten.

»Haben Sie sich Herrn Milz angesehen?«, wechselte er das Thema.

»Ja, gleich als ich ankam. Dem geht's gut, er schien mir etwas benommen und der Blutdruck war leicht unter Norm. Herr Milz sagte, dass er endlich mal tief durchschlafen konnte. Der hat gestaunt, als er allein im Zimmer aufwachte.«

Sitte stand auf und nickte Wohlfahrt flüchtig zu.

»Danke, das war es erstmal. Wir sehen uns nachher bei der Visite.«

Ehe der Oberarzt noch etwas sagen konnte, schloss sich die Tür hinter Sitte. Wohlfahrt stand im Raum, als wäre ihm gerade ein Geist erschienen. Er schüttelte heftig seinen Kopf und ließ sich zurück auf den Schreibtischstuhl fallen. Was sollte das denn eben?, fragte er sich, und warf einen letzten abwägenden Blick zur

Tür. Er schloss einen Moment lang die Augen und prüfte Sittes Auftreten. Irgendwie misstraut er mir, sagte er sich. Klar, es gibt keine andere Erklärung. Ich muss mich zusammenreißen, sonst geht das hier den Bach runter, beschloss er, und begann sich langsam aus seinem Stuhl zu winden.

Bircher hatte anderes im Sinn, als sich mit einem introvertierten Oberarzt abzugeben. Der sollte sich mal um seine Station kümmern und in Sicherheit wiegen. Er würde ohnehin nichts sagen, sondern mit gesenktem Schädel versichern, die Nacht allein auf dem Sofa zu Hause verbracht zu haben. Nein, hatte Bircher beschlossen, jetzt konzentrieren wir uns auf die Spur. Er hatte die Routinebefragungen seinen Mitarbeitern überlassen und sich direkt zu Tetsche fahren lassen. Auf der Fahrt sah er wie beim Abspann auf der Kinoleinwand die Namen der Darsteller an seinen Augen vorbeiziehen: Dr. Wohlfahrt (geheimnisvoll, unglücklich), Dr. Bäsler (unerschrocken, selbstbewusst), Behrens (unbeschwert und verliebt), Schuster (verschlossen und verliebt), Schwester Ingrid (wie komme ich auf die?), Renate Wohlfahrt (anziehend wie ein Magnet), Sitte (unser Experte vor Ort) ... Bircher entfuhr ein Seufzer und der Fahrer warf einen fragenden Blick in den Rückspiegel. Der Wagen hielt vor dem imposanten Gebäude der Gerichtsmedizin und stoppte Birchers Personenkarussell.

Bircher klopfte einmal an Tetsches Tür und betrat mit einem leisen »Grüß dich« langsam das Zimmer. Tetsche saß vornübergebeugt am Mikroskop und drehte mit einer Hand am Okular, die andere hielt eine Zigarette. Ohne sich zu bewegen, nuschelte er »Tag, Karl, Moment nur« in Richtung Objektträger. Bircher ahnte, was er meinte, und ging zum Fenster.

»Bisschen Luft kann nicht schaden, Herr Professor«, rief er über die Schulter.

Tetsche murmelte etwas Unverständliches, Bircher sah gelassen hinüber und stellte sich hinter ihn. Er sah auf seinen krummen Rücken und die linke Hand, von der Rauch aufstieg. Na ja, das übliche Bild, eines Tages wird er sich in Brand setzen, dachte

Bircher mit einer Sorgenfalte im Gesicht. Tetsche hob den Kopf und notierte etwas in einen Stenoblock.

»So, mein Lieber, was kann ich für dich tun?«

Er drehte sich freundlich lächelnd zu Karl Bircher.

»Verstehst du etwas von Blutgruppen, diesem ABO-System und seinem Einsatz bei der Spurenanalyse?«

»Nicht viel. Wird ja routinemäßig bei der Abstammungsbegutachtung eingesetzt. Das machen die Kollegen von der Serologie, gehört zur Labormedizin. Ist ein Antikörpertest. Sehr empfindlich. Hast du eine Spur?«

»Ja, im Zusammenhang mit unserem Fall auf der kardiologischen Station«, sagte Bircher und berichtete in knappen Sätzen von der Blutspur.

Tetsche hörte interessiert zu und vergaß für einige Minuten seine Zigarette, bis fast der Filter glühte. Er nahm einen letzten Zug, drückte die Zigarette langsam aus und sah dabei nachdenklich in den Aschenbecher. Langsam wandte er sich Bircher zu und schob anerkennend die Mundwinkel nach unten. Für seine Verhältnisse ein Zeichen besonderen Interesses.

»Ziemlich ungewöhnliche Geschichte, der du da nachgehst«, sagte Tetsche und schob Bircher einen Stuhl zu. »Die Blutspur kann beweisen, wer vor Ort war, falls die Blutgruppe der Spur einem deiner Verdächtigen zugeordnet werden kann, also eine Übereinstimmung zwischen Spur und Spender nachgewiesen wird. Gibt's nur eine einzige Übereinstimmung, hast du die Person am Wickel. Landest du jedoch zwei oder mehr Treffer, findet ihr also die Blutgruppe der Spur bei mehr als einer Person, was dann?«

»Selbst wenn ich Glück habe, es ist kein Beweis, es könnte ja sonst jemand aus der Klinik sein, dessen Blutgruppe mit der der Spur übereinstimmt, nicht?«

»So ist es, Karl. Wahrscheinlich muss die Blutgruppenbestimmung auf den Kreis der Angestellten ausgeweitet werden. Ist kein so großer Aufwand, denke ich. Müssen dir die Experten vom Labor sagen. Es gibt jedoch, soweit ich mich erinnere, im ABO-System Konstellationen, also Blutgruppenkombinationen, die eher selten vorkommen. AB gehört dazu, die haben wohl weniger als zehn Prozent der Menschen. Sollte das auf eure Spur zutreffen, würde sich die Trefferwahrscheinlichkeit erhöhen, weil ja nicht viele in der Klinik AB-Träger wären. Die Angehörigen sollte man einbeziehen.«

»Uff, Wolfgang, nun mach mal halblang. Die Mutter von Schuster, die ist Kindergärtnerin, der Vater Dispatcher beim Stadtverkehr und der von Klaus Behrens ist im Staatsapparat. Nein, von denen kommt nun wirklich niemand in Frage.«

»Ich meine ja nur, wenn man schon mal in einem Spiel den Ausgang nach Wahrscheinlichkeiten analysiert, muss man alle Varianten einbeziehen. Mit den Angehörigen erhöhst du die Sicherheit, Spur und Eltern müssen zusammenpassen«, sagte Tetsche ungerührt und fingerte ein neue Semper aus der Schachtel. »Aber die Spur ist schon heiß«, nuschelte er mit der Zigarette im Mund.

Bircher beobachtete, wie Tetsche die Zigarette anzündete und einen tiefen Zug nahm. Es dauerte scheinbar eine Ewigkeit, bis sich der Rauch seinen Weg aus Mund und Nase nahm. Bircher stöhnte leicht und verzog den Mund. Mensch, Wolfgang, deine Lunge möchte ich nicht unter dem Mikroskop sehen, dachte er. Laut sagte er:

»Gut, Wolfgang, so machen wir das. In jedem Fall kriegen wir ein Ergebnis, das den Kreis der Verdächtigen begrenzt. Werden ja nicht alle uns interessierenden Familien dieselbe Blutgruppenzusammensetzung haben.«

»In diesem Punkt kann ich dir nur zustimmen, Karl. Ich drücke die Daumen«, sagte Tetsche und es klang, als hielte er einen erfolgreichen Ausgang für möglich.

»In ein paar Tagen sag ich dir Bescheid. Mach's gut und qualm weniger.«

»Versprochen«, sagte Tetsche und zog an seiner Zigarette.

ELF

Frau Wohlfahrt saß auf ihrem Bürostuhl, die Beine lässig übergeschlagen, und musterte Herrn Behrens senior wie einen lästigen Besucher. Verglichen mit seinem letzten Auftritt im Trabbi, erkannte sie ihn kaum wieder. Er redete mit ihr wie mit einer Gleichgesinnten, als führte ihn der Wunsch nach einem Gedankenaustausch unter Kollegen in ihr Büro. Tatsächlich saß er nur deshalb vor ihr, weil er sich vorab der Sekretärin gegenüber als leitender Mitarbeiter des Ministeriums für Gesundheitswesen ausgegeben hatte. Der Sekretärin blieb nichts übrig, als mit einem knappen Kopfnicken den Termin zu bestätigen.

Nun palaverte Behrens lang und breit über die Verdienste ihres Mannes, betonte, dass man im Ministerium große Stücke auf ihn und sein Kollektiv halte, und so weiter und so fort … Sie hörte ihm geduldig zu und versuchte herauszufinden, was er eigentlich wollte. Als er wie nebenbei den entscheidenden Beitrag ihres Gatten zum Gelingen des »Schrittmacherprojekts« erwähnte, ging Renate Wohlfahrt ein Licht auf. Der will mich als Verbündete an der Seite haben, seines Söhnchens akademische Laufbahn hängt schließlich von Peters Karriere ab, ich soll meinen Mann bei der Stange halten, zu Klaus auf Distanz gehen, und als Gegenleistung hält er sich aus meinem Privatleben heraus. Frank erwähnt er mit keiner Silbe. Klar, nachdem angeblich die Polizei von der Station abgezogen wurde, hat er sich neu orientiert. Bald läuft alles wie früher, der alte Behrens sieht Peter und Klaus im Gespann das Projekt vorantreiben. Ihre Überlegungen hatten gerade in der schönen Einsicht gegipfelt, dass Behrens Frank und sie in Ruhe lassen würde, wenn sich Peter und Klaus versöhnten, da klingelte das Telefon. Es war die Direktdurchwahl.

»Entschuldigen Sie bitte, ich muss mal abheben«, unterbrach sie Behrens, der gerade über die höhere Lebenserwartung der Bevölkerung schwadronierte, wenn alle Bedürftigen den Motor im Herzen trügen.

»Ja, selbstverständlich.«

Sie nahm ab und musste ihre ganze Beherrschung aufbringen, um sich ihre Bestürzung nicht anmerken zu lassen.

»Ja, was gibt es denn?«, fragte sie betont förmlich und presste den Hörer an ihr zierliches Ohr. »Gut, heute Abend, achtzehn Uhr dreißig.«

Dann kritzelte sie etwas auf einen Zettel, Herr Behrens versuchte seine berufsinhärente Neugierde zu zähmen, und tat so, als betrachtete er die Bürowände. Sie legte auf und zuckte wie zur Entschuldigung mit den Schultern.

»Dienst ist Dienst«, sagte Behrens jovial, »wir sind ja auch durch.«

Renate Wohlfahrt erhob sich und Behrens machte einen Schritt auf sie zu, wobei er einen kurzen Blick auf die Notiz warf. Er erkannte nur, dass neben einer Uhrzeit »Oderberger 11« stand. In der Straße wohnte Klaus. Er verabschiedete sich mit den Worten: »Grüßen Sie Ihren Mann herzlich von mir.«

Das kann doch nicht wahr sein, ging es ihm immer wieder durch den Kopf, als er sich im Auto auf dem Heimweg befand. Trifft sich Klaus weiter mit der Frau, die mit Frank zusammen ist? Schläft die mit beiden? Hat der Junge keine Ehre im Leib? Er beschloss, einen Abstecher in die Oderberger zu machen. Als er sich der Hausnummer 11 näherte, wurde ihm klar, wohin Frau Wohlfahrt eingeladen wurde: in die Kneipe *Oderkahn*. Jeder im Kiez kannte den Ort, es war nur einen Steinwurf von Klaus' Wohnung entfernt. Behrens wendete und wunderte sich ein wenig, dass Klaus die Wohlfahrt nicht zu sich nach Hause eingeladen hatte. Vielleicht haben die ja doch nichts miteinander, hoffte er halbherzig. Die Zweifel blieben, zähneknirschend beschloss er, die Lage zu überprüfen.

Frau Wohlfahrt war sichtlich überrascht, als sie um sechs die Wohnungstür aufschloss und ihrem Mann gegenüberstand.

»Wie kommt's, dass du schon zu Hause bist?«, sagte sie anstelle eines »Guten Abend«.

»Der Chef besteht doch neuerdings darauf, dass ich die Dienstzeiten einhalte. Nur noch wenige Nachtschichten und pünktlicher Feierabend. Jetzt haben wir mehr Zeit für uns.«

Seine Stimme hatte einen süffisanten Unterton, den sie so nicht kannte. Sie warf ihm einen flüchtigen Blick zu. Er saß in abgetragenen Jeans und einem zerknitterten Hemd mit einer Zeitschrift in der Hand auf der Couch und unternahm keine Anstalten, ihr entgegenzutreten. Ihre Mundwinkel zuckten einmal, dann wandte sie sich ab und rief im Hinausgehen:

»Ich gehe gleich wieder. Brigadetreffen.«

Ein höhnisches Lächeln glitt über sein Gesicht, als er kurz aufsah. Aha, meine Frau, Klaus und Frank bilden ein Kollektiv der sozialistischen Arbeit.

»Wo trefft ihr euch? Soll ich dich fahren?«

»Nein, nicht nötig, ich nehme die U-Bahn. Ich bleibe nicht lange.«

Er wagte es nicht, seine Frage zu wiederholen. Wie abwesend starrte er auf seine Zeitschrift und kramte in seinem Kopf nach einer Entscheidung. Er hätte wetten können, dass sie sich mit Klaus traf. Der war schon einige Tage nicht mehr auf der Station gewesen, obwohl die Studie nach dem Schlamassel mit Krug fortgesetzt werden durfte. Die Proben hatten sie ihm mit dem Fahrer schicken müssen. Er rief auch nicht mehr an, was er sonst immer machte, wenn er nicht selbst kam. Der geht mir aus dem Weg, weil er was im Schilde führt und mir nicht in die Augen sehen kann, dachte Peter. Vielleicht ist es auch Frank, der irgendwo auf sie wartet. Na ja, wenn ich schon nicht in der Klinik sein darf, dann gehe ich mal eben meinen privaten Pflichten nach. Plötzlich sprang er wie erlöst auf, als wäre ihm etwas Wichtiges eingefallen. Er lief rasch in den Flur und rief durch die offenstehende Schlafzimmertür:

»Renate, ich muss nochmal in die Klinik. Ich habe etwas vergessen.«

»So?«, sagte sie ohne Nachdruck.

Er öffnete hastig eine Schublade in der Schrankwand und entnahm ihr einen kleinen Fotoapparat.

»Bis nachher«, verabschiedete er sich, riss im Gehen seinen Mantel vom Haken und ließ die Kamera in der Manteltasche verschwinden. Wenn ich mich beeile, bin ich gegen halb sieben bei Klaus vor dem Haus und passe sie ab, oder ihn, sollte er seine Wohnung allein verlassen. Wenn er nicht auftaucht, fahre ich zu Frank. Hätte er geahnt, wen es noch in die Oderberger trieb, wäre er auf der Stelle umgekehrt.

Peter Wohlfahrt parkte sein Auto in einer Nebenstraße und lief mit ausladenden Schritten die Oderberger Straße entlang, die mit dem Mauerbau 1961 zur Sackgasse geworden war. Er hielt sich dicht an den grauen Wänden der heruntergekommenen Altbauten. Auf der gegenüberliegenden Straßenseite bemerkte er das Kneipenschild *Oderkahn*. Er blieb stehen und sah genauer hin, als würde er sich die Lage einprägen wollen. Einige Stufen führten zum Eingang, vom Gehweg aus konnte man in den Gastraum schauen. Das passt, stellte er fest, und tastete automatisch nach der Kamera. Er kniff die Augen zusammen, um die Hausnummern zu erkennen. Aha, noch vier Häuser weiter bis zu Klaus' Wohnung, dort warte ich wie einer von *Horch und Guck* in irgendeinem Eingang. Fehlt mir nur noch die kleine schwarze Gelenktasche. Für einen Augenblick überdeckte ein hämisches Lächeln seine hervorstehenden Wangenknochen. Er würde sich nicht länger verarschen lassen, schwor er sich. Er lief jetzt rascher, als fürchtete er, sein Ziel nicht rechtzeitig zu erreichen. Links vor sich sah er einen leicht zurückgesetzten Hauseingang und stellte sich neben die Klingelanlage. Im Zweifelsfall drücke ich die Klingeln durch und verschwinde von der Straße, überlegte er. Na ja, korrigierte er sich, abhauen sollen ja die anderen. Schräg gegenüber sah er die Hausnummer 11.

Peter Wohlfahrts Rechnung ging auf, ein Blick auf seine Armbanduhr bestätigte seinen Verdacht: Um 18.25 Uhr verließ Klaus Behrens seine Wohnung, in drei Minuten würde er mit Renate im *Oderkahn* sitzen. Ohne nach links oder rechts zu sehen, ging Klaus zügig die Oderberger Straße entlang in Richtung Schönhauser. Auf der anderen Straßenseite folgte etwas versetzt Wohlfahrt. Kurze Zeit später verschwand Klaus in der Kneipe und Wohlfahrt wartete eine Minute, bevor er die Straße überquerte, um sich vorsichtig der Fensterfront zu nähern. Es waren nur wenige Gäste zu sehen, selbst die Fenstertische waren frei. Wohlfahrt reckte sich etwas in die Höhe und ließ seinen Blick durch den Raum gleiten. An einem der Ecktische, von dem aus man den Eingang im Auge hatte, saß seine Frau, neben ihr Klaus. Herr Wohlfahrt wunderte sich im ersten Augenblick, dass die beiden steif und in sich gekehrt nebeneinandersaßen, als wäre ihnen der Gesprächsstoff ausgegangen. Nun, ein paar Minuten warte ich, dann mache ich meine Fotos, gehe rein und kläre die Situation, legte er sich fest. Er zog seinen Fotoapparat aus der Tasche und schaltete ihn an, mit einem Auge abwechselnd Kneipeneingang und Straße im Auge behaltend. Er stellte sich neben das Fenster, schob vorsichtig den Kopf nach vorn und schoss mehrere Fotos. So, das müsste geklappt haben, stellte er zufrieden fest. Er war ein geübter Fotograf, es war sein einziges Hobby. In seiner Wohnung lagerten etliche Schuhkartons mit Aufnahmen.

Seine Frau hatte sich gewundert, als sie einmal Fotos mit Aufnahmen aus der Klinik in der Hand gehalten hatte, die wie anatomische Abbildungen aussahen und mit Ziffern versehen waren. Mein Mann knipst sogar die Herzen seiner Patienten, staunte sie. Es waren Aufnahmen, die aus nächster Nähe die Implantation der Schrittmacher dokumentierten. Keins der Fotos, die sie sah, erlaubte einen Rückschluss auf bestimmte Personen, und so erlosch ihr Interesse rasch. Darf er das überhaupt?, schoss ihr eine Frage durch den Sinn, die sie schnell verwarf.

Peter Wohlfahrt stand inzwischen auf dem Bürgersteig, seitlich zum Eingang, so dass Klaus und Renate ihn nicht entdecken konnten. Er wartete einen passenden Moment ab und linste wie ein Wachmann immer wieder einige Sekunden in die Gaststätte. Als er zum wiederholten Mal seinen Kopf vorschnellen ließ, sah er, wie sich Klaus' Hand in den Unterarm seiner Frau verkrallte, während sie besänftigend auf ihn einredete. Herr Wohlfahrt holte einmal tief Luft, ließ die Kamera in der Manteltasche verschwinden, stieß die Kneipentür auf und stürzte in die Gaststätte. Wie aus dem Boden gewachsen stand er vor ihrem Tisch. Von seiner phlegmatischen Art war nichts mehr zu spüren. In seinen Zügen lag die Entschlossenheit eines Rachsüchtigen.

»Guten Abend, darf ich am Brigadeabend teilnehmen?«, sagte er mit eisiger Stimme und setzte sich im Mantel an den Tisch.

Renate kämpfte um ihre Fassung, während Klaus seine Hand zurückzog, seine Augen wanderten ratlos zwischen Peter und Renate hin und her. Renate brauchte eine Minute, bis ihr Gesicht einen Ausdruck von Nachsicht annahm, wie wenn man einem eigensinnigen Kind gegenübersitzt. Mit der Andeutung eines Schmollmunds und einem beruhigenden Lächeln in Richtung Theke, hinter der die Wirtin aufmerksam die Runde im Auge behielt, bemühte sie sich um Gelassenheit. Sie musterte Peter, als gäbe sein Zustand Anlass zur Sorge. Aber sie schwieg und tat zunächst einmal das, was erfahrene Ehefrauen in ähnlichen Situationen tun, nämlich gar nichts.

Klaus leckte sich immer wieder die Lippen, sein Hals war staubtrocken, sie waren noch gar nicht zum Bestellen gekommen. Er war unsicher, was ihn mehr irritierte, das unerwartete Auftauchen von Peter oder Renates kaltblütige Reaktion. Im ersten Moment des Schrecks hatte er sich weniger um sich selbst Sorgen gemacht als um Renate. Jetzt stellte er verwundert fest, dass die unbegründet waren. Sie hatte im Sitzen den Stuhl etwas zurückgeschoben und saß mit übergeschlagenen Beinen fast aufreizend entspannt zwischen ihnen, als wartete sie darauf, was die Männer zu besprechen hatten. Ihr Mann musterte wie ein Fremder, der sich vergewissern wollte, am richtigen Ort zu sein, den Schankraum und wandte sich schließlich an Klaus. Der lehnte sich instinktiv zurück, seine Gedanken drehten sich um die bestmögliche Ausrede. Die Lage war so nicht vorhersehbar gewesen, deshalb hatte es keine Absprache zwischen Renate und ihm gegeben. Die schwieg beharrlich und überließ den Männern die Regie. Tatsächlich hielt sie sich die Chance offen, je nach Gesprächsverlauf zu reagieren, sozusagen auf den fahrenden Zug zu springen.

Wohlfahrt fixierte Klaus, als läge er vor ihm auf dem OP-Tisch.

»Für wie blöd haltet ihr mich eigentlich? Während ich meine Nachtschichten schiebe, vergnügst du dich mit meiner Frau. Die Polizei schnüffelt auf meiner Station herum, befragt die Schwestern und ich muss Dienst nach Vorschrift schieben. Das sieht doch ganz danach aus, als verdächtigten die mich. Ich habe denen gesagt, dass sie genauso gut dich verdächtigen können. Bist ja häufig genug abends auf der Station, lässt dich von Ingrid informieren und kennst jeden der Patienten, der bei mir gestorben ist. Du willst doch die Sache so darstellen, als wäre ich der Täter, damit du freie Fahrt hast.«

Er hatte tonlos geredet, ohne Klaus eine Sekunde aus den Augen zu lassen. Der sah wie ein Schachspieler, der mit einer schwierigen Spieleröffnung konfrontiert ist, angespannt auf die blank polierte Tischplatte. Renate ließ kaum vernehmbar einen Seufzer vernehmen. Sie sah ihren Mann mit geneigtem Kopf an und schüttelte einmal kurz den Kopf, als wäre sie von ihm enttäuscht. Klaus bemerkte ihre Reaktion und hielt sie für einen Hinweis, sich das Gerede nicht gefallen zu lassen. Sein Gesicht glühte und er fuhr sich hastig mit der flachen Hand über die Stirn. Jetzt nur nicht die Nerven verlieren, kreiste ein Vorsatz durch seinen Kopf. Ich muss Renate raushalten, gesellter sich ein zweiter hinzu.

»Peter, du liegst komplett falsch. Renate habe ich angerufen, um ihr zu sagen, dass sich die Lage beruhigt hat, ich wollte sie bitten, dich auf unsere Seite zu ziehen.«

»Auf was für eine Seite?«, höhnte Peter.

»Mein Vater sagte mir, dass wir unser Projekt weiterverfolgen können. Mit uns willst du ja nicht reden. Blieb mir, Renate zu bitten, dir die gute Nachricht zu übermitteln, das ist alles. Deshalb bin ich hier.«

Renate machte wieder einen spitzen Mund, als wäre sie eingeschnappt, nicht am Gespräch beteiligt zu werden. Tatsächlich lobte sie im Stillen Klaus, dessen Antwort sie so nicht erwartet hatte. Hat er nochmal die Kurve gekriegt, sagte sie sich, und tastete aus schmalen Augenwinkeln das Gesicht ihres Mannes ab. Peter hatte seinen hageren Oberkörper gefährlich nahe über den Tisch gebeugt, es fehlte nicht viel und sein spitzes Kinn hätte die Tischplatte gestreift. Er starrte Klaus mit kalten Augen an, der sich instinktiv zurücklehnte.

»Du musst mir hier nicht die *neue Lage* erklären. Die ist mir längst bekannt, oder denkst du, ich bin beurlaubt? Du hast meine Frage nicht beantwortet. Was hast du auf meiner Station getrieben, wenn ich nicht da war? Warum war Renate in deiner Wohnung?«

In diesem Moment näherte sich die Wirtin ihrem Tisch und Renate hob wie erlöst eine Hand.

»Möchten Sie etwas bestellen?«, fragte die Frau und es klang wie eine Aufforderung.

»Ja, ich nehme einen Kaffee, und ihr?« Renate drehte fragend den Kopf in die Runde.

»Ein kleines Bier«, sagte Klaus.

Peter hatte mittlerweile eine aufrechte Sitzhaltung eingenommen und deutete mit einem kurzen Nicken Zustimmung an. Die Wirtin nahm die Bestellung wortlos zur Kenntnis und verließ mit einem verdrießlichen Gesichtsausdruck den Tisch. Kaum war sie zwei Schritte entfernt, da schnellte Peter erneut aus seinem Stuhl, um blitzschnell Klaus' Handgelenke zu fassen und sie auf den Tisch zu pressen. Klaus sah verdutzt an sich hinunter, als wäre etwas von der Decke auf ihn gefallen. Seine Handgelenke fühlten sich wie im Schraubstock an.

»Ich verlange von dir, dass du nie wieder Renate anrufst, und dass du nie wieder die Station betrittst. Verstanden?!«

Peters Worte klangen wie eine letzte Warnung. Klaus riss seine Hände aus der Umklammerung und stieß Peter mit einem gezielten Stoß gegen die Stirn von sich. Jeder Zug jugendlicher Unbeschwertheit war von ihm gewichen, die Kerbe in seinem Kinn leuchtete wie ein Mahnmal, seine vollen Lippen waren zu einem schmalen Strich geschrumpft und unter der glatten Stirn lauerten wachsame Augen. Die Wirtin trat mit dem Bier an den Tisch, für einen Augenblick herrschte eisiges Schweigen. Kaum war sie hinter dem Tresen verschwunden, richtete Klaus seinen Blick auf Wohlfahrt.

»Ich werde der Polizei sagen, dass du den Patienten fehlerhafte Batterien eingesetzt hast.«

Klaus sprach den Satz wie eine Wettermeldung, die Sturm vorhersagt. Renate sah ihn sprachlos an und schüttelte entgeistert den Kopf, als hätte er eine Grenze überschritten.

»Das ist ungeheuerlich, was du hier von dir gibst. Nimm das auf der Stelle zurück. Entschuldige dich«, sagte sie, setzte ihre Beine nebeneinander und rückte den Stuhl demonstrativ etwas näher zu Peter.

Ihre Stimme klang wie die einer Richterin, die einen Zeugen ermahnt. Klaus errötete und griff fahrig zum Bierglas, als würde er Halt suchen.

»Ich denke nicht daran.«

Er hatte den Satz kaum beendet, da knallte hinter ihnen mit lautem Getöse die Eingangstür ins Schloss. Klaus sah hoch und verzog das Gesicht, als hätte ihn Peter erneut gepackt. Im Schankraum stand sein Vater und blinzelte wie geblendet in ihre Richtung. Er machte den Eindruck eines Mannes, der sich mit jemandem verabredet hatte und nicht sicher war, am richtigen Ort zu sein. Er warf der Wirtin einen flüchtigen Blick zu, streckte angriffslustig das Kinn nach vorn und ging auf die drei zu. Unwillkürlich zog Klaus den Kopf ein, während Renate, die ihn erst jetzt bemerkte, erstaunt die Augenbrauen hob. Peter folgte dem Blick seiner Frau und ließ ein verächtliches Schnaufen ertönen. Wortlos setzte sich Herr Behrens auf den letzten freien Stuhl, seine Augen tasteten wie Sensoren langsam die Gesichter von Klaus, Peter und Renate ab. Klaus und Peter Wohlfahrt, beide im Mantel, ähnelten in diesem Augenblick zwei Kumpeln, die auf ein Bier in die Kneipe geflüchtet waren.

Wohlfahrt fasste sich als erster, mit einer wortlosen Handbewegung hob er sein Bierglas über die Tischmitte, sein Gesicht spiegelte Widerwillen und Verachtung wider. Er knallte das Glas auf den Tisch und sagte mit leiser Stimme:

»Lass uns bitte gehen, Renate.«

Ohne ihn anzublicken wandte sich Renate mit tonloser Stimme an Herrn Behrens.

»Ich weiß nicht, warum Sie mich verfolgen, ist mir im Grunde auch egal, weil es lächerlich ist. Ich sitze hier mit Ihrem erwachsenen Sohn, um ein paar sachliche Fragen zu seiner Zusammenarbeit mit meinem Mann zu erörtern, nicht wahr Klaus …?«

Sie unterbrach sich und sah Klaus streng an. Der biss die Zähne zusammen und dachte nicht daran, in Gegenwart seines Vaters auch nur ein einziges Wort zu verlieren.

»Na ja, Herr Behrens«, fuhr sie fort, »Sie werden uns sicher gleich verraten, was Sie hierhergeführt hat. Ihren Sohn können Sie gerne wie ein Kleinkind betreuen, mich und meinen Mann lassen Sie gefälligst ein für alle Mal in Ruhe. Es geht Sie nichts an, mit wem sich mein Mann und ich treffen, worüber wir reden oder was wir planen. Sollten Sie uns nochmals belästigen, werde ich mich an die entsprechenden Stellen wenden.«

Peter Wohlfahrt sah aus, als wäre er seiner Frau gerade eben zum ersten Mal begegnet und von ihrer Erscheinung überwältigt. Er hatte von der Runde alles erwartet – dass sie sich gegenseitig mit haltlosen Vorwürfen traktieren würden, dass er sich mit Klaus und seinem Vater in die Haare kriegen würde, sogar dass es handgreiflich werden könnte –, aber dass sich Renate wie eine in ihrer Ehre angegriffene Ehefrau für ihn ins Zeug legen würde, das machte ihn sprachlos. Nun, er wäre noch überraschter gewesen, hätte er geahnt, was sie zu dem Auftritt veranlasste. Renate hatte zwar geradezu demonstrativ ihren Mann untergehakt, aber nicht, um ihn zu stützen, sondern um ihre eigenen Interessen durchzusetzen: Sie wollte erreichen, dass Herr Behrens endlich seine Schnüffeleien einstellte. Sie litt darunter, weil sie ihren Lebensrhythmus erheblich ins Wanken brachten. Sie war es gewohnt, sich zu nehmen, was sie brauchte, und von sich fernzuhalten, was sie störte. Es kam ihr nicht in den Sinn, ihre eigenen Interessen und Wünsche zurückzustellen, nur weil es jemandem zugutekam. Ihr Leben ordnete sich dem Prinzip unter, mit geringem Aufwand das Beste für sich herauszuholen. So ging sie auch in ihrem Betrieb vor; drohten die Planziele nicht erreicht zu werden, wurden sie korrigiert, kam ihr jemand in die Quere, wurde er mit herzlichen Worten weiterempfohlen. Herr Behrens aber war wie eine Schlechtwetterfront, der man nicht ausweichen konnte. Inzwischen vermutete sie ihn schon im Treppenaufgang ihres Hauses, hinter jedem Mauervorsprung, auf dem Weg zum U-Bahnhof, im Abteil, das sie bestieg, sogar in ihrem Büro fühlte sie seine Nähe. Er brachte ihr austariertes Gefühlsgebäude ins Wanken, sie musste handeln. Ihr Angriff war gezielt und sollte ganz nebenbei ihrem Mann ein gewisses Maß an Vertrauen suggerieren, denn nur so konnte sie Frank im Spielfeld halten.

Der alte Behrens nickte, als hätte er nichts anderes von ihr erwartet. Was sie sagte, kam auch ihm entgegen, schließlich verfolgte er weiterhin das Ziel, mit Frau Wohlfahrt eine Art Waffenstillstand auszuhandeln: Das Schrittmacherprojekt wird fortgeführt, ihr Mann bleibt Oberarzt. Als Gegenleistung trennen sich Klaus und Renate, oder – und hier wollte er ihr scheinbar großzügig den goldenen Handschlag anbieten – die beiden sollten sich offen zueinander bekennen. Nun hatte er gerade erfahren, dass Frau Wohlfahrt zu ihrem Mann hielt. Diese Wendung hellte seine Stimmung merklich auf und machte den Waffenstillstand überflüssig. Er setzte sein nichtssagendes Funktionärsgrinsen auf und legte nachdenklich den Kopf auf die Schulter.

»Liebe Frau Wohlfahrt, ich hatte keine Ahnung, dass Sie hier sind. Mein Sohn wohnt nebenan, ich traf ihn nicht an und habe ihn jetzt zufällig auf meinem Weg zurück hier gesehen. Also, bitte keine Verschwörungstheorien.«

Sie sah ihn kühl an und stellte sich die Frage, wer eigentlich in dieser Runde nicht log.

»Bevor Sie hier ganz zufällig auftauchten«, begann sie etwas schnippisch, »hat Ihr Sohn meinem Mann unterstellt, dass er an dem unglücklichen Ausgang einiger Operationen beteiligt gewesen sein könnte, er hätte Schrittmacherbatterien manipuliert. Ungeheuerlich, mal abgesehen davon, dass einige andere Personen dazu ebenso imstande wären.«

Frau Wohlfahrt sprach sehr ruhig und überlegt. Klaus, so ihr Kalkül, würde hoffentlich allmählich dämmern, worauf sie hinauswollte, und die Klappe halten. Ihr Mann ebenso, aber der war ohnehin noch damit beschäftigt herauszukriegen, was Renate ritt, sich so für ihn ins Zeug zu legen.

»Was wollen Sie uns hier unterstellen, Frau Wohlfahrt?«, fragte Herr Behrens mit einem drohenden Unterton, nun wieder ganz der verbissen um seinen Sohn kämpfende Vater.

»Nichts weiter. Bevor mein Mann operiert, könnten hinter seinem Rücken einige Leute mit Sachverstand ihm gezielt ins Handwerk pfuschen … Ist doch so?«, wandte sie sich plötzlich an ihren Mann. Ihr Blick warnte ihn davor, sich näher zu äußern.

»Ja, klar«, murmelte Peter.

Herr Behrens schnaufte leicht und streckte den Rücken.

»Wenn Sie hier schon Spekulationen verbreiten, liebe Frau Wohlfahrt, dann sollten gerade Sie doch wissen, dass man über eine medizinische Ausbildung verfügen muss, um Schrittmacher zu manipulieren. Wenn Sie Sabotage im Auge haben sollten.«

Die kleine Ansprache ließ alle aufhorchen. Herr Wohlfahrt starrte mit verkniffener Miene Behrens an, Klaus presste unter dem Tisch die Hände auf seine Knie, aber Frau Wohlfahrt reagierte lediglich mit einer abschätzigen Handbewegung und erhob sich mit einer schnellen Drehung vom Stuhl. Von oben herab sprach sie in den Nacken von Behrens:

»Bevor ich gehe, wiederhole ich meine Forderung, sich von mir und meinem Mann fernzuhalten. Wenn Sie das nicht tun, gehe ich zur Polizei und lege meine Sicht der Dinge dar. Bisher habe ich mich bekanntlich kaum geäußert, weil ich die Sache anfänglich nicht so ernst nahm. Jetzt sieht es anders aus.«

Sie legte eine Hand auf die Schulter ihres Mannes, der sich sofort erhob und ihr den Mantel hielt. Die Wirtin beobachtete die Szenerie mit deutlichem Interesse, zu gern hätte sie mehr verstanden. Klaus wollte aufspringen, aber die Hand seines Vaters hielt ihn zurück. Er gab ihm ein warnendes Zeichen in Richtung Theke, worauf sich Klaus resigniert auf den Stuhl fallen ließ. Renate und Peter verließen grußlos das Lokal, Klaus sah mit offenem Mund, wie Renate sich bei ihrem Mann einhakte und aus seinem Blickfeld verschwand.

»Ist besser so, nichts zu sagen, Klaus. Das war hier ein Waffenstillstandsabkommen. Kümmere dich um deine Forschung«, gab Herr Behrens seinem Sohn mit auf den Weg, bevor er sich verabschiedete.

Klaus saß noch einige Minuten grübelnd am Tisch. Es kam ihm auf einmal so vor, als hätten einige Widersacher vor der entscheidenden Schlacht ihre Siegeschancen ausgelotet.

ZWÖLF

»Guten Morgen, Chef«, trällerte Manuela gut gelaunt, als Bircher am Montag das Büro betrat. Er hatte es eilig, schenkte ihr aber im Vorbeigehen ein kleines Lächeln.

»Guten Morgen, Manuela, ist der Bericht da?«

»Liegt bereits bei dir. Aber betrifft wohl nur den Vergleich der Blutspur mit den Proben von Klaus Behrens, Frank Schuster, Bäsler und Wohlfahrt. Die Analysen der Eltern kommen nach. Noch etwas, Karl, mich hat heute früh Herr Schuster angerufen.«

»Moment mal, wer, der junge oder der alte Schuster?«, unterbrach sie Bircher.

»Der Vater. Er hat mir sein Herz ausgeschüttet, wegen seinem Sohn. Angeblich hat der Behrens vom Ministerium ihn zweimal unangemeldet im Betrieb aufgesucht und mächtig unter Druck gesetzt. Die beiden kennen sich ja eine Ewigkeit, und der Behrens weiß eigentlich, dass Frank und sein Vater wenig Kontakt unterhalten. Umso merkwürdiger kam es ihm vor, dass der Behrens forderte, er solle sich um seinen Sohn kümmern, gegen den wegen merkwürdiger Vorgänge in einer Klinik ermittelt würde. Er behauptete, dass deshalb die wissenschaftliche Laufbahn der Kinder gefährdet wäre und dass Frank seinen Sohn in krumme Sache verwickeln würde, und so weiter. Schuster kam es so vor, als wollte Behrens dem Frank was in die Schuhe schieben. Na ja, der Herr Schuster war etwas durcheinander.«

Bircher hörte ungeduldig zu, seine Gedanken waren bei dem Bericht des Labors.

»Bestell Frank Schusters Eltern zum Gespräch ein«, murmelte er auf dem Weg zu seinem Schreibtisch.

Ohne den Mantel abzulegen griff er sich die Akte und las stirnrunzelnd den ersten Abschnitt.

»Die Schusters sind geschieden«, rief sie ihm zu.

Er sah kurz auf und schüttelte unwillig den Kopf.

»Dann gibt's eben zwei Einladungen. Und bitte, schließ die Tür.«

Bircher streifte den Mantel ab, ungelenk die Akte von einer in die andere Hand legend, überflog er den Text.

»Die auf dem ersten Regalbrett des Vorraums zur ITS Chirurgie (Zimmernummer 2.1.3) aufgenommene Blutspur wurde der ABO-Gruppenbestimmung unterzogen. Die Methode erlaubt blutgruppenmäßig eine Spur einer bestimmten Person sicher zuzuordnen. Das Verfahren setzt den Einsatz von Anti-A-bzw. Anti-B-Immun-Serum …«

Er setzte sich, übersprang den technischen Teil und las mit gespitztem Mund den letzten Absatz. Dann ließ er die Akte auf den Tisch sinken und stieß einen Schwall Luft durch seine Lippen. Die erste Assoziation, die ihm eine Grimasse entlockte, war die zwischen der »Pulsschen Parallelschaltung« und dem Sprüchlein »Zwei Herzen schlagen in meiner Brust …«.

Was zum Teufel brachte einen Menschen dazu, fünf Leute umzubringen? Es gab drei Gründe, die ihm einfielen: Liebe, Rache, Wahnsinn, oder eine Kombination von allem. Es sollte auch Menschen geben, die nicht anders konnten, als kompromisslos zwischen Liebe und Sterben zu entscheiden, zwischen allem und nichts. Vielleicht ist das die Gefühlswelt unseres Täters, dachte er. Er schüttelte ungläubig den Kopf, zog das Telefon heran und drückte den Sekretariatsknopf.

»Ja, ich höre«, meldete sich Manuela.

»Gib mir Philipp.«

»Sofort.«

Er hatte kaum aufgelegt, da meldete sich Angler am Telefon.

»Hör zu, Philipp, es scheint, wir haben einen Täter. Die Blutspur konnte einer Person aus dem Kreis unserer Verdächtigen zugeordnet werden.«

»Wer ist es?«

Bircher nannte den Namen und hörte Anglers »Mannomann«.

»Philipp, Durchsuchungsbefehle einholen. Danach kommst du mit Schmidter zu mir.«

»Klar. Die Blutgruppe könnte aber auch ein Klinikmitarbeiter tragen. Muss ich noch prüfen.«

»Verstehe, mach das«, knurrte Bircher und erinnerte sich an Tetsches Erläuterungen zur Aussagekraft der ABO-Analytik.

Würde sich Anglers Einwand bestätigen, wäre die Beweislast gering.

»Egal, wir brauchen die Beschlüsse zur Durchsuchung.«

»Wird sofort erledigt.«

Keine zwanzig Minuten später saßen sie wie vor der Auflösung eines Geheimnisses am Besprechungstisch. Vor ihnen lag die Skizze von Puls, die sie sich zum ersten Mal gemeinsam ansahen. Bircher hatte damit gewartet, erstmal musste ein Tatverdächtiger her. Der schien nun identifiziert, aber Hergang und Beweislage waren alles andere als klar. Bircher wies mit dem Finger auf das Blatt Papier vor sich.

»Ich erkläre es mal mit meinen Worten. Vor uns liegt die Anordnung, wie man mit zwei Kabeln, quasi im Handumdrehen, Krugs Herzschlag mit dem des Nachbarn synchronisieren kann. Lassen wir mal die ersten Fälle außer Acht, deren EKGs nicht gespeichert werden konnten. Vielleicht gut für den Täter. Jetzt geht's um unseren schwierigsten Fall, Krug. Der lag bekanntlich mit seinem Nachbarn im Zweibettzimmer«, dozierte er bedächtig.

»Was will uns Puls erklären? Zwei Kabel gehen von Krugs Brust zu seinem EKG-Aufzeichnungsgerät, dem Monitor. Jemand entfernt diese zwei Kabel aus dem Monitor. Zieht einfach die Bananenstecker raus, die baumeln dann frei im Raum. Zweiter Schritt, er nimmt zwei lose Kabel mit Steckverbindungen ›St‹, die er bei sich trägt, und stöpselt sie in die freien Anschlüsse des Monitors. Dritter Schritt, die beiden anderen Enden der Kabel tragen jeweils eine Klemme, so dass er sie leicht an die Anschlüsse des Nachbarmonitors klemmen kann. Auf der Skizze sind diese Klemmen mit ›kk‹ gekennzeichnet. Krugs Monitor ist nun ab Mitternacht bis drei Uhr in der Früh mit dem des schlafenden Nachbarn parallelgeschaltet. Zwei Monitore im Überwachungsraum empfangen ein einziges EKG, nämlich das des Bettnachbarn. Deshalb waren die EKGs von Krug und seinem Nachbarn über den bewussten Zeitraum identisch, was wir uns mit Professor Sitte nicht erklären konnten. Es sollte so aussehen, als wären beide wohlauf. Die Schwestern im Überwachungsraum sehen über den Bildschirmen normale Kurven laufen, alles bestens, denken sie entspannt. Bleiben die beiden losen Kabel, die von den Klebeelektroden an Krugs Brust über den Bettrand baumeln. Die müssen irgendeinen Zweck erfüllen …«

»Aber wie erfolgt die Rückschaltung? Als die Schwester früh kam, mussten die Kabel ja verschwunden sein«, sagte Schmidter.

»Ziemlich einfach und rasend schnell zu machen: Die zwei Kabel, die aus der Bettdecke baumeln«, Bircher tippte auf die zwei EKG-Kabel auf Krugs Strichmännchenbrust, »braucht der Täter nur zurück in die Buchsen seines Monitors zu stecken. Die beiden anderen, die er mitbrachte, um Krug mit dem Nachbarn parallel zu schalten, die klemmt er ab und packt sie ein. Und schon hat jeder wieder sein originales Kardiogramm auf dem Bildschirm. Dauert keine Minute. Bei Krug würde es ab diesem Zeitpunkt Herzstillstand, also eine Waagerechte, anzeigen. Der Täter kam also zweimal. Einmal, um die Parallelschaltung zu legen, und ein zweites Mal gegen drei Uhr, um sich vom Tod seines Opfers zu überzeugen und alles zurückzustöpseln. Damit gab er sozusagen das Ableben Krugs bekannt. Entsprechend wurde der Todeseintritt auf drei Uhr sieben gelegt. Hätte die Schwester gegen zwei Uhr im Überwachungsraum die Monitore kontrolliert, wäre ihr nichts aufgefallen, wer erkennt schon, dass da zwei identische EKGs über den Bildschirm laufen? Professor Tetsche hat uns darauf gebracht, dass etwas faul ist, als er den Todeseintritt auf eine Zeit zwischen null und drei Uhr legte. Komisch, dachten wir, denn da sah das EKG ja noch ›normal‹ aus, es war eben das des Bettnachbarn.«

»Ja, und womit wurden die Leute nun umgebracht? Bisher wissen wir nur, dass der Täter etwas suchte, als er sich verletzte, oder?«, stellte Angler die entscheidende Frage.

»Genau, und die Tatwaffe werden wir dem Verdächtigen vor

die Nase legen. Genosse Schmidter, ich zeige Ihnen jetzt, worauf Sie bei der Wohnungsdurchsuchung achten müssen.«

Bircher ging zu seinem Schreibtisch und hielt kurz darauf etwas in der Hand, das wie ein Ladegerät aussah. Schmidter und Angler sahen ihren Chef verständnislos an. Der legte das Gerät auf den Tisch, daneben ein Heftchen, wahrscheinlich eine Bedienungsanleitung. Nach einem Augenblick des Schweigens rief Schmidter plötzlich: »Das kenne ich doch von damals, von meinen Einsätzen bei der Schnellen Hilfe, beim Notdienst!«

»Richtig«, sagte Bircher trocken und dachte an Sitte. »Ein perfektes Mordwerkzeug.«

Mit dieser Bemerkung und dem Befehl, in den Wohnungen *aller* Verdächtigen nach »Ladegeräten« und Zubehör zu suchen, entließ er seine Mitarbeiter. Er warf einen letzten Blick auf die Zeichnung. Fast genialisch, musste er sich eingestehen. Die Indizien sind überwältigend. Aber noch sind wir im Ungefähren, was Motiv und genaue Tatausführung betrifft. Bircher stellte sich mit durchgedrücktem Kreuz ans Fenster. Und wir haben keine Ahnung, nach welchem Schema, falls es eines gab, die Auswahl der Opfer erfolgte. Eigentlich haben neben Wohlfahrt alle an der Schrittmacherstudie beteiligten Personen Zugang zu den »Opferakten«. Uns fehlt ein entscheidendes Detail, um den Tathergang zu verstehen, stellte er kritisch fest.

Das nächste Telefonat dauerte nicht lange. Den Quellcode zu finden wäre sehr wichtig, erläuterte der Kollege vom Rechenzentrum, um die Befehlsstrukturen eines Rechenprogramms nachzuvollziehen. Dieser Code beschreibe die Befehle in verständlicher Sprache, lege also offen, was der Informatiker mit seinem Computerprogramm bezwecke, welches Ziel er verfolge. Ob er zum Beispiel nach Männern mit einem bestimmten Profil fahnde. Bircher ahnte, was der Informatiker meinte, und ließ Schmidter ausrichten, alles, was nach Rechenprogramm aussah, den Informatikern im Präsidium zu übergeben.

Die Durchsuchungen bei den Verdächtigen brachten zunächst

nichts Neues zutage. Es wurden zwar Stapel an Papieren in den Wohnungen von Klaus und Frank sichergestellt, aber weder so etwas wie ein Generator noch ein passendes Elektrokabel, nur harmlose Verlängerungsschnüre und Fernsehkabel.

Frau Wohlfahrt hatte sich mächtig aufgeregt, als Schmidter am späten Nachmittag bei ihr klingelte und den Durchsuchungsbeschluss aus der Sakkotasche zog. Er war zufrieden, sie angetroffen zu haben, und ließ sie reden. Sie beruhigte sich erst, als er andeutete, wonach sie suchten.

»Na, da können Sie lange suchen, mein Mann kann ja nicht mal einen Fernseher in Betrieb nehmen, geschweige denn einen Rechner oder irgendeinen Transformator bedienen. Sein Interesse für Technik beginnt und endet am OP-Tisch.«

Schmidter lächelte nachsichtig und murmelte:

»Eben, darum geht's ja.«

»Warum suchen Sie nicht auf seiner Arbeit?«, wollte Renate Wohlfahrt wissen.

Schmidter ließ sie stehen und widmete sich der Fotosammlung ihres Mannes, die er im Schrank gefunden hatte. Er nahm sich einige Bilder und verstaute sie in einer Plastehülle. Mal sehen, was Tetsche dazu sagte. Ansonsten fand er nicht, wonach er suchte, und verabschiedete sich betont freundlich von Frau Wohlfahrt, die ihm argwöhnisch hinterhersah. Auf dem Weg ins Präsidium fielen Schmidter ihre Worte ein, sich auf der Arbeit ihres Mannes umzusehen.

»Nein«, hatte der Chef schon am Morgen abgewinkt, »das würde viel Staub aufwirbeln und unangenehme Fragen von General Meier nach sich ziehen, würden wir ohne einen zwingenden Verdacht in die Klinik einmarschieren.«

Bircher verließ sich zunächst einmal auf Professor Sittes Wort, dass sich in Wohlfahrts Büro außer Krankenakten nichts befinde. Sitte hatte ihn verschwörerisch angesehen, worauf sich Bircher nach dem bewussten Gerät erkundigt und die Antwort erhalten hatte: »Da ist nichts, wirklich nichts. Ich war dort. Wozu auch? Es befindet sich auf jeder Station.«

Schmidter ließ Frau Wohlfahrts Bemerkung dennoch nicht los, allerdings in einem anderen Zusammenhang. Er bat den Fahrer, ins Rechenzentrum der Universität zu fahren. Vielleicht hat Schuster, vorausschauend wie er ist, ein Corpus Delicti außer Haus gebracht. Naheliegend wäre sein Dienstzimmer, denn wo sonst fühlt er sich sicher in seiner Haut? Fremde haben keinen Zugang zu den Räumlichkeiten, ohne Ausweis kommt niemand am Pförtner vorbei, außerdem wird jeder Besuch vorher angemeldet. Und wenn schon, wen interessieren ein paar Kabel im Zimmer eines Informatikers? Als Schmidter vor dem Rechenzentrum hielt, war es bereits dunkel und im Gebäude waren nur wenige Räume erleuchtet. Er ging zum Pförtner, wies sich aus und rief Bircher an. Der war noch im Büro und gab grünes Licht.

»Wenn Sie was finden sollten, kommen Sie ins Präsidium. Ich bin bis halb acht hier.«

Kurz nach sieben Uhr trat Schmidter seinem Chef triumphierend entgegen, in der Hand hielt er zwei Kabel mit Klemmen, die genau der Beschreibung auf der Skizze entsprachen. Schmidter hatte sie im Regal hinter den Aktenordnern entdeckt. Die Beweislage reichte jedoch nicht für eine Anklage: Ein paar Kabel, die man in jedem Heimwerkerladen kaufen konnte, als Tatwerkzeug? Es fehlte der Beweis, dass sie tatsächlich als Mordwerkzeug eingesetzt worden waren. Kein Richter würde das Argument Schusters zurückweisen können, dass es sich um harmlose Ladekabel handele, die jeder Trabantbesitzer im Winter aus dem Schrank hole. Was haben ein paar Kabel mit unschuldigen Patienten zu tun, die, soweit bekannt, in keinem Verhältnis zu Schuster, Behrens, Bäsler oder Wohlfahrt standen und – allen Recherchen zufolge – auch nie mit ihnen zusammengetroffen waren? Warum lagen alle Opfer auf Wohlfahrts Station, auf der Frank nur ab und zu vorbeikam, um mit ihm über seine Clusterwolken zu reden? War es reiner Zufall, dass ausgerechnet frisch versorgte Patienten starben? Oder lagen sie, leider, zur falschen Zeit am falschen Ort, an einem Tatort …?

Am Dienstag um zwei Uhr teilte Manuela ihrem Chef mit, dass sich Herr und Frau Schuster noch heute einfinden könnten. Sie vereinbarten fünfzehn Uhr und Bircher ordnete Anglers Anwesenheit an. Mit einem leichten Unbehagen dachte er an seinen spontanen Beschluss, die beiden vorzuladen. Er war einer Regung gefolgt, ja, welcher eigentlich? Er wusste es selbst nicht genau, wahrscheinlich war es einfach sein Dienstverständnis, jedem Hinweis nachzugehen. Vielleicht hoffte er mehr über die Beweggründe zu erfahren, die Behrens bewogen, seinen Sohn so verbissen zu verteidigen, während er Frank im Regen stehen ließ, obwohl er ihn zeitlebens wie seinen zweiten Sohn behandelt hatte. Bei dem Gedanken an den Besuch der beiden Schusters entfuhr Bircher ein leichter Seufzer. Er hatte festgelegt, dass über die Analyse der Blutspur in der Klinik Stillschweigen bewahrt würde.

»Die Eltern sollten wissen, ob wir *ihren* Sohn verdächtigen. Es wäre nicht anständig, würden wir sie angesichts der Faktenlage in ihrem Glauben belassen, dass Frank, ihr Sohn … Na ja, ich überlasse dir es, sie zu unterrichten«, sagte er zu Angler. »Bei mir befürchtet man immer gleich das Schlimmste.«

Frau Schuster, die nach ihrer Scheidung den Namen ihres Mannes beibehalten hatte, war eine gutaussehende Person, der man ansah, dass sie sich durchzusetzen wusste. Sie arbeitete seit etlichen Jahren als Erzieherin in einer Kindertagesstätte, vielleicht ein Umstand, der sie den Verlust des Familienlebens leichter hatte ertragen lassen. Für Frank bestand seine Familie aus seiner Mutter und ihm selbst, zwischen seinen Eltern gab es kaum Kontakte, was er anfangs bedauert hatte und später als gegeben hinnahm. Der Vater war für ihn ein Fremder. Franks ganze Liebe galt der Mutter, so wie die von Herrn Behrens seinem Sohn Klaus. Und nun mussten sich Herr und Frau Schuster nach Jahren erstmals wieder in die Augen blicken. Entsprechend distanziert begrüßten sie sich in Birchers Büro. Er war ein zurückhaltender, wortkarger Mann, dem man ansah, dass er diesem Treffen gerne aus dem Weg gegangen wäre. Während seine ehemalige Gattin adrett in einem dunkelgrünen Hosenanzug und geföhnter Dauerwelle, die wie ein Helm auf ihrem runden Kopf saß, mit neugierigem Blick das Büro betrat, sah Herr Schuster aus, als hätte er gerade eben seine Arbeitsmontur abgelegt und würde darüber grübeln, wie er seinen Feierabend gestalten könnte. Er war im Busbahnhof als Dispatcher tätig. Sein Gesicht trug die Spuren ermüdender Bürotätigkeit und späten Essens vor dem Fernseher. Sein ansehnlicher Bauch und ein fast rechteckiger Stiernacken verliehen ihm etwas Behäbiges, eine langweilige Trägheit ging von ihm aus. Birchers erster Eindruck war, dass die beiden wohl versehentlich getraut worden waren, oder aber sich Herr Schuster nach der Hochzeit ziemlich bald in eine bequeme Rückenlage begeben hatte, während seine Gattin darüber nachdachte, wie sie sich der Ehe und Langeweile entledigen könnte.

Angler räusperte sich und legte die Stirn in Falten.

»Wir müssen Sie darüber informieren, dass in der Klinik für Innere Medizin, auf der kardiologischen Station, im Verlauf der letzten Monate fünf Patienten verstarben. Die Umstände sind merkwürdig und wir mussten Ermittlungen aufnehmen. Wir hatten Sie, Herr Schuster, davon vor einiger Zeit in Kenntnis gesetzt.«

Herr Schuster wackelte etwas mit dem Kopf, als versuchte er sich zu erinnern.

»Hm, da war jemand bei mir und hat mich zu dem Jungen befragt. War sehr allgemein«, murmelte Herr Schuster.

Seine geschiedene Frau sah ihn geringschätzig von der Seite an. Sie erinnerte sich sehr wohl an den jungen Kommissar. Es ging schließlich um eine bedeutende klinische Studie, von der Frank stolz erzählte. Als sie den Kommissar traf, erwähnte der, dass es paar Ungereimtheiten in der Klinik gegeben hatte, wegen der man nun alle Kollegen des Dr. Wohlfahrt befragte. Sie hielt es für selbstverständlich, dass man sich bei ihr erkundigte. Mit den Worten »Wer kennt Frank besser als ich?« hatte sie den netten Polizisten verabschiedet. Schmidter war es etwas peinlich gewesen, sie in diesem Glauben zu belassen.

»Ich muss Ihnen auch mitteilen, dass wir Ihren Sohn nicht aus dem Kreis der Verdächtigen ausschließen können«, fuhr Angler etwas salomonisch fort.

Bircher zog unmerklich die Augenbrauen hoch. Es schien, als wollte Angler die Erwartungen der Eltern auf einen angenehmen Gesprächsverlauf dämpfen. Die Wortwahl verfehlte nicht ihre Wirkung. Frau Schuster zuckte wie unter einem Schlag zusammen und presste sich die Hände an die Schläfen. Ihre Dauerwelle erhielt eine deutliche Delle und verlor an Symmetrie. Herr Schuster beugte sich schwerfällig nach vorn und stammelte:

»Verdächtig, was bedeutet das denn?«

Bircher hüstelte leise in Richtung Angler.

»Noch sind die Ermittlungen nicht abgeschlossen«, sagte Angler beschwichtigend. »Wir mussten von allen in den Fall verwickelten Männern eine Blutprobe nehmen. Das war im Zuge der Spurenanalysen ermittlungstechnisch notwendig«, unterstrich er und hob den Zeigefinger, als wären damit alle Nachfragen beantwortet. »Die Laborergebnisse liegen vor.«

Herr Schuster hatte sich etwas gefangen und fragte mit tonloser Stimme:

»Was für Laborergebnisse?«

Angler stutzte, denn er hätte nicht erwartet, dass sich sein Gegenüber für ein Labor interessieren würde. Er konnte nicht wissen, dass Herrn Schuster, warum auch immer, gerade eben das Labor des Busenfreundes seines Sohns in Friedrichsfelde in den Sinn gekommen war. Angler wiegte Verständnis andeutend den Kopf und las mit Dozentenmiene vor:

»Aus dem Vergleich der Blutgruppenzusammensetzungen von Personen kann man auf ihre Verwandtschaftsverhältnisse schließen. Zum Beispiel kann man die Blutgruppen eines Kindes mit denen seiner Eltern vergleichen und so herausfinden, ob es sich tatsächlich um die leiblichen Eltern handelt. Die Eltern vererben die Blutgruppenantigene auf ihre Kinder. Die müssen also mit denen der Eltern in Übereinstimmung stehen.«

Herr Schuster nickte beifällig:

»Aha, Sie meinen, die Erzeuger des Kindes sind zu bestimmen.«

»Ja«, sagte Angler und wartete einen Moment.

»Verstehe, das kenne ich von früher«, bemerkte Frau Schuster, die sich offenbar an etwas aus ihrer Jugend erinnerte.

»Aha«, murmelte Herr Schuster erneut ungläubig und Frau Schuster sah Angler an, als fragte sie sich, ob sie sich bei der Polizei oder in einem Seminar befand.

Herr Schuster schien überfordert, er starrte mit halboffenem Mund auf die Tischplatte. Sie rückte plötzlich mit gekräuselter Stirn nach vorn auf die Stuhlkante, als wäre ihr eine wichtige Frage eingefallen. Angler nickte aufmunternd.

»Darf ich dann wissen, um welche Blutgruppe es sich bei Frank handelt?«, fragte sie mit sanftem Nachdruck, so, als würde sie einen ihrer Kindergartensprösslinge um eine sehr einfache Antwort bitten.

Angler blätterte und begann langsam vorzulesen.

»Die ABO-Bestimmungen für folgende Spenderpersonen wurden miteinander verglichen: Klaus Behrens, Dr. Peter Wohlfahrt, Dr. Lothar Bäsler und Frank Schuster. Dabei ergaben sich folgende Ergebnisse, Frank Schuster – Blutgruppe 0, Klaus Behrens …«

Angler stoppte mitten im Satz, klappte seine Akte mit den Laborergebnissen zu und wartete auf ein Zeichen von Frau Schuster.

»Blutgruppe Null«, wiederholte er.

Zum ersten Mal sahen sich Herr und Frau Schuster kurz an, ihre Blicke drückten Verwunderung aus. Es sah so aus, als bewegte sie eine ähnliche Frage. Herr Schuster bog seinen Kopf nach hinten und verdrehte die Augen, als traute er seinen Ohren nicht. Frau Schuster hielt sich beide Hände vor das Gesicht. Durch die gespreizten Finger hörte man sie flüstern:

»Das kann doch nicht sein, nein …«

Bircher hielt mit einer Armbewegung Angler zurück, der offenbar glaubte, den Laborbericht ausführlicher kommentieren zu müssen.

»Was verwundert Sie so an der Nachricht?«, mischte er sich ein.

Frau Schuster ließ die Hände sinken und lächelte schwach. Ihr geschiedener Mann atmete einmal tief durch und antwortete für beide:

»Wo ist hier die Übereinstimmung? Ich habe keine Null, meine Blutgruppe ist A. Und deine AB, soweit ich mich erinnere, du warst ja mal Blutspenderin«, sagte er in ihre Richtung.

»Blutgruppe AB, klar, habe ich vor Jahren bestimmen lassen müssen«, meldete sich Frau Schuster mit einem trotzigen Blick.

Birchers Gedanken schlugen Purzelbaum. Nach einem Moment der Besinnung stellten sich alle Anwesenden dieselbe Frage: Wer war Frank Schuster?

»Wann ist Frank geboren?«, fragte Bircher scheinbar ohne Zusammenhang.

»Am 22.4.1952«, antwortete Herr Schuster.

»Und seine Blutgruppe kannten Sie nicht?«

Herr und Frau Schuster sahen sich ratlos an. Wer kommt auf die Idee, ohne besonderen Anlass die Blutgruppe seines Kindes bestimmen zu lassen?, sagten ihre Blicke. Und hätten sie es gewusst, säßen sie dann hier in diesem Büro? Herr Schuster schüttelte verstört den Kopf, Frau Schuster schien in Gedanken sehr weit weg zu sein. »Vielleicht wurden irgendwelche Proben verwechselt. Sie sagten, dass sie von allen in dem Fall verwickelten Personen Proben genommen haben«, meldete sich Herr Schuster mit einem für seine Verhältnisse mutigen Einwand.

»Ausgeschlossen«, sagte Angler trocken.

»Hm«, meldete sich Bircher leise, dem in diesem Augenblick nichts weiter einfiel, als das Gespräch zu beenden.

Er schraubte sich langsam aus dem Stuhl und ging zur Tür. Frau Schuster sah ihm erschrocken nach, vielleicht fürchtete sie, Frank, bis eben noch ihr leiblicher Sohn, würde ihr entgegentreten. Aber Bircher wollte sie lediglich verabschieden.

»Für heute habe ich keine weiteren Fragen. Ich danke Ihnen sehr, dass Sie sich herbemüht haben. Bitte haben Sie Verständnis dafür, dass wir die Angaben zu Ihren Blutgruppen in unserem Labor prüfen müssen. Man wird Ihnen eine Blutprobe abnehmen. Noch etwas, Sie reden bitte mit niemandem über dieses Gespräch, mit niemandem. Das ist für den Erfolg unserer Arbeit absolut wichtig. Einen guten Tag noch.«

Herr und Frau Schuster waren erschrocken aufgesprungen und blickten sich verstört an. Von welchem Erfolg sprach er, schien sich Frau Schuster zu fragen, deren Gesicht jede Frische verloren hatte und die sich verzweifelt darum bemühte, die Tragweite des Gehörten zu erfassen. Herr Schuster sah wie versteinert an Bircher vorbei und verließ das Zimmer, ohne von seiner geschiedenen Frau und den Polizisten Notiz zu nehmen. Gleich darauf folgte ihm Frau Schuster wie in Trance, als hätte man sie gerade aus einem tiefen Traum gerissen.

Ein Satz auf einem Laborbefund hatte ihnen ihr einziges Kind genommen. Frank, achtundzwanzig Jahre lang der einzige Mensch, der sie noch miteinander verband, den sie bis zu ihrer Scheidung gemeinsam aufgezogen hatten, gehörte zu einer fremden Familie. Was bedeutete dieser biologische Befund? Würden sie sich die Frage stellen, ob *unser Sohn* etwas angestellt hatte, oder *ihr Sohn*, der seiner wahren Eltern? Könnten Schusters Frank aus ihrem Leben tilgen, in das er unverschuldet und irrtümlich geraten war und das er viele Jahre mit ihnen geteilt hatte? Könnten sie auf einmal nicht mehr ihren Sohn lieben, nur weil zwei Menschen sich als seine neuen Eltern ausgeben würden oder weil er ein Verbrechen begangen haben sollte? Vielleicht fühlten sie bereits tief in ihrem Herzen die schmerzende Scham, so wie sie einen Angehörigen zeitlebens begleitet, der als einziger einen Flugzeugabsturz überlebt.

Bircher und Angler versuchten wortlos, die Tragweite des Geschehens zu erfassen. Urplötzlich fiel Bircher eine Frage ein, die bislang niemand gestellt hatte, auch nicht Herr und Frau Schuster, die sie hätten eigentlich stellen müssen: Wenn Frank nicht ihr Kind war, wer war es dann? Hm, murmelte Bircher in sich hinein, das ist nicht auch noch unser Problem.

»Das muss doch ein sehr merkwürdiges Gefühl sein, wenn man den Raum als Vater und Mutter betritt und nach 'ner Stunde kinderlos verlässt«, brach Bircher das Schweigen. »Obwohl, sie sind ja nicht kinderlos, falls ihr eigentliches Kind lebt und gefunden wird.«

Er sah Angler fragend an, als würde er eine Antwort erwarten. Er strich sich durchs dünne Haar und versuchte, sich in die Situation Franks hineinzuversetzen, der, soweit bekannt, nur mit drei Menschen eng verbunden war: mit seiner »Mutter« Frau Schuster, Klaus und dessen Vater, wobei Letztere sich von ihm entfernt hatten. Nun drohte ein sehr viel größerer Verlust. Wie reagiert ein junger Mann, wenn er plötzlich seinen wahren Eltern gegenübersteht? Würde ich das wollen, mich einer mir fremden Person als Vater ausgeben, nur weil es so im Laborbefund steht? Oder würde ich auf die Elternschaft verzichten, wie auf eine Prämie, die mir nicht zusteht? Bircher wiegte den Kopf bedächtig vor und zurück und murmelte:

»Wie verhält sich ein junger Mann gegenüber zwei Menschen, die nach achtundzwanzig Jahren wie aus dem Nichts auftauchen und sich als seine Eltern ausgeben?«

Der kinderlose Bircher räusperte sich und klopfte leicht nervös auf die Tischplatte, das Thema behagte ihm plötzlich nicht mehr.

»Es gibt noch eine Neuigkeit, die ist aber weniger überraschend«, wechselte er das Thema.

»So?«

Bircher ächzte ein wenig, als er sich vom Tisch erhob, zu seinem Schreibtisch ging und nach zwei Kabeln griff. Er hielt sie in die Höhe.

»Erinnern sie dich an etwas?«

»An Puls und seinen Schaltplan«, grinste Angler und rieb sich die Hände. »Wenn das kein Zufall ist.«

»Kann man wohl sagen. Die hat Schmidter im Rechenzentrum gefunden, sie lagen in Schusters Arbeitszimmer hinter einem Aktenordner.«

»Jetzt müssen wir noch auf die Ergebnisse unserer Informatiker warten. Alles, was bei den Wohnungsdurchsuchungen nach Rechenprogramm aussah, wurde mitgenommen«, begann Angler laut nachzudenken. »Mal abgesehen vom Technischem, unser Täter hat doch irgendeine Art Auswahlprinzip im

Kopf, das seinen Trieb nach Vergeltung befriedigt, der geht wie ein Buchhalter vor, der Quartalsziele verfolgt. Was meinst du, Karl?«

Angler hatte sich in Rage geredet.

»Kann schon sein. Vergeltung? Keine Ahnung, ob er es jemandem Bestimmten heimzahlen will oder ob nur ein Triebtäter ist, den die Lust am Morden heimsucht. Aber dagegen spricht die Systematik seines Vorgehens, das sehe ich wie du.«

»Ja, ziemlich rätselhafter Fall, mitten in dieser Klinik«, bemerkte Angler nachdenklich, der in seinem Gedächtnis nach Parallelen zu früheren Fällen suchte.

Bircher stand plötzlich auf und schritt zu seinem Schreibtisch. Ein Gedanke, der ihm während des Gesprächs mit Herrn und Frau Schuster gekommen war, sich dann aber davongestohlen hatte, war wieder aufgetaucht. Er kramte in den Aktenbergen, bis er gefunden hatte, wonach er suchte, und kehrte zum Tisch zurück.

»Schuster nannte das Geburtsdatum von Frank, kannst du dich erinnern?«

»22.4.1952.«

Die Antwort kam so prompt, dass Bircher verwundert aufblickte.

»Leicht zu merken, zwei und zwei gleich vier plus Geburtsjahr meiner Schwester.«

»Hm, hier schau mal in die Lebensläufe unserer Schrittmacherexperten«, sagte Bircher trocken, schob Angler die Akte hinüber und tippte auf einen Lebenslauf.

Anglers Augen folgten dem Finger seines Chefs und seine Augen weiteten sich ein wenig.

»Donnerwetter, dass uns das entgangen ist«, sagte Angler und sprang wie elektrisiert auf.

»Na ja, wir hatten bis heute keinen Grund, uns damit zu beschäftigen.«

»Hast du eine Idee?«

»Ja, und du?«

Angler dachte einen Moment nach, bis er zu einem Schluss kam.

»Wir müssen diesen ABO-Test wiederholen.«

»Nein, Philipp, wir müssen ihn erweitern. Besorge dir eine Blutprobe von den Eltern aller beteiligten Personen. Sprich mit unserem Labor.«

»Verstehe, wird erledigt.«

Jemand klopfte an der Tür. Bircher rief »Herein«, ohne sich umzudrehen. Das konnte nur Manuela sein.

»Chef, Frau Wohlfahrt ist am Telefon. Sie lässt sich nicht abwimmeln.«

»Glaube ich dir gerne. Stell bitte durch.«

Frau Wohlfahrts Stimmer klang so, wie Bircher sie in Erinnerung hatte. Gleichmäßig freundlich, etwas unterkühlt und unverbindlich. Der Tonfall einer selbstsicheren Frau. Bircher hörte zu, ohne sie zu unterbrechen. Zum Ende des Telefonats fragte er:

»Können Sie mir die Adresse Ihres Mannes geben?« Er schrieb mit und verabschiedete sich mit den Worten: »Ich danke Ihnen für die Information.«

»Gerne.«

»Es kann sein, dass wir uns nochmal bei Ihnen melden.«

»Gerne«, sagte sie und es hörte sich nicht an, als würde sie darauf warten.

Bircher legte auf und Angler begab sich zu ihm. Die Neugierde stand ihm ins Gesicht geschrieben.

»Im Kern hat sie mir die Trennung von ihrem Mann mitgeteilt. Er ist ausgezogen und wohnt vorübergehend in so einer Art Schwesternheim, und Frank Schuster will sie nach Hause schreiben, dass ab sofort jeder Kontakt ausgeschlossen ist. Sie will ihre Ruhe haben, hat genug von den Männern, wie es scheint«, berichtete Bircher. »Sie vertraut ihrem Mann nicht. Da hat sie ihn kurzerhand vor die Tür gesetzt. Frank befindet sich in ihrer Welt gewissermaßen auf der Auswechselbank, aber wer weiß …«

Ein Gedanke blitzte in seinem Gehirn auf, er nahm die Brille ab und wedelte nachdenklich mit dem Bügel, wie wenn er seine

Überlegungen auf ihre Tauglichkeit überprüfen würde. Das wird Frank hart treffen, wenn er erfährt, dass sie ihn auf Eis legt, er wird es nicht verkraften, es wie einen entsetzlichen Verrat empfinden und es wird ihn in die Hoffnungslosigkeit stürzen. Wenn er sie denn tatsächlich so liebt, wie es den Anschein hat. Und Klaus Behrens würde es nicht anders ergehen. Bircher schob sich die Brille auf die Stirn und bewegte wie im Takt langsam den Kopf auf und nieder.

»Also, Philipp, du kümmerst dich um die Blutproben, heute Nachmittag noch holen wir Frank Schuster zur Vernehmung. Ich will nun doch nicht so lange warten, bis sich unsere Informatiker melden. Sagen wir, Schuster um fünf Uhr.«

Angler war bereits auf dem Weg zur Tür, als Bircher rief:

»Schick mal bitte Manuela rein.«

Kaum war Angler raus, stand Manuela, bewaffnet mit ihrem Stenoblock, vor seinem Schreibtisch.

»Hör mal, was ich dir jetzt sage, bleibt unter uns.«

Sie riss gespannt die Augen auf, als würde er ihr gleich ein Geheimnis anvertrauen.

»Wie immer, Chef.«

Bircher zeigte ein ironisches Lächeln und winkte ab.

»Du rufst in meinem Auftrag Frau Renate Wohlfahrt an. Ihre dienstliche Nummer haben wir. Du sagst ihr – hör genau hin –, dass sich wahrscheinlich die nächsten Tage ihr Mann oder der eine oder andere ihrer Freunde melden wird. Wir bitten sie dringend, keinen zurückzuweisen, alle hinzuhalten, dich sofort anzurufen. Wir sagen ihr dann, wie verfahren wird. Und du informierst niemanden. Klar?«

»Klar. Ich soll nach dem Anruf *niemanden* informieren?«

»Nur mich.«

»Verstehe, erledige ich.«

»Sei nett zu ihr.«

Aha, deshalb ich. Sie lächelte stolz und marschierte in kurzen Schritten zurück an ihren Schreibtisch.

Frank Schuster schien an einer schweren Krankheit leiden, die er mit aller Kraft zu besiegen gedachte. Die Nachricht, dass er zum *Verhör* zu erscheinen habe und dass er bis auf weiteres Berlin nicht verlassen dürfe, hatte einige Schockwellen in seinem sonst so ausgeglichenen Gemüt ausgelöst. Als er das Präsidium betrat, erinnerte nichts an den jungen Mann mit dem eingemeißelten Lächeln, der jedes Problem wie eine Rechenaufgabe anging, zupackend und von einer Lösung überzeugt, mit einem Schimmer verstohlener Schüchternheit, die seinen kühlen Verstand tarnte. Er hatte die Vorladung wie eine Warnung vor der Verhaftung aufgenommen. Die lassen mich vielleicht nicht mehr raus, weil sie einen Schuldigen brauchen, redete er sich ein und schwor sich, das Ganze stoisch hinzunehmen, wie einen Irrtum, der sich schnell aufklären ließe. In seiner Haltung manifestierten sich Wut und Kampfeslust.

Nachdem ihm Bircher mit einem kurzen Gruß einen Stuhl zugewiesen hatte, ging er ohne Umschweife auf sein Ziel los.

»Herr Schuster, sagen Sie uns, an welchem Tag Sie das letzte Mal in der Klinik für Innere Medizin waren. Es war um Mitternacht, vielleicht hilft der Hinweis.«

Der Überraschungsangriff lief ins Leere. Schuster versuchte, unbeeindruckt die Mundwinkel nach unten zu ziehen.

»Ich war noch nie in der Nacht in einem Krankenhaus, weder als Patient noch aus irgendeinem anderen Grund.«

»Sie waren dort und haben das Gebäude kurz nach eins im weißen Kittel verlassen. Los, machen Sie keine Faxen. Besser, wenn Sie jetzt reden. Sie stehen unter Mordverdacht.«

Frank sah ihn mit verkniffener Miene an und sann kurz über die letzten Worte nach, die ihn in seiner Vermutung bestätigten, dass ein Täter hermusste.

»Wer bitte hat mich gesehen?«, fragte er betont ruhig.

Bircher reagierte mit einem abfälligen Lächeln und nickte Angler zu.

»Könnte es sein, dass Sie sich bei Ihrem Besuch verletzt haben? Es gibt eine Blutspur, die zurzeit im Labor untersucht wird.

Deshalb wurde Ihnen eine Blutprobe abgenommen. Haben Sie sich nicht gefragt, wozu wir die brauchen?«, fragte Angler mit Eiseskälte in der Stimme.

Die herablassende Art Schusters nervte ihn gewaltig. Frank stülpte die Lippen vor und tat, als wäre das eine interessante Frage.

»Nee, aber mir war schon klar, dass es etwas mit Ihren Untersuchungen zu tun hat. Vielleicht für eine Datenbank, oder wie nennt man das, eine Blutbank?«

Angler verdrehte die Augen. Der bildet sich ein, wir fallen auf sein Ausweichmanöver herein. Dann versuchen wir es mal direkter.

»Wie gesagt, die Blutspur ist in unserem kriminaltechnischen Labor einer Blutgruppenbestimmung unterzogen worden, das Analyseergebnis führt uns zu der Person, die in der besagten Nacht in die Klinik eindrang. Kurzum, Ihre Blutgruppenantigene, Herr Schuster, und die der anderen in Frage kommenden Personen, wurden mit denen in der Spur verglichen. Also, was haben Sie in der Klinik gemacht?«

Einer plötzlichen Eingebung folgend, verriet Angler nicht die Station, wo sie die Blutprobe aufgenommen hatten. Er warf seinem Chef einen vielsagenden Blick zu.

»Ich weiß gar nicht, welche Blutgruppe ich habe …«, versuchte Schuster murrend dem Gespräch eine unverfängliche Richtung zu geben.

»Dieselbe wie in der Blutspur«, bemerkte Bircher emotionslos.

»Ja und? Es gibt doch sicher Angestellte der Klinik, die dieselbe Blutgruppe haben wie ich«, dachte Frank laut nach, sich an Gespräche mit Klaus über Biologie erinnernd.

Bircher beugte sich etwas nach vorn und bohrte seinen Blick in Schusters Augen. Frank glaubte weiterhin an eine Finte und hielt dem Blick stand.

»Ich frage Sie das letzte Mal: Warum waren Sie nachts in der Klinik?«

Bircher hatte so leise gesprochen, dass sich Frank vorbeugen musste, um ihn zu verstehen. Bircher linste zu Angler hinüber, um ihm zu verstehen zu geben, dass sie sich an die abgesprochene Vernehmungsstrategie halten würden. Frank Schuster glaubte, sie hätten nichts als die Analyse von Blutgruppen in der Hand, deren Ergebnis seine Position nicht von Grund auf erschüttern konnte. Da lag er nicht ganz falsch und schlug sich bislang recht wacker. Aber einen hochmütigen Spieler, der sich seiner Sache zu sicher ist, trifft ein überraschender Zug des Gegners doppelt hart. »Hochmut kommt vor dem Fall«, hatte Bircher in den Vorgesprächen im Hinblick auf Schuster bemerkt.

»Ich war nicht in der Klinik und trage keine weißen Kittel«, wiederholte Frank ruhig mit Unschuldsmiene.

»Dann lassen wir das mal so im Raum stehen und kommen zu einer anderen Frage, die uns interessiert«, sagte Bircher regungslos.

Es hörte sich an, als gäbe es für ihn Wichtigeres zu erörtern als einen vermeintlichen Klinikbesuch. Bircher hielt plötzlich, wie aus dem Zauberkasten gezogen, zwei Kabel in der Hand, an deren Enden Bananenstecker und Klemmen hingen.

»Was hat es mit diesen Kabeln auf sich?«, fragte er wie ein Lehrer im Physikunterricht.

Frank warf einen fachmännischen Blick auf Birchers Hände und hob betont gelangweilt die Schultern. Er neigte sich etwas in Richtung der Kabel, als suchte er ihren Verwendungszweck zu verstehen. Scheinbar unberührt antwortete er träge:

»Die könnten von mir sein. Sind fürs Auto, damit hatte ich mal die Autobatterie aufgeladen, fragen Sie meine Mutter. Ihr Trabbi streikte im Winter. Wusste gar nicht, wo die noch rumliegen.«

Angler pfiff durch die Zähne und sah ihn spöttisch an, verkniff sich jedoch einen Kommentar. Bircher nickte anerkennend, allerhand, dass ihm diese Erklärung ad hoc eingefallen war. Na ja, der Ingenieur.

»Hm, nehmen wir das mal so zur Kenntnis, Herr Schuster. Ihre Mutter werden wir befragen. Zum letzten Gesprächspunkt: Wie ist Ihre Beziehung zu Frau Wohlfahrt, Ihrer Freundin? Sie hat uns gerade eben angerufen. Ihr Mann ist anscheinend ausgezogen, vorübergehend oder für immer, wissen wir nicht. Was sagen Sie dazu?«

Bircher redete wie von einem alltäglichen Ehezwist und verfolgte aus den Augenwinkeln Schusters Reaktion. Sie entsprach seinen Erwartungen. Schusters Miene hellte sich ein wenig auf, ein flüchtiges Lächeln umspielte für einen winzigen Moment wieder seinen Mund und erinnerte an den Frank früherer Tage. Er dachte an Peter und bemühte sich um eine mitfühlende Mimik, die so wirkte wie die Anteilnahme beim Lesen einer fremden Todesanzeige.

»Nun, erfreut Sie diese Wendung nicht? Sie haben doch ein Verhältnis mit ihr«, hakte Bircher nach, nun eine Nuance schärfer im Ton.

Schuster dachte nicht daran, den Polizisten sein Liebesleben zu offenbaren. In seiner Brust hatte die Nachricht eine Woge des Glücks ausgelöst, er fühlte sich am Ziel seiner Wünsche. Armer Peter, den traf es tatsächlich doppelt und dreifach.

»Nun, Ihr Schweigen nehmen wir mal als Bestätigung. Ihre Leidenschaft für Renate Wohlfahrt interessiert uns auch nur aus kriminologischer Sicht.«

Schuster sah zum ersten Mal mit erhobenem Kopf auf Bircher und zog verächtlich seine vollen Lippen breit. Puh, fragen Sie mal was anderes, gab er ihm zu verstehen. Bircher öffnete leicht den Mund und lehnte sich zurück, um gleich darauf mit ausgestreckten Armen nach vorn zu schnellen. Schuster begab sich unwillkürlich ins Hohlkreuz.

»Frau Wohlfahrt hat uns noch eine zweite Nachricht hinterlassen, die Sie betrifft, Herr Schuster. Sie hat uns nämlich ausdrücklich versichert, dass die Beziehung zu Ihnen beendet ist. Sie hat uns nicht darum gebeten, diesen Entschluss vertraulich zu behandeln. Wir werten den Anruf so, dass sie Ihnen nicht vertrauen kann, dass sie nicht weiter in die Ermittlungen verwickelt werden möchte, sie hat Sie fallengelassen, Herr Schuster, und wir sollten das wohl so übermitteln.«

Bircher sah ihn kalt an. Er war Frank Schuster bedrohlich nahe gerückt und Franks Hals schnürte sich wie in einer Schlinge zu, er glaubte Birchers Hände zu spüren. Bircher fixierte ihn und wartete ab, wie er auf diese Finte reagieren würde. Frau Wohlfahrt hatte mit keiner Silbe angedeutet, dass sie Frank misstraute oder gar auf ihn verzichten würde. Bircher hatte kurzerhand entschieden, Frank Schuster ein für alle Mal den Zahn zu ziehen, dass es eine Zukunft mit Renate gab. Wenn die nicht stattfindet, wird der Junge schlappmachen und sich den Kummer vom Leibe reden, so sein Kalkül. Bereits nach dem ersten Satz zeichnete sich eine dramatische Wende ab, allerdings anders als von Bircher erhofft. Als hätte ihn ein unerwarteter Kinnhaken getroffen, durchpflügten Franks Gesicht Furchen ungläubigen Erstaunens, aber kein Anzeichen von Resignation oder Kapitulation. Es schien, als würde er einmal tief durchatmen, um sich zum Gegenangriff vorzubereiten.

»Ich glaube Ihnen nicht, das ist doch eine Falle. Sie haben mich bei Renate denunziert, sie unter Druck gesetzt, damit sie sich gegen mich stellt. Hat sie mich etwa verdächtigt?«, fauchte er leise.

Bircher konnte ihn nur verstehen, weil sein massiger Oberkörper noch immer halb über dem Tisch hing.

»Es ist genauso, wie ich es sage. Was denken Sie, wer hier vor Ihnen sitzt. Wir klären Mordfälle auf. Was ich Ihnen sage, entspricht den Tatsachen.«

Birchers Stimme hatte größtmögliche Schärfe und Lautstärke angenommen. Er ging auf Schusters Halbfrage nicht ein. Hier stelle ich die Fragen, gab seine Körpersprache zu verstehen. Er steuerte auf das Ende der Vernehmung zu.

»Sie verstehen nichts, Renate ist ein ganz besonderer Mensch«, brach es aus Frank heraus. »Nie würde ich ihr schaden, sie unter Druck setzen oder verletzen, und Peter auch nicht.«

Bircher ließ die Worte im Raum stehen und nahm wieder seine normale Sitzposition ein. Er ließ Frank nicht aus den Augen, der um Haltung rang und mehrmals tief durchatmete.

»Was Sie verstehen müssen, ist, dass alles vorbei ist«, verkündete Bircher kühl, und die Spirale des Schmerzes bohrte sich um eine weitere Umdrehung in Franks Seele.

Eine Zeitlang schien er seine Umgebung wie aus der Ferne wahrzunehmen, von einem einzigen Gedanken besessen, stierte er an Bircher und Angler vorbei ins Leere. Vor seinen Augen sah er Renate, wie sie ihn zärtlich an sich zog und ihm Worte ins Ohr flüsterte, die sein Gesicht zum Glühen und seine Seele zum Beben brachten. Ein irres Lächeln glitt über Franks Gesicht und er zitterte etwas.

Bircher beobachtete ihn wie ein Arzt, der sich seiner Diagnose nicht sicher ist. Für einen Augenblick erschien es ihm aberwitzig, sich Schuster als kaltblütigen Mörder vorzustellen. War der junge Mann vielleicht nur etwas von der Rolle, weil er schlicht und einfach hoffnungslos dieser Frau verfallen war und sich kopflos in eine Lage manövriert hatte, die ihn als Gegenspieler des Gatten und Oberarztes automatisch zum Verdächtigen machte? War nicht eher Klaus Behrens ihr Mann, der im Vergleich zu Frank Schuster deutlich Energischere und vielleicht auch Rücksichtslosere? Der ebenso für keine der Tatzeiten ein Alibi hatte und Frau Wohlfahrt nicht weniger liebte? Oder war der Täter Wohlfahrt, der einzige Fachmann unter ihnen? Hatten Schuster und Behrens nur die Zündschnur für Wohlfahrt gelegt, den der Wahnsinn überfallen hatte angesichts seiner verkorksten Ehe und schleppenden Karriere? Hat es schon oft gegeben, dass scheinbar Unbescholtene zu Furien wurden, weil sich in ihren Seelen eine Verschaltung löst, die sie wie aus heiterem Himmel zu anderen Menschen macht. Oder lenkte sie Wohlfahrt gezielt auf Schuster, das wäre ja ein Leichtes für ihn, von Behrens oder Schuster oder sonst jemandem eine Blutspur zu legen. Na ja, zurück zu Schuster, ermahnte sich Bircher. Der hätte sich laut Plan nun eigentlich aus Trauer und Enttäuschung um Kopf und Kragen reden sollen, falls sich in seinem Liebeswahn der Schlüssel zum Tatmotiv verbirgt. Bircher neigte den Kopf und hoffte immer noch, dass Schuster schlappmachen würde wie so viele andere vor ihm, die sich so lange sicher fühlten, bis sie hier im Verhör saßen und mit den Fakten konfrontiert wurden.

Aber Bircher irrte. Seine Taktik ging nicht auf. Die Fakten schienen Franks Willen nicht zu brechen. Irgendwie hatte sich in ihm die Erkenntnis durchgesetzt, dass er seinen Verstand gebrauchen sollte, und sich zu einer Lageanalyse durchgerungen. Sein Fazit: Das kann hier alles nur ein Bluff sein, die brauchen einen Täter und bilden sich ein, Renate und mich gegeneinander ausspielen zu können. Aber Renate hat überhaupt keinen Grund, mich zu verlassen, und sie wird immer zu mir halten, weil sie mich liebt und mir vertraut. Sie hat Peter rausgeworfen, den allwissenden Oberarzt, dem die Patienten wie Fliegen wegsterben. Ihm vertraut sie zu Recht gar nicht mehr, das hat sie nicht nur mir gesagt. Peter, dieser Versager. Und dann erst Klaus, der als der eigentliche Verlierer vor nichts Halt macht. Klaus, der stärkere von uns beiden, nicht der schlauere, aber der gefährlichere, würde man meinen. Wie hat er es geschafft, Renate zu verärgern? Frank hob vorsichtig den Kopf und nahm Blickkontakt mit Bircher auf, der ihn mit hochgezogenen Augenbrauen musterte. Frank schluckte zweimal und setzte stockend zum Reden an. Aus seinen Gesichtszügen sprach der Wunsch, einen bedauerlichen Irrtum aufzuklären und Bircher für sich einzunehmen.

»Ich kann verstehen, dass Sie mich verdächtigen. Ich gestehe auch, dass Renate mir unendlich viel bedeutet. Sie will mit mir zusammenleben und ihr Mann ist nicht froh darüber. Ich wiederhole aber, nie und nimmer wäre ich in der Lage, das zu tun, was Sie mir unterstellen. Wie um alles in der Welt sollte ich auf Peters Station irgendwelchen Patienten etwas antun? Und warum? Um Peter zu schaden, um Renate zu kriegen? Ist doch abwegig, das würde sie mir schwer übelnehmen. Obwohl der nur seine Arbeit liebt.«

Er legte eine Pause ein, wie um das Gesagte auf seinen Inhalt zu prüfen. Der letzte Satz erschien ihm plötzlich mehrdeutig, aber sei's drum. Bircher und Angler warteten ab.

»Ich habe darüber nachgedacht, wie das Blut in die Klinik gekommen sein könnte. Peter Wohlfahrt hatte damals, als wir die Studie aufnahmen, von mir, Klaus und sich selbst Blutproben abgenommen. Klaus brauchte nämlich Vergleichsproben gesunder Personen für seine Testentwicklung. Jemand hätte also eine Spur legen können, um den Verdacht auf mich zu lenken, wer außer Klaus oder Peter hätte einen Grund, das zu tun?«

»Was hätte Ihrer Meinung nach Herr Wohlfahrt eigentlich seinen Patienten antun können?«, fragte Bircher unvermittelt.

»Keine Ahnung, er ist der Oberarzt, er programmiert die Schrittmacher, setzt sie ein, überwacht ihre Funktion, kennt die Patientenakten, übernachtet in der Klinik, was weiß ich, was er da so treibt, all die Nächte …«

Bircher und Angler betrachteten Schuster regungslos und ließen seine Worte im Raum stehen. Es war zwecklos, das Gespräch in Wohlfahrts Richtung zu lenken. Es ging heute allein um Schuster und die ihn belastenden Ermittlungsergebnisse.

»Und Sie haben keine Ahnung, was sich in den Räumen vor der ITS befindet?«, kehrte Bircher zum eigentlichen Thema zurück.

»Woher denn, ich bin da nie gewesen.«

»Sie hatten ja wegen der Schrittmacherstudie viele Beratungen mit Herrn Wohlfahrt und Klaus Behrens. Da ging es nicht nur um Technik, wurde uns gesagt. Sie haben auch medizinische und naturwissenschaftliche Fragen erörtert. Wurde nie mit dem Doktor darüber gesprochen, welche Folgen das Aussetzen eines Schrittmachers hat, wie man darauf reagiert, wenn es, im schlimmsten Fall, zu einem Herzstillstand kommt? Ob man dann die Patienten retten kann und wie der Arzt in einem solchen Fall vorgeht?«

Birchers Frage rief eine senkrechte Falte auf Franks Stirn hervor. Er sah die Kommissare an, als verwechselten sie ihn mit Jemandem aus dem Krankenhaus.

»Ich bin Ingenieur und im Rechenzentrum beschäftigt.«

»Wissen wir. Meine Frage hat durchaus auch einen technischen Hintergrund, so wie die nach Ihren Kabeln.«

Birchers Andeutung verfing nicht, Schuster sah ihn ungläubig an, als verstünde der Kommissar einen einfachen Schaltplan nicht. Angler knetete seine Hände, es war wie in einer Verhandlung, die sich im Kreis dreht, weil alle perfekt lügen. Bircher musste sich eingestehen, dass Schusters Argumente zur Blutspur nicht aus der Luft gegriffen waren. Umso mehr, als ihm selbst schon der Gedanke gekommen war, dass die Blutspur hätte vorsätzlich gelegt werden können. Er stellte für sich fest: Schuster kriegen wir heute nicht an den Kanthaken, den lassen wir erstmal laufen.

»Wir beenden diese Vernehmung, Herr Schuster. Sie können nach Hause gehen. Sie verlassen Berlin nicht, das ist eine Festlegung, die Sie einhalten müssen, wollen Sie nicht hinter Gitter.«

Bircher hatte etwas übertrieben und verfolgte Schusters Reaktion. Aber der verzog keine Miene.

»Aber ich habe doch nichts getan. Warum muss ich in Berlin bleiben?«

»Sie hören von uns«, sagte Bircher knapp und rief den Wachmann herein.

»Begleiten Sie Herrn Schuster zum Ausgang«, befahl er.

Frank dachte nur an Renate, ein schmerzliches Ziehen in der Brust nahm ihm den Atem. Die Zweifel an dem Wahrheitsgehalt vertieften sich, als er wieder zu Hause war und mit kühlem Kopf versuchte, sich in Renates Lage zu versetzen. Er grübelte und ihm erschien nur eine Erklärung plausibel: Sie wollte die Polizei abwimmeln. So, wie sie immer versuchte, alles Lästige von sich fernzuhalten. Er erinnerte sich mit Ehrfurcht daran, wie sie Klaus' Vater im *Oderkahn* hatte auflaufen lassen. Was für eine starke Nummer, einfach eine Klassefrau. Langsam beruhigte sich sein Herzschlag. Der Bircher wollte mir eine Falle stellen, war er sich jetzt sicher. Peter hat selbstverständlich alles unternommen, um den Verdacht auf mich zu lenken, und dabei seine Trumpfkarte ausgespielt, meine Liebe zu Renate. Der Schweinehund hat der Polizei eingeredet, ich würde ihn fertig machen, ihn aus dem Weg räumen wollen. Na ja, in dieser Hinsicht liegt er nicht falsch. Und Klaus, der kennt sich bestens aus mit unseren Blutgruppen. Und in der Station sowieso, dank Schwester Ingrid, die ihn mit seinen Proben versorgt. Womit wohl noch? Sie kennt die Schrittmacher aus zig Operationen, sie kann sie programmieren und prüft die Funktionen, steht neben Peter am OP-Tisch. Und Klaus hat sie jede Woche besucht, bis man uns zwischendurch mal Haussperre verhängte. Klaus, alter Junge, tut mir leid, du steckst in der Klemme, Renate überlasse ich dir nicht, um nichts in der Welt. Das phlegmatisch anmutende Lächeln meldete sich zurück und kündigte den Stimmungsumbruch an. Er war sich seiner Analyse sicher und fühlte, wie die quälende Ungewissheit der letzten Stunden von ihm abfiel.

DREIZEHN

Es waren keine zwei Tage seit Schusters Vernehmung und Wohlfahrts unfreiwilligem Auszug vergangen, als gegen vier Uhr dreißig in der Früh Schwester Hannelore einen merkwürdigen Traum hatte. Sie saß allein im Schwesternzimmer der chirurgischen Station und hatte dem Druck der Augenlider für einige Minuten nicht widerstehen können. Mit den Beinen auf dem Stuhl dämmernd, glaubte sie im Halbschlaf ihre Enkeltochter auf sich zuspringen zu sehen. An ihren langen Zöpfen hatte sie sich bunte Schnüre mit kleinen Weihnachtsfiguren geknüpft, die ihr über dem Hintern baumelten. Schwester Hannelore schmunzelte mit geschlossenen Augen über den komischen Einfall der sechsjährigen Ramona. »Kann nur dir einfallen, was hast du dir denn dabei gedacht«, hörte sie sich sagen. Sie wunderte sich, dass ihre Stimme so tief und fordernd klang, sie liebte ihre Enkeltochter über alles, nie würde sie sich im Ton vergreifen. Was war mit ihr los? Ungläubig riss sie die Augen auf und sah vor sich im Schlafanzug Herrn Weber stehen, der sie flehend ansah.

»Schwester, entschuldigen Sie bitte, aber da ist was Komisches passiert«, redete er auf sie ein.

Sie rappelte sich auf und schüttelte den Kopf, wie um den Traum zu verscheuchen.

»Was ist denn mit Ihnen los, Herr Weber, stimmt was nicht?«, stammelte Hannelore, die endlich begriff, dass ihr die Stimme nicht im Traum erschienen war.

Von den Klebeelektroden auf Webers Brust hingen zwei Kabel, die eigentlich an den EKG-Monitor gehörten. Er muss sich die im Schlaf rausgezogen haben, war ihr erster klarer Gedanke.

»Warum sind Sie nicht mit der Aufzeichnung verkabelt?«, fragte Hannelore ungläubig.

Weber griff mit beiden Händen nach den Kabeln, als würde er einen Fallschirm öffnen.

»Ich habe gar nichts gemacht. Ich hatte ganz fest geschlafen, als ich aufschreckte, weil ich mir einbildete, jemand würde an mir rumfummeln, irgendetwas an den Kabeln richten. Ich war noch im Halbschlaf und begriff erst gar nicht, ob ich träume oder es sich tatsächlich so abspielt. Ich bilde mir ein, dass sich ein weißer Kittel über mich beugte, ja, und dann, keine Ahnung …«, stammelte er hilflos.

»Was war dann, Herr Weber?«, fragte Schwester Hannelore mitfühlend, als stünde Ramona vor ihr.

»Mir wurde irgendwie ganz duselig zumute und wahrscheinlich bin ich wieder eingeschlafen, ich kann mich einfach nicht genau erinnern. Irgendwann bin ich aufgewacht und fühlte mich wie nach einer Narkose, und es war niemand an meinem Bett. Na ja, erst glaubte ich an einen Traum, dann aber bemerkte ich die Kabel über dem Bettrand. Da bin ich zu Ihnen, Schwester.«

Hannelore stand mit offenem Mund vor ihm und traute ihren Augen und Ohren nicht. War der gute Mann einem Albtraum aufgesessen? Aber wie war es möglich, dass sich die Kabel vom Monitor lösten? Das geht nie und nimmer, überlegte sie. Er kann es nur selbst tun, wenn er sich aufrichtet, hinsetzt, zum Bettpfosten dreht und halb zur Seite gebeugt nach den Kabelanschlüssen am Monitor greift. Und das alles im Schlaf. Nee, hier ist was faul, fasste sie die Lage für sich zusammen. Und davor müsste er eigentlich noch das Licht einschalten, da wäre doch sein Nachbar aufgewacht.

»Ihr Zimmernachbar hat nichts bemerkt?«, fragte sie sicherheitshalber.

»Nein, der Wilhelm schläft wie ein Stein, da muss schon 'ne Handgranate im Zimmer hochgehen«, winkte er ab.

Schwester Hannelore sah ihn nachdenklich an. Sie dachte an die vielen Sterbefälle auf der Kardiologie, sie dachte an die Gerüchte und an die Polizei auf der Station, und fühlte eine leichte Übelkeit aufsteigen. Sie gab sich einen Ruck.

»Jetzt gehen wir erstmal wieder ins Bett, Herr Weber, und morgen erzählen Sie dem Doktor, was Sie erlebt haben. Vielleicht haben Sie ja nur schlecht geträumt und sich im Schlaf heftig bewegt, da könnten sich schon mal die Kabel lösen.«

Es hörte sich nicht so an, als glaubte sie selbst an ihre Darstellung. Herr Weber sah sie von der Seite zweifelnd an, verkniff sich jedoch einen Kommentar.

»Wenn Sie es sagen«, murmelte er und ließ sich von Schwester Hannelore sanft aus dem Zimmer bugsieren.

Kurz darauf riss ein hartnäckiges Klingeln Dr. Bäsler aus dem Schlaf. Schwester Hannelore bemühte sich, ihm den Vorfall sachlich zu schildern, aber er verstand, dass sie zutiefst beunruhigt war, und teilte im Stillen ihre Zweifel an einem Halbtraum des Patienten Weber.

»Der Weber hat vorgestern seinen Schrittmacher bekommen«, sagte Bäsler wie zu sich selbst.

»So ist es, von Doktor Wohlfahrt«, ergänzte sie leise.

»Keine Sorge, bin gleich da, Hannelore«, sagte Bäsler.

Keine zwanzig Minuten später, kurz vor fünf, marschierte Bäsler durchs Hauptportal, als käme er gerade frisch gestärkt vom Frühstückstisch. Zwei Stufen auf einmal nehmend, stürmte er die Treppe hoch, die rechte Hand glitt über den Handlauf des schmiedeeisenden Geländers. Er riss die Stationstür auf und wäre beinahe auf Schwester Hannelore geprallt, die es nicht in ihrem Zimmer ausgehalten hatte und im Flur auf ihn wartete.

»Morjen, Hannelore, na, wie geht's dir?«

»Geht so, Lothar, jetzt schon besser.«

»Schläft Weber?«

»Vor zwanzig Minuten hat er noch geschlafen, wollen wir gleich zu ihm?«

»Ja, ich muss sein EKG kontrollieren. War es in Ordnung, als er wieder im Bett war?«

»Eigentlich schon, aber so sicher bin ich mir nicht mehr.«

»Also, lass uns mal sehen«, sagte Bäsler, bereits auf dem Weg zu Weber.

Als sie das Zimmer betraten, schlief Weber tief und ruhig auf dem Rücken, die Hände über dem Bauch wie zum Gebet friedlich gefaltet. Bäsler musterte ihn kurz, sah hinüber zum Bettnachbarn, der ihnen den Rücken zuwandte und nichts um sich herum wahrnahm. Bäsler ging in die Hocke und warf einen Blick auf das EKG. Hannelore stand schweigend hinter ihm und versuchte sich vorzustellen, was sie tun würde, stünde mitten in der Nacht ein fremder Mann im Arztkittel an ihrem Bett. Sie schauderte bei dem Gedanken und beugte sich zu Bäsler. Er flüsterte kaum hörbar:

»Sieht ganz gut aus. Na ja, lassen wir ihn mal weiterschlafen.«

Er richtete sich auf, warf einen letzten Blick auf Weber und nickte Hannelore zu. Sie verließen leise das Zimmer und Bäsler nahm Richtung auf das Schwesternzimmer. Wahrscheinlich braucht er einen Kaffee, dachte Hannelore. Bäsler verhielt sich wie immer, energiegeladen und auf den nächsten Schritt konzentriert. Woran er dachte, ließ sich nicht erraten, aber Hannelore war sich sicher, dass er wusste, was zu tun war. Sie öffnete die Tür und Bäsler steuerte auf den Tisch und die Thermoskanne zu. Er nahm sich die erstbeste Tasse, Hannelore glaubte zu sehen, dass es ihre war, und ließ langsam den Kaffee einlaufen.

»Ich warte bis neun, dann rufe ich den Major Bircher an. Vorher untersuchen wir Weber gründlich. Danach sehen wir weiter. Wann muss ich in den OP-Saal?«

Er schlürfte an dem Kaffee und sah über sie über den Tassenrand an. Sie drehte sich zur Wand mit den Dienstplänen.

»Um neun hast du den ersten Patienten auf dem Tisch.«

»Gut, dann sag den Schwestern und der Anästhesie Bescheid, dass ich kurz nach neun eintreffe. Ich geh jetzt in mein Zimmer. Bis nachher«, sagte er, stellte die halbvolle Tasse auf den Tisch und schritt mit durchgedrücktem Kreuz hinaus.

Als Bircher sein Büro um acht Uhr betrat, unterrichtete ihn Manuela als erstes über einen Anruf Dr. Bäslers, der sich erneut gegen neun melden würde. Sei wichtig, es gehe um einen merkwürdigen Zwischenfall auf seiner Station.

»Hm«, knurrte Bircher, der nichts Gutes ahnte.

Punkt neun stellte ihn Manuela durch. In kurzen Sätzen schilderte Bäsler den nächtlichen Ausflug des Patienten Weber in das Schwesternzimmer und seine Befürchtung, dass es nicht mit rechten Dingen zugegangen sein könnte – »meiner Meinung nach«, setzte er einschränkend hinzu. »Dem Mann wurde vorgestern ein Schrittmacher implantiert, alles verlief reibungslos, und er sollte morgen entlassen werden.« Bircher notierte sich den Namen des Patienten. Weber, dachte er, den Namen hätte ich mir gemerkt, der war garantiert nicht unter den ersten zehn auf Schusters Liste. Als Bircher nachfragte, was er von der Sache halte, antwortete Bäsler, dass sicherlich niemand aus der Klinik mitten in der Nacht zu Weber ans Bett getreten wäre. Auf die harmlos klingende Fangfrage Birchers, worauf er denn dann tippen würde, zuckte Bäsler nur mit den Achseln und pustete in den Hörer, als wäre er der falsche Adressat. Birchers Vorstoß verpuffte in der Leitung.

Kaum hatte er aufgelegt, begann Bircher in der Akte nach Wohlfahrts Liste mit den Namen der Schrittmacherkandidaten zu suchen. Wie erwartet, konnte er keinen Weber finden, auch nicht unter den Patienten, die der Bezirkskardiologe Tämpel überwiesen hatte. Hatte sich der Täter bewusst einer anderen Station zugewandt? War es tatsächlich ein Anschlag auf Weber oder nur ein Täuschungsmanöver? Warum einen Mann töten, der sich nicht auf Schusters Risikowolke befand? Oder hatte er sich einfach nur geirrt?

Bircher griff zum Hörer und bat Manuela, ihn für den Nachmittag bei Bäsler anzukündigen. Den Rest des Tages verbrachte er damit, noch einmal alle Akten akribisch durchzulesen. Auch die Krankenakte Webers lag inzwischen vor und Birchers Vermutung bestätigte sich, dass er nicht in die höchste Risikoklasse fiel, jedoch wegen eines AV-Blocks zweiten Grades und der Behandlung mit einem Betablocker herzschrittmacherabhängig war. Also doch kein Zufall?, fragte sich Bircher. Schmidter und Angler hatten noch am Vormittag Schuster, Behrens und Wohlfahrt befragt. Wie zu befürchten, ohne Erfolg. Schuster und Behrens waren abends gesehen worden, nachts waren sie allein. Schmidter winkte müde ab und gab zu bedenken, dass es Zeit wäre, sie unter Dauerbewachung zu stellen. Wohlfahrt gab gegenüber Angler an, in seinem Zimmer gewesen zu sein. Im Schwesternheim hatte ihn allerdings niemand gesehen. Muss nichts bedeuten, sagten die Befragten, der Doktor kommt spät, geht früh und verlässt ansonsten selten sein Zimmer.

»Na ja«, zischelte Angler für sich, »der Herr Doktor, der den Schwestern aus dem Weg geht.«

Bircher fand sich um drei Uhr nachmittags bei Bäsler ein, der ihn am Eingang zur Chirurgie erwartete. Die Hände in den Kitteltaschen vergraben, stand er hellwach und in strammer Haltung vor seiner Station.

»Grüße Sie, Herr Bircher«, begrüßte er ihn wie einen alten Bekannten.

»So, da bin ich, guten Tag, Doktor Bäsler«, antwortete Bircher, etwas außer Atem, und streckte ihm die Hand entgegen.

»Herr Weber wartet in meinem Zimmer. Ich nehme an, dass Sie ihn unter vier Augen sprechen wollen, nicht wahr?«

»Sie können gerne anwesend sein«, erwiderte Bircher und bemerkte Bäslers anerkennendes Nicken.

»Dann gehen wir mal«, sagte Bäsler aufgeräumt und öffnete die Tür zur Station, um Bircher den Vortritt zu lassen.

Sie liefen schweigend den Flur entlang und Bircher sah einige Patienten, die auf den Betten saßen, als warteten sie auf eine Behandlung, oder vor sich hindösten. Ein-, zweimal sah er ein bleiches Gesicht, das sich kaum von dem schneeweißen Kopfkissen abhob und ihn an eine Totenmaske erinnerte. Irgendwo spielte ein Radio wie zur Untermalung der Morgenstimmung leise klassische Musik. Ohne nach links oder rechts zu sehen, marschierte Bäsler voran, Bircher musste ein Lächeln unterdrücken. Fehlte nur noch ein Fahnenappell an der Stirnwand des Korridors.

»Bitte, hier ist mein Zimmer«, meldete sich Bäsler und klopfte zweimal leicht an seine eigene Tür.

Herr Weber saß im blau-weiß gestreiften Schlafanzug vor

Bäslers Schreibtisch und drehte sich langsam mit halboffenem Mund in ihre Richtung. Offensichtlich hatte er keine Ahnung, wer der Mann neben dem Doktor war und was man von ihm erwartete. Bäsler lächelte schwach und schob für Bircher einen Stuhl zu Weber.

»Herr Weber, das ist Major Bircher von der Kriminalpolizei. Er möchte von Ihnen hören, was heute Nacht vorgefallen ist. Ich habe die Polizei informiert, weil Schwester Hannelore und ich den Eindruck hatten, dass Sie die Angelegenheit beunruhigt. Nun sind einige Stunden vergangen und Sie haben etwas Abstand von der Sache. Also, erzählen Sie mal.«

Er hatte ungewohnt leise und einfühlsam gesprochen, ganz der Herr Doktor, der seinem Patienten die Angst vor einer Operation nehmen will. Bircher gefiel der Auftakt, und Weber machte nicht den Eindruck, dass ihm so schnell die Knie schlottern würden. Er sah Weber beruhigend an und faltete abwartend die Hände. Der macht einen recht gemütlichen Eindruck, dachte sich Weber, dem bislang nur unfreundliche Verkehrspolizisten begegnet waren.

»Herr Weber, wie Doktor Bäsler bemerkte, bin ich hier, um diesem Zwischenfall nachzugehen. Es wäre schon ungewöhnlich, wenn sich früh um vier ein unbekannter Arzt auf diese Station begeben würde. Schildern Sie, was Sie erlebt haben«, lud ihn Bircher zum Reden ein.

Herr Weber spannte seinen Oberkörper und schob die Lippen vor, sichtlich angetan davon, dass man ihn und seine Meldung an Schwester Hannelore ernst nahm. Er begann konzentriert und detailliert von seinem nächtlichen Erlebnis zu berichten, ohne zu verschweigen, dass er »nicht voll bei Bewusstsein« gewesen sei und deshalb nicht beschwören könne, dass alles genau so abgelaufen sei, wie es sich ihm jetzt darstellen würde. Bircher unterbrach ihn nicht und Bäsler saß wie ein neutraler Beobachter hinter seinem Schreibtisch. Zum Schluss neigte Weber einige Sekunden stirnrunzelnd den Kopf zur Seite, als prüfte er seinen Bericht auf Vollständigkeit.

»Sie glauben also, dass Sie der Mann berührt hat?«, hakte Bircher nach.

»Ich war zwar in dem Moment, als er mit den Kabeln hantierte, nicht hellwach, aber auch nicht im Tiefschlaf, und je länger ich darüber nachdenke, desto sicherer bin ich mir, dass jemand an diesen Klebeelektroden auf meiner Brust zog. Mir war, als läge ich im Zug. Und ich habe über mir einen weißen Kittel gesehen. Für einen kurzen Augenblick, dann bin ich wohl weggetreten, und als ich wieder zu mir kam, hingen neben mir die Kabel, überm Bettrand ...«

Er sah auf die Männer, zweifelnd, ob sie ihm glaubten. Bircher war nicht restlos überzeugt von der Schilderung. Wer bemerkte schon im Schlaf und ohne Licht – der Täter würde ja kaum die Deckenlampe angeschaltet haben – einen Mann im Arztkittel?

»Es war also ein weißer Mann?«, fragte er wie in einer Märchenrunde.

»Hm, bilde ich mir ein«, murmelte Weber.

»Groß, klein, schlank oder dick?«

»Eher groß und nicht dick. Dünn. Und er hatte eine Brille auf, fällt mir gerade ein.«

Bircher sah ihn prüfend an. Wohlfahrt trug keine Brille. Sicher schien zu sein, dass da jemand zu Weber ans Bett getreten war und die Kabel vom Monitor gelöst hatte, denn selbst wenn Weber gewusst hätte, wie man sie vom Monitor trennt, warum hätte er das tun sollen: sein EKG abschalten und im Schlafanzug mit Kabel vor der Brust ins Schwesternzimmer laufen?

»Nun, Herr Weber, verstehe ich den zeitlichen Ablauf richtig: Sie wurden aus dem Tiefschlaf gerissen, glaubten im Halbschlaf, dass jemand im Arztkittel an Ihrem Bett steht, sind dann wieder eingeschlafen, später erneut aufgewacht, als Sie die losen Kabel bemerkten, und sind zur Schwester gegangen?«

»Ja. Erst sah ich kurz einen Mann, dann hatte ich eine Gedächtnislücke, als wäre ich kurz bewusstlos, ich wurde wach und mir war kalt, weil meine Schlafanzugjacke verrutscht war, und ich bemerkte, dass ich nicht mehr mit dem Bildschirm am Bettpfosten verbunden war. Das habe ich nicht geträumt.«

Bäsler räusperte sich und kniff die Augen zusammen, als hätte etwas seine Aufmerksamkeit erregt. Er blickte konzentriert auf Weber, als wenn er in Gedanken eine Diagnose formulieren würde. Bircher bemerkte die Reaktion und beschloss, das Gespräch zu beenden. Webers Bericht stimmte im Wesentlichen mit der Schilderung der Nachtschwester überein. Der Ablauf deutete darauf hin, dass die Attacke erneut dem Herzschrittmacher galt. Allerdings konnte der Plan nicht bis zum Ende umgesetzt werden, vielleicht, weil Weber zu früh aufgewacht war, den Täter zum Abbruch zwang und dies sein Leben rettete. So hätte es sein können, sagte sich Bircher. Ich muss Sitte sprechen, jetzt sofort, beschloss er und erhob sich.

»Sie habe uns geholfen, Herr Weber«, sagte Bircher und reichte ihm die Hand. »Ich habe gehört, Sie werden bald entlassen, wünsche Ihnen alles Gute.«

»Danke«, erwiderte Weber mit einem fragenden Blick auf Bäsler.

»Wir untersuchen Sie noch einmal, Herr Weber, und ich denke, dass Sie morgen nach Hause gehen können«, meldete sich Bäsler zu Wort.

Während Weber langsam das Zimmer verließ, zeigte Bircher auf Bäslers Telefon. Der wollte einen Kommentar zum Treffen abgeben, aber Bircher kam ihm mit seiner Bitte zuvor.

»Können Sie mich mit Professor Sitte verbinden?«

»Ja, gerne.«

»Und ich möchte noch einen Blick in die Räume der Intensivstation werfen. Könnte ich Webers Krankenakte mitnehmen und Professor Sitte zeigen?«

»In die ITS darf ich selbst den Präsidenten der Volkspolizei nicht lassen«, protestierte Bäsler schwach, der in Gedanken mit Webers Schlafrhythmus beschäftigt war. Da stimmte etwas nicht, aber was? »Die Akte können Sie haben«, fügte er hinzu.

»Na, dann bis in den Vorraum der ITS«, sagte Bircher trocken und stemmte sich hoch.

Bäsler unterdrückte seine Fragen und drückte ihm wortlos die Akte in die Hand.

Sie standen im Vorraum der ITS und Bircher tat so, als hätte er schon immer mal in der Nähe des Ortes sein wollen, wo es um Leben und Tod ging. Eigentlich wollte er nur einen Blick auf den Zuschnitt des Raumes und seine Einrichtung werfen, besonders auf das Regal in der Ecke. Bäsler drängte auf Tempo, er musste zur Visite. Auf dem Weg zu Sitte konnte Bircher noch einen kurzen Blick in ein Zimmer mit frisch operierten Patienten werfen, die an blinkenden Geräten hingen, und ihm fielen seine Pulsaussetzer ein. Sehr eindrucksvoll, raunte er in Richtung Bäsler, und konstatierte ganz automatisch, dass der Mann als Verdächtiger ausgeschieden war. Schwester Hannelore hatte ihn in der vergangenen Nacht zu Hause angerufen und ihm somit ein wasserdichtes Alibi verschafft. Anders sah es für seinen Kollegen Wohlfahrt aus, der wahrscheinlich aussagen würde, in seinem Schwesternheim gewesen zu sein, was natürlich wieder einmal niemand bemerkt haben würde. Tja, für den wurde es immer enger.

Sitte war sichtlich zufrieden, als sich der Kommissar anmeldete. Seit dem Fall Milz hatten sie sich nicht mehr gesehen und Sitte musste sich eingestehen, dass ihm die Unterredungen mit Bircher fehlten. Es war, als hätte man ihm in der Mitte eines spannenden Kriminalromans das Buch weggenommen. Sie begrüßten sich wie Kollegen, die es bedauerten, sich für eine Weile aus den Augen verloren zu haben.

»Was führt Sie zu mir?«, fragte Sitte aufgeräumt.

»Erzähle ich gleich, ich muss vorher kurz telefonieren.«

»Verstehe.«

Bircher nahm den Hörer ab und sah freundlich zu Sitte hinüber. Er verstand und schloss die Tür hinter sich. Bircher wies Angler an, sich mit dem Techniker auf den Weg zu machen. Er beendete das kurze Telefonat und eilte zur Tür.

»Entschuldigen Sie bitte, Herr Professor Sitte, aber so hat jeder von uns seine Dienstgeheimnisse.«

»Sie müssen sich nicht entschuldigen, Sie sind schließlich im Dienst, Herr Bircher. Nun, was kann ich für Sie tun?«

»Ich komme von der Chirurgie«, begann Bircher und berichtete ausführlich von dem Vorfall der vergangenen Nacht.

Zum Schluss reichte er ihm Webers Krankenakte. Sitte wunderte sich etwas.

»Die hat mir Herr Bäsler ausgeliehen«, bemerkte Bircher. »Was halten Sie von der Angelegenheit, auch wenn man berücksichtigt, dass dieser Patient weder der Studiengruppe angehört noch in das Hochrisikoprofil der anderen Opfer passt?«

»Wenn ich das mal von der medizinischen Warte aus betrachte, so erscheint es mir durchaus möglich, dass der Täter hätte zum Zuge kommen können, obwohl der Mann keinen AV-Block dritten Grades hat«, sprach Sitte zögernd, dabei in der Akte lesend. »Wenn man Weber glaubt, so hat er das Bewusstsein verloren, vermutlich nachdem ein Angriff auf seinen Schrittmacher erfolgte, woraus der Täter, wenn es den gibt, schloss, erfolgreich gewesen zu sein, und sich davon machte. Zu früh, na ja, die Wortwahl bleibt mal unter uns«, bemerkte Sitte und hob die Augenbrauen, »denn Weber hatte Glück, seine etwas mildere Form des AV-Blocks verhütete Schlimmeres. Der Schrittmacher ist wieder angesprungen, sein Herzmuskel empfing Signale und hat sich aufgerappelt, salopp gesprochen. Das EKG kann uns bei der Rekonstruktion des Vorfalls nicht helfen. Weber hatte leider keinen Westimport am Bett.«

Bircher war hochkonzentriert der Erklärung gefolgt und zog anerkennend die Mundwinkel nach unten.

»Also, Sie halten es für möglich, dass sein Schrittmacher vorübergehend ausfiel, aber nicht zufällig, sondern weil ihn jemand attackierte?«

»Kann man nach allem, was wir wissen, nicht ausschließen«, antwortete Sitte zurückhaltend.

»Weber hätte also, nachdem sein Schrittmacher wieder lief, dem Angreifer in die Augen sehen können, wäre der nochmal vorbeigekommen und nicht vorher getürmt«, resümierte Bircher die Lage.

»Hm. Darf ich mal fragen, ob Sie eigentlich eine bestimmte Person als Angreifer im Auge haben?«, rutschte Sitte eine Frage heraus, die er sofort bedauerte.

Bircher sah ihn verschmitzt lächelnd an. Sitte hob die Schultern und winkte ab.

»Und Sie, Herr Sitte, schon mal daran gedacht, dass es ein Angestellter aus Ihrer Klinik sein könnte?«

Sitte wandte sich ab, denn sollte Weber nicht geträumt haben, als er die Umrisse eines schlanken Mannes in einer Arztkluft zu sehen glaubte, ja, da würde ihm nur ein Name einfallen … Bircher und Sitte sahen sich schweigend in die Augen und dachten an dieselbe Person. Sitte wagte es nicht, den Namen auszusprechen, Bircher verbat sein Beruf, sich zu äußern. Im Schweigen lag die Antwort. Sitte stand plötzlich auf und klatschte leicht in die Hände, als wäre es an der Zeit, sich einem neuen Thema zuzuwenden.

»Und, waren Sie auf der ITS, liegt alles an seinem Platz?«, fragte er fast beiläufig, während er sich zur Tür begab.

Bircher konnte sich ein Grinsen nicht verkneifen.

»Herr Sitte, sollte ich ausfallen, könnten Sie die Ermittlungen leiten.«

»Ich bitte Sie, ich habe Ihnen erst kürzlich den EKG-Befund ausgestellt. Uneingeschränkte Diensttauglichkeit. Sie fallen nicht aus.«

Bircher hob beschwörend beide Hände.

»Die brauche ich auch, wollen wir den Fall erfolgreich zu Ende bringen. In die ITS hat mich Ihr Kollege nicht reingelassen. Aber unsere Techniker werden sich umsehen müssen. Bis bald, Herr Sitte.«

»Tschüss, Herr Bircher.«

Ende Oktober lagen die Resultate der erweiterten ABO-Bestimmungen vor. Schmidter und Angler hatten sie sich erklären lassen, bevor sie bei ihrem Chef vorsprachen. Was sie ihm mitzuteilen hatten, würde ihn vom Hocker hauen, da waren sie sich sicher. Selbst der stets beherrschte Schmidter ließ ein lautes »Gibt's doch nicht!« verlauten, als ihm die volle Tragweite der Ergebnisse klar wurde. Auf Überraschungen waren sie in dem Fall einige Male getroffen, aber was jetzt als Beweis schwarz auf weiß vor ihnen lag, damit hätte niemand im Traum gerechnet, das war so unglaublich wie der Gewinn einer Fußballeuropameisterschaft durch die DDR …

»Donnerlüttchen«, knurrte Bircher ganz leise, als seine Mitarbeiter am Ende ihres Berichts angelangt waren und ihm die Akte zuschoben. Er saß hinter seinem Schreibtisch und dachte über die Konsequenzen des Abstammungsgutachtens nach. Sollen wir das Ergebnis für uns behalten oder es den Betroffenen mitteilen? Welche Reaktionen lösen wir aus und könnten sie unsere Ermittlungen weiter erschweren? Wie nehmen die Betroffenen diese Nachricht auf? Werden sie uns in unserer Arbeit in die Quere kommen? Nein, entschied Bircher. Das Gutachten bleibt vorerst unter Verschluss. Solange wir die Personen unter Dauerbewachung haben, sickert nichts durch.

»Wie sehen eigentlich die Alibis unserer Kandidaten für die Nacht aus, als Weber Besuch erhielt?«

Bircher erwartete die übliche Antwort: »Alle wohnen allein, niemand kann bezeugen, dass sie zu Hause waren.« Er sah in die Runde und Schmidter hob die Hand.

»Schuster, Behrens und Wohlfahrt wurden gestern von uns befragt: Mir gegenüber äußerte Doktor Wohlfahrt, er sei in seinem Zimmer im Schwesternheim gewesen, wo ihn allerdings wieder einmal niemand gesehen hat. Er wurde aber von einem Gast gesehen, als er am betreffenden Abend gegen acht eine kleine Pension in der Chausseestraße verließ, wo er wohl seit heute wohnt.«

»Oh, das ist ja interessant. Im Protokoll steht, er wäre nicht ausgegangen. Das hat er doch so gesagt, oder?«

»Ja, das hat er bei der Befragung so angegeben«, bestätigte Schmidter.

»Wäre er mal besser im Schwesternheim geblieben, dem Typen hat keine Schwester nachgeschaut«, feixte Angler.

»Also, aufgepasst, wir werden weder Wohlfahrt seine Lüge vorhalten noch irgendjemandem die Laborergebnisse mitteilen. Ich möchte zunächst folgenden Plan umsetzen.«

Bircher erläuterte seinen Kollegen die nächsten Schritte.

»Wir warten auf den Anruf von Frau Wohlfahrt«, verabschiedete er seine Mitarbeiter eine halbe Stunde später.

Für die Zeit der Ermittlungen wurde Wohlfahrt beurlaubt. »Befehl von oben«, teilte ihm Sitte lakonisch mit. Wohlfahrt schien es wie unter Halbnarkose zur Kenntnis zu nehmen. Die Bewachung der Klinik wurde wieder verstärkt, sie war nun wie eine Kaserne von der Außenwelt abgeschottet, nur dass die Insassen davon nichts spürten. Polizisten in Zivil bewachten alle Ein- und Ausgänge, die Treppenflure und die Stationen.

Endlich, an einem Mittwoch um vier Uhr, klingelte bei Manuela das Telefon und leise meldete sich Frau Wohlfahrt. Manuela hörte zu und verabschiedete sie mit den Worten:

»Liebe Frau Wohlfahrt, ganz herzlichen Dank für die Nachricht. Sie brauchen sich überhaupt keine Sorgen zu machen. Ich rede gleich mal mit Major Bircher, bitte bleiben Sie in der Leitung. Ich bin sofort wieder bei Ihnen.«

Frau Wohlfahrt nickte am anderen Ende und fragte sich, ob alle bei der Polizei so freundlich waren. Keine zwei Minuten später meldete Manuela munter, dass sie jetzt zum Major durchstellen würde. Frau Wohlfahrt verzog gequält das Gesicht.

»Hier Bircher, ich grüße Sie«, hörte sie eine Stimme, die sie irgendwie an frühere Skiurlaube mit Peter im Erzgebirge erinnerte, wenn sie an der Hotelrezeption begrüßt wurden.

»Guten Tag, also es scheint nun so weit zu sein, für morgen hat sich Besuch angekündigt«, kam sie direkt zur Sache.

»Sie verhalten sich ganz ruhig und unauffällig. Hören Sie einfach nur zu. Tun Sie nichts, was Ihre Gäste in Rage bringt. Sie können uns sehr helfen.«

»Ich verstehe, Herr Bircher.«

Der hat gut reden, dachte sie, von wegen Gäste.

»Also, dann bis bald, hoffentlich«, verabschiedete sie sich hastig und legte auf.

Am Donnerstag kurz vor sieben Uhr klingelte es an Renates Haustür. Frau Wohlfahrt hatte auf einen Rock verzichtet und, obwohl sie selten Hosen trug – ihrer Auffassung nach gehörten die an Männerbeine –, die Jeans gewählt. Jeans mochte sie, da kam Abenteuerlust auf, wie wenn man auf einem Gaul hinaus in die Wildnis galoppieren würde. Das passt zu diesem Stelldichein, sagte sie sich im Spiegel. Es klingelte erneut, dieses Mal zweimal kurz. Sie ging mit federnden Schritten in den Korridor, lauschte in die Stille, drückte ihr Ohr an die Tür.

»Wer ist da?«

»Ich bin es.«

Erschrocken wich sie zurück und murmelte:

»Ja, ich mach auf.«

Sie verharrte einige Sekunden, bevor sie ihren Mann einließ. Er hatte seine Schlüssel am Tag, als er auszog, demonstrativ im Bücherregal liegen lassen. Sie hatte die Geste achtlos wahrgenommen und versuchte sich jetzt zu erinnern, ob sie immer noch da lagen. Hatte er sie etwa wieder mitgenommen und klingelte zur Täuschung?

»Ich habe ein paar Sachen zu holen«, begrüßte er sie und lief ins Wohnzimmer, ohne ihr einen Blick zu gönnen.

An der Hand baumelte eine leere Aktentasche, die er vor der Schrankwand abstellte. Mit einem Schwung zog er die Schublade mit seinen Fotosammlungen heraus. Er leerte den Inhalt in seine Aktentasche, während Renate hinter ihm stand und versuchte, einen klaren Gedanken zu fassen. Seit seinem Auszug hatte er sich nicht mehr gemeldet. Jetzt tauchte er unangemeldet auf, um seine Fotos abzuholen. Sie erinnerte sich an den Hinweis Birchers, Ruhe zu bewahren. Hatte der Kommissar mit Peters Erscheinen gerechnet? Holte sich Peter sein Klinikalbum, weil es verdächtige Aufnahmen enthielt? Da kam er zu spät, der schlanke Polizist hatte sie gesehen. Er war im Begriff, das Wohnzimmer zu verlassen, zögerte aber plötzlich, als würde ihn etwas aufhalten. Er musterte die Schlafzimmertür, Renate bemerkte seinen Blick und stellte sich ihm in den Weg.

»Was willst du hier? Deine Alben hättest du auch von meinem Büro abholen können. Aber wenn du schon mal da bist, setz dich einen Augenblick«, sagte sie kühl und wies auf einen Sessel. »Nun mach schon, wir können uns nicht immerzu aus dem Weg gehen«, bemühte sie sich um einen beschwichtigenden Tonfall.

Er sah sie finster an, sein Gesicht verfärbte sich etwas ins Rötliche und seine Augen flackerten. Er beugte seinen Oberkörper nach vorn, als horchte er in die Wohnung. Vielleicht denkt er, Frank wäre hier, dachte sie, und musterte fast mitfühlend seine spindeldürre Figur. Kann ein Mensch so viel an Gewicht verlieren, bis sein Körper keinen Schatten mehr wirft?

Sie seufzte und tat einen Schritt auf ihn zu. Er wich erschrocken zurück, knurrte:

»Meinetwegen, setzen wir uns«, und drehte sich wie ein unentschlossener Gast einmal um die eigene Achse.

Er entschied sich für einen Stuhl am Tisch vor der Küchendurchreiche. Vielleicht erinnerte ihn der Platz an sein früheres Leben. Er ließ sich langsam auf den Stuhl nieder, seine Aktentasche auf die Knie gepresst.

»Also, was gibt es?«, fragte er unwirsch.

»Ist ja wohl klar. Um deine Freistellung, oder haben sie dich entlassen? Sollte ich ja wohl wissen, oder?«

Er streifte sie mit einem verächtlichen Blick und stellte seine Aktentasche neben sich an das Stuhlbein. In der Wohnung war es still, man hörte nur den Lärm des Straßenverkehrs. Eine gewisse Gelassenheit ergriff ihn, er glaubte jetzt sicher zu sein, dass niemand in der Wohnung war. Sie betrachtete ihn wie einen Bekannten, den man lange nicht gesehen hat. Obwohl er wie ein Halm in der Landschaft wirkt, sieht er besser aus als damals im *Oderkahn*, gepflegter, sogar den Duft eines Rasierwassers glaubten ihre trainierten Geruchsorgane zu bemerken, und das Hemd war gebügelt. Renate wunderte sich still. Na ja, resümierte sie, er übernachtet jetzt im Schwesternheim. Vielleicht erfährt er dort eine besondere Pflege, zu wünschen wäre es ihm ja. Sie wusste nicht, dass er ausgezogen war, um sich den Blicken der Schwestern zu entziehen.

»Ich bin weder entlassen noch freigestellt, ich habe Urlaub«, antwortete er.

»Na, wunderbar. In der Zwischenzeit hat die Polizei den Fall gelöst, dann geht's zurück in den Dienst«, bemerkte sie mit spöttischem Augenaufschlag.

»Ich gehe in jedem Fall zurück, und was mich betrifft, da gibt's nichts aufzulösen«, sagte Peter mit einem bemüht lässigen Achselzucken.

»Da bin ich anders informiert worden. Die Polizei ist überzeugt davon, dass auf deiner Station nicht alles mit rechten Dingen zugeht, um es mal vorsichtig auszudrücken. Und die sind mitten in den Untersuchungen«, bemerkte sie spitz.

Ihr Mann war mit der Betrachtung seiner Hände beschäftigt und warf ihr lediglich einen fahrigen Blick zu. Was Renate dachte oder fühlte, war ihm seit dem Tag schlagartig egal geworden, als er von ihrem Verhältnis mit Frank und Klaus erfuhr. Das war ein Fehltritt zu viel, eine Affäre mit einem der beiden hätte er ihr noch vergeben können, das kommt schon vor, in den Nachtdiensten wird auch nicht permanent der Treueschwur erfüllt. Aber dass sie es gleichzeitig mit zweien trieb, ekelte ihn regelrecht an und verletzte seinen Stolz ganz gewaltig. In seinen Augen verhielt sie sich wie ein Flittchen. Und von einem Flittchen lässt man sich nicht demütigen, schon gar nicht, wenn man mit den Liebhabern kooperieren muss. Er empfand nichts mehr für sie, sie war ihm so fremd wie die Nachrichtensprecherin im Fernsehen.

»Also, wenn das alles ist, was du mir zu sagen hast, dann gehe ich mal. Nicht genug, dass du mich mit meinen Kollegen betrügst, jetzt willst du mir auch noch die Polizei auf den Hals hetzen. Sprich mit deinen Liebhabern, wenn du den Detektiv spielen willst«, sagte er und verzog angewidert das Gesicht.

»Nun mal langsam, Peter. Ich habe lediglich bemerkt, dass

du verdächtigt wirst. Das darf man wohl noch sagen und du solltest es wissen. Ist ja wohl klar, dass bei unklaren Todesfällen die Polizei auftaucht. Und, es gibt keine Liebhaber, unterlass gefälligst diese Unterstellungen und achte auf deinen Tonfall.«

Sie hatte ruhig gesprochen, wie in der Dienstbesprechung, wenn jemand abgemahnt wurde. Und sie war von ihren Worten überzeugt, schließlich war Frank keine Kneipenbekanntschaft.

»Was für unklare Fälle? Hat die Polizei dir das so gesagt?«

»Nachdem Professor Sitte die Fälle gemeldet hat, wurde auch ich befragt, ja, ist wohl so üblich. Bin schließlich deine Frau«, sagte sie schnippisch, und verkniff sich ein *noch*.

»Aha, und du denkst, wenn einem Arzt ein Patient stirbt, kann man ihm ohne weiteres ein Todesdelikt anlasten. Dann müsste die Polizei ja ganze Krankenhäuser nach unklaren Todesursachen durchkämmen. Denen wird vor lauter Rätseln schwindlig werden. Wenn's sein muss, kann jeder erfahrene Kollege einen natürlichen Tod vortäuschen«, sagte er kalt und fühlte sich gleich darauf bemüßigt, seine Bemerkung zu relativieren. »Also, ich meine, dass die Polizei keine Ahnung von unserer Arbeit hat, und von den Risiken.«

Renate rutschte unwillkürlich etwas von ihm ab und spürte der Wirkung seiner letzten Worte nach. Früher hat er nicht so geredet, das klingt ja zynisch, wie er über seinen Berufsstand herzieht. Sie sah ihn misstrauisch an.

»Was soll das denn nun bedeuten? Da ist doch nicht ein Patient gestorben, sondern fünf, oder? Und du willst mir hier verklickern, dass du schlau genug bist, jemand vorsätzlich sterben zu lassen, ohne dass ein Verdacht aufkommt?«

Renate sprang auf und machte einige Schritte zum Schlafzimmer, als würde sie einen Fluchtweg planen.

»Quatsch. Ich meine nur, dass es sehr schwer ist, einen ärztlichen Kunstfehler von einem vorsätzlich geplanten *Fehlgriff* zu unterscheiden.«

»*Fehlgriff*«, murmelte Renate verwundert.

Peter sah an ihr vorbei, als würde er erneut in die Wohnung

lauschen. Er machte Anstalten aufzustehen, zögerte jedoch, als hielte ihn etwas zurück. Renate stand immer noch unentschlossen auf derselben Stelle, ihr Gesichtsausdruck wechselte zwischen Misstrauen, Überraschung und Angst. Er schien ihre Gedanken zu erraten und trat vorsichtig den Rückzug an.

»Was ich sagen wollte, ist, dass auch in der Medizin nicht immer alles nach Plan läuft. Der Patient kann während einer Behandlung ganz anders als gedacht reagieren, zum Beispiel kann sein Kreislauf während einer Operation kollabieren. Es ist denkbar, dass jemand es darauf absieht, so einen Fall eintreten zu lassen. Aber das wäre ja ein Verbrechen. Davon kann doch hier nicht die Rede sein. Jedenfalls hat mir gegenüber niemand so etwas behauptet. Na ja, ich muss jetzt gehen«, unterbrach er sich, als wäre er in Sorge, sich erneut zu verhaspeln.

Er erhob sich und ging an ihr vorbei in den Flur. Ihr Blick wanderte zwischen seinem Rücken und der Schlafzimmertür.

»Na, wäre es ein ärztlicher Kunstfehler, kämen Klaus und Frank nicht als Täter in Frage«, rief sie ihm hinterher. Er hielt inne und drehte sich halb zurück.

»Da irrst du, man muss nicht gleich zum Messer greifen, es reicht, die Tücken der Schrittmachertechnik zu kennen, eine falsche Einstellung und schon kommt's zum Schrittfehler …«, rief er und zischte ein »Tschüss« in Richtung seiner Frau.

Sie hörte die Wohnungstür zuknallen, kurz danach die Haustür, dann war es still, und hinter ihr sagte Angler besänftigend:

»Alles in Ordnung, ich habe mitgehört. Ich gehe zurück nach nebenan. Vielleicht kommt bald der nächste Besuch.«

Sie atmete tief durch und verdrehte angewidert die Augen. Was wollte Peter mir eigentlich sagen? Sie versuchte einen Sinn in seinen Worten zu entdecken, während sie unschlüssig im Zimmer stand, wo es nach seinem Rasierwasser roch. Sie sah zur Tür, hinter der Angler saß, und versuchte, ihre Gedanken zu ordnen. Wie hat sich Peter ausgedrückt? Ja, klar, er wäre nicht so blöd, ein paar Patienten sterben zu lassen. Wenn aber, dann wäre ihm nichts nachzuweisen. Mein Gott, durchschauerte es sie, wenn das kein Geständnis ist!

Hat der Angler das durchs Schlüsselloch mitgehört? Inmitten ihrer Grübeleien meldete sich erneut die Sprechanlage. Das kann nur er sein, dachte sie, warf einen prüfenden Blick in Richtung Schlafzimmer und verließ mit flinken Schritten den Raum.

Zum zweiten Mal innerhalb weniger Minuten lehnte sie am Türpfosten, um Besuch einzulassen. Sie ging ihm voraus, den Kopf zur Seite gedreht, als fürchtete sie einen Angriff, und setzte sich schnell in den Sessel neben der Schlafzimmertür. Erst jetzt richtete sie ihren Blick auf Frank Schuster, der wie ein glückliches Kind mit halboffenem Mund vor ihr stand. Ein junger Mann, der im Leben immer das Gute sah. In Renates Gesicht lag eine Spur von Neugierde, als vergliche sie ihn mit ihrer Erinnerung. Er hätte gern wie früher seine Arme um sie gelegt und mit geschlossenen Augen den Zustand gedankenloser Glückseligkeit genossen, sich geborgen und sorgenlos gefühlt. In der Zeit vor Renate glaubte er fest dran, seine Gefühle wie ein Geheimnis verbergen zu müssen. Sie waren ein Teil seines Ichs, wie sein Blutkreislauf, unsichtbar und unteilbar. Und er war davon überzeugt, dass jede Leidenschaft verging, wie Jahreszeiten. Auf einen Frühling folgte der nächste, keine Liebe währte ewig.

Dann begann die Zeit nach Renate, als er zum ersten Mal neben ihr auf dem Sofa saß, ihre Wärme ihn erzittern ließ, er zerstreut ihr Idealgewicht programmierte und es sich auf einmal so anfühlte, als teilten sie sich einen Blutkreislauf. Seit jenem Abend war nichts mehr wie vorher, musste er sich später eingestehen. Vorher war alles vorhersehbar gewesen, er war sozusagen seinem eigenen Quellcode gefolgt, danach hatte Renate seine Gefühlswelt handstreichartig einstürzen lassen, ihm ihre übergestülpt. Sie hatte ihm die Angst vor der großen Leidenschaft genommen, vor der Enttäuschung und dem Schmerz, wenn die Liebe vergeht. Sie hat mich umprogrammiert, stellte er verwundert fest. Nun, ein halbes Jahr später, überfiel ihn eine fürchterliche Unruhe, als wäre er einem verhängnisvollen Irrtum aufgesessen.

»Setz dich bitte«, sagte sie und wies mit einer Handbewegung auf den Sessel neben sich.

Er dämpfte sein maskenhaftes Lächeln und folgte ihrem Wunsch. Sie saßen sich schweigend gegenüber und suchten nach einem Gesprächseinstieg. Frank befeuchtete sich die Lippen und fühlte sein Herz rasen. Renate dachte nicht daran, die Stille zu durchbrechen, schließlich hatte er das Treffen regelrecht erbettelt. Wahrscheinlich weiß er, dass Peter nicht mehr hier wohnt, überlegte sie. Mit der Annahme lag sie richtig. Frank hatte sich seine Version der Lage zu eigen gemacht: Wir lieben uns und dafür ist kein Opfer zu schade. Renate und er waren am Ziel ihrer Wünsche angelangt, und heute würden sie beginnen, die gemeinsame Zukunft zu planen. Ein tragischer Fehlschluss. Renate hatte Bircher ganz richtig verstanden, als er sich mit den Worten »Sie helfen uns«, oder so ähnlich, am Telefon verabschiedet hatte. »Sie sind verpflichtet, mir zu helfen«, hätte sie den Text für sich übersetzt. Jetzt war es so weit. Erst mein Mann, der es wie üblich schaffte, alles im Ungefähren zu belassen, jetzt Frank.

»Wie geht es dir, Renate?«, fragte Frank vorsichtig.

»Rate mal, nach allem, was sich abgespielt hat. Muss ich wohl eher dich fragen«, spielte sie den Ball zurück.

»Wenn du meine Befragung meinst, so ist alles gutgelaufen. Ich konnte Bircher von meiner Unschuld überzeugen«, sagte er, als hätte er ein Einstellungsgespräch prächtig überstanden.

Renate musterte ihn kritisch und unterdrückte aufkommenden Zorn.

»Hört sich ganz anders an, wenn ich Peter glauben soll«, murmelte sie verhalten.

»Wie denn, war der hier?«, fragte Frank, bereits etwas verkrampft in Ton und Haltung.

Er saß jetzt mit geneigtem Kopf und verschränkten Händen vor ihr, eine Gewitterwolke zog über sein Gesicht. Sie überhörte seine Frage und legte nach.

»Die Polizei ist nach wie vor fest davon überzeugt, dass sie es mit einem Verbrechen zu tun hat.«

»Was für ein Verbrechen?«

»Patienten, die unter merkwürdigen Umständen sterben, mit

neuen Schrittmachern ausgerüstet, mein Mann, der seine Unschuld nicht wirklich beweisen kann und deshalb vom Dienst beurlaubt wurde; Klaus, Bäsler, du, ihr seid alle frei und ungebunden, ja, nur Peter, der ist in Not …«

Renate sprach jetzt emotionslos wie eine Schalterbeamtin. Frank runzelte die Stirn und verarbeitete das Gehörte. Peter hält sie tatsächlich für unschuldig, mir traut sie plötzlich nicht mehr, er knirschte leise mit den Zähnen.

»Ich dachte, du würdest dich freuen, dass die Polizei von meiner Unschuld überzeugt ist, und wir zusammensein können«, sagte er leise.

Sie verzog keine Miene, blickte ihn nur nachdenklich an, als suchte sie in seinem Gesicht nach Veränderungen. Sie schob sich etwas zurück ins Polster. Ihre hellen gepflegten Hände lagen ruhig auf den blauen Jeans. Sie atmete einmal wie vor einem wichtigen Absatz tief durch und setzte erneut ihre Dienstmiene auf.

»Hör zu, Frank, ich kann so nicht weitermachen. Egal, wen von euch ich spreche, überall scheint die Polizei mit am Tisch zu sitzen, und wenn die scheinbar abwesend ist, sitzt mir der alte Behrens im Nacken. Ich muss etwas ändern. Ich mag dich, aber in den letzten Wochen ist so viel geschehen, dass ich daran zweifele, ob es mit uns gutgehen kann. Ich bin zu dem Entschluss gekommen …«

Ein Blick auf Frank veranlasste sie zu einer Pause. Frank hing wie nach einem Urteilsspruch zusammengesunken im Sessel. In seinem Kopf überschlugen sich die Gedanken: Soll ich einfach abhauen oder bleiben, sie anflehen, mich nicht zu verlassen, oder sollte ich besser schweigen und abwarten, ob das wirklich ernst gemeint ist? Warum zweifelt sie daran, dass *es mit uns gutgehen kann*, und was soll das *ich mag dich ja* … Wie redet sie da, was ist in sie gefahren? Er presste seine zitternden Lippen zusammen. Renate blieb in ihrer Rolle, aber beschloss, ihren Worten mehr Wärme zu geben. Nicht, dass er sich noch auf mich stürzt, überfiel sie auf einmal die Angst. In ihrem Rücken stand Angler hinter der Tür, die Hand auf der Klinke. Renate reckte leicht den Kopf in die Höhe und versuchte es mit einem mütterlichen Lächeln, aber Frank schwindelte leicht, wie damals als Kind, wenn er von der Achterbahn stieg. Mit gesenktem Kopf saß er vor Renate, seine Hände umklammerten die Sessellehnen, als fürchtete er vornüber zu fallen. Sie schloss kurz die Augen und gab einen Seufzer von sich, der eingespielt wirkte.

»Also, nun lass uns versuchen, miteinander zu reden, versuch mich zu verstehen, wenn ich dir …«, versuchte sie ihn aufzumuntern, wurde aber von einem dumpfen Stöhnen aus Franks Richtung abgelenkt.

Ihr Tonfall nahm ihm den Atem, er ächzte wie unter einer Last. Sie spricht ja mit mir wie mit einem Kind, dachte er entsetzt. Renate schenkte ihm einen kritischen Augenaufschlag und setzte erneut an.

»Die schrecklichen Ereignisse in der Klinik belasten nicht nur Peter und mich, sondern auch das Verhältnis zwischen uns beiden. Wir können doch nicht so wie bisher weitermachen, so tun, als wäre nichts geschehen, wenn zur gleichen Zeit die Polizei überall rumschnüffelt. Manchmal glaube ich, die bewachen uns beide.« Sie legte eine weitere Pause ein und dachte an Angler im Schlafzimmer nebenan. »Weiß auch nicht, wie ich das ausdrücken soll. Ich bin mit Peter verheiratet, habe aber mit dem Geschehen in der Klinik von euch allen am wenigsten zu tun, und trotzdem fühle ich mich wie eine Mitangeklagte. Deine Situation ist anders, du musst niemanden verlassen, keine Leitungstätigkeit aufgeben. Für mich jedoch steht alles auf dem Spiel.«

Renate sah ihn wie nach einem peinlichen Geständnis an und atmete einmal tief durch, als müsste sie den Druck auf ihrem Herzen abbauen. Ihn ergriff eine panische Angst, und der Raum vor ihm begann sich im Kreis zu drehen, mit Renate im Mittelpunkt.

»Wie kannst du behaupten, ich würde nichts riskieren?«, stammelte er, krampfhaft um einen klaren Kopf bemüht.

»Du hast keine Scheidung vor dir, keine Wohnungsauflösung, und was weiß ich, was Peter alles anstellt, wenn es richtig ernst wird. Und dann werde ich allein auf mich gestellt sein. Nochmal, ich muss auch an meine Arbeit denken, an meine Position.«

»Hm, ist das alles?«, fragte er mit gepresster Stimme, jetzt mit wachem Verstand.

Er ahnte, worauf die Unterhaltung hinauslaufen konnte. Bircher hat sie gegen mich aufgebracht. Sie ist verwirrt, jetzt muss ich um sie kämpfen, stellte er fest, und sah ihr aufmunternd in die Augen. Sie schwieg, zuckte wie um Verständnis bittend mit den Schultern.

»Renate, ich liebe dich und es macht mich wahnsinnig, wenn du glaubst, nach der Trennung von Peter allein bleiben zu müssen. Es stimmt, dass Peter jeden Moment verhaftet werden kann, aber ich bin da, wir haben uns doch ...«, sagte er kaum hörbar und schloss den Mund zu einem Strich.

Bei Renate klingelten alle Alarmglocken, wie bei einer Feuermeldung im Betrieb. Ihre Sinne schärften sich und vor ihren Augen breitete sich ein Evakuierungsplan aus. Er will mich nicht verstehen, er lebt in seiner Traumwelt. Sie sah kurz an ihm vorbei in Richtung Korridor. Stehe ich auf und bitte ihn zu gehen, oder folge ich Birchers Bitte, Geduld zu zeigen? Ich bleibe mal gelassen, nahm sie sich vor, und lauschte auf Geräusche hinter sich. Aber sie hörte nur Franks hastige Atemzüge. Nun, mir kann ja nichts passieren. Sehen wir mal weiter.

»Wie soll ich das verstehen, dass Peter vor der Verhaftung steht?«

»Er hat die Patienten auf dem Gewissen. Ich weiß, wie er es gemacht hat, und werde aussagen. Worauf soll ich noch Rücksicht nehmen?«

»Aha, warst du zugegen, hast du ihm zugesehen, ohne ihn von der Tat abzuhalten?«, fragte sie in ungewohnt bissigem Tonfall.

»Kann man so sagen. Er brauchte nur seine medizinischen Instrumente einzusetzen, die sich auf der Station befinden.«

»Interessant, und du hast sozusagen die ganze Zeit hinter ihm gestanden? Das wäre ja Beihilfe zum Mord.«

»Natürlich nicht, aber ich habe mir gezwungenermaßen meine Gedanken gemacht. Und ich kenne mich ja nun ein wenig mit Schrittmachern aus. Peter hat sie entweder manipuliert, so dass sie falsche Signale aussenden und das Herz außer Tritt bringen, oder er hat defekte Schrittmacher verpflanzt. In jedem Fall Exitus. Er ist verrückt.«

Renate sah ihn fassungslos an und ihr schoss die Frage durch den Kopf, ob er etwa glaubte, sie würde diesen wahnsinnigen Verdacht für sich behalten.

»Aha, und warum hast du das nicht alles der Polizei erzählt? Die hätten doch sicherlich die Schrittmacher überprüfen können und hätten Peter sofort eingesperrt, wenn es so gewesen wäre, wie du behauptest.«

»Ganz einfach. Die werden ihm die Manipulation nicht nachweisen können, ist technisch nicht möglich. Wenn sie es könnten, hätten sie ihn längst geschnappt. Der ist irre, dem sind die Patienten wurscht, für den sind die Versuchskaninchen. Wahrscheinlich hat er mit den Schrittmachern herumexperimentiert, so als würde er irgendwelche Maschinen testen. Ich habe nichts gesagt, weil ich nichts beweisen kann, und die Polizei ebenso wenig. Sie würden ihn also wieder laufen lassen und ich stünde wie ein Denunziant da und hätte ihn unterm Strich noch mehr gegen uns aufgebracht. Dann lässt er uns gar nicht mehr in Ruhe. Und er wird annehmen, dass du es auch gewusst hast, und wir hätten keine ruhige Minute mehr. Nee, so geht das nicht. Ich sage der Polizei nichts. Das habe ich mir genau überlegt. Peter bleibt frei, ihr lasst euch scheiden und wir sind glücklich.«

Frank hatte sich in Rage geredet. Sie hatte ihn noch nie so erlebt, gewöhnlich sprach er ruhig und bedacht, so als würde er sich mit seinen Rechnern unterhalten. Renate war sich im Unklaren, ob er völlig durchgedreht war oder einem ausgetüftelten Programm folgte. So wie damals, als er mein Idealgewicht berechnet hat, fiel ihr plötzlich ein. Welches Ziel verfolgt er mit seinen Anschuldigungen? Er will mich um jeden Preis für sich allein haben, stellte sie verblüfft fest. Renate war allein die Vorstellung, irgendetwas um jeden Preis für sich allein haben zu müssen, unheimlich. Angenehm leben ließ es sich nach ihrer Überzeugung nur, wenn der Preis allen Parteien nutzte und angemessen war, oder aber man ließ die Finger davon. Das Patientensterben interessierte Frank anscheinend auch nicht, in diesem Punkt befand er sich unbewusst im Einklang mit seinem Gegner, bemerkte sie, und ihr lief ein Schauer über den Rücken. Ich muss jetzt auf der Stelle diese Veranstaltung beenden, legte sie fest. Soll sich Angler um den Abgang kümmern.

»Also, wegen mir und Peter musst du dir keine Sorgen machen. Er wird mir nichts antun, er war heute hier und es geht ihm gut. Er lebt allein und wird irgendwann eine neue Frau finden.«

In Gedanken fügte sie hinzu: Und du auch.

»Na prima, dann müssen wir uns doch nicht mehr verstecken, Renate. Ich mache alles für dich!«, rief Frank theatralisch aus.

Renate bog den Kopf nach hinten und ließ ein ungläubiges Stöhnen hören.

»Nein, Frank, ich will allein sein, verstehst du das nicht. Dass Peter ausgezogen ist, bedeutet nicht, dass du einziehen wirst«, wiederholte sie eindringlich.

»Renate, wir wollten zusammenbleiben. Du hast es mir versprochen«, stammelte er und sah sie mit aufgerissenen Augen an. Seine Mundwinkel zuckten wie unter einem Stromschlag.

»Frank, ich kann nicht mit dir unter einem Dach wohnen, bitte verstehe das. Und was du über Peter gesagt hast, ist ungeheuerlich. Und jetzt geh, bitte«, sagte sie leise und hob wie zur Abwehr beide Hände.

Frank sah orientierungslos aus, als wäre er gerade aus der Narkose erwacht. Renate erinnerte sich an Peters gleichmütige Stimme, wie er ihr gerade eben noch darlegte, dass man *einen natürlichen Tod vortäuschen kann.* Wer ist hier der Wahnsinnige, wer hat den Verstand verloren, Peter oder Frank, oder beide? Und Klaus, der hat nicht ein einziges Mal irgendein Wort des Mitgefühls über die verstorbenen Patienten geäußert, deren Blut in seinem Labor lagert. Plötzlich fühlte sich wie gelähmt vor Angst. Frank ist jedenfalls völlig aus der Spur geraten, der redet, als hätte ihn die Polizei laufen lassen, damit er mich heiraten kann. Sie glaubte, einem Fremden gegenüber zu sitzen. Sie zwang sich gleichmäßig zu atmen und bildete sich ein, Angler würde ihr über die Schulter blicken. Ein Glück, dass der nebenan saß und lauschte.

Frank war aufgestanden und stand mit hochrotem Gesicht vor ihr, unentschlossen, ob er jetzt nachgeben sollte, um später einen neuen Anlauf zu wagen. Renate nahm ihm die Entscheidung ab und sagte mit Eisesstimme:

»Noch einmal, Frank, es reicht für heute. Und jetzt geh, bitte.«

Sie hätte auch sagen können: »Lass dich nie wieder hier blicken.« Er starrte sie mit einem blöden Blick an, als stünde plötzlich eine fremde Frau vor ihm. Sie wich unwillkürlich zurück und ging langsam zum Korridor. Frank schien immer noch nicht zu begreifen, was vor sich ging. Es dauerte eine Minute, bis er einen klaren Gedanken fassen konnte und ihr mit gesenktem Kopf folgte. Sie ließ ihn vorangehen und reichte ihm die Hand, die er nicht nahm. Wortlos verließ er die Wohnung. Sie ging langsam zurück zum Sofa, schloss die Augen und sank ins Polster.

Angler stand breitbeinig im Zimmer und sprach etwas in ein Funktelefon. Sie hörte nur den Namen Schuster. Er verabschiedete sich mit den Worten:

»Ihr Mann und Herr Schuster werden von uns bewacht.«

Es sollte wie eine Beruhigung klingen, hörte sich jedoch wie ein Haftbefehl an.

Das Leben besteht aus Episoden, die nicht immer das Herz erwärmen, kreuzte ein Gedanken Renates Sinne, als sie in die Stille ihrer Wohnung lauschte. Die letzte Episode hat schmerzlich geendet, die nächste wird hoffentlich besser ausgehen. Verwundert fragte sie sich, warum sie so wenig Mitleid für Frank aufbrachte. Wahrscheinlich empfand sie die Trennung als eine lebensrettende Maßnahme. Sie spürte den Zeiger der Uhr vorrücken, die Reise in die Zeit des Vergessens stand bevor. Sie hörte ihren Atem und auf einmal überfiel sie ein Gefühl von Traurigkeit, das sie so noch nie erlebt hatte. Es kam ihr so vor, als hätte sie Frank damals auf dem Weg nach Altbuchhorst mitten auf der

Landstraße abgesetzt, sie glaubte, dort in der Ferne ein erleuchtetes Haus zu sehen, tief im nachtschwarzen Wald, aber als sie versuchte, ihm entgegenzulaufen, wurde das Licht mit jedem Schritt schwächer, bis es ganz erlosch und sie nur noch die Umrisse der Kiefern sah. Ohne Hoffnung auf einen Ausweg, gefangen von der undurchdringlichen Dunkelheit, sank sie auf die Knie und begann leise zu weinen. Ein Geräusch auf dem Treppenaufgang schreckte sie aus ihrem Traum, sie stöhnte leise und stieß sich mit beiden Händen vom Sessel ab. Renate, nur nicht schlappmachen, murmelte sie, taumelnd die Schlafzimmertür anstarrend, hinter der gerade eben noch Angler gesessen hatte. Sie sah vorsichtig in den Flur. Es war nichts zu hören, da war niemand. Ich bin jetzt tatsächlich allein. Sie streckte den Rücken durch und beschloss, ein heißes Bad zu nehmen.

Frank Schuster stand wie benebelt vor einem Kiosk, der ihm den Weg versperrte. Wohin? Das wusste er selbst nicht, er hatte in dem Moment keine Ahnung, wo er sich befand. Irgendwo an ihm vorbei rauschte dumpf der Autoverkehr, öffneten und schlossen sich Bustüren. Wie ein verlorener Tourist stand er vor einer Bushaltestelle, als suchte er nach einem Weg. Mit der Verabschiedung von Renate hatte ihn auch der Orientierungssinn verlassen. Er fühlte nichts als ein Dröhnen im Kopf und eine Leere, als wäre er der letzte Mensch auf Erden. Wie fremdgesteuert torkelte er durch die Gegend und fand erst wieder zu sich, als ihm eine burschikose Stimme zurief:

»Junger Mann, möchten Sie was?«

Er drehte sich zur Kioskluke und sah eine Frau, und er wunderte sich, dass sie da hineinpasste, und über sich selbst, dass er noch etwas wie Leben in sich fühlte. Die Frau sah ihn wie eine Verkehrspolizistin an, die seine Papiere verlangt.

»Äh, ja, vielleicht ein Bier«, stammelte er.

Sie musterte ihn kurz aus zusammengekniffenen Augen und antwortete:

»Vielleicht noch 'nen Kurzen?«

Frank trat einen Schritt näher und sah sie mit Leidensmiene an. Sie griff ein kleines Fläschchen und hielt es ihm vor die Augen.

»Doppelkorn, junger Mann. Vertreibt den Kummer.«

Frank nickte und blickte sich verlegen um, als fürchtete er beobachtet zu werden.

»Hm, wenn Sie meinen«, sagte er leise.

Die dicke Wirtin schüttelte nachsichtig den Kopf und stellte eine Flasche Bier und den Doppelkorn auf die Durchreiche. Sie öffnete die Bierflasche und sah ihn keck an.

»Drei achtzig, junger Mann.«

Frank fingerte einen Schein aus dem Mantel und reichte ihn hinüber. Sie nahm Wechselgeld aus einer Blechkasse und ließ es in seine offene Hand fallen. Frank stellte sich mit seinen Flaschen an einen runden Tisch. Er fühlte sich wie nach einer Nachtschicht im Rechenzentrum, wenn er auf den Bus nach Hause wartete. Er schielte nach links und rechts, aber niemand nahm von ihm Notiz. Ihm war hundeelend zumute und er fürchtete, sich übergeben zu müssen. Er schraubte den Metallverschluss von der Hundertgrammflasche und kippte mit einem Ruck den Schnaps hinunter. Ein Feuer fraß sich durch seine Kehle, das er mit Bier löschte. Gleich darauf fühlte er sich wie aus dem Koma geholt. Uff, seufzte er leise und sah sich erneut um. Etwas wie Leben kehrte in ihn zurück, und als er an Renate dachte, musste er gegen die Tränen ankämpfen, die ihm auf einer Welle dumpfen Schmerzes in die Augen stiegen. Er nahm einen weiteren Zug aus der Bierflasche und beschloss, sich noch ein Fläschchen zu gönnen. Die Frau im Kiosk reichte ihm wortlos den Doppelkorn und warf die Münzen in ihre Kasse. Die Wirkung der zweiten Lage setzte sofort ein, der Schmerz in der Brust wich einer Woge von Traurigkeit, die alle Gedanken lähmte. Er träumte am Rande eines Kraters zu stehen, kurz davor, das Gleichgewicht zu verlieren. Er sah an sich hinunter, ein dämliches Grinsen begleitete das Ende seines Dämmerzustandes, als ein Krankenwagen mit Martinshorn die Straße kreuzte. Er stellte sich Renates Hände vor, wie sie sein Gesicht streichelten, und er biss die Zähne zusammen, um nicht loszuheulen. Alles war umsonst, alles ist vorbei, hämmerten immer dieselben Worte in seinen Schädel. Vom Alkohol angetrieben, segelte er auf Wellen des Selbstmitleids. Mama, ich rufe jetzt Mama an, beschloss er plötzlich, und augenblicklich wich die Spannung aus seinem Körper. Mit vorgestrecktem Kopf und brennenden Augen lief er zur nächsten Telefonzelle am Strausberger Platz.

»Mama, hörst du mich, ich bin's«, meldete er sich hastig, als würde man ihm gleich den Hörer aus der Hand reißen.

»Frank, schönen Abend, wie geht's dir?«, fragte sie etwas besorgt, an Blutgruppe Null denkend, und ihr Herz schlug schneller. Sie horchte in sich hinein, aber es fühlte sich wie immer an, wenn er anrief. Freude, seine gleichmäßige Stimme zu hören, mütterliche Fürsorge für das Söhnchen.

»Mama, Renate hat mich verlassen, einfach so«, sagte er leise und sie glaubte ihn schluchzen zu hören.

Frau Schuster neigte den Kopf zu den geblümten Gardinen und dachte, so was kommt vor.

»Mein Gott, warum denn? Wollte sie sich nicht deinetwegen scheiden lassen?«

Sie wartete auf die Antwort und dachte fieberhaft darüber nach, ob Bircher ihn über die Vaterschaftsanalyse informiert hatte. Offensichtlich nicht, denn dann hätte er mich nicht angerufen, um über Renate zu reden.

»Nun sag mal was, Frank. Gibt es einen Grund? Vielleicht ändert sie ihre Meinung noch«, versuchte sie ihn zu trösten.

Ein Glück, dass er mich nur wegen Renate anruft, ertappte sie sich bei einem nüchternen Gedanken. Was ist schon dieser Verlust im Vergleich zu den anderen Neuigkeiten, mit denen er bald fertigwerden muss. Sie nestelte mit einer Hand nervös an ihren Blusenknöpfen und war ratlos. Er schwieg immer noch und sie beschlich eine dunkle Ahnung.

»War es dir so ernst?«, fragte sie vorsichtig. Diese Mal kam die Antwort prompt.

»Ernst? Mama, ich habe dir doch immer wieder gesagt, wie wichtig sie mir ist. Ich will nicht, dass sie mich sitzenlässt!«

Frau Schuster lehnte sich erschrocken an die Kommode. Was hatte er denn? War er ein wenig angetrunken? Seine Stimme klang, als wäre es eine Tragödie, eine Freundin zu verlieren. Sie betrachtete sich im Flurspiegel und richtete eine Haarlocke über dem freien Ohr. Sie wollte gerade den Hörer in die andere Hand wechseln, da meldete er sich erneut, dieses Mal in einem Ton, der nichts Gutes verhieß.

»Mama, es ist ganz schlimm. Sie hat mich einfach abgeschrieben, sie denkt, dass ich ihr schade, so wie Peter, der musste auch gehen. Es war alles umsonst.«

Sie hörte ihn stöhnen und es zog ihr das Herz zusammen.

»Beruhige dich bitte, was war umsonst? Und überhaupt, sie kann es sich auch noch anders überlegen, ist häufig so. Frank, du bist jung und vielleicht ist es auch besser so …«

»Mama!«, schrie er fast und in dieser Sekunde erkannte sie ihren Irrtum.

Er begann sich die Seele aus dem Leib zu reden, atemlos entledigte er sich aller Sorgen und Geheimnisse, die ihn seit Monaten gefangen hielten, und Frau Schuster wurde erst schwindlig und dann beinahe schwarz vor Augen, sie musste sich auf den Boden setzen und verharrte dort, bis Frank so abrupt, wie er zu reden angefangen hatte, verstummte und einfach auflegte, und sie gedankenlos die Telefongabel drückte und den Hörer fallen ließ. Irgendwann glaubte sie, im Unterbewusstsein eine Sirene zu hören, und schrak auf. Der langgezogene Ton aus dem Hörer erinnerte sie daran, dass es nichts mehr zu sagen gab. Sie wankte ins Schlafzimmer und schlief irgendwann mit dem Gedanken ein: Mein armer Sohn …

Frau Schusters nichtssagendes Lächeln, das sie mit Frank teilte, kehrte erst zurück, als sie am nächsten Morgen von ihrer lärmenden Kinderschar umringt wurde. Der Kindergarten war ihr heilig, er war der Ersatz für die häusliche Einsamkeit. Sie liebte ihre Zöglinge, die Verantwortung für sie und die Arbeit mit den Kolleginnen, mit denen sie nicht nur die Arbeitszeit, sondern auch manches private Geheimnis teilte. Meine Sorgen kann ich mit niemandem hier teilen, stellte sie traurig fest, als sich gegen Mittag Franks Anruf in ihre Gedanken einschlich und ihr sonniges Gemüt verdunkelte. Sie erinnerte sich an einige Sätze aus seinem theatralischen Auftritt, die sie zutiefst verstörten und sich wie ein böser Spuk in ihrem Kopf festsetzten. Nach mehrfachen vergeblichen Versuchen, sich auf die Kinder zu konzentrieren, begann sie darüber nachzudenken, mit wem sie die Last der Erinnerung teilen könnte. Es kam nur ihr geschiedener Mann in Frage, stellte sie betrübt fest, und wählte seine Nummer. Sie erreichte ihn in seiner Dispatcherkabine, wo das Unheil seinen Lauf nahm. Er lauschte schwer atmend ihren Worten, ohne eine Silbe zu sagen. Schon nach ihren ersten Sätzen hoffte er inständig, dass niemand diesem Gespräch folgen würde, und biss sich nervös auf die Lippen. Am liebsten hätte er gerufen, bitte schweig jetzt, denn sie konnte nicht wissen, dass er befürchten musste, nicht allein in der Leitung zu sein. Wer konnte das schon, in einer Dispatcherzentrale. Als sie endlich schwieg, sagte er lediglich:

»Sprich mit niemandem und lass mich überlegen. Hast du etwa mit Behrens geredet?«, fragte er noch und sie verstand die Frage nicht.

»Wie kommst du denn darauf? Hat uns doch die Polizei verboten.«

Frau Schuster glaubte, ihn so verstanden zu haben, dass er sich um Frank kümmern würde. Das war ein verhängnisvoller Irrtum. Herr Schuster hatte kein annähernd so enges Verhältnis zu seinem Sohn wie die Mutter, und ein noch schwächeres, nachdem ihm das Resultat der Abstammungsuntersuchungen mitgeteilt worden war: Frank war nicht sein Sohn. Das hatte ihn erschüttert, eher faktisch als seelisch. Entsprechend distanziert analysierte er nach dem Telefonat die Lage, vor allem die Folgen für sich selbst, sollte er nichts unternehmen. Ich muss einen Weg finden, der uns im Hintergrund lässt, nicht in direkten Konflikt mit Frank bringt, jemand anderes muss Regie führen, legte er seine Strategie fest. So wie er seit fast dreißig Jahren auf seinen Schaltbildern die besten Strecken für seine Omnibusse auswählte, erkundete er jetzt die günstigste Route, um Frank aus dem Labyrinth seiner Verstrickungen zu führen. Es dauerte nicht sehr lange, bis er die Lösung im Kopf hatte. Es gab eine Person, die er kontaktieren konnte. Er war zufrieden und stellte sich vor, wie sein Bekannter das Kinn vorreckte und sagte: »Alles klar, lass mich nur machen.«

Herr Schuster blätterte in seinem Telefonverzeichnis, das wie eine abgegriffene speckige Speisekarte aussah, tippte mit seinem dicken Finger auf eine Nummer und griff zum Hörer. Das Gespräch dauerte keine fünf Minuten. Schuster berichtete von dem Telefonat mit seiner geschiedenen Frau, hielt sich aber an Birchers Weisung, nichts über die Laboruntersuchungen zu sagen. Am anderen Ende hievte sich sein Gesprächspartner ächzend aus dem Sessel. Seine Stimmung schwankte zwischen einem verwirrenden Glücksgefühl, wie nach einem unerwarteten Losgewinn, und niederschmetternder Traurigkeit. Es dauerte einige Minuten, bis er beschloss zu tun, was er als seine Pflicht ansah.

VIERZEHN

Frank Schuster war einem folgenschweren Irrtum aufgesessen, als er davon ausging, dass sein Rechenprogramm nicht zu *dechiffrieren* wäre, weil der Quellcode fehlte. Er übersah, dass in einem Winkel seines Schreibtisches ein handgeschriebener Entwurf lag. Zunächst erkannten die Experten keinen logischen Zusammenhang zwischen den Programmierbefehlen und den Opfernamen– so lange nicht, bis sie auf eine Zahlenkombination stießen: 57917081. Erst dachten sie an eine verschlüsselte Postleitzahl, hinter der sich Adressen verbergen würden. Die personenbezogenen Daten aller in den Fall verwickelten Personen wurden überprüft, aber die Bedeutung der Ziffernfolge blieb schleierhaft. Schmidter beschloss, einer Eingebung folgend, Herrn und Frau Wohlfahrt anzurufen. Vielleicht stünden die Nummern in irgendeinem Bezug zu persönlichen Daten der beiden, hoffte er.

Frau Wohlfahrt, darauf angesprochen, ob sie etwas mit der Zahlenreihe anfangen könne, reagierte ratlos. Als Schmidter beiläufig bemerkte, dass er dann noch ihren Mann an seinem Urlaubsort anrufen würde, spöttelte sie:

»Peter und Zahlen, vergessen Sie das. Der kann sich nicht mal meinen Geburtstag merken. Und jetzt, unter *den neuen Umständen*, ja wohl erst recht nicht mehr.«

Schmidter verkniff sich die Frage nach den neuen Umständen, weil er glaubte verstanden zu haben, worauf sie anspielte. Wohlfahrt war nämlich sofort, nachdem er die Wohnung seiner Frau verlassen hatte, angerufen worden.

»Ich habe ein Alibi«, verkündete er vergnügt am Telefon, als sich Schmidter nach seinem Alibi für die Nacht, als die Attacke auf Milz erfolgte, erkundigte.

»Ach, na, da sind wir aber gespannt«, sagte Schmidter, überrascht vom fröhlichen Tonfall.

»Fragen Sie Schwester Ingrid«, erwiderte Wohlfahrt trocken.

Die Nachfrage ließ keine Zweifel zu. Er war ihr Gast gewesen.

Nun telefonierten sie erneut miteinander, dieses Mal musste sich nicht Wohlfahrt erklären, sondern Schmidter. Ohne Umschweife gab er die Zahlenkombination mit der Bitte um eine Meinung dazu durch, Wohlfahrt hörte scheinbar ungerührt zu. Es dauerte eine gefühlte Ewigkeit, in der nur das Knistern der Telefonleitung zu hören war, bis er sich endlich zu Wort meldete. Er wolle mal in Ruhe nachdenken, sagte er lakonisch. Bereits eine Stunde später rief er zurück und verkündete mit ruhiger Stimme eine Erklärung, die Schmidter niemals für möglich gehalten hätte.

»Wie sind Sie darauf gekommen, Herr Doktor Wohlfahrt?«, fragte er, sichtlich beeindruckt.

»Ich wäre nie darauf gekommen, würde ich mich hier nicht so schrecklich langweilen, allein im Urlaub«, erwiderte Wohlfahrt mit einem resignierten Unterton.

»Na ja, noch ein paar Tage und dann können Sie hoffentlich wieder in der Klinik schlafen«, verabschiedete sich Schmidter.

Im Puzzle um Schusters Programmiersprache war die letzte Lücke geschlossen.

An einem frühen Nachmittag im November lud Bircher zum großen Finale ein. Es war ein schöner Tag, denn als hätte die Sonne entschieden, dass der Alexanderplatz zwischen Fernsehturm und Centrum-Warenhaus mehr Helligkeit brauchte, schickte sie einen Streifen schrägen Lichts auf den grauen Asphalt. Der spätsommerliche Einbruch hatte die Verwaltung dazu verführt, den Springbrunnen nochmals in Betrieb zu nehmen, wie ein Nixenballett in glitzernden Kostümen tanzten die Fontänen. In den Schaufenstern warfen die Puppen kleine Schatten und davor bummelten die Menschen in offenen Anoraks.

Um drei Uhr wurde Frank Schuster vorgeführt. Neben Bircher waren Angler und Schmidter anwesend, sowie Manuela für das Protokoll. Sie saßen in einem Vernehmungszimmer mit einem einzigen vergitterten Fenster, hinter dem sich der Spätsommertag verbarg. Die Neonleuchte über dem rechteckigen Tisch warf ihr bleiches Licht in den kahlen Raum. Bircher und seine Kollegen traten ein und sahen Schuster lässig auf seinem Stuhl sitzen, neben ihm stand ein Polizist. Frank wollte sich erheben, aber die schwere Hand des Wachmanns drückte ihn zurück. Bircher nahm den Stuhl ihm gegenüber, links und rechts von ihrem Chef nahmen Angler und Schmidter Platz. An einem kleinen Tisch in der Ecke saß Manuela, vor sich Bleistift und Stenoblock. Der Polizist verließ das Zimmer, das Verhör konnte beginnen.

Ein kurzer Blick auf Schuster hatte Bircher genügt, um sich auf eine harte Vernehmungsführung festzulegen. Schuster machte einen gesammelten Eindruck, wie vor einer Prüfung. Seine dunklen vollen Haare waren sorgfältig nach hinten gekämmt, er war rasiert und trug dieselbe Kleidung wie bei seiner ersten Vernehmung im Präsidium. Sein routiniertes Lächeln hatte er verloren. Stattdessen gruben sich zwei Falten um die Mundwinkel, wie erste Zeugen einer bitteren Erfahrung nahmen sie seinem Gesicht die jungenhafte Frische. Schuster glaubt wahrscheinlich immer noch an seine Unfehlbarkeit, dachte Bircher, ihn eingehend musternd. Na ja, dann mal los. Tonlos begann er die Ergebnisse vorzutragen.

»Herr Schuster, das Laborergebnis zur Blutspur, die im Vorraum zur Chirurgie von unseren Kriminaltechnikern aufgenommen wurde, liegt vor. ›Null‹, wie Ihre Blutgruppe, die kennen Sie nun auch. Und Ihr Einwand, jemand hätte die Spur gelegt, um Sie zu belasten, ist hinfällig. Weder Herr Wohlfahrt noch Klaus Behrens, auch niemand der Mitarbeiter der Nachtschicht, trägt die Blutgruppe Null. Davon mal abgesehen, keiner Ihrer Kollegen oder Klinikmitarbeiter kennt Ihre Blutgruppe, auch ist sie in keiner Datenbank erfasst, wie hätte also jemand wissen können, wie er den Verdacht auf Sie lenken soll? Die Beweislage ist insofern eindeutig, was die Zuordnung der Spur betrifft. Wir kommen nochmal darauf zurück.«

Bircher legte eine Pause ein und sah, wie sich Schusters Blick verdunkelte. Er schwieg und so fuhr Bircher fort:

»Die Kabel, nun, da meinten Sie, die hätten Sie verwendet,

um eine Trabantbatterie aufzuladen. Niemand aus Ihrer Familie oder der Familie Behrens«, Frank deutete beim Hören des Namens ein herablassendes Grinsen an, »kann sich daran erinnern, dass Sie jemals ihre Batterien geladen hätten. Sie selbst, Herr Schuster, haben kein Auto. Aber lassen wir auch diese Sache erst einmal auf sich beruhen. Kennen Sie das hier?«, fragte Bircher ruhig und legte zwei Bogen mit Tabellen und Computerbefehlen auf den Tisch. »Ist in FORTRAN programmiert«, fügte er hinzu, als verwendete er die Programmiersprache selbst.

Frank verzog das Gesicht, als wäre er gegen eine Mauer gerannt. Dann schloss er kurz die Augen, was er sah, verschlug ihm die Sprache. Er hätte um alles, was ihm lieb und teuer war, gewettet, dass er diese Unterlagen vernichtet hatte. In rasendem Tempo überschlugen sich seine Gedanken, lügen war zunächst einmal zwecklos, vor ihm lagen Blätter, beschrieben in seiner Handschrift. Bevor er sich besinnen konnte, fuhr Bircher fort:

»Sie erkennen ja wohl Ihre Handschrift?«

»Hm.«

»Und diese Zahlenreihe, 57917081?«

Bircher schob das Blatt näher zu Frank hinüber und tippte mit dem Zeigefinger auf eine mit Rotstift markierte Position. Schuster atmete hörbar schwerer und sein Gesicht begann wie unter der Höhensonne zu glühen. Er war noch mit der Frage beschäftigt, wie es möglich sein konnte, dass seine Programme gefunden wurden, und jetzt das: der Quellcode.

»Los, reden Sie«, fuhr Angler dazwischen.

Schuster nickte wie in Trance. Es vergingen einige Sekunden, Manuela hielt den Bleistift hoch, als fürchtete sie, nicht schnell genug hinterherzukommen.

»Ich kenne diese Zahlen nicht«, quetschte Schuster endlich eine Antwort heraus.

Bircher hörte den Satz und machte eine Miene, als wollte er ihm zurufen: »Sie Idiot!«

»Sie lügen. Es ist das Hochzeitsdatum von Herrn und Frau Wohlfahrt, allerdings haben Sie die Ziffernfolge umgedreht, aus dem 18.07.1975 machten Sie 57917081. Eine letzte Chance, Herr Schuster, wozu gebrauchten Sie dieses Datum? Jede weitere Lüge wird Ihre Haftstrafe verlängern.«

Schuster schwieg und dachte sich, weshalb soll ich reden. Sobald ich spreche, kann ich nichts mehr zurücknehmen. Sollen die doch erstmal ihre Karten aufdecken. Was bedeutet denen schon der Zahlenschlüssel? Jetzt arbeitete sein Verstand wieder wie gewohnt, in logischer Abfolge reihten sich seine Gedanken aneinander und bildeten nach und nach eine Handlungsanweisung. Wie im Rechenzentrum, wenn sich Idee, Logik und Befehle zu einem Computerprogramm zusammenfügen. Ich bin gerade alles in einem, sagte er sich, und beschloss zu schweigen. Rechner reden ja auch nicht.

»Genosse Schmidter, da Herr Schuster gerade an Gedächtnisschwund leidet, erläutern Sie uns bitte in groben Zügen sein Rechenprogramm.«

»Beginnen wir mit dem Hochzeitsdatum der Eheleute Wohlfahrt«, begann Schmidter in leierndem Ton wie beim Verlesen eines Rechenschaftsberichts. »Die Ziffern 57917081 allein brachten unsere Informatiker zunächst nicht weiter, bis sie sich diese Tabellen vornahmen.« Schmidter zog ein einzelnes Blatt Papier aus seinen Unterlagen. »Das sind anamnestische Daten, die in den Rechner eingegeben werden, um statistische Zusammenhänge zwischen personenbezogenen Daten und dem Schweregrad der Erkrankung eines Patienten abzuleiten. Ist ein Ausschnitt aus einer langen Liste. Nichts Besonderes, sollte man meinen«, stellte Schmidter nüchtern fest und drehte das Blatt in Frank Schusters Blickrichtung.

Der sah mit blinzelnden Augen flüchtig auf die ersten Zahlenreihen.

No	Alter	Geschlecht	Körpergröße	Gewicht	LDL	Systolisch/Diastolisch	Glucose	Blutdruck
1	50	1	160	60	140	97	110	80
2	67	1	175	70	180	85	135	75
3	80	2	172	81	144	85	110	76
4	55	1	180	84	130	90	160	88
5	63	2	165	55	147	95	165	93

»Unsere Fachleute haben allerlei Zahlenkombination in den Rechner eingespeist«, ergriff Schmidter nach einer kleinen Pause erneut das Wort. »Sie hofften, irgendeinen Zusammenhang zwischen dem Tabellenwerk und den Patientenlisten herstellen zu können, die Sie Herrn Wohlfahrt für das OP-Programm vorlegten. Leider waren unsere Kollegen erstmal erfolglos. Bis sie auf eine andere Zahl stießen: 38.«

Alle Blicke ruhten auf Schuster, der sich auf die Lippen biss und um Haltung rang.

»Sagt Ihnen auch nichts, Herr Schuster?«, sagte Schmidter leise.

Frank schüttelte wie ein Kind trotzig den Kopf und blieb bei seinem Vorsatz, er schwieg.

»Es ist schlicht die Quersumme, gebildet aus dem Hochzeitsdatum der Wohlfahrts, eben 38. Sie haben dem Rechner befohlen, für jeden Patienten die Quersumme aus den klinischen Werten einer Spalte zu bilden. Ein Kinderspiel, im Vergleich zu Ihren Clusteranalysen. Zunächst haben die Kollegen nichts entdecken können, aber als sie dann noch die Quersummen durch 2 teilten – das war 'ne kleine Hürde, die Sie sich ausdachten –, war alles klar. Für einige Patienten ergab sich die Zahl 38. Zwölf von ihnen landeten auf Doktor Wohlfahrts OP-Liste, und fünf davon im Leichenschauhaus. Sie haben wie in einem Computerspiel die Opfer bestimmt, sie wie Schachfiguren geopfert, um einen Schritt näher an ihr Ziel zu kommen, nämlich den Verdacht auf Peter Wohlfahrt zu lenken, um ihn loszuwerden. Sie sind getrieben von Eifersucht und Hass, Herr Schuster.«

Den letzten Satz sprach Schmidter sehr leise. Schuster sagte nichts, er sah wie entrückt an Schmidter vorbei, als wäre er in Gedanken bei seinen Computerspielen. Manuela blickte abwechselnd auf ihren Bleistift und die Zahlenreihen, als überlegte sie, wie man Zahlen stenografiert. Bircher und Angler hörten mit vor der Brust verschränkten Armen unbeteiligt zu.

»Nun verraten Sie uns mal, Herr Schuster, wer sich beispielsweise hinter der Nummer 2 verbirgt. Die erste Spalte gibt die Patientennummer an, die dritte das Geschlecht, 1 ist männlich, 2 ist weiblich. Aber das wissen Sie ja alles. Also, wer ist der Patient mit der Nummer 2?«, fragte Schmidter.

Wie um ihn zu ermuntern, neigte er den Kopf zur Seite. Schusters Mundfalten schienen sein Gesicht zu teilen. Es hatte den Anschein, als würde er vor ihren Augen altern.

»Herr Schuster, ich gebe Ihnen eine letzte Chance, umfassend auszusagen. Wer verbirgt sich hinter der Ziffer 2? Sie erinnern sich doch?!«, rief Angler drohend dazwischen.

Sein Ruf klang wie eine letzte Ermahnung. Schuster gab sich plötzlich einen Ruck, als hätte er eine Entscheidung getroffen. Alle sahen ihn gespannt an.

»Wie soll ich wissen, wer Nummer 2 ist? Ich musste Hunderte Patienten erfassen, jeden mit einem riesigen Datensatz an Parametern. Ich kenne diese Tabelle nicht.«

Angler winkte genervt ab. Schmidter zeigte sich ungerührt. Er beugte sich zu Schuster:

»Es ist Herr Krug, Ihr letztes Opfer. Er erhielt seinen Schrittmacher etwas später als geplant, weil hoher Besuch dazwischenkam.«

Schuster setzte eine verächtliche Miene auf und sah aus dem Fenster in den grauen Himmel, als ginge ihn das alles nichts an.

»Nun, zum Schluss dieses Kapitels noch einige Zahlen«, fuhr Schmidter wie in einer Unterrichtsstunde fort. »Die Quersumme der Daten des Patienten 1 ist 24,5, des Patienten 3 ist 32, für die Nummer 4 ist es 33,5, für Patient 5 beträgt sie 40,5 und so weiter und so fort. Die leben alle, nur Krug und drei weitere Männer sind tot. Alle 38er, sozusagen. Nun, Sie können ja sicher die Wahrscheinlichkeit berechnen, nach der ein Computer unter Hunderten Patienten mit vielleicht Hunderttausenden von Parametern zufällig Männer herausfischt, die nach einer erfolgreichen Schrittmacherimplantation plötzlich an Herzversagen sterben und nur eins gemeinsam haben, nämlich die aus ihren klinischen Werten errechnete Quersumme 38. Die

Wahrscheinlichkeit liegt nahe Null. Diese Zahl hat Sie verfolgt, sie hat sich in Ihrem Gehirn wie eine Erinnerung festgesetzt, die Sie quälte, Sie nicht losließ. In Ihren Wahnvorstellungen bildeten Sie sich ein, diesen Tag ungeschehen machen zu müssen, ihn auszulöschen, und mit ihm Renate Wohlfahrts Ehe.«

Schmidter klopfte energisch auf einen Stapel Papier mit gestanzten Seitenrändern und schob sie Schuster zu. Der nahm keine Notiz von den Rechnerausdrucken, stattdessen sah er auf einmal Bircher in die Augen und öffnete die Lippen einen Spalt breit. Es erschien geradezu aberwitzig, aber es sah aus, als würde Schuster eine Rechenaufgabe lösen. Bircher atmete einmal durch, erhob sich langsam und öffnete die Tür, um den Wachmann hereinzuwinken.

»Herr Schuster, wir legen jetzt eine Pause ein. Sie können darüber nachdenken, ob Sie gestehen wollen oder weiter schweigen. Wenn Sie ein Geständnis ablegen, wird das bei Gericht vielleicht berücksichtigt. Wir geben Ihnen einige Minuten.«

Frank rührte sich nicht. Er sah jetzt aus wie jemand, der nach Erinnerungen sucht. Bircher gab dem Wachmann ein Zeichen, sich zu Schuster zu setzen.

Die Kommissare standen im Halbkreis auf dem Flur und hingen ihren Gedanken nach. Bircher überlegte, ob Schmidter seinen Vortrag eingeübt hatte. Der redet gewöhnlich nicht so geschliffen, schon gar nicht zu einem solch diffizilen Thema, fand er, und warf ihm einen prüfenden Blick zu. Schmidter hüstelte und Bircher deutete ein Kopfnicken an.

»Ich denke, der hält sich für ein unschuldiges Genie.«

»Schon möglich«, murmelte Bircher. »Was meinst du, Philipp?«

»Ich glaube, dass er reden wird, wenn wir alles auf den Tisch legen. Erst verliert er seine große Liebe, dann seine Eltern, gleich den Glauben an seine Unfehlbarkeit. Der hält dem Druck nicht stand, wenn du mich fragst. Aber wer weiß, der Mann ist ja wohl nicht bei ganz Sinnen, oder?«

»Ja, ich denke, dass er, entschuldigt den Ausdruck, verrückt ist, und hochintelligent. Kommt vor, diese Kombination«, sagte Schmidter, als hätte er im Vorfeld einen Psychiater konsultiert.

Bircher wiegte langsam den Kopf, die Lageeinschätzung überzeugte ihn nicht restlos:

»Das kann hier dauern, mal sehen, ob dem noch was zu seiner Entlastung einfällt, zu Überraschungen ist er allemal fähig. Also, machen wir weiter. Philipp übernimmt. Manuela?!«

»Hier«, rief sie durch die geöffnete Tür.

»Es geht weiter. Hast du das Gerät?«, wandte sich Bircher an Angler, bevor er die Tür zum Vernehmungszimmer öffnete.

»Ja, im Rucksack.«

Im Gänsemarsch betraten sie das Zimmer und suchten auf Schusters Gesicht Anzeichen eines Umdenkens. Aber das verriet nicht viel, außer dass es eine neue Maske trug, die Konzentration und Angriffslust ausdrücken sollte, keine Spur von Verzweiflung oder Reue.

»Haben Sie sich entschieden?«, fragte Bircher kurz und trocken, als wüsste er bereits die Antwort.

»Wozu bitte?«, antwortete Schuster.

Bircher glaubte, sich verhört zu haben, Angler schüttelte ungläubig den Kopf. Schmidter und Manuela warfen sich einen vielsagenden Blick zu.

»Es reicht, Schuster«, fuhr ihn Angler an. »Wir wissen, warum Sie töteten, wann Sie töteten, wie Sie die Opfer bestimmten, und nun sagen wir Ihnen zum Schluss noch, womit Sie töteten.«

Angler öffnete seinen Rucksack und legte ein etwa zehn mal fünfzehn mal drei Zentimeter großes Gerät auf den Tisch. Es erinnerte auf den ersten Blick an einen Trafo, wie man ihn bei Spielzeugeisenbahnen verwendet. »TUR VTP 01« stand rechts unten auf der Vorderseite, darüber befanden sich drei Drehschalter zur Einstellung der Eingangsspannung (mV), der Frequenz (min-1), und der Ausgangsspannung (Volt). Über einen kleinen Kippschalter stellte man es an. Die Frontseite enthielt Buchsen mit den Bezeichnungen »Diff« und »Indiff«, an die mittels einer Schraubverbindung Drähte oder Kabel angeschlossen werden konnten.

Schusters Erscheinungsbild verwandelte sich wie aus heiterem Himmel. Er starrte abwechselnd auf das Gerät und auf Angler, ganz offensichtlich hatte er nicht mit dieser Vorführung gerechnet. Angler zog erneut seinen Rucksack an sich und holte zwei Kabel heraus. Zwei Enden waren frei und abisoliert, am anderen Ende befanden sich Krokodilklemmen. Angler nahm die zwei Kabel und schob die freien Enden in die Buchsen »Diff« und »Indiff«. Er zog die Schraubverbindung fest und platzierte die Vorrichtung auf dem Tisch. Schuster sank etwas in sich zusammen.

»Herr Schuster, wollen Sie übernehmen?«, fragte Angler.

Der nahm keine Notiz von ihm, er schien sich gerade in der Vergangenheit zu bewegen.

»Hören Sie uns?!«, rief Angler plötzlich laut über den Tisch.

Schuster zuckte wie unter einem Schlag zusammen.

»Was wollen Sie von mir?«, stammelte er mit erstorbener Stimme.

»Dass Sie es uns vorführen. Mit Ihren Kabeln aus dem Regal Ihres Büros. Wie haben Sie es beim letzten Mal angestellt? Herr Wohlfahrt hat für die Nacht ein lupenreines Alibi. Im Unterschied zu Ihnen. Los, packen Sie aus.«

Manuela saß hochrot am Tisch und betrachtete den Metallkasten wie eine mysteriöse Geheimwaffe. Bircher wandte sich an Schuster, sein kalter Blick verriet nichts Gutes.

»Herr Schuster, Sie werden Frau Wohlfahrt nie wiedersehen. Wir haben sie unterrichtet, sie weiß, dass Sie getötet haben. Sie denkt nur noch an sich, vielleicht auch daran, wie es möglich war, dass sie sich dermaßen in einem Menschen irren konnte. Befreien Sie sich wenigstens von der Last des Schweigens.«

Schuster sah plötzlich auf, als wäre er aus einem Traum erwacht. Er öffnete den Mund und fragte langsam, wie zu sich selbst:

»Meine Mutter, weiß sie etwas …?«

Bircher und Angler sahen sich an, sie bewegte dieselbe Frage: Sagen wir es ihm jetzt? Bircher räusperte sich, legte den Kopf auf die Schulter und musterte ihn, als würde er Schusters weiteres Verhalten abschätzen.

»Frau Schuster ist nicht Ihre Mutter und Herr Schuster ist nicht Ihr Vater. Sie selbst haben den Beweis dafür gelegt, dass sie nicht Ihre Eltern sein können. Die Blutgruppe in Ihrer Spur, also Null, wurde nämlich mit den Blutgruppen aller im Fall verwickelten Personen, darunter mit denen Ihrer *Eltern*, verglichen. Dabei stellte sich heraus, dass Herr und Frau Schuster unmöglich Ihre leiblichen Eltern sein können, weil sie die Blutgruppe Null unmöglich vererben können. Mehr müssen Sie jetzt nicht wissen.«

Frank brach zusammen, er klammerte sich mit beiden Händen an den Stuhlbeinen fest und sein Gesicht nahm den Ausdruck eines alleingelassenen Kindes an, dem selbst die Kraft zum Schreien fehlt. Selbst der hartgesottene Bircher wünschte sich in diesem Augenblick ein Ende des Verhörs. Angler ließ durch offene Lippen einen Schwall Luft entweichen, als wollte er Druck ablassen. Plötzlich drückte Frank den Rücken durch und riss den Mund auf. Angler winkelte wie zur Abwehr beide Arme an. Er dachte, Frank würde gleich aufspringen und zur Tür stürmen. Manuela hatte wie zum Schutz den Kopf leicht eingezogen. Die letzte Nachricht hatte Franks Willen gebrochen. Ihm drohte der Schädel zu platzen, er konnte nicht anders, als zu reden, wie an dem Abend, als er seine *Mutter* angerufen hatte.

»Ich habe nur noch für Renate gelebt, mein eigenes Leben ist mir eigentlich gleichgültig, es hat ohne Renate keinen Inhalt. Ich habe ihr immer wieder gesagt, solltest du dich nicht von Peter trennen, will ich sterben. Ich habe alles getan, um Peter loszuwerden, ihr zu helfen. Was sind denn ein paar schwerkranke Männer, die nur noch künstlich am Leben erhalten werden, im Vergleich zu unserem Leben? Peter war doch ausgezogen, warum hat sie mich allein gelassen?«

Mit den letzten Worten schien er sich aus dieser Welt zu verabschieden. Eine peinliche Betroffenheit breitete sich aus, als lauschten sie einem intimen Gespräch. Bircher klopfte auf den Tisch.

»Herr Schuster, wir demonstrieren Ihnen jetzt, wie Sie vorgegangen sind, Sie unterzeichnen das Protokoll, und damit ist dieses Verhör dann beendet. Haben Sie mich verstanden?«

Schuster nickte schwach und man hörte ihn flüstern:

»Nun sind Renate und ich getrennt, und ich bin für immer allein. Vielleicht besucht sie mich mal.«

Er saß mit gesenktem Kopf vor ihnen, er hatte sich aufgegeben.

»Ihre Mordwaffe, Herr Schuster, ist ein Impulsgenerator. Ein externer Stimulator, der entwickelt wurde, um Patienten bei Bewusstlosigkeit oder Herzstillstand durch einen gezielten elektrischen Impuls ins Leben zurückzuholen. Er befindet sich auf jeder ITS, auf jedem Rettungswagen, bei der Feuerwehr. Richtig, Herr Schuster?«

Frank Schuster deutete ein Nicken an und sah für einen Moment ehrfurchtsvoll um sich, als würde ihm eine Entdeckung zuerkannt. Angler schob seinen Stuhl näher an den Tisch und begann im nüchternen Tonfall zu reden, als würde er eine Bastelanleitung erklären.

»Bevor Sie sich den Patienten näherten, Herr Schuster, haben Sie den Stimulator auf eine Spannung zwischen 5 und10 Volt und die Frequenz auf 80 bis 100 Schläge pro Minute gestellt. Dann sind Sie ans Bett getreten. Von der Brust des Patienten laufen zwei Kabel zum EKG-Monitor, der gewöhnlich am Bettpfosten hängt. Sie knien sich hin und ziehen die Kabel aus dem Monitor. Der Patient bemerkt nichts, denn die Klebeelektroden auf seiner Brust sind unversehrt. Aus der Bettdecke hängen jetzt zwei lose Kabel mit Bananenstecker, die vorher im Monitor steckten. Die klemmen Sie in die Krokodilklemmen ihrer Kabel, deren freie Enden Sie vorher mit dem Stimulator verschraubt haben. Dazu die Kabel aus Ihrem Arbeitszimmer. Dann mussten Sie den Stimulator nur noch für einige Minuten anschalten und schon begann er Impulse mit normaler Pulsfrequenz an den Schrittmacher zu senden und ihm so vorzugaukeln, das Herz des Patienten würde prima funktionieren. Der Schrittmacher stellt automatisch seine Arbeit ein. Das ist eine tödliche Entscheidung, denn ohne ihn überlebt ein Patient mit dem AV-Block dritten Grades nicht. Diese Patienten haben einen niedrigen Puls, weniger als 45 Schläge in der Minute, trennt man die vom Schrittmacher, setzt der Puls ganz aus. Darauf beruht Ihre Tötungsmethode. Sie warten irgendwo eine Weile im Nebenaufgang, kommen zurück, sehen die waagerechte Linie: klar, Herzstillstand, Operation gelungen. Sie lösen mit zwei Handgriffen die Klemmverbindungen und stöpseln die Kabel zurück in das EKG Gerät. Niemand bemerkt, dass der Schrittmacher für eine gewisse Zeit außer Betrieb war. Tod durch Herzversagen, lautet die ärztliche Diagnose. EKG-Bilder können nicht gespeichert werden, Übertragungen ins Schwesternzimmer gibt's auch nicht. Die gab es nur beim letzten Opfer mit den Westgeräten. Den haben Sie parallel geschaltet mit dem Bettnachbarn. Erörtern wir später.«

Bircher hörte aufmerksam zu und ihm fiel sein Gespräch mit Sitte ein, als sie unter Goltsches Aquarell den perfekten Mordplan erörtert hatten.

»Alles so weit klar?«, fragte Angler, als würde er sich vergewissern, ob man seine Betriebsanleitung verstanden habe.

Schuster nickte unmerklich.

»Dann sagen Sie uns noch, wo Sie sich aufhielten, um auf den Tod zu warten.«

Angler hatte sich warm geredet und sichtlich Gefallen an der Vorstellung gefunden. Vielleicht fragte er sich insgeheim, ob ihm selbst jemals diese Versuchsanordnung hätte einfallen können. Bircher runzelte die Stirn und warf Manuela einen Blick zu. Kommst du hinterher? Sie hob gleichzeitig die Augenbrauen, senkte die Mundwinkel, und schob die Schultern nach vorn, alles klar. Schuster rappelte sich auf, als wäre ihm die Antwort auf Anglers Frage eingefallen.

»Ich habe mich für 'ne Weile versteckt, im mittleren Treppenaufgang, bin dann zurück. Aber es hat eigentlich immer gleich geklappt, war schon klar, war ja genau berechnet, na ja …«, sprach er wie über ein gelungenes Experiment.

»Dann noch zum Patienten Krug. Der stand also auf der 38er-Liste und musste sterben. Sie hatten allerdings ein neues Problem zu lösen, denn der Mann stand sozusagen unter Bewachung, sein EKG wurde aufgezeichnet und im Schwesternzimmer auf dem Bildschirm beobachtet«, nahm Angler seinen Vortrag wieder auf.

Schuster schob den Kopf nach vorn, als interessierte ihn etwas. Tatsächlich hatte er die Parallelschaltung für eine grandiose Idee gehalten, wäre ein großer Neuerervorschlag, hatte er sich damals grinsend gesagt.

»Zuerst entfernten Sie wie üblich Krugs Kabel aus seinem Monitor, am anderen Ende steckten sie in den Klebeelektroden. Die Kabel ließen Sie frei überm Bett hängen«, begann Angler erneut. »Danach verbanden Sie zwei Ihrer Kabel über einen Bananenstecker mit den freien Anschlüssen von Krugs Monitor. Die beiden anderen Enden der Kabel tragen die Klemme, die klemmten Sie an die Steckverbindungen des Nachbarmonitors. Krugs Monitor war nun mit dem des Nachbarn parallelgeschaltet. Bleiben die beiden freien Kabel, die an Krugs Klebeelektroden baumelten. Die verbanden Sie wie gehabt mit dem Stimulator und versetzten Krug den Todesstoß. Im Schwesternzimmer saht derweilen alles normal aus. Krugs Monitor war ja auf den des Nachbarn geschaltet.«

Schuster hatte Anglers Worten mit halboffenem Mund gelauscht, als prüfte er deren Richtigkeit. Zum Schluss neigte er den Kopf und verschränkte die Hände, es hatte den Anschein, als würde er Angler beipflichten.

»So war es, Herr Schuster?«

»Hm, ja, stimmt.«

Angler sah Bircher an, der gab ihm ein Zeichen fortzufahren.

»Dann zu Ihrem letzten Manöver. Da erschienen Sie im Gewand eines Arztes am Bett des Patienten Weber. Der lebt noch, wie Sie vielleicht wissen.«

Schuster ließ nicht erkennen, ob er es wusste oder überhaupt noch zuhörte.

»Warum Weber, der gehörte nicht in die Risikoklasse, der hatte einen AV-Block zweiten Grades, schon vergessen, Schuster?«, verschärfte Angler deutlich den Ton.

Schuster sah müde auf und nuschelte:

»Stimmt, aber der nahm blutdrucksenkende Tabletten.«

»Nimmt«, sagte Angler trocken. »Also, warum Herr Weber, war es ein Ablenkungsmanöver?«

»Ja«, antwortete mit müder Stimme Schuster.

»Haben wir das auch geklärt«, bemerkte Anger ungerührt. »Sie wollten den Verdacht auf Wohlfahrt lenken. Stimmt's?«

Schusters Blick deutete Zustimmung an.

»Ich höre nichts«, bellte ihn Angler an.

»Ja.«

Schuster schien mit seinen Kräften am Ende. Er wollte nur noch allein sein. Wie nach dem Ende einer überwältigenden Darbietung hörte man für einen Moment nur den Atem der Anwesenden.

»Sie unterschreiben dann nachher das Protokoll«, beendete Bircher das Verhör und streckte den Arm in Richtung Manuela aus.

Sie wedelte vorsichtig mit dem Stenoblock. Muss noch getippt werden. Er nickte und sie ließen Schuster mit dem Wachmann zurück. Frank Schuster zeigte keine Regung, er hatte sich bereits aus diesem Leben verabschiedet.

Zwei Stunden später und zwei Räume weiter warteten Herr Behrens im dunklen Anzug und gescheiteltem Haar sowie Frau und Herr Schuster auf das Gespräch mit Bircher. Sie konnten nicht ahnen, welchen Erschütterungen gleich jeder Einzelne von ihnen ausgesetzt werden würde. Da war nicht nur Franks Geständnis, von dem niemand etwas wusste, abgesehen von dem, was Frau Schuster verstanden zu haben glaubte. Da kommt einiges auf die Leute zu, das wird eine meiner schwersten Sitzungen, sagte sich Bircher und ihn fröstelte leicht.

Frau Schuster war wieder perfekt frisiert, wie gestählt saß die Dauerwelle auf ihrem freundlichen Gesicht. Sie hatte sich mit der neuen Mutterrolle, wie sie ihre Aufgabe umschrieb, zwar nicht abgefunden, aber begonnen, sich in ihr einzurichten. Wir sind wie Mutter und Sohn zueinander gewesen und daran darf sich nichts ändern. Dann habe ich eben zwei Kinder, hatte sie trocken resümiert, ganz die Kindergärtnerin. Wenn ich nur mein richtiges Kind kennen würde, verdrängte ab und zu ein quälender Gedanke ihre Sorge um Frank. Was er ihr da nachts am Telefon erzählt hatte – am nächsten Tag konnte sie sich beim besten Willen nicht an alle Details erinnern. Irgendwas war ihm mit diesen Schrittmacherdingern des Doktors passiert, sie verstand das Ganze so, als wäre Frank ein Programmierfehler unterlaufen. In ihrer Erinnerung hörte sie ihn stammeln, dass er am Tod eines Patienten mitschuldig sei, aber jetzt, mit einem gewissen Abstand, erschien es ihr wie eine der üblichen Übertreibungen, zu denen junge Menschen neigen. Als sie sich todmüde entschloss, ihren verflossenen Mann einzuweihen, war sie vom Wunsch getrieben worden, Franks merkwürdiges Geständnis mit jemanden zu teilen. Er war die einzige Person, auf die sie die unangenehme Last abschütteln konnte. Als sie ihm ihre Erinnerung schilderte, glaubte sie ihn vor ihren Augen zu sehen, wie er teilnahmslos seine Bildschirme beobachtete, auf denen die Omnibuslinien kreuzten. Einmal hörte sie ihn leicht aufstöhnen, wahrscheinlich war wieder einmal ein Bus ausgefallen.

Sie täuschte sich, Herr Schuster hatte die Tragweite der Angelegenheit genau erfasst und wie einen Unfallbericht abgespeichert.

Als Dirk Behrens von Bircher angerufen und zu dem Gespräch eingeladen wurde, hatte er seinen Vorgesetzten darüber informiert, dass der Fall abgeschlossen sei. »Gratuliere und berichte mir dann über die Abschlussberatung bei Major Bircher!«, war alles, was er von ihm vernahm. Behrens fühlte sich geschmeichelt, dass ihn Major Bircher persönlich unterrichten würde, und er ging davon aus, ihn alleine zu treffen. Na ja, gehört sich ja wohl so, nachdem der meinen Klaus verdächtigt hat, quittierte er die Einladung. Umso peinlicher war er berührt, als sich die Tür öffnete und Herr und Frau Schuster das Zimmer betraten. Sie begrüßten sich kurz, Herrn Schuster klopfte Behrens jovial auf die Schulter, Frau Schuster reichte er flüchtig die Hand. Ein betretenes Schweigen breitete sich aus, alle warteten darauf, dass Bircher sie von der Anspannung befreien würde. Sie setzten sich nebeneinander an den Tisch, wie ein Anwalt saß Behrens zwischen Herrn und Frau Schuster. Ein Schleier von Unsicherheit hatte sich über seine selbstzufriedene Funktionärsmiene gelegt, so wie vor einer Sitzung mit ungewissem Ausgang. Die Zusammensetzung der Runde warf neue Fragen auf, stellte er unwillig fest. Er verstand nicht, warum Franks Eltern anwesend waren, was gingen denn die Klaus an, knurrte er innerlich. Er hatte Bircher so verstanden, dass er mit ihm über das Ende der Ermittlungen und über Klaus' Unschuld reden wollte. Der Junge war unschuldig, wie hätte es auch anders sein können, dennoch musste er sich eingestehen, dass er darüber sichtlich erleichtert war. Aber was sollte dann das Aufgebot? Er mochte es nicht, sich im Ungefähren zu bewegen. Sein Leben bestand aus Regeln, die scharf definiert waren und sich nicht überschnitten. Ungern erinnerte er sich daran, einige Male gegen diffuse Stimmungen angekämpft zu haben, als quälten ihn leichte Zweifel an Klaus' Rolle in dieser leidigen Affäre. Er schielte zu Schuster hinüber, der seinem Blick auswich. Behrens' Gedanken begannen zu kreisen. War diese Runde zusammengerufen worden, weil Frank seiner Mutter etwas gesteckt hatte, von dem er nichts wusste? Etwas über Klaus? War es Bircher zugetragen worden? Das würde diese Runde erklären, stellte er fest, und musste sich eingestehen, dass er, seitdem Renate in Klaus' Leben getreten war, die Kontrolle über seinen Sohn verloren hatte. »Wer weiß schon, wozu man fähig ist, wenn man sich hoffnungslos verliebt«, hatte er manches Mal in seinem Wohnzimmer geseufzt, wenn am Abend sein Blick traurig über die mächtige Säule des Fernsehturms hinauf zur Kugel wanderte, die wie in silbernes Weihnachtspapier gehüllt über der Stadt thronte.

Er warf einen weiteren flüchtigen Blick auf seine Nachbarn rechts und links von sich, die nicht daran dachten, mit ihm zu reden, und schon gar nicht miteinander. Frau Schuster sah aus, als säße sie im Wartezimmer eines Arztes und wartete darauf, aufgerufen zu werden. Herr Schuster starrte mit gesenktem Kopf vor sich hin. Behrens' Gedanken schweiften zu den Schrittmachern und er wünschte sich sehnlichst, wenigstens sie würden ihm keine Probleme bereiten. Wären da Pannen aufgetreten und Bircher zu Ohren gekommen, würde das sofort Fragen über die Medizintechnik aufwerfen, und die würden prompt auf seinem Schreibtisch landen – eine unangenehme Vorstellung. Der Minister würde Erkundigungen einholen, ihn rufen, und dann käme die Rede auf die Studie und Wohlfahrt und wer weiß was sonst noch alles. Behrens seufzte unmerklich und rückte seine rote Krawatte zurecht. Er verzog missmutig das Gesicht und kontrollierte die Uhr. Wie lange ließen die sie noch warten? Na ja, diese Liebelei von Klaus mit Renate Wohlfahrt, nahm er einen alten Gedanken wieder auf, die würde keine Wellen schlagen, da kannte er ganz andere Geschichten von einigen führenden Genossen, wobei die vorher ihre Freundinnen durchleuchten ließen ... Außerdem war da noch Frank, der war ja am Ehebruch quasi zu fünfzig Prozent beteiligt. Hoffentlich würde es seinem Sohn eine Lehre sein.

Er konnte seine Überlegungen nicht weiter verfolgen, weil in diesem Moment die Tür aufsprang und Bircher eintrat.

»Guten Tag, ich danke Ihnen für Ihr Kommen«, sagte Bircher und reichte Frau Schuster die Hand, danach den beiden Männern.

»Sie haben uns zu dem Gespräch hergebeten«, stellte Behrens trocken fest und sah Bircher forschend an, der ihnen gegenüber Platz nahm und seine Gäste aus nachdenklichen Augen musterte.

Hat der schlechte Neuigkeiten?, dachte Behrens, und fühlte sich augenblicklich unwohl in seiner Haut. Frau Schuster saß steil aufgerichtet auf dem Stuhl und starrte ängstlich ins Leere. Herrn Schusters verschränkte Hände lagen auf dem Tisch, er sah von allen am ruhigsten aus. Wahrscheinlich hatte er es sich in seinem Beruf angewöhnt, auf Überraschungen vorbereitet zu sein. »Ich habe ständig mit Pannen zu tun« – diese Lebenserfahrung stand ihm ins Gesicht geschrieben.

»Ja, es ist schon ein wichtiger Anlass, der ein persönliches Treffen erforderlich macht«, begann Bircher.

Er zog einen Umschlag aus der Innentasche seines Sakkos und legte ihn langsam vor sich auf den Tisch. Behrens' und Schusters Blicke folgten Birchers Händen. Behrens' Gesicht zeigte keine Regung, es gehörte zu seinen Pflichten, Emotionen zu verbergen. Frau Schuster neigte den Kopf und hob die Augenbrauen, als lauschte sie einer Durchsage. Bircher nestelte mit einer Hand an seinem Brillengestell, mit der anderen hob er den Umschlag.

»Sie sind persönlich mit dem Fall konfrontiert und haben ein Recht darauf zu erfahren, was wir ermittelt haben«, begann er und zog zwei Blätter aus dem Umschlag, die er vor sich legte.

Seine Gäste neigten die Köpfe und erkannten irgendwelche Tabellen mit Buchstaben, Abkürzungen und Textpassagen.

»Die Ermittlungen zu den fünf Todesfällen sind abgeschlossen. Ich beginne mit der Analyse einer Blutspur aus der Klinik, die, das mussten wir annehmen, vom Täter stammte.«

Bircher unterbrach sich und sah in die Runde, um zu prüfen, ob ihm alle folgten. Er sah in konsternierte Gesichter, seine Gäste fragten sich, warum sagt er uns nicht auf den Kopf zu, wer der Täter ist? Was um Gottes willen haben wir mit einer Blutspur zu tun? Sind wir deshalb hierhergefahren?

Bircher fuhr scheinbar emotionslos fort:

»Die Laboranalysen der Spur zeigten ein eindeutiges Resultat. Die Blutgruppe konnte identifiziert werden. Wir haben dann, auch mit Ihrer Unterstützung, die Blutgruppen weiterer Personen bestimmen lassen. Darunter die Familie Wohlfahrt, Doktor Bäsler und weitere Klinikmitarbeiter. In Ihrem Fall, Herr Behrens, mussten wir uns an die Klinik wenden, wo damals Ihre Frau behandelt wurde. Von dort erhielten wir die Information, dass Ihre verstorbene Frau Trägerin der Blutgruppe Null war. Die Blutspur trägt ebenfalls Null. Franks Blutgruppe ist Null, demnach ist es höchstwahrscheinlich sein Blut, das wir vorfanden. Da jedoch für Herrn Schuster die Blutgruppe A und für Frau Schuster AB bestimmt wurde, war klar, dass die beiden unmöglich die leiblichen Eltern von Frank sein können. Die Wahrscheinlichkeit, dass Frank von einem Elternpaar mit A beziehungsweise AB die Blutgruppe Null vererbt wird, beträgt null Prozent. Das war, sozusagen, ein überraschendes Nebenresultat. Wir hatten Sie, Frau Schuster und Herr Schuster, darüber informiert.«

Herr und Frau Schuster hielten den Atem an. Frau Schuster fürchtete sich vor dem Moment, wenn sie den Namen ihres leiblichen Kindes erfahren würde, ihr Gesicht glühte. Herr Behrens saß zurückgelehnt auf seinem Stuhl und wartete darauf, dass Bircher endlich Frank als Mörder und die Sitzung für beendet erklären würde.

»Nun, wir fragten uns natürlich, wer dann Frank Schusters leibliche Eltern sind. Das Ergebnis liegt vor und muss so interpretiert werden, dass Frank Schuster Ihr Sohn ist, Genosse Behrens, während Frau und Herr Schuster Klaus' Eltern sind. Die Experten gehen davon aus, dass die Kinder nach der Geburt irrtümlich vertauscht worden sind. Frau Schuster wurde nicht ihr leiblicher Sohn Klaus ins Bett gelegt, sondern Frank, und der Frau Behrens nicht Frank, sondern irrtümlich Klaus. Sie sind ja am selben Tag, fast zur gleichen Zeit, zur Welt gekommen. Es gibt keine andere Erklärung für den Sachverhalt.«

»Wie bitte?!«, schrie Behrens, der bis dahin wie entgeistert Bircher angestarrt hatte.

Er sprang auf, als wollte er davonlaufen. Frau Schuster war in sich zusammengesunken und begann leise zu weinen. Herr Schuster saß wie ein Todgeweihter leichenblass am Tischende.

»Bitte beruhigen Sie sich, Genosse Behrens«, redete Bircher ruhig auf ihn ein. Er wies mit einer Hand auf den Stuhl und sagte mit Nachdruck: »Bitte setzen Sie sich wieder, ich bin noch nicht am Ende.«

Herr Behrens wankte wie bei einer Gleichgewichtsstörung etwas in der Hüfte, fasste sich an den Kragen und ließ sich vorsichtig auf den Stuhl sinken. Er öffnete den Mund, als wollte er sprechen, schloss die Augen halb und sah wie blind auf den Bericht, der vor Bircher lag.

»Nochmals zu den Fakten«, fuhr Bircher leise fort, »Klaus Behrens' Blutgruppe ist A, Sie, Herr Schuster, tragen A, für Ihre Frau wurde A bestimmt. Die Wahrscheinlichkeit, dass bei dieser Konstellation dem leiblichen Kind A vererbt wird, beträgt fünfzig Prozent. Liebe Frau Schuster, Sie haben wahrscheinlich Klaus auf die Welt gebracht, in keinem Fall Frank. Frank kann nach der Laboranalyse nur der Sohn von Genosse Behrens sein.«

Wie vor der Urteilsverkündung trat eine Grabesstille ein, alle fürchteten Bircher in die Augen zu sehen. Herr Behrens und Frau Schuster waren am Ende ihrer Leidensfähigkeit, sie hielt nur noch die Erschöpfung davon ab, aufzustehen. Bircher selbst erschien nur äußerlich unberührt, tatsächlich musste er alle Kräfte aufbieten, um seine Gefühle zu unterdrücken. Mit Sorge sah er zu Behrens hinüber und fragte sich, ob der wirklich verinnerlicht hatte, was ihm gleich noch bevorstand. Nicht weniger beschäftigte ihn Frau Schusters Reaktion auf das, was er noch zu sagen hatte. Er atmete einmal kräftig durch und entschloss sich, die Sache schnell zu Ende zu bringen.

»Sie, Genosse Behrens, hatten mich über einen Telefonanruf von Herrn Schuster informiert, darüber, dass Frank seiner Mutter gegenüber sein Herz ausgeschüttet und so etwas wie ein Geständnis abgelegt hatte.«

»Wie bitte?«, rief Frau Schuster dazwischen und warf ihrem geschiedenen Mann einen Blick zu, der zwischen Unglauben und Entsetzen schwankte.

»Du hast Frank bei Herrn Behrens angezeigt«, sagte sie mit eisiger Stimme.

Birchers Augenbrauen hoben sich, den Tonfall hätte er ihr nicht zugetraut. Schuster schwieg und starrte die Tischplatte an. Er ballte die Hände zu Fäusten und schüttelte fassungslos den Kopf.

»Wie konnte ich ahnen, dass du Arschloch …«, flüsterte er in Richtung Behrens.

»Ich verstehe Ihre Empörung«, sagte Bircher. »Zum Täter. Alle fünf Patienten wurden vorsätzlich getötet. Wie es geschah, will ich jetzt nicht darlegen. Es war in jedem Fall Mord. Der Täter hat gestanden, es ist Frank Schuster.«

»Wie bitte?«, schrie Behrens wie von Sinnen.

Offensichtlich hatte ihn erst in diesem Augenblick die ganze Wucht dieses Schicksalsschlages erreicht. Er hob mit hochrotem Gesicht beide Arme und es hatte den Anschein, als würde er sich jeden Moment auf Bircher stürzen. Mit allem hätte er in diesem Drama gerechnet, nur nicht mit diesem Finale. Ich bin der Vater eines Mörders, hämmerte es in seinem Schädel, und ich habe mein eigenes Kind angezeigt. Ihm wurde schwarz vor Augen, er musste sich setzen, sein Oberkörper sank wie abgestorben auf den Tisch. Bircher war aufgestanden und legte besänftigend eine Hand auf Behrens' Schulter. Behrens' Kopf zuckte nervös, er öffnete die Fäuste, stemmte sich gegen den Tisch und versuchte Haltung anzunehmen. In gekrümmter Pose blickte er von unten auf Bircher, als hätte der ihn des Mordes bezichtigt. In seinem Schädel tobte ein unvorstellbarer Tumult. Sein Leben versank in einem Meer der Hoffnungslosigkeit. Ich habe einen Sohn, der ein Mörder ist, und einen anderen Sohn, der mir nicht gehört, ich habe niemanden mehr, bin selbst irgendein Dritter, ein Fremder.

Frau Schuster weinte gleichmäßig, wie in einer Gedenkstunde. Sie fühlte in ihrem Herzen eine zärtliche Erinnerung an Frank. Herr Schuster saß wie abwesend am Tisch und versuchte herauszufinden, was es bedeutete, dass ihr *falscher* Sohn ein Mörder war.

Bircher räusperte sich. Alle sahen ihn ängstlich an. War da etwa noch etwas?

»Zum Schluss eine letzte Bemerkung, Genosse Behrens. Frank hat gestanden, weil die Beweislast erdrückend war. Wir haben in unserer Vernehmung nichts von dem Gespräch zwischen Frank und Frau Schuster, dem anschließenden Telefonat zwischen Ihnen und Herrn Schuster sowie von Ihrem Anruf bei mir gesagt. Frank weiß also nicht, dass Sie uns auf ihn aufmerksam gemacht haben.«

Der Fall war abgeschlossen. Als Bircher seinem Vorgesetzten das Ermittlungsergebnis mitteilte, atmete Meier hörbar auf und stellte im Stakkato fest:

»Frank Schuster, hast du wieder mal richtig gelegen, Gratulation. Gut, dass Genosse Behrens unbeschadet rauskommt. Der bekleidet eine wichtige Position im Staatsapparat.«

»Wie man's nimmt«, sagte Bircher trocken und berichtete den Rest. Meier lauschte und dachte angestrengt nach, wo im Bericht der Name des Genossen Behrens unterzubringen wäre.

»Ist nun Frank wirklich der Sohn des Genossen Behrens?«, fragte er Bircher zum Schluss.

»Nun, soweit ich das verstehe, ist es nicht hundertprozentig sicher, aber wahrscheinlich ist es so, wie sonst. Klaus ist jedenfalls nicht sein Sohn.«

»Soso, Frank ist also nicht zu einhundert Prozent sicher sein Sohn. Gut. Dann merke im Bericht an: Klaus ist nicht der Sohn des Genossen Behrens. Durchführung zum Vaterschaftsnachweis an zuständige Abteilung übertragen.«

»Verstehe. Der Name des Täters lautet Frank Schuster.«

»Ja. Verstanden. Mordfall geklärt. Nochmal, danke. Mach's gut, Karl.«

Es klackte und der General war aus der Leitung. Die Betonung auf *verstanden* klang wie: *Behrens ist ohne Sohn.*

Frank saß im Gefängnis, sein leiblicher Vater, Herr Behrens, lehnte jeden Kontakt ab, Klaus wollte keinen seiner *Väter* sehen, die einzige Person, die er sich in seine Nähe wünschte, war unauffindbar. Frau Wohlfahrt war aus ihrer Wohnung ausgezogen und hatte Berlin verlassen, um an unbekanntem Ort eine neue Stelle anzutreten. Frau Schuster besuchte regelmäßig Frank im Gefängnis, sie saßen sich schweigend gegenüber. Sie wartete auf eine Erklärung, aber er sprach kein einziges Wort. Eines Tages stellte sie ihre Besuche ein. Herr Behrens schleppte sich jeden Tag ins Ministerium und flehte den Himmel an, er möge ihm Klaus zurück nach Hause senden. Aber Klaus wollte nicht, er versuchte vergeblich Renates Adresse ausfindig zu machen. Nur Herr Dr. Wohlfahrt war sichtlich zufrieden. Er hatte einige Kilo zugenommen, seine Haltung war straff, und er hielt sich kerzengerade, trug neuerdings immer strahlend weiße Hemden und im Gesicht ein zufriedenes Lächeln. Schwester Ingrid duzte ihn, und wenn sie in seinem Arztzimmer vorbeischaute, zog sie ihn an sich und flüsterte ihm ins Ohr: »Geht's dir gut, Peterle.« Er nickte stumm und strahlte wie ein großes Kind.

Es waren drei Wochen vergangen, seitdem Karl seiner Frau die Parallelschaltung und die Überführung des Täters in groben Zügen geschildert hatte. Als er fertig war, hatte sie laut aufgestöhnt:

»Erinnert mich irgendwie an eine griechische Tragödie. Wie an Ödipus, der seinen Vater, den König von Theben, tötet und dann dessen Frau heiratet, von der er später erfährt, dass sie seine leibliche Mutter ist.«

»Nun mach mal halblang. Herr Behrens hat einen Mann angezeigt, von dem er nicht wusste, dass es sein Sohn ist. Der Sohn hat weder den Vater getötet geschweige denn die Mama geheiratet.«

»Klar, trotzdem eine tragische Geschichte, dein Fall. Unwissentlich den eigenen Sohn überführen. Lass uns unbedingt mal Herrn Sitte zum Abendessen einladen«, schlug sie ohne Übergang vor, als wäre er eine historische Figur.

Karl war sich nicht sicher, was sie zu dieser Einladung bewog. Neugierde, den Mann kennenzulernen, von dem sie so viel gehört hatte, den berühmten Professor, der diese kleinen Kraftwerke ins Herz setzte, mit denen alles anfing, was ihn monatelang in Atem gehalten hatte? Oder wollte sie Sitte über irgendetwas ausfragen, was sie insgeheim beschäftigte? Karola konnte sehr hartnäckig sein, wie bei ihren Kreuzworträtseln gab sie keine Ruhe, bis die letzte Lücke geschlossen war.

»Ich würde gerne wissen, ob ich mit meiner Annahme richtig lag, dass es keine identischen Herzen gibt. Wäre schön, mit Herrn Sitte zu plaudern«, erneuerte sie eines Abends wie beiläufig ihre Einladung.

»Du meinst, dass es keine identischen EKGs gibt.«

»Lad doch endlich den Professor ein, dann frage ich ihn.«

»Nach Menschen mit identischen EKGs?«

»Wie ihn meine Blaupause zur Parallelschaltung geführt hat.«

»Da muss ich dich enttäuschen, das war Schusters Idee, der Schaltplan. Und ein anderer Ingenieur, Puls heißt der, hat dann das Täuschungsmanöver erkannt, allerdings ohne zu ahnen, welchem Zweck es dient.«

»Gut, aber verkabelt wurden die Patienten bei Sitte in der Klinik, und er kam darauf, dass man mit Schusters Trick einen Toten wie einen Lebendigen aussehen lassen kann.«

»Herr Sitte kam darauf, dass man mit einem Impulsgenerator, herkömmlich als externer Stimulator in Gebrauch, Patienten töten kann. Na, und wie man dabei den Toten auf dem Bildschirm des Bettnachbarn weiterleben lässt, auch das hat sich Frank Schuster ausgedacht.«

»Ziemlich schräg«, murmelte Karola.

»Es ist immer ein Zufall, der eine Tat vereitelt oder ermöglicht«, sagte Karl mit tonloser Stimme.

»Welchen Zufall meinst du?«

»Dass du zwei Kurvenverläufe wie einen aussehen ließ, war an sich kein Zufall. Aber dass davor Genosse Werner bei Sitte lag, war unvorhersehbar, war eben ein Zufall, der uns die EKGs bescherte und dir eine schöne Eingebung.«

»Wie auch immer, Intelligenz kann man Schuster nicht absprechen.«

»Hm, man kann auch an seiner Intelligenz scheitern.«

»Karlchen, nochmal, lass uns einen Abend mit den Sittes verbringen. Das wird sicher interessant.«

»Wollen wir mit ihm auf seine Patienten anstoßen, die lebenden und die toten?«, sagte Bircher, ohne eine Miene zu verziehen.

»Besser auf unsere Gesundheit.«

Karl Bircher sah sie mit geneigtem Kopf an, als vermutete er hinter ihren Worten einen Plan.

»Also, einverstanden, Karlchen?«, ließ sie nicht locker.

»Meinetwegen, ich rufe ihn morgen an.«

»Prima. Hast du 'ne Idee, was ich kochen soll? Was könnte ihm gefallen?«, fragte sie aufgekratzt.

Bircher kniff die Augen zusammen und rief sich Sittes Gestalt ins Gedächtnis. Der ist sicher ein guter Esser und für Hausmannskost zu haben.

»Mach doch einen Rinderbraten mit Thüringer Klößen. Allerdings wird's nicht einfach sein, gutes Rindfleisch zu kriegen«, sagte er und gähnte herzhaft. Es war spät und er hatte keine Lust, länger über Sitte und die Einladung zu reden.

»Meine Kolleginnen kaufen in der Fleischerei Rose am Nordbahnhof ein, die haben alles. Musst du vorher aber anrufen.«

»Meinst du mich? Hallo, hier ist die Morduntersuchungskommission, Major Bircher, haben Sie ein Rind gesehen?«, sprach er wie ins Telefon und schlurfte ab ins Schlafzimmer.

Sie kicherte vergnügt und beschloss, mit ihren Kolleginnen zu reden.

Sitte war sofort auf Birchers Einladung eingegangen. Das ist ja mal was anderes als diese schleppenden Gespräche unter Kollegen, wenn man sich mal zum Bier trifft und es eigentlich immer um die Arbeit geht. Mit Bircher, na, das ist wie ein Theaterbesuch, immer eine Überraschung wert, freute er sich. Seine Frau lächelte nachsichtig und bat ihn, sie zu entschuldigen. Sie hatte keine Lust, sich über den Tod seiner Patienten zu unterhalten.

Sitte wusste nicht, dass Birchers Frau in der Gemäldegalerie arbeitete, und war hocherfreut, sich mit ihr über die Werke einiger Künstler der Republik unterhalten zu können. Ganz nebenbei erfuhren Birchers, wer alles an Prominenz in seiner Klinik behandelt wurde und welche Wandlung sich in Peter Wohlfahrt vollzogen hatte.

»In jeder Tragödie verbirgt sich die Chance auf neues Glück«, philosophierte Sitte.

Karl Bircher prüfte die Aussage anhand seiner Mordfälle und kam zu keinem richtigen Schluss. Es war schon ziemlich spät, die drei Flaschen eines herrlichen Sangiovese, die Sitte mitgebracht hatte, waren ausgetrunken, und alle waren etwas beschwipst, als Karola beiläufig auf die Gesundheit ihres Mannes zu sprechen kam. Karl, der sich in Gedanken bereits ins Bett begeben hatte, war plötzlich hellwach und sah mit geröteten Augenlidern stirnrunzelnd seine Frau an.

»Ihr Mann, liebe Frau Bircher, ist bei bester Gesundheit. Vielleicht braucht er irgendwann einmal einen Schrittmacher, vielleicht auch nicht, ich nehme gerne Ihren Mann unter meine Fittiche und passe auf, dass er mit mir alt wird.«

Ach nee, dachte Bircher, ahnte ich doch, dass meine Frau noch was zu klären hatte, und lächelte Sitte müde zu.

»Ich bleibe mal lieber bei meiner Pumpe mit natürlichem Antrieb, lieber Herr Sitte. Besser ein paar kleine Schrittfehler, als lebenslang die Erinnerung an unseren Fall im Herzen tragen.«

Danksagung

Herrn Prof. Dr. med. Joachim Witte gilt mein ganz besonders herzlicher Dank für die vielen angenehmen Gesprächsrunden hoch oben in Mecklenburg, bei denen ich in die Geheimnisse der Schrittmachertherapie eingeführt wurde. Unschätzbar seine fachliche Begleitung durch das Buch und die stetige freundliche Anteilnahme an allen meinen Problemen beim Schreiben und vieles mehr …

Ich danke Herrn Dr. med. habil. Wolf E. Hempel herzlich für Hinweise zu Indikationsstellungen im Zusammenhang mit der Einführung der Schrittmachertherapie in der DDR und die interessanten Gespräche über seine Zeit in der Klinik.

Herr Dr.-Ing. habil. Jürgen Pilz lieh mir sein technisches Wissen, um den Tathergang zu konstruieren, und seine Geduld, mir die Funktionsweise eines Impulsgenerators zu vermitteln.

Dem Gerichtsmediziner Dr. med. habil. Boris Iotenko danke ich für einen »wegweisenden« Hinweis über Parallelschaltungen …

Ebenso danke ich Herrn Dr. habil. Wolfgang Gerhard für einen entscheidenden Hinweis, der mich zu oben genannten Spezialisten führte.

Wie zuvor hat auch dieses Mal Frau Dr. Siegrun Helm das Manuskript mit naturwissenschaftlicher Akribie geprüft.